거북아
거북아
수로를
내놓아라

# 거북아 거북아 수로를 내놓아라

일연, 김부식 외 씀
리상호 외 옮김

보리

# 겨레고전문학선집을 펴내며

우리 겨레가 갈라진 지 반백년이 넘어서고 있습니다. 그러나 함께 산 세월은 수천, 수만 년입니다. 겨레가 다시 함께 살 그날을 위해, 우리가 함께 한 세월을 기억해야 합니다.

예부터 우리 겨레가 즐겨 온 노래와 시, 일기, 문집 들은 지난 삶의 알맹이들이 잘 갈무리된 보물단지입니다.

그동안 남과 북 양쪽에서 고전 문학을 되살리려고 줄곧 애써 왔으나, 이제껏 북녘 성과들은 남녘에서 좀처럼 보기 어려웠습니다.

북녘에서는 오래 전부터 우리 고전에 깊은 관심과 사랑을 보여 왔고 연구와 출판도 활발히 해 오고 있습니다. 그 가운데 〈조선고전문학선집〉은 북녘이 이루어 놓은 학문 연구와 출판의 큰 성과입니다. 〈조선고전문학선집〉은 가요, 가사, 한시, 패설, 소설, 기행문, 민간극, 개인 문집 들을 100권으로 묶어 내어, 고전을 연구하는 사람들과 일반 대중 모두 보게 한 뜻깊은 책들입니다. 한문으로 된 원문을 현대문으로 옮기거나 옛글을 오늘의 것으로 바꾼 성과도 놀랍고 작품을 고른 눈도 참 좋습니다. 〈조선고전문학선집〉은 남녘에도 잘 알려진 홍기문, 리상호, 김하명, 김찬순, 오희복, 김상훈, 권택무 같은 뛰어난 학자분들이 머리를 맞대고 연구한 성과를 1983년부터 펴내기 시작하여 지금도 이어 가고 있습니다.

보리 출판사는, 조선민주주의인민공화국 문예 출판사가 펴낸 〈조선고전문학선집〉을 〈겨레고전문학선집〉이란 이름으로 다시 펴내면서, 북녘 학자와 편집진의 뜻을 존중하여 크게 고치지 않고 그대로 내는 것을 원칙으로 삼았습니다. 다만, 남과 북의 표기법이 얼마쯤 차이가 있어 남녘 사람들이 읽기 쉽게 조금씩 손질했습니다.

이 선집이, 겨레가 하나 되는 밑거름이 되고, 우리 후손들이 민족 문화유산의 알맹이인 고전 문학이 지니고 있는 아름다움을 제대로 맛보고 이어받는 징검다리가 되기 바랍니다. 아울러 남과 북의 학자들이 자유롭게 오고 가면서 남북 학문 공동체가 이루어지는 날이 하루라도 앞당겨지기 바랍니다. 그리고 이 자리를 빌려 어려운 처지에서도 이 선집을 펴내 왔고 지금도 그 작업에 몰두하고 있는 북녘의 학자와 출판 관계자들에게 고마운 마음을 전합니다.

2004년 11월 15일
보리 출판사 대표 정낙묵

차례

# 거북아 거북아 수로를 내놓아라

## 하늘 아래 널리 이롭게 하라

## 거북아 거북아 수로를 내놓아라

## 거센 물결을 잠재우는 젓대

## 그대를 위해 방아 노래로 위로하리라

## 원문 차례

# 하늘 아래
# 널리 이롭게 하라

환웅은 풍백, 운사, 우사를 거느리고서 농사에 관한 일, 생명에 관한 일, 질병에 관한 일, 형벌에 관한 일, 선과 악에 관한 일 등 무릇 인간 생활의 삼백육십여 가지 일을 모두 주관하여 세상을 다스리고 깨우쳤다.

# 고조선 단군

옛 기록은 다음과 같이 이르고 있다.

옛날 환인桓因의 서자에 환웅桓雄이란 이가 있어 자주 나라를 가져 볼 뜻을 두고 인간 세상을 다스려 보려 하더니, 아버지가 아들의 마음을 알고 아래로 삼위태백[1] 땅을 내려다보니 그곳은 사람들을 널리 이롭게 할 수 있는지라 천부인[2] 세 개를 주어 그곳에 내려가서 다스리게 하였다.

환웅이 삼천 명 되는 무리를 거느리고 태백산(묘향산)[3] 꼭대기 신단나무 밑에 내려오니, 이곳을 신시神市라 일렀다. 이가 곧 환웅 천왕이다.

그는 풍백, 운사, 우사[4]를 거느리고서 농사에 관한 일, 생명에 관

---

1) 《동국여지승람》에는 삼위태백三危太伯을 황해도 구월산이라 하였다.
2) 하늘에서 주었다는 신표.
3) 일연은 태백산太伯山이 묘향산을 말한다고 했으나, 알 수 없다. 고조선의 수도 왕검성에 있는 풍산을 말한다는 설도 있다.
4) 풍백風伯은 바람을 맡아본다는 신, 운사雲師는 구름을 맡아본다는 신, 우사雨師는 비를 맡아본다는 신.

한 일, 질병에 관한 일, 형벌에 관한 일, 선과 악에 관한 일 등 무릇 인간 생활의 삼백육십여 가지 일을 모두 주관하여 세상을 다스리고 깨우쳤다.

이때에 곰 한 마리와 범 한 마리가 같은 굴속에 살고 있었는데, 늘 신인 환웅에게 사람이 되게 하여 달라고 빌었다.

환웅이 신령스러운 쑥 한 묶음과 마늘 스무 쪽을 주면서 일렀다.

"너희들이 이것을 먹고 백 날 동안 햇빛을 보지 아니하면 쉽사리 사람의 형체로 될 수 있으리라."

곰과 범이 이것을 얻어먹고 스무하루 동안 기5)를 하는데, 곰은 여자의 몸으로 되고 범은 기를 하지 못해서 사람의 몸으로 되지 못하였다. 여자가 된 곰은 혼인할 곳이 없으므로 매양 신단나무 밑에 와서는 임신케 해 달라고 빌었다. 환웅이 이에 잠깐 사람으로 변해 그와 혼인해서 아들을 낳으니 이름을 '단군왕검檀君王儉'이라 하였다.

그는 중국 요 임금이 즉위한 지 오십 년인 경인년*에 평양성(지금의 서경)에 도읍하고 처음으로 나라 이름을 조선이라 하였다.

또 도읍을 백악산白岳山 아사달6)로 옮겼는데 이곳은 '궁홀산弓忽山'이라고도 하고 또 '금미달今彌達'이라고도 하였다.

천오백 년 동안 나라를 다스렸다. 단군은 장당경7)으로 도읍을 옮

---

5) 기름는 어떤 소원을 신이나 부처에게 빌기 위해서 행동과 언사를 삼가는 것을 이른다.

* 요 임금이 즉위한 해는 무진년인즉 오십 년째 되던 해는 정사년이요, 경인년은 아니다. 아마 틀린 듯하다.

6) 고려 시대 이승휴李承休가 아사달산阿斯達山을 지금의 황해도 구월산으로 말하였고, 그 뒤 일부 사람들도 그런 견해를 말하고 있다.

겼다가 후에 다시 아사달에 돌아와 숨어서 산신이 되니 그의 나이가
1908세였다.

　—《삼국유사》


▌《삼국유사》〈고조선〉 편에는 고대의 여러 문헌들에서 기록이 인용되고 있는데, 위
이야기는 그중 우리 나라의 옛 기록에서 인용한 부분을 뽑은 것이다. 이 설화는 문헌에
남아서 전하는 우리 나라의 건국 설화들 중 가장 고대적인 성격을 띠고 있으며, 원시
고대 사람들의 사회, 경제 생활 모습과 함께 그들이 가졌던 소박하고 원시적인 사상 종
교 신앙적 형태들의 특성도 반영하고 있다.

　이 이야기는 고조선의 원시 공동체 사람들 속에서 창조되어 매우 오랫동안 구전으로
전해지다가 서사 생활이 시작된 이후에 문헌에 기록된 것으로 보인다. 현재 문헌에 기
록되어 전하는 단군 신화는 여럿이 있는데 그중 대표적인 것으로는 《삼국유사》에 실린
것 외에 고려 이승휴(1224~1300)의 《제왕운기帝王韻紀》에 실린 것과 조선 《세종실록世
宗實錄》에 실린 것 들을 들 수 있다.

　이들 중 《삼국유사》의 것이 내용으로 보아 가장 고대적인 성격을 띠고 있다. 참고로
《제왕운기》가 《국사》〈본기〉에서 인용한 단군 신화를 여기에 아울러 소개하면 다음과
같다(《국사》는 누가 편찬한 책인지 알 수 없다.).

　"〈본기〉에 상제 환인에게는 웅이라는 아들이 있었다고 한다. 환인이 말하기를 하늘 아
래 삼위태백에 내려가 사람들을 이롭게 하라고 하므로 웅은 천부인 세 개를 받아 가지
고 귀신 삼천을 이끌고 태백산 위의 신단나무 밑에 내려왔다. 이가 단웅 천왕이다.

　그는 자기 손녀에게 약을 먹여 사람이 되게 하고 단나무신과 혼인케 하였는데, 아
들을 낳았다. 그의 이름을 단군이라 하였다.

　단군은 조선 땅에 의거하여 왕이 되었다. 때문에 신라, 고구려, 남북 옥저, 동북 부

---

7) 장당경藏唐京은 땅 이름이나 지금 어느 곳인지 알 수 없다.

여, 예와 맥은 모두 다 단군의 후손들이다. 1038년을 다스리다가 아사달산에 들어가 신이 되어 죽지 않았다."

이것을 보면 《삼국유사》의 것과 내용이 적지 않게 다른 점을 알 수 있다.

# 해모수와 유화

〈본기〉[1]에 다음과 같이 이르고 있다.

부여 왕 해부루解夫婁는 늙도록 아들이 없었다. 그래서 산천에 기도하여 아들을 낳게 해 달라고 빌었다. 하루는 그가 타고 가던 말이 곤연이라는 곳에 이르러서 큰 돌을 보고 눈물을 흘렸다. 왕이 이상하게 생각하고 사람을 시켜 그 돌을 굴리게 하였더니, 금빛 개구리처럼 생긴 어린아이가 있었다. 왕은,

"이것은 하늘이 나에게 주신 아들이구나!"

하고 그 아이를 거두어 길렀다. 아이 이름을 '금와金蛙'라고 하였고 후에 태자로 삼았다. 그 뒤에 정승 아란불阿蘭弗이 말하였다.

"일전에 어느 날 하느님이 나에게 내려와 이르기를 '장차 나의 자손이 여기에 나라를 세우려고 하니 너는 피하라! 동쪽 바닷가에 가섭원이라는 곳이 있는데 땅이 좋아 오곡을 심기 알맞으니 도읍을 정할 만하다.' 하였습니다."

---

1) 《구삼국사》〈동명왕 본기〉를 가리킨다.

그는 왕에게 권하여 그곳으로 도읍을 옮기게 하고 나라 이름을 '동부여'라고 하였다.

옛 도읍지2)에는 해모수解慕漱가 천제의 아들로서 내려와 도읍을 정하였다. 그가 하늘에서 내려올 때에 오룡거3)를 탔는데 신하들 백여 명이 모두 흰 따오기를 타고 그를 따랐다. 채색 구름이 그 위에 뜨고 음악 소리가 구름 속에서 울려 퍼졌다.

그들은 웅심산4)에 와서 멎었는데, 십여 일이 걸려 비로소 이 땅에 닿은 것이다. 그는 머리에 새깃관5)을 썼고 허리에는 용천검6)을 차고 있었다. 해모수는 아침에는 지상에 내려와 정사를 돌보았고 저녁이 되면 하늘로 올라가곤 하였다. 때문에 세상에서는 그를 '천왕랑'이라고 하였다.

성 북쪽에는 청하7)라는 강이 있었는데, 거기에는 하백8)의 고운 세 딸이 나와 놀곤 하였다. 맨 맏이는 '유화柳花'라고 하였고, 둘째는 '훤화萱花'라고 하였으며, 막내 동생은 '위화葦花'라고 하였다. 그들은 청하에서 웅심연 못 위로 나와 놀았다. 거룩한 자태들은 몹시 아름다웠고, 몸에 찬 패물들이 서로 부딪혀 쟁그랑 소리를 내는데, 꼭 한고9)의 여신들 같았다.

---

2) 북부여를 이른다.
3) 오룡거五龍車는 순식간에 수억만 리씩 달린다는 전설의 수레.
4) 웅심산熊心山은 부여 땅에 있었다는 산 이름.
5) 새깃관[鳥羽冠]은 옆에 새 깃을 꽂아 쓰던 고구려 사람들 모자.
6) 용천검[龍光之劍]은 신기하게 잘 든다는 전설의 칼.
7) 청하靑河는 지금의 압록강이라고 하였다.
8) 하백河伯은 바다를 주관한다는 신.
9) 한고漢皐는 중국에 있는 산 이름. 정교보라는 사람이 여기서 아름다운 두 여자와 사귀어 패물을 선물받았다는 옛 이야기가 있다.

해모수가 마침 사냥을 나왔다가 그들을 보고 첫눈에 마음이 끌렸다. 그래서 좌우 신하들에게 말하였다.

"저들을 왕비로 삼으면 훌륭한 아들을 볼 수 있겠다."

그러나 여자들은 왕만 보면 곧 물속으로 들어가 버리곤 하였다. 이때 신하들이 아뢰었다.

"임금께서는 어찌하여 궁전을 지어 놓고 그 여자들이 방 안에 들어오기를 기다려 문을 닫고 막지 않으십니까?"

왕이 그 말을 듣고 그럴듯하게 여겨 말채찍으로 땅을 그으니 구리 궁전이 갑자기 웅장하게 솟아났다. 그 방 안에 세 자리를 마련해 놓고 술 항아리를 놓아두었다. 그랬더니 그 여자들이 들어와서 제가끔 자리에 앉아 서로 술을 마시며 즐기다가 매우 취하였다. 왕이 세 여자가 취하기를 기다렸다가 급히 뛰어나가 막아서니 여자들이 놀라서 달아났으나, 맏딸 유화만은 왕에게 잡히고 말았다. 이때 그 소식을 듣고 하백이 크게 성이 나 사신을 보내어 질책하였다.

"너는 대체 어떤 자인데 내 딸을 잡아 두느냐!"

왕이 대답해서 보냈다.

"나는 천제의 아들인데 지금 하백의 딸과 혼인하려 하노라."

하백이 또 사신을 시켜 전하였다.

"그대가 만일 천제의 아들로 나에게 혼인을 구하는 것이라면 마땅히 중매를 시켜 할 것이어늘 그러지 않고 문득 내 딸을 잡아 두니 어찌 그것이 어긋나지 않느냐?"

왕이 부끄럽게 생각하고 하백을 찾아가 보려고 하였으나 거기까지 가는 수가 없었다. 그래 방에 들어가 유화를 놓아주려고 하니, 유화가 이미 왕과 정이 깊었는지라 곁을 떠나려고 하지 않았다. 그리고 왕에게 권하여 말하였다.

"오룡거가 있으면 하백의 나라에 갈 수 있습니다."

이 말을 듣고 왕이 하늘을 향하여 사정을 고하니 문득 오룡거가 하늘에서 내려왔다. 왕과 유화가 수레에 올라타니 갑자기 바람과 구름이 일면서 어느덧 하백의 궁성에 이르렀다. 하백이 예를 갖추어 왕을 맞아들였다. 자리를 정한 뒤에 해모수더러,

"혼인에 관한 일은 천하에 도리가 있는 것인데 어찌하여 예의를 어겨 우리 가문을 욕보이느냐?"

하였다. 그러고 나서 하백이 물었다.

"왕이 천제의 아들이라면 어떤 신기한 재주를 가지고 있느냐?"

해모수가 대답하였다.

"시험해 보면 알 것입니다."

그래서 하백이 집 앞뜰에 있는 물속에 들어가 잉어로 변하여 물결을 따라 노닐었더니, 해모수는 수달이 되어 그를 잡았다. 그래 이번에는 하백이 사슴으로 변하여 달렸더니, 해모수는 승냥이가 되어서 그를 쫓았다. 또 하백이 꿩으로 변해서 공중을 나니, 해모수는 매가 되어 그를 붙들었다.

하백이 그제야 그가 정말 천제의 아들인 줄을 알고 예를 갖추어 혼인하게 하였다. 그리고 하백은 왕이 자기 딸에 대한 사랑이 식지나 않을까 근심하여 연회를 차리고 술을 준비한 뒤에 왕을 권하여 크게 취하도록 먹였다. 그러고는 딸과 함께 조그만 가죽 수레[10] 속에 넣어서 오룡거에 태워 가지고 하늘로 올라가게 하였다.

---

10) 조그만 가죽 수레[小革輿]는 가죽으로 만든 자루를 말한다.

그런데 수레가 아직 물속을 채 나오기 전에 해모수는 술이 깨어 유화의 황금 비녀를 빼서 자기가 들어 있는 가죽 수레를 찔러 구멍을 내고는 그 구멍으로 빠져나와 혼자 하늘로 올라가 버렸다. 하백은 크게 성이 나서 딸더러 말하였다.

"너는 내 가르침을 따르지 않고 끝끝내 우리 집안을 욕보였구나!"

그러고는 좌우 신하들에게 시켜 유화의 입을 잡아당기게 하였다. 유화의 입술이 훌쩍 석 자나 늘어났다. 그런 다음 유화에게 노비 두 사람을 달아서 우발수優渤水에 내버렸다. 우발은 늪 이름인데 지금 태백산 남쪽에 있다.

이때 어부 강력부추가 고하였다.

"요 근래에 통발 속에 든 고기를 훔쳐가 버리곤 하는 놈이 있는데, 어떤 짐승인지 잘 알 수가 없습니다."

금와왕은 어부에게 그물을 쳐서 그것을 끌어내도록 하였다. 그러나 그물이 찢어져 버렸다. 다시 쇠 그물을 만들어 끌어내게 하였는데 한 여자가 돌 위에 앉아 있었다. 여자는 입술이 길어서 말을 하지 못하였다. 그래 세 번이나 입술을 자르게 한 다음에야 비로소 말을 하게 되었다. 왕은 여자가 천제 아들의 왕비임을 알고 딴 방에 두어 살게 하였다.

—《구삼국사》[11]

---

11) 《구삼국사》는 현재 전하지 않으나 여기 실린 글들은 이규보의 '동명왕편'에 실린 《구삼국사》를 번역한 것이다.

# 고주몽

유화는 품 안에 햇빛이 비쳐 들더니 아이를 가져 주몽朱蒙을 낳았다. 주몽은 울음소리가 대단히 우렁차고 골격과 풍채가 뛰어나고 기이하였다. 태어날 때에 어머니의 왼쪽 겨드랑에서 알이 되어 나왔는데 크기가 닷 되들이만 하였다. 금와왕이 괴이한 일로 생각하여,

"사람이 새알을 낳는 것은 상서롭지 못한 일이다."

하고 사람을 시켜서 마구간에 버리게 하였다. 그러나 말들이 밟지 않았다. 그래 이번은 깊은 산속에 가져다 버렸다. 그랬더니 온갖 짐승들이 모두 보호하였다. 구름 낀 흐린 날에도 그 알 위에는 늘 햇빛이 비쳤다.

그제야 왕은 알을 가져다가 어머니에게 돌려보내 기르게 하였다. 알은 마침내 터져 그 속에서 사내아이 하나가 나왔다. 아이는 나서 한 달이 차기 전에 벌써 말을 잘하였다. 아이가 어머니에게 말하였다.

"파리 떼들이 눈에 와 붙어 잘 수가 없사오니 어머님께서는 활과
  화살을 하나 만들어 주소서."

어머니가 갈대로 활과 화살을 만들어 주었더니 저 혼자서 물레

위에 앉은 파리들을 쏘아 꼭꼭 맞혔다. 부여에서는 활 잘 쏘는 사람을 '주몽'이라고 하였다. 주몽은 자라면서 재주와 기량을 더욱 갖추었다.

금와왕에게는 일곱 아들이 있었는데 언제나 주몽과 같이 사냥을 하며 놀았다. 하루는 왕자와 그의 종자 사십여 명이 겨우 사슴 한 마리를 잡는 동안에 주몽은 여러 마리를 잡았다. 그래 왕자는 이를 시기해서 마침내 주몽을 나무에 비끄러매어 놓고 주몽이 잡은 사슴을 빼앗아 가지고 돌아왔다. 주몽은 이때 나무를 뿌리째 빼 버리고 돌아왔다. 태자 대소帶素는 왕에게 아뢰었다.

"주몽은 크게 용맹한 자로서 사람들이 대단히 우러러보니 일찍 처치하지 않으면 반드시 뒤탈이 있을 것이옵니다."

금와왕은 주몽을 시켜 말을 먹이도록 하고 마음을 시험해 보기로 하였다. 주몽은 속마음에 원한을 품고 어머니에게 말하였다.

"제가 천제의 손자로 남의 말을 먹이고 있으니 살아도 오히려 죽는 것만 못합니다. 남쪽 땅으로 가서 나라를 세울 생각이 있사오나 어머님이 염려되어 그것도 제 뜻대로 하지 못하고 있습니다."

그 말을 듣고 어머니 유화가 말하였다.

"나도 이 일로 밤낮 마음을 썩이고 있다. 내 듣기에 멀리 가고저 하는 자는 반드시 준마를 타야 한다고 하였으니, 내가 그런 말을 골라 주겠다."

그러고는 목장으로 가서 긴 채찍으로 마구 내리치니 뭇 말들이 모두 놀라서 달아나는데, 붉은 말 하나는 두 길이 넘는 울타리를 넘어 뛰었다. 주몽은 그 말이 준마임을 알고 남몰래 바늘을 말의 혀 밑에 꽂아 두었다. 그랬더니 그 말은 혀가 아파 물도 풀도 먹지 못하여 몹시 파리해졌다.

이때 금와왕이 목장을 나와 돌아보는데 뭇 말들이 모두 살찐 것을 보고 크게 기뻐하면서 그 파리한 말을 주몽에게 내주었다. 주몽은 그 말을 얻어 가지고 혀에 꽂은 바늘을 뺀 다음 잘 먹였다. 주몽은 이 무렵 몰래 어진 사람 셋과 벗을 맺고 있었는데 그 세 사람은 오이烏伊, 마리摩離, 협보陜父였다.

주몽은 드디어 남쪽 땅으로 떠나 엄체수[1]라는 곳에 이르렀다. 강을 건너려고 하였으나 배가 없었다. 그는 뒤쫓는 군사들이 곧 따라올까 봐 근심하였다. 주몽은 채찍으로 하늘을 가리키고 크게 한숨지으며 빌었다.

"나는 천제의 손자요, 하백의 외손이라. 지금 난을 피하여 여기에 이르렀나니 하늘과 땅은 그대의 자식을 불쌍히 여겨 속히 배다리를 놓아 주소서."

그러고 활로 물을 치니 어느덧 고기와 자라들이 물 위에 떠올라서 다리를 이루었다. 그리하여 주몽은 마침내 강을 건너갈 수가 있었다. 얼마 안 있어 뒤쫓아 오던 병사들이 따라왔으나 그들이 강가에 이르자 자라들이 놓은 다리가 곧 흩어져 이미 다리 위에 올라섰던 자들은 몽땅 물에 빠져 죽었다.

주몽이 부여국을 떠나올 때에 어머니와 이별하는 것을 차마 견디기 어려워하였다. 이때 어머니가,

"이 어미 때문에 마음을 쓰지 말아라."

---

1) 엄체수淹滯水는 원주에 이르기를 지금 압록강 동북쪽에 있는 강 이름으로 개사수蓋斯水 라고도 한다.

하고, 다섯 가지 곡식 종자를 싸서 주며 그를 보냈다. 주몽은 생이별을 하는 마음이 괴로워 그만 보리 종자를 잊고 떠났다. 주몽이 강을 건너 큰 나무 밑에서 쉬고 있을 때 비둘기 한 쌍이 날아왔다. 주몽은 비둘기들을 보고,

"저것은 바로 어머님이 보리 씨를 보내온 것이리라."

하고 활을 당겨 비둘기를 쏘니 한 화살에 두 놈이 떨어졌다. 그리하여 부리를 젖히고 보리 씨를 꺼낸 뒤에 물을 비둘기 몸에 뿌려 주었다. 그랬더니 새들은 다시 살아나서 하늘로 날아가 버렸다. 그 뒤 주몽은 땅 좋은 곳을 찾아 도읍을 정하였는데, 산천은 울창하고 험준하였다. 주몽이 스스로 왕위에 올라 자리 차례를 표시하니 임금과 신하의 자리가 대략 정해졌다.

이때 비류沸流 왕[2] 송양松讓이 사냥을 나왔는데 주몽의 용모가 범상치 않음을 보고 그와 같이 앉아 말하였다.

"내가 바닷가 구석에 외따로 살기 때문에 한 번도 훌륭한 사람을 만나 보지 못하였더니, 이제 그대를 만나니 어찌 다행하지 않겠는가. 그대는 어떤 사람이며 어데서 왔느냐?"

왕이 대답하기를,

"나는 천제의 손자요, 서쪽 나라의 왕[3]인데, 감히 묻거니와 그대는 누구의 뒤를 이었는가?"

하였다. 송양이 대답하였다.

---

2) 당시 비류강 부근에 있던 왕. 비류수는 지금의 중국 동북의 혼강渾江이란 설도 있고, 또 성현의 저서에는 송양국이 성천 지방에 있던 나라라고도 하였다.

3) 여기서는 고구려 왕임을 가리킨다. 아마 비류국보다 고구려가 서쪽에 있었던 때문인 듯하다.

"나는 신선의 후예인데 우리는 여러 대째 왕 노릇을 해 왔다. 이 지방은 땅이 작아서 두 왕이 땅을 나눌 수도 없고 또 그대는 나라를 세운 지도 얼마 되지 않으니 나의 속국이 되는 것이 어떠한가?"

이 말에 주몽이 대답하였다.

"나는 천제의 후예인데 그대는 신의 자손도 아니면서 굳이 왕을 칭하니 나에게 귀속지 않는다면 반드시 하늘이 벌을 줄 것이다."

이때 송양왕은 주몽이 자꾸 천제의 아들이라 일컫는 말에 속으로 의심을 품고 그 재간을 시험해 보고저 하여 말하였다.

"나와 더불어 활쏘기를 겨루어 보자."

주몽왕이 먼저 백 보 안에 그려 놓은 사슴의 그림을 쏘았다. 그러나 화살은 사슴의 배꼽 깊이 들어가지 못하고 거꾸로 매달리고 말았다. 이때 주몽은 사람을 시켜 옥가락지를 백 보 밖에 걸어 놓게 하고 쏘았다. 옥가락지는 맞아서 산산이 부서지고 말았다. 그때서야 송양이 크게 놀랐다.

주몽왕이 신하들에게 말하였다.

"나라 살림이 처음 시작되므로 아직 북, 나팔들과 의식을 갖추지 못하여 비류국 사자가 오고 갈 때 내가 왕으로 예를 갖추어 맞고 보내고 하지 못하니 그들이 나를 업신여긴다."

부분노扶芬奴라는 신하가 왕께 아뢰었다.

"제가 대왕을 위하여 비류국의 북을 빼앗아 오겠습니다."

왕이 물었다.

"남의 나라가 간직한 물건을 네가 어떻게 가져오겠느냐?"

그가 대답하였다.

"이는 하늘이 준 물건인데 어찌 빼앗어 오지 못하겠습니까. 대왕이 부여국에서 곤란한 지경에 계실 때에야 그 누가 여기에 오시리라고 생각했겠습니까? 대왕이 천만 위험한 지경에서 분투하시어 해동국에 이름을 떨친 것은 오직 천제의 명으로 된 것이니 이제 무슨 일인들 이루지 못하시겠습니까?"

그리하여 부분노 등 세 사람이 비류국으로 가서 북을 빼앗아 가지고 왔다. 비류 왕이 사신을 보내어 말하니 주몽왕은 그가 와서 북과 나팔을 불까 봐 두려워하여 색깔을 검게 하고는 아주 오래된 것처럼 하였더니 송양이 와 보고 감히 다투지 못하고 돌아갔다.

송양왕이 나라를 누가 먼저 세웠는지 가려 속국을 결정하자고 하므로 주몽왕은 궁실을 지을 때에 썩은 나무로 기둥을 세웠다. 그리하여 마치 천 년이나 된 듯이 보였다. 송양왕이 와서 보고 감히 나라를 세운 선후를 다투지 못하였다.

주몽왕이 서쪽으로 사냥을 갔을 때 흰 사슴을 붙잡았다. 그가 사슴을 해원[4]에 거꾸로 매달고 주문을 외웠다.

"하늘에서 큰비가 쏟아져 비류 왕의 도성을 모조리 잠기게 하지 않으면 나는 결코 너를 놓아주지 않으리라. 재난을 면하려거든 네가 하늘에 호소해라."

사슴이 슬피 울어 소리가 하늘까지 울렸더니 장맛비가 이레 동안 쏟아져 송양의 도성이 몽땅 물에 잠겼다. 송양왕이 흐르는 물을 건너질러 새끼줄을 늘이고 오리말을 타고 나오니 백성들도 모두 그 줄을 쥐고 매달렸다. 주몽이 그때 채찍으로 물을 그으니 물이 순식간에 찌어 버렸다.

---

4) 해원蟹原은 당시 고구려의 서쪽 지방에 있는 땅 이름인 듯하나 어딘지 알 수 없다.

유월에 송양왕이 나라를 바치고 항복하였다. 칠월에 검은 구름이 골령5)에 일어 사람은 보이지 않고 다만 수천 명 되는 사람 소리만이 들리는데, 큰 역사를 시작한 듯하였다. 주몽왕이 말하였다.

"하늘이 나를 위하여 성을 쌓는다."

이레 만에 구름과 안개가 흩어지더니 성곽과 궁전이 저절로 솟아올랐다. 왕이 하늘을 향하여 절하고 그곳에 들어가 살았다.

구월에 왕이 하늘로 올라간 뒤로 다시 내려오지 아니하니 그때 나이는 마흔 살이었다. 태자는 왕이 남기고 간 옥 채찍을 용산6)에 장사지냈다.

—《구삼국사》


▌고주몽 설화는 고구려 백성들 속에서 이미 계급 국가가 형성되기 훨씬 오래 전에 만들어져 꽤 오랫동안 구전되어 오면서 발전하고 풍부해진 이야기다.

12세기, 13세기 작가인 이규보李奎報가 '동명왕東明王' 서문에 쓴 것을 보면 12세기 전반기까지도 이 이야기는 백성들 속에 널리 퍼져 있었음을 알 수 있다.

"동명왕에 관한 신기한 이야기는 세상에 널리 퍼져 아무리 어리석고 몽매한 사람이라도 이 이야기만은 잘할 줄 안다."

하였다. 이 설화는 그 뒤에도 오랫동안 널리 퍼졌다. 이와 같이 주몽 설화는 기나긴 시기에 걸쳐 많은 백성들 속에서 널리 퍼지면서 예술적으로 완성되었으며 내용이 풍부해졌다. 따라서 그러한 발전 과정에서 이야기 내용에도 적지 않은 시대 변화를 볼 수 있었고, 또한 많은 변종이 생겼으리라는 것도 짐작하기 어렵지 않다. 고주몽 설화는 벌써

---

5) 골령鶻嶺은 당시 고구려의 산 이름이다.
6) 용산龍山은 당시 고구려의 지명이다.

꽤 이른 시기에 문헌들에 실려 후세에 전하게 되었다.

우리 나라 것으로는 414년에 세워진 광개토왕릉 비문 첫머리에 새겨진 것이 가장 오랜 것이다. 그러나 이것은 아주 간략한 줄거리만 서술되었는데, 아마 비문이라는 특성에서 그렇게 되었을 것이다. 지금은 사라져 전하지 않지만 고대 연대기 작품들로 고구려 건국 초기부터 기록한 《유기留記》나 이문진李文眞의 《신집新集》(600년에 편찬)에는 반드시 이 이야기가 실려 있었을 것이다.

이 이야기는 꽤 이른 시기, 곧 기원 전후에 벌써 중국 사람들에게 알려지고 있었다. 기원후 3세기부터 6세기 무렵에 편찬된 많은 중국의 문헌들, 진수陳壽의 《삼국지三國志》나 범엽范曄의 《후한서後漢書》, 위수魏收의 《위서魏書》 들에는 주몽에 관한 제법 상세한 설화가 실려 전해지고 있다.

특히 이 중에서도 6세기 후반기에 편찬된 위수의 《위서》에는 내용이 꽤 풍부한 주몽 설화가 실려 있다. 현재까지 전해진 우리 나라 고전들에 실린 고주몽 설화 중에서는 이규보가 1193년에 《구삼국사》를 보고 지었다는 장편 서사시 '동명왕'에 주註의 형태로 인용 수록한 《구삼국사》〈동명왕 본기〉의 것이 가장 전형적인 것이다. 그런데 《구삼국사》는 현재 전하고 있지 않을 뿐만 아니라 지은이도, 편찬 연대도 모른다. 《삼국사기》나 《삼국유사》에도 저마다 조금씩 이야기가 다르기는 하지만 기본 내용에서는 큰 차이가 없는 고주몽 설화가 실려 있다. 여기에는 《구삼국사》의 것을 번역하여 실었다.

내용을 보면 크게 두 부분으로 구성되어 있는데, 해모수와 유화에 관한 이야기와 주몽에 대한 이야기이다. 설화의 마감에는 유리왕에 관한 이야기가 달려 있다.

주몽 설화에도 환상적이고 비현실적인 요소가 대단히 많다. 그러나 이와 같은 형태로 현실을 반영한 그 자체 속에 원시 고대 사람들의 세계관적 특성과 사상적 특성이 들어 있다.

이 설화를 통하여 우리는 고구려 백성들이 태고 때부터 계급 국가 형성에 이르는 기간의 역사 발전 정형과 그들이 처해 있던 사회생활 형편을 이해하는 데 큰 도움을 받을 수 있다.

그뿐만 아니라 이 설화를 통하여 우리는 그들의 상당히 발전된 예술적 재능과 형상적 창조력을 엿볼 수 있다. 순식간에 웅장하고 화려한 궁전을 짓는 해모수의 신기한 말채찍이나 하늘과 땅 사이를 날아다니는 오룡거 그리고 다리를 놓아 주는 자라와 고기 떼 이야기에는 고대 고구려 백성들의 자연 정복과 행복한 미래에 대한 아름답고 억센 공상과 바람이 표현되어 있다. 원문대로는 사건의 문맥이 잘 닿지 않으므로 이규보의 시 '동명왕'에서 일부를 인용하여 보충하였다.

# 유리왕

유리類利는 소년 때부터 재주가 뛰어났다. 어려서 새총을 잘 쏘았는데, 하루는 웬 여자가 물동이를 이고 오는 것을 보고 물동이를 쏘아 꿰뚫었다. 여자가 성이 나서 욕지거리를 하였다.

"애비 없는 놈의 자식이 내 물동이를 깨뜨렸다."

유리가 매우 부끄럽게 여겨 작은 진흙 덩어리로 다시 쏘니 뚫렸던 동이의 구멍이 먼저대로 메었다. 유리가 집에 돌아와 자기 어머니더러 물었다.

"우리 아버지는 누구인가요?"

어머니는 유리가 아직 어리므로 농담으로 말하였다.

"너는 아버지가 없다."

유리가 그 말을 듣고 울면서,

"사람에게 아버지가 없으면 앞으로 무슨 낯으로 남들을 대하겠습니까?"

하고 죽으려고 하였다.

그때야 어머니가 크게 놀라서 말리며 말했다.

"아까 한 이야기는 우스갯소리였다. 네 아버지는 천제의 손자요, 하백의 외손인데 부여국의 신하로 사는 것을 원통하게 생각하여 남쪽 땅으로 피해 가서 거기서 처음으로 나라를 세웠다. 네가 가서 찾아뵙겠느냐?"

유리가 대답하였다.

"아버지가 임금이 되었는데 아들은 남의 신하로 있으니 비록 제가 재주는 없으나 어찌 부끄럽지 않겠습니까?"

이때 어머니가 아들더러 말하였다.

"네 아버지가 여기를 떠날 때에 하신 말씀이 있다. '내가 어떤 물건을 일곱 고개와 일곱 골짜기가 진 돌 위의 소나무 사이에 감추어 두니 이를 찾아내는 자는 바로 내 아들일 것이다.' 하였느니라."

이때부터 유리는 산골짜기로 다니면서 그 물건을 찾았으나 얻지 못하고 지쳐서 돌아왔다.

이때 유리는 자기 집 기둥에서 슬피 우는 어떤 소리를 들었다. 그 기둥은 돌 위에 세워진 소나무 기둥이었는데 일곱 모가 난 것이었다. 유리는 이때 혼자 해석하였다.

'일곱 고개와 일곱 골짜기라 한 것은 일곱 모난 주춧돌을 말한 것이요, 돌 위의 소나무란 기둥을 말한 것이었구나.'

그리하여 일어나서 가 보니 기둥 위에 구멍이 있는데 거기에서 부러진 칼 한 동강이가 나왔다. 그는 대단히 기뻐하였다.

그는 고구려로 달려가 그가 얻은 칼 한 동강을 왕에게 바쳤다. 왕이 자기가 가지고 있던 부러진 칼 한 동강을 꺼내 그것과 붙이니 피가 흘러나와 하나로 이어졌다. 왕이 유리더러 말하였다.

"네가 정말 내 아들이라면 어떤 신기한 재주를 가지고 있느냐?"

이 말에 응하여 유리가 몸을 들어 하늘로 솟구쳐 올라 바라지를 타고 해를 맞혀 신기한 재주를 보이니 왕이 크게 기뻐하고 태자를 삼았다.

― 《구삼국사》

▌《삼국유사》에는 이 설화가 보이지 않고, 《삼국사기》에는 실려 있기는 하나 여기에 번역한 《구삼국사》의 이야기에 견주면 많이 간략하여 내용이 풍부치 못할 뿐만 아니라 여기에 있는 것만큼 예술적 설화미가 높지 못하다.

# 비류와 온조

백제 시조 온조溫祚왕의 아버지는 추모鄒牟인데 주몽이라고도 한다. 주몽이 북부여에서 난을 피하여 졸본 부여卒本扶餘에 이르렀더니, 부여 왕이 아들은 없고 딸 셋이 있었는데, 주몽을 대하매 그가 보통 사람이 아님을 알고 둘째 딸을 안해로 삼게 하였다.

그 뒤 얼마 되지 않아서 부여 왕이 죽고 주몽이 그 자리를 이었다. 주몽이 아들 둘을 낳았는데 맏아들은 비류沸流요, 둘째 아들은 온조다. ▪

주몽이 북부여에서 낳은 아들이 와서 태자가 되자, 비류와 온조는 태자에게 받아들여지지 않을까 두려워하여 오간, 마려 등 신하 열 명을 데리고 남쪽 지방으로 떠나니, 백성들 가운데 그를 따르는 자가 많았다.

이리하여 한산[1]에 이르러 부아악[2]에 올라서 살 만한 곳을 살피다

---

▪ 또는 주몽이 졸본에 이르러 월군 여자에게 장가를 들어 두 아들을 낳았다고도 한다.
1) 한산漢山은 지금의 경기도 광주.

가 비류가 바닷가에서 살자고 하니 열 신하가 간하여 말했다.

"생각하건대 이 강물 남쪽 땅은 북으로 한수를 띠었고, 동으로 높은 산악에 의거하고 있으며, 남으로 비옥한 들판이 바라보이고, 서로 큰 바다가 막혔습니다. 이런 천연 요새로 된 좋은 땅이야말로 얻기 어려운 것이니 여기에 도읍을 정하는 것이 좋지 않겠습니까?"

그러나 비류는 듣지 않고 따라온 백성들을 나누어 가지고 미추홀[3]로 가서 살았다. 온조는 하남 위례성[4]에 도읍을 정하고 열 신하로 보좌를 삼고 나라 이름을 '십제十濟'라 하였다. 비류가 미추홀은 땅이 습하고 물이 짜서 편케 살 수가 없다 하여 위례로 돌아와서 이곳 도읍이 안정되고 백성들이 태평한 것을 보고 그만 부끄럽고 한스러워 병이 되어 죽으니 그의 신하와 백성들은 모두 위례로 귀속하였다.

그 뒤에 처음 위례로 올 때의 백성들이 즐겁게 따랐다 하여 국호를 '백제'로 고쳤다. 그의 조상이 고구려와 더불어 부여에서 나왔기 때문에 '부여'로 성을 삼았다.

일설에는 다음과 같이 이르고 있다.

시조 비류왕은 아버지가 우태優台인데 북부여 왕 해부루의 서손이요, 어머니는 소서노召西奴인데 졸본 사람 연타발延陁勃의 딸이다. 처음에 우태에게 시집을 와서 아들 둘을 낳았는데 맏아들은 비류요, 둘째는 온조였다. 우태가 죽은 뒤에 소서노는 졸본에서 홀로 살았다. 그 뒤 주몽이 부여에서 받아들여지지 못하여 남쪽 지방으로

---

2) 경기도 삼각산. 이 기록의 문맥으로 미루어 보면 남한산으로 추측된다.

3) 미추홀彌鄒忽은 지금의 인천.

4) 하남 위례성河南慰禮城은 지금의 충청남도 직산.

도망하여 졸본에 이르러 도읍을 정하고 국호를 고구려라 하였으며 소서노를 왕비로 삼았다. 주몽이 나라의 기초를 개척하며 왕업을 창시하면서 소서노가 많이 도왔으므로 주몽이 소서노를 특별히 후하게 대하였고 비류 등을 자기 자식처럼 여겼다.

주몽이 부여에서 낳은 예禮 씨의 아들 유류孺留가 찾아오매 그를 태자로 삼아 왕위를 잇게 하였다. 이때에 비류가 아우 온조에게,

"처음 대왕께서 부여에서 난을 피하여 이곳으로 도망하여 왔을 때에 우리 어머니가 가산을 털어서 나라의 위업을 이루도록 도왔으니 어머니의 힘과 공로가 컸다. 대왕께서 세상을 버리게 된 뒤 나라가 유류에게 귀속되니 우리가 공연히 여기에서 군더더기 살처럼 침울하게 지내기보다는 차라리 어머님을 모시고 남쪽 지방으로 가서 땅을 선택하여 따로 나라를 세우는 것만 같지 못하다."

하고, 마침내 아우와 함께 무리들을 데리고 패수浿水와 대수帶水를 건너 미추홀에 와서 살았다.

또《북사北史》와《수서隋書》에는 모두 다음과 같이 이르고 있다.

"동명의 자손에 구태仇台라는 사람이 있었는데 매우 어질고 진실하였으며 처음으로 대방 옛 땅에 나라를 세우니 한나라 요동 태수 공손도가 자기 딸로 구태의 안해를 삼게 하였는데 그 후에 동이에서 강국으로 되었다."

그러니 어느 것이 옳은지 알 수 없다.

— 《삼국사기》

# 혁거세와 알영

삼월 초하룻날에 여섯 부[1]의 조상들이 각기 자제들을 데리고 모두 알천閼川 기슭에 모여서 의논했다.

"우리가 위로 군주가 없이 백성들을 다스리고 있으므로 백성들이 모두 제 맘대로 하니 어찌 덕 있는 사람들을 찾아서 임금을 삼고 나라를 세우며 도읍을 세우지 않을 것이랴!"

이에 높은 곳에 올라가서 남쪽을 바라보니 양산楊山 밑 나정蘿井 우물 곁에 이상스러운 기운이 마치 번갯불같이 땅에 드리우고 거기에 백마 한 마리가 꿇어앉아 절하는 시늉을 하고 있었다.

그곳을 찾아가 보니 보랏빛 알 한 개가 있고, 말은 사람을 보자 울음소리를 길게 뽑으면서 하늘로 올라가 버렸다. 그 알을 깨어 보니 모습이 단정하고 아름다운 사내아이 하나가 나왔다.

놀랍고도 이상하여 아이를 사뇌벌 북쪽에 있는 동천사東泉寺에

---

1) 옛날 진한 땅에 있는 여섯 마을로 오늘의 경주 일대에 흩어져 있다. 곧 알천 양산촌, 돌산 고허촌, 취산 진지촌, 무산 대수촌, 금산 가리촌, 명활산 고야촌을 가리킨다.

데려가 목욕을 시켰더니 몸에서 광채가 나고 새와 짐승들이 따라 춤추며 천지가 진동하고 해와 달이 밝게 빛났다. 그래 그의 이름을 혁거세왕[2]이라 하고 왕위의 칭호는 '거슬한居瑟邯'이라 했다. '거서간'이라고도 하니, 이것은 그가 처음 입을 열 때에 스스로 이르기를 '알지 거서간'이라 하고 일어났으므로 그렇게 부르게 된 것인데, 이로부터 임금의 존칭이 되었다. 그때 사람들이 서로 다투어 치하했다.

"이제 하늘의 아들이 내려왔으니 마땅히 덕 있는 여인을 찾아서 배필을 삼아야 할 것입니다."

이날 사량리에 있는 아리영娥利英 우물이라고도 하는 알영閼英 우물에서 계룡鷄龍이 나타나서 왼쪽 겨드랑에서 계집아이 하나를 낳으니 용모가 아주 아름다웠다. 일설에는 용이 나타나 죽었는데 배를 가르니 계집아이가 나왔다고도 한다. 그러나 그의 입술은 마치 닭 부리와 비슷하여 월성[3] 북쪽 냇물에 가서 목욕을 시켰더니 입부리가 퉁겨져 떨어졌다. 이 때문에 그 개울 이름을 '발천撥川'이라고 하였다.

궁실을 남산 서쪽 기슭에 짓고,■ 두 신성한 아이를 받들어 길렀다. 사내아이는 알에서 나왔는데 그 알은 박과 같았다. 나라 사람들이 바가지를 '박'이라 하므로 그의 성을 '박'이라고 하였으며, 계집아이는 그가 난 우물 이름으로 이름을 지었다. 성스러운 두 사람이 나이 열세 살이 되자 오봉[4] 원년에 남자는 왕이 되고 이어 여자로

---

2) 혁거세왕赫居世王은 세상을 빛내는 왕이라는 뜻인데, 우리 나라 말인 듯하다. '혁거세'나 '불거내弗矩內'나 '광명리세光明理世'나 모두 뜻은 밝게 세상을 다스린다는 뜻이다.

3) 월성月城은 신라 경주 안에 있던 성.

■ 지금의 창림사昌林寺다.

왕후를 삼았다.

　나라 이름을 서라벌 또는 서벌이라 하고, '사라' 또는 '사로'라고
도 하였다.■

　처음에 왕이 계정에서 났으므로 '계림국鷄林國'이라고도 하니 계
룡이 상서로움을 나타낸 까닭이었다. 일설에는 탈해왕脫解王 때에
김알지를 얻을 제, 닭이 숲 속에서 울었으므로 나라 이름을 고쳐서
계림이라 하였다고 한다.

　후세에 이르러 '신라'라는 국호를 정하였다.

　―《삼국유사》

---

4) 중국 전한 선제 때의 연호이다. 오봉 원년은 기원전 57년에 해당한다.
■ 지금 우리 말로 경京 자를 '서벌(서울)'이라 읽는 것도 이 까닭이다.

# 석탈해

신라 제4대 탈해왕은 토해吐解 이사금이라고도 하였다.

남해왕 때" 가락국 바다 가운데에 웬 배가 와서 닿았다. 그 나라의 수로왕首露王이 신하와 백성들과 함께 북을 울리면서 맞아들여 머물게 하려 하였더니, 배가 곧 나는 듯이 달아나 계림 동쪽 하서지촌下西知村 아진포阿珍浦"에 이르렀다.

이때에 포구 가에 한 노파가 살았는데 이름을 '아진의선阿珍義先'이라 하였으니, 바로 혁거세왕의 배를 모는 배꾼의 어머니였다. 그가 바다 쪽을 바라보면서 말하였다.

"이 바다 가운데는 본디 바위가 없는데 까치가 모여들어 우는 것은 무슨 일인가?"

---

- 옛 책에 탈해가 임인년에 왔다고 했으나 잘못된 것이다. 가까운 임인년이라면 노례왕(신라 제3대 유리왕)이 즉위한 때보다 뒤가 될 것이니 남해왕이 죽었을 때 아들 유리와 사위 탈해가 왕위를 양보한 일도 있을 수 없을 것이요, 그전의 임인년이라면 혁거세 시대일 것이므로 임인년이 아닌 것을 알 수 있다.
- 지금도 상서지촌, 하서지촌 등 이름이 남아 있다.

배를 저어 가서 찾아보니 웬 배 한 척 위에 까치들이 몰려 있었다. 그리고 배 안에는 궤가 하나 놓여 있는데 길이가 20척이요, 너비가 13척이었다. 그 배를 끌어다가 나무숲 밑에 놓아두고 그것이 언짢은 일인지 좋은 일인지를 알지 못하므로 하늘에 맹세를 한 다음 조금 있다가 궤짝을 열어 보니 용모가 단정한 사내아이와 가지가지 보물과 노비 들이 가득히 들어 있었다. 이레 동안 음식을 먹였더니 그제야 말했다.

"저는 본래 용성국* 사람입니다. 우리 나라에 일찍이 스물여덟 분의 용왕이 있었는데 모두 사람의 태에서 났고 대여섯 살부터 왕위를 이어 만백성을 가르치며 덕을 닦게 하였습니다. 그리고 여덟 품의 성골[1]이 있으나 차별을 두지 않고 모두가 임금 자리에 올랐습니다.

이때에 우리 부왕 함달파含達婆가 적녀국積女國 왕녀를 맞아서 왕비를 삼았더니 오래도록 아들이 없으므로 자식 보기를 빌어서 칠 년 뒤에 큰 알을 하나 낳았습니다. 이에 대왕께서 여러 신하에게 묻되, '사람이 알을 낳는 것은 예나 지금이나 없는 일이니 이것은 불길한 징조다.' 하고 궤를 짜서 나를 그 안에 넣고 아울러 가지각색 보물과 노비 들을 배 안에 실어서 바다에 띄우면서 빌기를, '인연이 있는 땅에 가 닿아 나라를 세우고 가문을 이루어라.' 하였습니다. 그러자 문득 붉은 용이 나타나 배를 호위하여

---

* 용성국龍城國은 정명국正明國 또는 완하국琓夏國이라고도 하는데, 완하는 화하국花厦國이라고도 한다. 용성국은 왜에서 동북쪽으로 천 리 떨어진 곳에 있다.
1) 여덟 품의 성골[八品姓骨]은 귀족들이 출신에 따라 품위와 계층이 결정되던 신라의 골품 제도와 비슷한 것인 듯하다.

여기까지 이르렀습니다."

말을 마치고 사내아이는 지팡이를 쥐고 종 둘을 데리고 토함산 위에 올라가 돌로 굴집을 만들고 이레 동안 묵으면서 성안에 살 만한 곳이 있는가 바라보더니, 한 봉우리가 마치 초승달 모양으로 생긴 곳이 있는데 지세가 오래 살 만한 곳이었다. 하여 내려와 찾아가 보니 바로 호공[2]의 집이었다. 이에 꾀를 내어 몰래 집 옆에 숫돌과 숯을 파묻어 두고서는 다음 날 이른 아침에 그 집에 가서 말하였다.

"여기는 할아버지 적부터 우리 집이오."

호공은 그렇지 않다고 하여 서로 옳고 그름을 따지다가 결판을 못 내고 끝내 관가에 고발하였다. 관리가 물었다.

"무엇으로 너희 집인 것을 증명하겠느냐?"

사내아이가 대답했다.

"우리 집은 본래 대장장이인데 잠시 이웃 고을에 간 동안 다른 사람이 빼앗아 살고 있으니 청컨대 땅을 파서 보시고 밝혀 주소서."

그 말대로 땅을 파 보니 과연 숫돌과 숯이 나오는지라 그가 그 집을 빼앗아 살게 되었다. 이때에 남해왕이 탈해가 지혜로운 사람임을 알고 맏공주를 안해로 삼게 하니, 바로 아니阿尼 부인이다.

하루는 탈해가 동악[3]에 올라갔다가 돌아오는 길에 심부름하는 자를 시켜 물을 구하여 마시는데, 심부름하는 자가 물을 길어 오던 길

---

2) 호공瓠公은 바다 동쪽에서 박을 타고 바다를 건너 신라로 왔다는 사람으로 그와 관련된 설화가 여러 가지다.
3) 동악東岳은 경주 동쪽 토암산 앞에 있는 산.

에 먼저 마시고 드리려 하니 물그릇이 입에 들러붙어 떨어지지 아니
하였다. 그래서 나무랐더니 심부름하던 자가 맹세하여 하는 말이,

"이후로는 가깝고 멀고 간에 감히 먼저 마시지 않겠습니다."

하니 그제야 그릇이 떨어졌다. 이때부터는 심부름하는 자가 감히 속
이지 못하였다. 지금도 동악 가운데 우물 하나가 있어 '요내遙乃 우
물'이라 하니, 바로 이것이다. 노례왕이 죽자 탈해가 왕이 되었다.

"이것이 옛날 우리 집이오."

하면서 남의 집을 빼앗았다 하여 성을 '옛 석昔' 자로 하였다. 또는
까치 때문에 궤를 열게 되었으므로 '까치 작鵲' 자에서 '새 조鳥' 자
를 떼어 버리고 성을 '석昔' 씨로 하였다고도 하며, 궤를 풀고[解],
알을 벗고[脫] 나왔으므로 이름을 '탈해'라 하였다고도 한다.

—《삼국유사》


▋ 석탈해에 관한 설화는 《신라수이전》을 비롯해서 《삼국사기》,《삼국유사》 등 여러 옛
문헌들에 실려 있다. 여기에는 《삼국유사》에 실린 것을 우리 말로 옮겼다.

그 이야기들을 보면 내용이 대체로 같으나 《신라수이전》에서는 주로 탈해가 신라에
온 뒤의 이야기가 중심이고, 《삼국유사》에서는 탈해가 용성국에서 출생한 유래까지 아
울러 자세히 서술하고 있는 것이 특징이다. 《삼국사기》에서는 이 두 부분을 다 같이 압
축하여 간략하게 서술하였다. 그리고 심부름하는 사람과 관련된 이야기는 《삼국유사》
외에는 다른 두 문헌에는 나오지 않는다. 호공의 집을 앗은 이야기도 조금씩 차이가 있
다. 《신라수이전》에는 그가 놋그릇 장사를 한 것으로 되어 있다.

또한 《삼국사기》와 《신라수의전》에는 탈해가 신라에 와서 한 노파의 손에서 자라면
서 글을 배우고 지리에 능통하게 되었다고 했고, 더욱이 《삼국사기》에는 그가 고기잡이
로 생업을 삼으면서 어머니를 봉양하였다고 하였는데, 이러한 이야기는 《삼국유사》에

는 전혀 나오지 않는다.

　석탈해나 호공이 바다를 떠돌다가 신라에 자리 잡은 것에 관한 이야기들은 고대 인민들이 가졌던 해외에 대한 지식과 상호 교류 관계들을 반영한 것으로 귀중하다.

# 김알지의 출생

호공이 밤에 월성 서쪽 마을을 지나가다가 시림* 속에서 환하게 밝은 빛이 나는 것을 보았다. 보랏빛 구름이 하늘에서 땅까지 드리우고 구름 속에는 황금빛 궤가 나뭇가지에 걸려 있었는데, 궤짝에서 빛을 뿜고 또 흰 닭이 나무 아래서 울고 있었다. 호공이 그 사연을 왕께 아뢰었더니, 왕이 숲에 나와 궤를 열었는데 그 속에는 사내아이가 누워 있다가 일어났다.

마치 혁거세의 옛일과 같았으므로 그 말에 따라 '알지閼智'라고 이름을 지었다. 알지란 곧 우리 말로 어린아이를 부르는 말이다. 그를 안고 대궐로 돌아오는데, 새와 짐승들이 뒤를 따르면서 기뻐서 뛰며 너울너울 춤을 추었다.

왕이 좋은 날을 택해 그를 태자로 책봉하였으나 뒤에 그는 파사[1] 에게 사양하고 왕위에 오르지 않았다. 그가 금궤에서 나왔다 하여

---

* 시림始林은 구림鳩林이라고도 한다.
1) 파사婆娑 이사금은 신라 제5대 왕이다.

성을 김씨라 하였다.

신라의 김씨는 알지에서 시작하였다.

─《삼국유사》


█ 앞에서 본 석탈해 전설이나 김알지 전설은 모두 다 성씨의 발생 기원과 유래를 설명하는 설화들이다. 이러한 설화들이 백성들 속에 만들어지기 시작한 것은 시초가 꽤 오래되었다. 그중 일부 설화들은 벌써 원시 공동체 생활 시기에 발생했다.

앞에서 본 일련의 건국 설화들도 결국 발생 기원 당시에서는 알지 전설이나 마찬가지 성격의 설화들이었는데, 이것들은 모두 다 원시 고대 백성들이 자기 선조를 숭배하고, 신비화, 우상화한 데서 나온 것들이었다.

건국 설화들은 다만 계급 국가 형성 시기 이후에 국가 통치자들에 의해서 내용이 국가 창건 시조로 바뀌면서 더욱 신성화되었을 뿐이었다. 김알지의 출생에 관한 설화는 《삼국사기》 '탈해 이사금 9년' 조에도 실려 있는데, 기본 내용은 다르지 않으나 왕 자신이 밤에 시림 수풀 사이에서 닭 우는 소리를 듣고 날 샐 무렵에 호공을 보내서 알아보게 한 것으로 되어 있다. 이러한 설화들은 흔히 지명 전설과도 얽혀 있다. 이 김알지 전설도 일설에는 '계림'이란 지명이 발생하게 된 유래와 관련 있는 것으로 이야기되고 있다.

# 가락국 이야기 1[1]

천지개벽 후로 이 땅에 아직 나라 이름이 없고 임금이나 신하라는 칭호도 없었다. 여기는 아도간, 여도간, 피도간, 오도간, 유수간, 유천간, 신천간, 오천간, 신귀간 등 아홉 우두머리들이 있었다. 이들이 추장이 되어 백성들을 이끌었으며, 모두 만여 가호에 칠만 오천 명이 살았다. 대부분 산과 들에 모여 살면서 우물을 파서 마시고 밭을 갈아 먹었다.

바로 후한 세조 광무제[2] 건무 18년(42) 삼월 계욕날[3]에 이곳 북쪽 구지龜旨에서 무엇이 수상한 소리로 부르는 기척이 있었다. 구지는 산봉우리 이름인데, 거북 여러 마리가 엎드린 모습과 같았다. 그래

---

1) 원문 제목은 '가락국기駕洛國記'이다. 제목 밑에는, "고려 문종(1047~1083) 대강(요나라 도종의 연호) 연간에 금관 지주사(김해 지방의 장관)로 있던 문인이 지은 것인데 여기에 간략하게 싣는다."고 저자의 주가 달려 있다.
2) 후한은 고대 중국의 국가로 25년부터 220년까지 있었다. 세조 광무제世祖 光武帝가 첫 번째 왕이다. 25년부터 27년까지 왕위에 있었다.
3) 계욕날[禊浴日]은 봄, 가을로 물가에서 지내는 액막이 제삿날.

서 이삼백 명 되는 무리가 여기 모였더니 사람 목소리가 나는데, 모습은 감추고 소리만 내어 말하였다.

"여기 누가 있느냐?"

아홉 우두머리들이 대답하였다.

"저희들이 있습니다."

또 물었다.

"내가 있는 곳이 어디일꼬?"

하기에, 대답해 말하였다.

"구지입니다."

또 말하였다.

"하늘이 나에게 이르기를, 이곳에 와서 나라를 새롭게 하여 임금이 되라 하여 내려왔으니 너희들은 마땅히 봉우리 꼭대기에서 흙을 파면서 노래하되, '거북아! 거북아! 머리를 내어라. 내놓지 않으면 구워 먹겠다.〔龜何龜何 首其現也 苦不現也 燔灼而喫也〕' 하면서 뛰놀고 춤추라. 곧 이것이 대왕을 마중하여 기뻐서 뛰노는 행사가 될 것이다."

아홉 우두머리들이 그 말대로 모두 즐겨 노래를 부르고 춤을 추었다. 얼마 안 되어 우러러 쳐다보니 자줏빛 줄이 하늘에서 드리워 땅에 닿아 있고, 줄 끝을 찾아보니 붉은 보자기에 싼 금빛 상자가 있었다. 그것을 열어 보니 해같이 둥근 황금 알 여섯 개가 있었다. 여러 사람들이 모두 놀랍고 기뻐서 함께 수없이 절을 하다가 조금 뒤에 알을 싸 가지고 아도간의 집으로 돌아와 탁자 위에 두고는 무리들이 저마다 흩어졌다.

그 뒤 하루 지나 이튿날 아침에 여러 사람들이 다시 모여 상자를 열었더니 여섯 알이 변해서 사내아이들이 되었는데 얼굴이 매우 잘났다. 그래서 자리에 앉히고 여럿이 절하여 축하하고 극진히 공경하였다. 그들은 나날이 자라 열흘쯤 지나니 키가 아홉 척이나 되었다.

그달 보름날에 왕위에 올랐다. 맨 먼저 나타났다고 하여 이름을 '수로首露'라 하였다. 또는 '수릉'■이라 하며 나라를 대가락 또는 가야국이라 일컬었으니, 곧 여섯 가야의 하나이다. 나머지 다섯 사람은 저마다 돌아가 다섯 가야의 임금이 되었다.

─《삼국유사》

■ 수릉首陵은 죽은 뒤의 시호다.

# 가락국 이야기 2

완하국 함달왕의 부인이 아이를 배어 달이 차매 알을 낳았는데, 변하여 사람이 되었으므로 이름을 '탈해'라고 했다. 그는 바다를 건너 가락국으로 왔는데 키가 석 자요, 머리 둘레가 한 자였다. 그가 반갑다는 듯이 대궐로 찾아와서 왕에게 말하였다.

"내가 왕의 자리를 빼앗고저 일부러 왔소."

왕이 대답하였다.

"하늘이 나에게 왕이 되어 장차 나라를 안정시키며 백성들을 편안케 하라고 명하였다. 그러니 하늘의 명령을 저버리고 왕위를 내놓을 수 없으며, 우리 나라와 백성들을 너에게 맡길 수도 없다."

탈해가 말하였다.

"그렇다면 술법으로 겨루어 보겠소?"

왕이 좋다고 하였다.

이러고서 잠시 동안에 탈해가 변하여 매가 되니, 왕은 변하여 독수리가 되었다. 다시 탈해가 변하여 참새가 되니, 왕은 변해서 새매가 되었다. 바로 이렇게 변하는 것이 잠깐 사이의 일이었다. 탈해가 본래 몸으로 돌아오니, 왕도 역시 그렇게 돌아왔다. 탈해가 그제야 항복하면서 말하였다.

"술법으로 다투는 마당에서 매에게는 독수리로, 참새에게는 새매로 되셨지만 제가 죽기를 면한 것은 이야말로 성인이 살상을 싫어하는 어진 덕으로 그러한가 하나이다. 제가 왕을 상대하여 임금 자리를 다투기는 진실로 안 될 일이라고 생각합니다."

그러고 선뜻 작별을 하고 떠나서 교외에 있는 나루터에 이르러 장차 중국에 다니는 수로로 가려 하였다. 수로왕은 은근히 그가 머물러 있으면서 난리를 꾸밀까 염려하여 급히 수군 배 오백 척을 발동시켜 그를 뒤쫓았더니, 탈해가 계림 땅으로 달아나 들어갔으므로 수군들이 모두 돌아왔다.

그런데 이 기사는 신라의 것과는 많이 다르다.[1]

―《삼국유사》

---

1) 아마 지은이는 《삼국유사》 권1 '탈해왕' 항목에 실린 기사를 염두에 두고 있는 것 같다. 확실히 그 글과 여기에 쓰인 글은 적지 않게 다르다. 《삼국유사》를 보면 탈해는 수로왕의 왕궁에 들어간 적이 없고 더더구나 술법을 겨룬 것은 전혀 나오지 않는다. 도리어 수로가 나라 사람들과 나와서 북을 치며, 탈해가 온 것을 환영하고 머물게 하였으나, 그를 태운 배가 머무르지 않고 달아난 것으로 되어 있다.

# 가락국 이야기 3

건무 24년(48) 7월 27일 아홉 우두머리들이 조회 끝에 왕에게 말씀을 올렸다.

"대왕께서 이 땅에 내려오신 이래로 아직 좋은 배필을 얻지 못하셨으니, 저희 딸들 가운데 가장 고운 처녀를 뽑아서 대궐로 들여 배필로 삼으소서."

왕이 말하였다.

"내가 여기 내려온 것은 하늘이 마련한 것이매, 내 짝이 되어 왕후로 되는 것 또한 하늘이 마련할 것이다. 그대들은 걱정 말라!"

드디어 유천간을 시켜서 가볍고 빠른 배와 날랜 말을 주어 망산도에 가서 기다리게 하고, 신귀간을 시켜서 승점으로 가게 하였다.▪

갑자기 바다 서남쪽 구석에서 붉은 비단 돛을 달고 붉은 깃발을 펼친 배가 북쪽을 향하여 오고 있었다.

유천간 등이 먼저 섬 위에서 횃불을 드니, 그 배에서는 서로 다투

---

▪ 망산도望山島는 서울 남쪽에 있는 섬이요, 승점乘岾은 바로 서울 턱 아래 있는 나라다.

어 가면서 내려서 빨리 달려왔다. 신귀간이 이것을 바라보고 대궐로 달려와 이 사실을 왕에게 아뢰었다. 왕이 듣고 기뻐하면서 뒤미처 아홉 우두머리를 시켜 찬란하게 꾸민 배로 이를 맞아 곧 궐내로 모셔 가고저 하니 왕후가 말하였다.

"내가 평생에 그대들을 처음 본 터에 어찌 함부로 경솔하게 따라 가리오!"

유천간 등이 돌아와서 왕후의 말을 전했다. 왕이 그 말을 옳게 여겨 관리들을 거느리고 나가 대궐에서 서남쪽 육십 보쯤 되는 산기슭에 가서 장막을 치고 왕후를 기다렸다. 왕후는 산 밖 별포別浦 나루목에 배를 매고 땅에 올라 높은 언덕에서 쉬면서, 입었던 비단 바지를 벗어서 그것을 폐백으로 삼아 산신령에게 드렸다.

그 나라 신하로 따라온 후행이 두 사람이었는데, 이름은 신보와 조광이라 하고 그들의 안해 두 사람의 이름은 모정과 모량이라고 했다. 따로 노비가 모두 이십여 명이요, 가지고 온 온갖 비단과 옷과 피륙과 금, 은, 주옥과 아름다운 패물이며 그릇 들을 이루 다 기록할 수 없었다. 왕후가 점점 임금 있는 곳까지 가까이 오자 왕이 나아가 그를 맞아서 함께 장막으로 들어가고, 후행 이하 여러 사람들은 뜰 아래에서 왕을 뵙고 곧 물러갔다. 왕이 관원을 시켜 후행 부부를 데려온 뒤 말하였다.

"일반 사람들은 각각 방 하나씩 주어 쉬게 하고, 아래 노비들은 한 방에 대여섯 사람씩 들게 하라."

그리고 향기롭고 맛있는 술을 주게 하고, 무늬 좋은 요석과 색깔 있는 이부자리에서 자게 하였으며, 옷, 비단, 보화에 대하여는 군사들을 추려 모아 지키게 하였다.

이리하여 왕은 왕후와 함께 잠자리에 드니, 왕후가 조용히 말했다. "저는 본래 아유타국[1]의 공주로 성은 허許요, 이름은 황옥黃玉이며, 나이는 열여섯입니다. 본국에 있을 적에 올해 오월에 부왕과 왕후께서 저에게 말씀하시기를, '아비와 어미가 어젯밤 꿈에 같이 하느님을 만나 뵈었더니, 하느님이 이르기를 가락국 시조 임금 수로는 하늘이 내려 보내어 왕위에 오르게 하였는데 신령스럽고 거룩한 이는 오직 그분이라 하였다. 그가 새로 그 나라를 다스리는데 아직 배필을 정하지 못하였으니, 그대들은 모름지기 공주를 보내어 그의 짝을 삼게 하라 하시고 말을 마치자 하늘로 올라갔다. 잠을 깬 뒤에도 하느님의 말씀이 아직 귀에 쟁쟁하니 너는 이 자리에서 곧 부모를 하직하고 그에게로 가거라.' 하셨습니다. 그래서 저는 바다를 건너 멀리 남해에 가서 찾기도 하였고 방향을 바꾸어 멀리 동해로도 가 보았습니다. 그러다가 이제 보잘것없는 몸으로 외람히 존귀한 얼굴을 뵈옵게 되었습니다."

왕이 대답하였다.

"나는 나면서부터 자못 현명하여 미리 공주가 멀리서 올 것을 짐작하고 아래 신하들이 왕비를 들이라는 요청이 있었으나 듣지 않았더니, 지금 현숙한 그대가 스스로 왔으니 이 몸에게 커다란 행복이로다."

드디어 동침하게 되어 이틀 밤 하루 낮을 지냈다. 이때야 공주가 타고 온 배를 돌려보내는데, 뱃사공 열다섯 명에게 각각 쌀 열 섬씩과 베 삼십 필씩을 주어 본국으로 돌아가게 하였다.

---

1) 아유타국阿踰陁國은 옛날 인도에 있던 나라다.

8월 1일에 왕이 왕후와 수레를 함께 타고 대궐로 돌아오는데, 후행 온 부부도 말고삐를 나란히 하였다. 가지고 온 외국의 많은 물자들도 모두 수레에 실어 천천히 대궐로 들어오니, 이때 시간은 바로 오정에 가까웠다.

　왕후는 중궁에 있게 하고 왕명으로 후행 온 부부와 따라온 권솔들에게는 빈집 두 채를 내주어 갈라 들게 하였다. 그밖에 남은 수행원들은 손님 치르는 집 한 채 이십여 칸에 사람 수를 알맞게 갈라서 들게 하고, 날마다 풍족한 음식을 주었다. 그들이 싣고 온 진기한 물건들은 대궐 곳간에 간직해 두고 왕후의 사철 비용을 삼게 하였다.

　―《삼국유사》

# 가락국 이야기 4

나라를 다스리고 집안을 정돈하며 백성들을 자식과 같이 사랑하니, 명령이 그리 야단스럽지 않아도 위엄이 있었고 정치가 그리 엄하지 않아도 잘 다스려졌다. 왕이 왕후와 더불어 있는 것이 마치 하늘에 땅이, 해에는 달이, 그리고 양에는 음이 있는 것과 같았다. 이 해에 아들 낳을 꿈을 꾸고 태자 거등 공居登公을 낳았다. 영제 중평 6년(189) 3월 1일에 왕후가 죽으니 나이가 157살이었다.

나라 사람들이 땅이 무너질 듯 통탄하면서 구지봉 동북쪽 언덕에 장사 지냈다. 그가 백성들을 자식처럼 사랑하던 은혜를 기리기 위하여 왕후가 처음 배에서 내리던 나룻가 마을을 주포촌[1]이라 하고, 비단 바지 벗던 높은 언덕을 능현[2]이라 하고, 붉은 기를 달고 들어오던 바다 시울을 기출변[3]이라 하였다.

후행으로 온 천부경泉府卿 신보와 종정감宗正監 조광 등은 이 나

---

1) 주포촌主浦村은 임나루마을이라는 뜻.
2) 능현綾峴은 비단고개라는 뜻.
3) 기출변旗出邊은 기가 나타난 해변이라는 뜻.

라에 온 지 삼십 년 만에 각각 딸 둘씩을 낳고 일이 년이 지나서 부부가 다 세상을 떠났다. 그밖에 노비들은 온 지 칠팔 년이 되도록 이곳에서 자식을 낳지 못하였다. 다만 고향을 그리는 시름만 품고 지내다가 모두들 고향 쪽으로 머리를 두고 죽어, 그들이 묵고 있었던 손님 치르던 집은 사람이 없이 텅 비었다.

왕후가 죽은 뒤로 왕은 매양 구슬픈 공방살이 노래를 부르면서 언제나 비탄에 잠겨 있더니, 십 년을 지나 헌제 건안 4년(199) 3월 23일에 세상을 버리니 나이가 158살이었다. 나라 사람들이 마치 하늘이 무너진 듯 슬퍼하기를 왕후가 돌아가던 날보다 더하였다. 이리하여 동북쪽 평지에 높이 열 자, 둘레가 삼백 보 되는 빈궁[4]을 만들고 여기에 장사하니 능 이름을 수릉 왕묘라 하였다.

　─《삼국유사》


▌가락국은 여섯 가야의 하나로 지금의 경상남도 김해 지방에 자리 잡고 기원 직후부터 6세기 중엽까지 약 7세기 동안 있던 작은 나라였다. '가락국기'는 가락국에 대한 연대기다.

고대 연대기 작품들에는 흔히 역사적 사실과 설화가 구별 없이 섞여 있는 일이 적지 않다. 바로 이 '가락국기'는 제목 아래 덧붙인 주(51쪽)에서 알 수 있듯이 고대 연대기 작품은 아니다. 이것은 고려 초 문종文宗 때 금관 지주사로 있던 문인이 쓴 것이다.

그러나 이 작품은 틀림없이 고대에 쓰인 연대기를 기초로 하였다고 생각되며, 역시 설화가 역사적 사실과 함께 섞여 쓰여 있다. 더 정확히 말한다면 그것이 서로 융합되어

---

4) 빈궁殯宮은 왕 또는 왕세자가 죽었을 때 장례지에 내가기 전까지 관을 임시로 모셔 두는 집이다. 여기서는 다만 왕의 관을 모셔둔 집이라는 뜻.

있다. 일연은 《삼국유사》에 '가락국기' 전부를 그대로 싣지는 않았다. 때문에 원작이 어느 정도로 방대한 것이었는지는 지금 알 수 없다. 그러나 《삼국유사》에 간략히 실려 있는 지금의 작품만 하여도 꽤 크다.

여기에는 《삼국유사》의 '가락국기'를 다 번역하지 않고 그중에서도 가장 이야기가 풍부한 대목만을 골라 뽑아서 번역하였다. 수로왕이 탄생하는 이야기와 왕이 된 뒤 탈해와 왕위를 다툰 이야기 그리고 허황옥이 아유타국에서 가락국으로 와서 왕후가 되는 이야기, 마지막으로 왕후와 수로왕이 죽는 이야기 들을 몇 개 골랐다.

수로의 탄생 이야기는 우리 나라 고대 국가를 세운 시조들의 탄생 이야기에서 흔히 볼 수 있는 바와 같다. 이 이야기에는 가락국뿐만 아니라 여섯 가야국 시조들의 탄생을 이야기하고 있다.

이 이야기 속에 나오는 '영신가迎神歌'는 우리 나라 원시 고대 가요를 연구하는 데 매우 귀중한 가치를 가지고 있다. 그리고 이 이야기에서 재미있는 것은 여러 사람들(이 기록에는 이삼 백 명으로 되어 있다.)이 뛰놀면서 노래하고 춤추니까, 하늘에서 장차 왕이 될 수로왕과 다섯 가야 왕의 알이 내려왔다는 대목이다. 이것은 고대 원시 사회에서 흔히 볼 수 있었던 민주주의적 추장 선거의 흔적이 계급 사회 이후에 신격화되고 설화 형태로 반영된 것이 아니겠는가 생각한다.

수로왕과 탈해가 몸을 바꾸는 재주로 겨루는 이야기는 고대 설화들에서 자주 볼 수 있는 정경이다. 독자들은 아마 이미 앞에 나온 동명왕의 이야기에서 해모수와 하백이 재주를 겨루는 이야기와 아주 비슷하다는 걸 알았을 것이다.

허황옥이 가락국으로 오는 이야기에서 그를 아유타국 공주로 꾸미고 있는데, 여기서 이 설화를 이야기한 사람 또는 기록한 사람들이 이야기를 불교적인 것과 결부시키려고 한 흔적을 알아차릴 수 있다. 고려 왕건 일가의 건국 설화에서도 그러한 흔적을 찾아볼 수 있는데, 이러한 현상은 불교의 전파가 우리 나라의 일부 설화 발전에 끼친 흔적을 반영하는 것이다.

마지막 설화에는 임나루 마을이나 비단고개처럼 지명에 관련된 이야기가 적지 않게 들어 있다.

# 탐라국 전설

    탐라현耽羅縣은 전라도의 남해 바다 가운데 있다. 옛 기록을 보면 태초에는 사람이 없었으나 그 후 어느 때인가 신인 세 명이 땅속에서 지상으로 솟아 나왔다고 한다. 탐라 주산의 북쪽 산기슭에는 굴 구멍이 있어 이를 '모흥毛興'이라고 하는데, 신인들이 나온 곳이라는 것이다. 그 맏이를 '양을나良乙那'라고 하였고, 둘째를 '고을나高乙那', 셋째를 '부을나夫乙那'라고 하였는데, 세 사람은 산간 외진 곳으로 다니면서 사냥을 하며 가죽 옷을 입고 고기를 먹으며 살았다.

    하루는 붉은 질흙으로 봉한 나무 궤 하나가 동쪽 바닷가로 떠 들어와 닿는 것을 보았다. 그래서 세 사람이 달려가 그 궤를 열어 보았더니, 안에 또 돌함이 들어 있었다. 그리고 자주 옷에 붉은 띠를 띤 사자使者 한 사람이 따라 나오더니 돌함을 열었다. 돌함 속에서 푸른 옷을 입은 세 처녀와 망아지, 송아지, 오곡 종자 들이 나왔다. 사자는 세 사람에게 자기들 내력을 소개하였다.

    "저는 왜 땅에서 온 사자입니다. 이 처녀들은 우리 나라 왕의 따님들입니다. 왕께서, '서해 가운데 산이 있어 거기에 신의 아들 세 사람이 내려와 나라를 세우려 하고 있으나 배필이 없다.' 하시면서 저더러 분부하기를, '세 딸을 데리고 가라.' 하시기에 제가 명령을 받들고 여기에 왔습니다. 바라옵건대 그들로 배필을 삼으시고 큰일을 이루옵소서."

그러고는 세 여자를 바치고 문득 구름을 타고 가 버렸다. 세 신인은 나이 순서대로 세 처녀를 안해로 맞이하였다. 그리하여 세 사람은 저마끔 샘물이 달고 땅이 비옥한 곳을 골라 찾아가서 살 곳을 정하였다.

양을나가 사는 곳을 '제일도第一都' 라 하고, 고을나가 사는 곳을 '제이도' 라 하고, 부을나가 사는 곳을 '제삼도' 라고 하였다. 이때부터 처음으로 오곡을 씨 뿌리고, 망아지와 송아지를 길렀는데, 날이 갈수록 점차 부유하고 번영하였다.

그 후 십오대 손인 고후高厚, 고청高淸 등 형제 세 사람이 배를 무어 타고 바다를 건너서 신라의 탐진耽津에 와 닿았는데, 이때는 바로 신라의 전성기였다. 그들이 오기 직전에 신라에서는 난데없는 별이 남쪽 하늘에 나타났는데, 이를 본 천문관은 왕께 아뢰었다.

"다른 나라 사람이 와서 왕께 뵈일 징조이옵니다."

그랬더니 과연 세 형제가 왔는지라 신라 왕은 그들을 가상히 여겨, 별을 움직이게 했다 하여 맏형을 성주星主라 하고, 왕이 둘째 고청에게 자기 가랑이로 나오게 하고는 자기가 낳은 아들처럼 사랑하여 왕자王子라 하고, 셋째는 도내都內라 하였으며, 읍호는 탐라라고 지어 주었다. 처음에 그들이 올 때 배를 댄 곳이 탐진이므로 탐라라고 하였던 것이다. 신라 왕은 또한 그들에게 각각 일산日傘과 의대를 주어 보냈다. 이로부터 탐라에서는 그들의 자손이 대대로 번성하면서 신라를 우러러 섬겼다.

　　─《고려사》


▌ '탐라국 전설'은 우리 나라 유명한 전설로, 흔히 '제주도 전설' 또는 '삼성혈 전설'로 알려졌다. 탐라국이란 곧 지금 제주도의 옛 이름이다. 탐라국은 고대부터 우리 나라의 한 소국가로 발전하여 왔는데 《삼국유사》에 따르면 탐라국을 탁라乇羅라고 하여 구한九韓의 하나로 열거하고 있다. 이 나라는 삼국 시기 중기, 곧 5세기경에는 신라, 백제 등과 정식으로 쉼 없이 교류하였다.

　이 전설에는 탐라가 처음부터 신라와 교류하여 대대로 섬겨 온 듯이 되어 있으나, 삼국 때에는 대체로 지리나 다른 관계로 하여 신라보다는 오히려 백제와 밀접한 관계였고, 백제 멸망 후 신라 때에 와서 직접 접촉하는 일이 잦게 되었던 것이다.

　탐라는 백제와 신라에 대개는 예속 관계에 있었으나, 고려 초기까지는 독립적인 소국가로 자기 면모를 일정하게 유지해 온 것이 사실이다. 정식 고려의 군현으로 들어 개편된 것은 숙종 10년(1105) 때에 와서였다. 곧 탐라국은 꽤 오랫동안 제주도라는 섬 속에서 작은 왕국을 이루고 자기 역사와 문화를 발전시켜 온 것이며, 이 지방만의 설화와 민요들을 창조, 발전시켜 온 것이다.

　이 설화는 건국 설화의 특성을 가지고 있다. 이렇게 이 나라, 이 섬 고유의 역사적 유래를 설명하는 전설이 만들어 전해 내려오게 된 것도 그런 사정과 밀접히 관계 있다. 제주도 지방이 자기의 고유하고 풍부한 민요와 설화의 창조 전승지로서 오늘날 구전 문학 연구가들에게 커다란 관심거리가 되고 있는 것도 우연한 일이 아니다.

　탐라국 전설은 우리 나라에 전하는 건국 설화들치고는 독특한 성격을 보여 주고 있다. 고대 건국 설화들, 곧 부여, 고구려, 신라, 가락국 등과 고조선 건국 신화들에서 '건국주'의 출생 경위를 설명하는 데는 대체로 두 가지 유형으로 갈라진다. 하나는 하늘에서 내려온다는 '천강 설화형'이요, 다른 하나는 알에서 깨어나는 '난생 설화형'이다. 물론 이 두 가지를 섞은 유형도 있다.

첫째 유형은 대표적인 것으로 부여 건국 설화인 '해모수 전설'을 들 수 있으며, 둘째 유형의 대표적 예로는 '고구려 주몽 전설'을 들 수가 있다. 천강과 난생의 혼합 설화형으로는 신라의 '박혁거세 전설'과 가락국 '수로왕 전설'을 들 수 있다.

그러나 탐라국 전설은 이들과는 다르게 주인공들이 땅속에서 솟아 나온 것으로 되어 있어, 흥미롭고 독특하다. 이는 여러 가지 조건, 우선 그 설화가 난 곳의 지리 조건과도 많이 관계되겠지만, 더 중요한 것은 이 설화가 전 시기의 건국 설화들보다 만들어진 때가 비교적 늦은 것과 주요하게 관계하지 않는가 생각된다. 천강이나 난생으로는 건국주들의 출생을 믿기 어려울 만치 사람들의 의식이 발전한 조건에서 이 설화는 주인공들을 땅에서 솟아 나온 것으로 설명하게 된 것이 아닌가 생각한다. 특히 제주도 사람들은 이 섬의 중심부에 높이 솟아 있는 한라산을 상당히 오랫동안 신성하게 여겨 왔고, 또 활화산인 이 섬에 자연히 생겨난 굴들이 있어서 이 설화는 사람들이 더욱 무리 없이 믿을 수 있도록 창조, 전승된 것 같다.

그러므로 이 전설은 한편으로 건국 설화의 성격을 가지면서도 오히려 건국 설화라기보다는 이 섬의 개척자들이 출현한 유래를 설명하는 지방 전설적인 개벽 설화의 후기형이라고 규정하는 것이 맞을 것 같다.

이 전설에서 세 형제의 안해가 된 처녀들이 왔다는 이야기는 가락국 수로왕의 부인 허황옥과 함께, 신라 사람들로서 일본에 가 왕과 왕후가 되었다는 연오랑 세오녀 등과 대조된다.《고려사》원문에는 일본국 사신이 그 처녀들을 데리고 와 바쳤다고 되어 있는데, 이것은 후세 사람들이 이 전설을 적으면서 원래 이름을 마음대로 바꾸어 버린 것이 틀림없다. 왜냐하면 워낙 '일본'이라는 이름이 그 나라에서 쓰이기 시작한 것은 서기 7세기 무렵인데 이 전설은 그보다 훨씬 앞선 때의 생활을 반영하고 있으며, 발생 기원이 벌써 일본국이라는 명칭이 세상에 생겨나기 훨씬 오래 전에 창조되었다는 것을 확증할 수가 있기 때문이다. 그러므로 이번 번역에서는 이것을 참작하여 '왜 땅'이라고 고쳐 썼다.

왜 땅에서 제주도 삼성혈의 주인공들에게 처녀를 바쳤다는 사실과 관련하여 잠깐 이야기해 보자. 삼국 시기보다 훨씬 앞서 이미 우리 선조들은 왜 땅에 많은 사람들이 가서 살았고, 또한 그 땅에서 적지 않게 통치 귀족 계층들을 이루고 있었다. 그쪽에 가 있는 조선 사람 우두머리(문헌 기록에는 왜왕)가 자기 고향 땅에 딸들을 시집보내고 혼인 관계를 이루었다는 이야기는 당시 사회, 역사적 조건으로 보아 충분히 있을 수도 있었던 생활 현실을 이 전설이 반영하고 있다.

탐라국 전설은 제주도 인민들의 역사와 고대 우리 인민들의 생활을 연구하는 데 의의가 클 뿐만 아니라 우리 나라 고대 설화들이 가진 전체 면모의 특성을 연구 해명하는 데도 귀중한 가치를 갖는 설화 작품이다.

# 후백제 왕 견훤 1

옛 기록에 다음과 같이 이른다.

옛날에 한 부자가 광주光州 북촌에 살고 있었는데, 그에게는 딸 하나가 있어 외모가 단정하였다. 하루는 딸이 아버지더러 말하였다.

"붉은 옷을 입은 웬 남자가 매양 제 방에 와서 잡니다."

아버지가 일러 말하였다.

"네가 긴 실을 바늘에 꿰어서 그 사람 옷에 찔러 두어라."

딸은 그 말대로 하였다.

날이 밝아 실을 찾아보니 바늘이 북쪽 담 밑의 큰 지렁이 허리에 찔려 있었다. 이 때문에 임신하여 사내아이를 낳았는데, 나이 열다섯에 스스로를 견훤甄萱이라고 했다.

경복 원년(892)에 이르러 왕이라 하고 도읍을 완산군[1]에 정하여 43년 동안 다스렸다. 청태 2년(935)[2]에 견훤의 세 아들[3]이 반역을

---

1) 완산完山은 지금의 전라북도 전주.
2) 청태清泰는 중국 후당 폐제 때의 연호.
3) 신검神劍, 양검, 용검 셋을 말한다.

하자, 견훤은 고려 태조에게 투항하였다. 아들 신검이 왕위에 올랐으니 천복 원년(936)에 고려 군사와 일선군—善郡[4]에서 맞서 싸우다가 백제가 져 나라가 망하였다.

　—《삼국유사》

---

4) 지금의 경상북도 선산 지방.

# 후백제 왕 견훤 2

견훤이 어려서 아직 포대기에 싸여 있을 때, 아버지가 들에 나가 밭을 가는데 어머니가 밥을 갖다 주려고 아이를 수풀 아래 두었더니 범이 와서 젖을 먹였다. 이 마을 사람들이 듣고 이상하게 여겼다.

그가 자라매 몸집이 덜썩 크고 뛰어났으며 기상이 활달하여 범상치 않았다. 군인이 되어 서울에 갔다가 서남쪽 바다에 나가 적을 지키는데, 창을 베개 삼아 누워 적을 기다리니, 그 용기가 항상 군사들의 으뜸이 되어 그 공로로 비장[1]이 되었다.

당나라 소종 경복 원년(892)은 바로 신라 진성왕 6년인데, 이때 왕의 측근에 총애를 받는 내시들이 있어서 나라 정치를 잡고 농락하여 규율이 어지러워졌다. 게다가 기근까지 덮쳐 백성들이 사방으로 흩어져 헤매고 도적 떼가 벌 떼처럼 일어났다.

이때 견훤이 속으로 반역할 마음을 품고 무리를 불러 모아 서울의 서남쪽 고을들을 치니, 이르는 곳마다 모두 호응하여 달포 사이에

---

1) 비장裨將은 보좌관을 일컫는다.

무리가 오천이나 되었다. 마침내 그는 무진주武珍州를 습격하여 스스로 왕이 되었으나, 아직 공공연하게 왕이라 하지는 못하고 자칭 '신라 서남 도통행 전주자사 겸 어사 중승 상주국 한남군 개국공'이라는 관작 칭호를 사용하였으니 이때가 용기 원년(889)인데 경복 원년(892)이라고도 한다.

이때에 북원²⁾의 도적 양길良吉이 매우 강성하였으므로 궁예弓裔가 자진하여 그의 부하가 되었더니, 견훤이 이 소식을 듣고 멀리서 양길에게 비장의 직을 주었다. 견훤이 서쪽으로 순행하여 완산주에 이르니 고을 사람들이 환영하는지라 인심을 얻은 것을 기뻐하여 좌우 사람들에게 말하였다.

"백제가 나라를 창건한 지 육백여 년 간에 당나라 고종이 신라의 요청으로 장군 소정방蘇定方을 보내어 수군 십삼만 명을 거느리고 바다를 건너오고 신라의 군사가 또한 휩쓸어 와서 황산³⁾을 거쳐 당나라 군사와 힘을 합쳐 백제를 멸망시켰으니, 내 어찌 지금 도읍을 세워 오랜 원한을 씻지 아니하랴."

그리고 스스로 후백제 왕이라 하고 관직을 정하였으며 벼슬을 임명하였다. 이때는 신라 효공왕 4년(900)이었다.

─《삼국유사》

▌이 설화는 견훤이 후백제 왕을 스스로 칭하며 신비화한 데서 생겨난 이야기들이다. 우리 나라 설화 중에는 건국 시조들과 관련된 이야기들이 적지 않다. 고대의 여러 건

---

2) 북원北原은 지금의 강원도 원주.
3) 황산黃山은 지금의 충청남도 연산.

국 설화들부터 시작하여 가까이는 고려의 태조 왕건, 조선의 이성계와 관련된 이야기가 다 그러한 것들이다. 고대의 건국 설화들과 후대 건국 시조들의 이야기들에서 우리가 특징적으로 볼 수 있는 것은 고대의 건국 설화들이 흔히 하늘이나 어떤 초자연적 신들과 결부되어 있는 반면에 후대 건국 설화들은 흔히 지상의 어떤 신비한 기적들과 결부시키려 하고 있는 점이다.

여기에 보이는 견훤의 이야기들도 지렁이나 범과 관련되어 있다. 이렇게 신비화하는 데서 보이는 새로운 경향은 역사 발전과 더불어 백성들이 지혜로워졌기 때문이다. 사람들의 의식이 발전하여 초자연적 물건에 의한 신비화를 이미 믿지 않게 되었기 때문에 그들이 더 몸 가까이서 보고 아는 것으로 신비화할 필요가 있었던 것이다.

후대 설화들에도 지렁이와 관련된 이야기나 호랑이가 아이에게 젖을 먹였다는 이야기는 적지 않다.

# 고려 건국과 왕건의 가계

 고려 왕실의 조상은 역사 기록이 없어서 잘 알 수 없다. 《태조실록 太祖實錄》에 의하면 태조 즉위 2년(919)에 왕의 삼대 조상들을 추존 하였는데, 증조부인 시조에게 시호를 올려 원덕元德 대왕이라 하였 으며 그 비는 정화貞和 왕후라 하였고, 조부인 의조懿祖는 경강景康 대왕이라 하고 그 비는 원창元昌 왕후라 하였으며, 아버지인 세조는 위무威武 대왕 그 비는 위숙威肅 왕후라고 하였다.

 김관의[1]의 《편년통록》에는 고려 왕실의 가계에 대하여 다음과 같 이 기록하고 있다.

---

1) 김관의金寬毅는 고려 의종 때의 문인. 《편년통록編年通錄》이라는 역사 저술을 남겼는데,
  이 책은 자기 시대까지 각 왕대의 역사를 편년체로 서술한 것이다. 이 문헌은 조선 초엽
  이후 흩어져 지금은 전하지 않는다.

## 성골 장군과 평나산의 여신

옛날에 호경虎景이란 사람이 있었는데 스스로 '성골 장군'이라고 하였다. 일찍이 그는 백두산에서 시작하여 산천을 두루 구경하며 다니다가 부소산²⁾ 왼쪽 골짜기에 이르러 자리를 잡고 장가를 들어 살았다.

호경의 집은 넉넉하였으나 자식이 없었다. 그는 활을 쏘아 사냥을 해서 먹고살았다. 하루는 호경이 한마을에 사는 사람 아홉과 함께 평나산³⁾으로 매를 잡으러 갔다가 마침 날이 저물어 바위굴에서 자게 되었다. 그런데 난데없이 범 한 마리가 나타나더니 굴을 가로막고 으르렁거렸다. 굴 안의 열 사람은 서로 의논하였다.

"저놈이 우리를 해치려 함이 분명하니 우리 각자가 관冠을 던져 보기로 하세. 그래서 누구의 것이건 범에게 관이 잡힌 사람이 나가서 일을 당하기로 하세."

그러고는 자기 관을 각기 내던졌다. 그랬더니 마침 범이 호경의 관을 잡아 하는 수 없이 호경이 범과 한바탕 싸울 작정으로 굴 밖으로 나왔더니, 별안간 범은 온데간데없이 보이지 않고 그 순간 바위굴 입구가 무너져 내려앉았다. 그 바람에 굴속에 있던 아홉 사람은 하나도 나오지 못하고 죽었다.

호경은 돌아와 평나군에 그 사연을 보고하고 다시 산으로 가서 아홉 사람의 장사를 지내 주었다. 이때 먼저 산신에게 제사를 지냈더

---

2) 고구려 시대에 개성을 부소갑扶蘇岬이라 했다. 부소산扶蘇山은 송악산.
3) 평나산平那山은 평주군, 곧 오늘의 평산군에 있는 산.

니 산신이 나타나서 호경더러 말하였다.

"나는 본시 과부로서 이 산을 주관하고 있었더니 이제 다행히 당신을 만나게 되어 서로 부부의 인연을 맺고 이 산을 다스리고저 하나니 우선 당신이 이 산의 대왕으로 되어 주시기를 바랍니다."

그의 말이 끝나자 호경도 산신도 간데없이 자취를 감추고 말았다. 그 뒤부터 평나군 사람들은 호경을 대왕으로 섬기고 사당을 세워서 제사 지냈으며, 평나산도 아홉 사람이 함께 죽었다고 하여 이름을 '구룡산'이라 고쳐 불렀다.

## 강충과 팔원의 예언

호경은 산신과 부부가 되었으나, 그 뒤에도 부소산에 있는 옛 처를 잊지 않았다. 그리하여 밤이 되면 언제나 꿈결같이 와서 자고 가곤 하였다.

그리하여 호경의 안해는 아들을 보게 되었는데, 이름을 강충康忠이라고 하였다. 강충은 생김생김이 단정하고 위엄이 있었으며, 여러 가지 재주를 가지고 있었다. 그는 서강 영안촌의 어떤 부잣집 딸 구치의具置義를 안해로 얻어 가지고 오관산[4] 마가갑摩訶岬에 자리 잡고 살았다.

당시 신라 감간[5]으로 팔원八元이란 사람이 있었는데 풍수를 잘 보

---

4) 오관산五冠山은 장단군에 있는 산.
5) 감간監干은 신라 말에 제정되었던 지방 관직인 듯하나, 위품은 알 수 없다.

왔다. 어느 날 팔원이 부소산에 찾아왔는데, 당시 부소군은 부소산 북쪽에 있었다. 그는 이 지대의 산세를 살피고, 형세는 좋으나 나무가 없음을 보고 강충더러 일렀다.

"고을을 부소산 남쪽으로 옮기고 이 산에 소나무를 심어 산등의 바위들이 보이지 않도록 한다면, 이곳에서 장차 삼한[6]을 통일할 인물이 나올 것이오."

이에 강충은 군민들과 의논하여 부소산 남쪽으로 이사하고, 온 산에 소나무를 심었으며 고을 이름도 송악군이라고 고쳐 불렀다. 그리고 그는 이 군의 상사찬[7]이 되었으며 마가갑의 저택을 대대로 자리 잡고 살 터로 삼고 그곳에서 오갔다. 그는 마침내 천금 만금 큰 부자가 되었다. 그리고 두 아들을 보았는데, 막내아들의 이름을 손호술損乎逃이라고 하였다. 손호술은 나중에 보육寶育이라고 이름을 바꾸었다.

### 이제건과 보육

보육은 어려서부터 성품이 어질었다. 그는 머리 깎고 중이 되어 지리산에 들어가서 불도를 닦다가 나중에 평나산 북쪽 기슭으로

---

6) 삼한三韓은 우리 나라라는 뜻으로 썼다. 구체적인 나라들을 예견한 것이라면 9세기 말부터 10세기 초에 형성되었던 후삼국, 곧 신라, 견훤의 후백제, 궁예의 태봉국을 의미할 수도 있다.

7) 사찬沙粲은 신라 17등 위품 중에서 8등에 해당하는 직위 이름이다. 상사찬上沙粲이란 직위는 사찬보다 높은 벼슬이었던 것 같다.

돌아와서 살았는데, 나중에는 또다시 마가갑으로 옮겨 가 살았다.

어느 해 밤 보육은 이상한 꿈을 꾸었다. 그가 곡령[8]에 올라가서 남쪽을 향하여 오줌을 누었더니 그것이 온 땅에 가득 차서 은빛 바다로 변하는 것이다. 하도 이상하여 이튿날 그는 간밤 꿈 이야기를 형 이제건伊帝建에게 하였더니 이제건이 그 말을 듣고 기뻐하면서 말하였다.

"네가 반드시 장차 천하를 다스릴 큰 인물을 보게 될 것이다."

그러고는 자기 딸 덕주德周를 안해로 삼게 하였다. 그래 보육은 이 이후로 거사[9]가 되어 마가갑에 암자를 짓고 살았다.

어느 날 신라 술사 한 사람이 그가 사는 곳을 지나면서 와서 보고 일렀다.

"참 좋은 고장에 자리 잡고 사십니다. 이 땅에 머물러 사시면 장차 반드시 중국 천자가 찾아와서 당신의 사위가 될 것이외다."

그 뒤 그는 두 딸을 낳았는데, 그중 둘째 딸 진의辰義는 얼굴이 아름다울 뿐만 아니라 재주와 지혜가 아주 뛰어났다.


### 진의 자매와 전포 전설

진의는 얼굴이 아름답고 재주와 지혜가 뛰어났다. 그가 시집 갈

---

8) 곡령鵠嶺은 개성 송악산을 말한다.
9) 벼슬하지 아니하고 숨어 지내는 선비, 처사를 말하거나 절에 가 중 생활을 하지 않고 집에서 살림을 하면서 불도를 믿는 사람들을 가리킨 것인데, 여기서는 후자의 뜻으로 쓰였다.

무렵이던 어느 해에 진의의 언니가 꿈을 꾸었는데, 꿈에 오관산마루에 올라가서 오줌을 누었더니 오줌이 흘러서 온 땅에 가득 차는 것을 보았다.

이튿날 아침 잠을 깨나 동생 진의더러 간밤 꿈 이야기를 하였더니 진의가 말하였다.

"언니! 비단 치마를 줄 테니, 그 꿈을 제게 파세요."

언니가 좋을 대로 하라고 하였더니 진의는 언니더러 다시 그 꿈 이야기를 되풀이하라고 하고는 그것을 움켜잡아 자기 품에 끌어안는 시늉을 세 번 하고 나서 마치 뜻을 이룬 듯이 몹시 자랑스러워하였다.

어느 해 봄에 어떤 사람이 바다를 건너 패강 서포[10]에 이르렀는데 그때는 때마침 조수가 쩐 때라 강바닥은 감탕이 져서 배에서 뭍으로 올라설 수가 없었다. 그래서 그를 따라온 시종관들이 배에 싣고 왔던 돈을 강바닥에 뿌려 펴고서야 그가 뭍으로 오를 수 있었다. 이 일이 있은 뒤부터 나루 이름을 전포[11]라고 부르게 되었다.


## 작제건이 용녀에게 장가들다

진의는 그 뒤 시집가서 아들을 낳았는데, 이름을 작제건作帝建이

---

10) 패강浿江에 관해서는 여러 가지 설이 있으나 여기서는 지금의 예성강을 말한다. 서포西浦는 전포의 옛 이름이다.
11) 전포錢浦는 개성서 서쪽으로 35리쯤에 있는 포구 이름. 돈개를 말한다.

라고 하였다. 작제건은 어려서부터 남달리 총명하고 용맹스럽기가 보통 사람과 달랐다.

그는 점점 자라면서 재주가 뛰어나 모든 기예에 능통하였고, 그중에서도 특히 서예와 활쏘기에 뛰어났다. 작제건이 열여섯 살이 되었을 때 어머니는 이전에 아버지가 남겨 두고 떠나간 활과 화살을 내주었다. 그것을 받아 쥔 작제건은 뛸 듯이 기뻐하면서 활을 쏘아 보았는데, 화살은 모두 백발백중으로 들어맞았다. 그리하여 세상 사람들은 그를 '신궁' 이라고 했다.

이렇게 자란 작제건은 어느 해에 아버지를 찾아 장삿배를 잡아타고 먼 길을 떠났다. 그런데 배가 바다 한가운데에 이르렀을 때였다. 갑자기 사방에 구름과 안개가 자욱이 끼어 앞뒤를 분간하기 어렵게 어두워지고, 배는 한자리에 머물러 서서 사흘 동안 한 걸음도 나가지 못하였다. 이렇게 되자 배 안에서는 소동이 일어났다. 그리하여 거기 탄 사람들이 점을 쳐 보았더니, 점쟁이가 말하였다.

"배 안에 탄 고려 사람을 내려놓고 가면 길할 것이다."▪

작제건은 일이 돌아가는 형편이 어쩔 수 없게 되자 활과 화살을 쥐고서 스스로 바다 속에 몸을 던져 뛰어들었다. 그런데 묘하게도 그가 뛰어든 바닷물 밑에는 바위가 깔려 있어서, 그는 물에 빠진 것이 아니라 그 바위 위에 서게 되었다. 어느덧 안개는 흩어져 날이 개고 배는 순풍을 타서 마치 쏜살같이 멀리 사라져 버렸다. 둘레가 조

---

▪ 민지閔漬가 쓴 《편년강목編年綱目》이라는 책에는 다음과 같은 이야기가 전한다고 쓰여 있다. 신라의 김양정金良貞이란 사람이 왕명을 받들고 당나라에 사신으로 들어갈 때에 작제건은 마침 그 배에 올라탔는데 양정의 꿈에 백발노인이 나타나서 고려 사람을 여기에 두고 가면 순풍을 얻어 빨리 갈 수 있을 것이라고 하였다는 것이다.

용해지자 어디선가 갑자기 웬 노인이 나타났다. 노인은 그의 앞에 오자 절을 하고 나서 말하였다.

"나는 서해 바다의 용왕이올시다. 그런데 요사이 날마다 저녁나절이 되면 늙은 여우 한 마리가 부처님의 탈을 쓰고 공중에서 내려오곤 하는데, 그는 일월성신을 운무 중에 늘어놓고 소라를 불며 북을 치면서 요란하게 풍악을 잡히고 내려와서는 이 바위 위에 앉아서 옹종경臃腫經을 읽습니다. 그러면 이상하게도 내 머리가 몹시 쑤시고 아파나서 견딜 수가 없습니다. 그대는 활을 잘 쏜다고 하오니 그 여우란 놈을 죽여서 내게 닥친 재앙을 없애 주기를 간절히 바라나이다."

작제건은 그의 청을 승낙하였다.

(민지의 《편년강목》에는 다음과 같은 이야기도 싣고 있다. 작제건이 바위 위에 내려서 보니 가장자리로 한 가닥 길이 있는 것을 발견하였다. 그 길을 따라 한 마장쯤 갔더니 거기에 바위가 또 하나 있었다. 바위 위에는 궁전이 하나 서 있는데, 문이 환히 열려 있었다. 안을 들여다보니 거기에는 금문자로 경전을 베껴 쓰는 곳이 있었다. 가까이 가서 자세히 보니 붓에 묻은 금물이 아직 젖어 있는데 사방을 돌아보아도 사람의 자취란 찾아볼 수가 없었다.

작제건은 그 자리에 앉아서 붓을 들고 경전을 옮겨 쓰기 시작하였다. 그런데 어디에서 나타났는지 갑자기 웬 여자가 앞에 다가와 섰다. 작제건은 깜짝 놀라 그가 관음보살의 현신인가 생각하고 자리에서 일어나 엎디어 절을 하려 하였더니, 여자는 어느새 가뭇없이 사라져 버리고 보이지 않았다. 그래 다시 그는 자리에 앉아서 또 불경을 베끼기 시작하였다. 이윽고 전에 보인 여자가 다시 작제건 앞에 나타나서 이번에는 그에게 말을 걸었다.

"저는 바다 용왕의 딸이올시다. 몇 해 동안을 두고 저는 여기에 앉아 불경을 옮겨 쓰는 일을 하고 있사오나, 아직 일을 끝내지 못하고 있습니다. 이제 다행히 낭군을 뵈옵건대 글씨에 능할 뿐만 아니라 활도 잘 쏘시니, 그대를 여기에 만류하여 두고 제 공덕 쌓는 사업에 도움을 받을까 하옵니다. 또한 저희 집 재난을 없애게 하여 주십사 바라나이다. 저희 집 재난이라는 것은 이제 이레만 기다리시면 자연히 알게 되시리라고 생각합니다.")

그가 말한 때가 되자 과연 공중에서 풍악 소리가 들려오더니 하늘 서북쪽에서 부처님의 모습이 나타나 내려오기 시작하였다. 작제건은 그가 정말로 부처님인가 의심하여 감히 활을 쏘지 못하고 바라만 보고 있었다. 이때 늙은이가 초조하여 다시 나타나서 말했다.

"저것이 틀림없는 늙은 여우이니 의심치 말고 곧 쏘시라."

작제건은 그제서야 결심을 하고 활에 살을 메워 기회를 보다가 쏘았더니 화살이 날아가자 곧 그놈이 땅에 떨어졌다. 그것은 정말로 틀림없는 늙은 여우였다. 이것을 본 늙은이는 대단히 기뻐하였다. 그리고 작제건을 용궁으로 맞아들여 사례하면서 물었다.

"제가 당신의 힘을 입어 환난을 없애 버렸으니 이제 그 큰 은혜를 보답할까 하나이다. 당신은 계속하여 가시던 서쪽 땅 당나라로 다시 들어가시려는지, 그렇지 않으면 많은 보배들을 가지고 고려로 도로 돌아가서 어머니를 봉양하겠는지요?"

작제건은 이때에 대답하였다.

"제 소원은 동쪽 삼한 땅의 임금이 되는 것입니다."

용왕은 이 대답을 듣고 말하였다.

"동쪽 삼한 땅의 임금이 되는 것은 그대의 자손이 삼대를 내려가 건建 자에 이르러서야 꼭 이루어지게 될 것이니, 다른 소원을 말해 주시면 무엇이든 뜻대로 해 드릴까 하오."

작제건은 그의 말을 듣고 아직 임금이 될 때에 이르지 않았다는 것을 깨닫고 다른 소원으로 무엇을 말할지 마음속에 결심이 서지 않아서 머뭇거리며 대답을 못 하고 있노라니까 그의 뒤편에 앉아 있던 노파가 농담 삼아 이렇게 말을 하는 것이었다.

"왜 용왕의 따님에게 장가를 들려고 하지 않으시오?"

그제야 작제건은 문득 생각이 들어 노인에게 장가를 들게 해 달라고 청하였다. 이에 용왕은 맏딸 저민의翥旻義를 그에게 주어 안해를 삼게 하였다. 작제건이 용왕이 준 여러 가지 보물을 신고 안해와 함께 용궁을 떠나려고 할 때에, 안해 용녀가 작제건더러 이런 말을 귀띔해 주었다.

"우리 아버지에게는 버드나무 지팡이와 돼지가 있는데, 그것은 칠보七寶보다도 훨씬 값있는 것입니다. 그것을 달라고 하여 가지고 가사이다."

용녀 말을 듣고 작제건은 칠보를 용왕에게 도로 바치면서 대신 버드나무 지팡이와 돼지를 가져가게 해 달라고 소원을 말하였다. 용왕은 딱해하면서,

"이 두 물건은 내가 신통력을 부릴 수 있는 보물이나 자네가 청하는 데야 어찌 거절할 수 있겠느냐?"

하고 칠보와 함께 돼지를 더 보태 주었다. 이에 작제건은 옻칠을 한 배에 칠보와 돼지 들을 가득 신고 용궁을 떠나 잠깐 만에 동쪽 땅 바닷가에 다다르니, 그곳은 바로 창릉굴12) 앞 강가였다. 이때 백주의

정조[13] 유상희 등은 그 소식을 듣고,

"작제건이 서해 용왕의 딸을 안해로 얻어 가지고 돌아왔다니 실로 큰 경사로다."

하고 말하고 개주, 정주, 염주,[14] 백주 네 고을과 강화, 교동, 하음 세 현의 사람들을 데리고 와서 그를 위하여 영안성[15]을 쌓고 궁실을 지어 그들 내외를 맞아들였다.

### 용녀 용궁으로 돌아가다

용녀는 작제건을 따라 고려로 오자, 개주 동북쪽에 있는 산기슭으로 바로 가서 은 바리로 우물을 파고 그 물을 떠서 썼다. 이것이 바로 지금의 개성 '큰우물'인 것이다.

그들이 영안성에 자리 잡고 산 지 어느덧 일 년이 지났다. 그러나 웬일인지 용궁에서 데리고 온 돼지는 도무지 우리로 들어가지를 않았다. 이상한 곡절이 있다고 생각한 작제건은 어느 날 돼지더러 말하였다.

"이곳이 우리가 살 만한 곳이 못 된다면, 네가 가는 대로 떠나서 가마."

---

12) 개성 부근 예성강 강변 영안성에 있는 고려 세조 능묘 가까이에 있었다는 석굴.

13) 백주白州는 지금의 황해남도 배천. 정조正朝는 고려 때의 벼슬 이름.

14) 개주開州는 지금의 개성 지방, 정주貞州는 지금의 풍덕 지방, 염주鹽州는 지금의 황해도 연안을 이른다.

15) 영안성永安城은 개성 서강 가에 있던 토성.

그랬더니 다음 날 아침에 돼지는 그 집을 떠나 송악산 남쪽 기슭으로 가서 드러누웠다. 작제건은 여기가 살 곳인가 보다 생각하고, 거기에다 새 집을 짓고 들었는데 여기는 바로 옛날 강충이 살던 옛 집터였다. 이곳에서 작제건은 영안성까지 오가면서 삼십여 년을 살았다.

용녀는 송악산의 새 집으로 옮겨 오자 자기 방 침실 창밖에 우물을 파 놓고 그 우물 속으로 하여 가끔 서해 용궁을 다녀오곤 하였다. 광명사[16] 동상방東上房 북쪽에 있는 우물이 곧 그것이다.

용녀는 일찍이 작제건에게 이런 약속을 당부하였다.

"제가 용궁으로 돌아갈 때는 절대로 제가 하는 일을 보아서는 안 됩니다. 만일 이 약속을 어기시면 저는 영영 돌아오지 못하게 됩니다."

그러나 작제건은 이 약속을 어기고 어느 날 용녀가 용궁으로 들어가는 모습을 몰래 엿보았다. 그가 본즉 용녀는 어린 딸과 함께 우물로 들어가더니 홀연 모두 황룡으로 변해 가지고 오색구름을 일쿠는데 놀랍기가 이루 말할 수 없으나, 그는 감히 입을 열지 못하였다. 그러나 용녀는 다시 돌아와서 성을 내며 말하였다.

"부부간의 도리는 서로 신의를 지키는 것이 중요하온데, 낭군께서 저에게 하신 언약을 어겼사오니 저는 이후로는 당신과 같이 살 수가 없습니다."

그러고는 어린 딸과 함께 다시 용으로 변해서 우물로 들어가서 용궁으로 가 버리고 영영 다시 돌아오지 않았다. 그 뒤 작제건은 늙어

---

16) 광명사廣明寺는 개성 송악산 기슭에 있었던 절.

서 속리산 장갑사로 들어가서 늘 불경을 읽으며 남은 생을 보내다가
세상을 떠났다.

고려 왕조가 열린 후에 작제건을 추존하여 의조 경강 대왕이라 하
였고, 용녀는 원창 왕후라고 하였다.


## 용건과 몽 부인

원창 왕후는 네 아들을 낳았다. 그중 맏아들은 용건龍建이라고 불
렀는데, 그는 나중에 이름을 융隆이라고 고치고 자는 문명文明이라
하였으니, 이이가 바로 고려 세조다. 세조 용건은 체모가 장대하고
위엄 있을 뿐만 아니라 아름다운 수염을 가지고 있었고, 도량이 커
일찍부터 삼한을 통일할 큰 뜻을 가졌다.

어느 날 밤 꿈에 그는 어떤 아름다운 여인을 만나서 안해로 언약
을 맺는 꿈을 꾸었다. 나중에 송악에서 영안성으로 가는 길가에서
만난 한 여자의 모습이 꿈에 본 여자와 꼭 같았다. 그래 그는 이 여
자와 백년가약을 맺었다. 그러나 그 여자가 어디서 왔는지를 아는
사람이 없는지라, 세상에서는 흔히 몽夢 부인이라고 불렀다.

일설에는 또한 그가 삼한의 어머니가 되었기 때문에 성을 한씨라
고 하였다는데, 그가 바로 위숙 왕후다.

## 고려 태조 왕건의 출생

세조 용건이 송악산 묵은 집에서 여러 해를 살다가 그 남쪽, 곧 지금의 연경궁 봉원전 터에 다시 새 집을 지으려고 할 때의 일이다.

동리산[17]의 조사祖師 도선道詵이 때마침 일행[18]의 지리법을 배워서 돌아오다가 백두산에 올라가 보고 곡령까지 와서 세조가 짓고 있는 새 집을 바라보고는 다음과 같은 말을 중얼거렸다.

"아뿔싸! 기장을 심어야 할 때에 어찌 삼을 심으려 할까?"

이 말을 남기고 그는 곧 사라져 버렸다. 세조의 부인 한 씨가 마침 그 말을 듣고서 수상히 여겨 세조더러 일렀더니, 세조가 급히 뒤를 쫓아가서 마침 만날 수가 있었다. 그들은 서로 만나자 오래 보아 온 사람들같이 뜻이 맞았다.

그리하여 그들은 그 달음으로 곡령으로 올라가서 산수의 지맥을 낱낱이 살펴보고, 위로는 천문과 밑으로는 시운을 다 따져 본 뒤에 도선이 말하였다.

"이 땅의 지맥은 북방 백두산 수모목간水母木幹에서 내려와서 말 머리 형상의 이 명당에 떨어졌으며, 또 당신은 수명水命이라 마땅히 수水의 대수大數를 좇아서 육육이 삼십육구三十六區의 집을 지을 것 같으면 천지의 왕운에 부합하므로, 이듬해에는 반드시 뛰어난 아들을 낳게 될 것이니, 이름을 왕건이라고 지어 주시오."

그러고는 그 자리에서 실봉實封을 만들고 겉에 다음과 같은 글을

---

17) 동리산桐裏山은 전라남도 곡성에 있는 산 이름.
18) 일행一行은 당나라 때의 승려. 천문 역법을 잘 알았으며, 풍수설의 대가라 한다.

써 주었다.

"미래의 삼한을 통일할 나라의 군주 대원 군자에게 삼가 백 번 절
하면서 글을 받들어 올리나이다."

이때는 바로 876년 4월이었다. 세조는 도선의 말을 따라 그곳에
집을 짓고 살게 되었는데, 이달부터 마침 위숙 왕후 한 씨는 태기가
있어서 고려 태조 왕건을 낳았다.

—《동사강목東史綱目》

▌ 우리 나라 고대 국가들은 어느 나라를 막론하고 대체로 다 자기 고유한 건국 설화들
을 가지고 있다. 우리가 이미 위에서 본 고대 건국 설화들은 각기 그 나라의 역사나 고
대인들의 생활, 사상 등을 연구하는 데 매우 귀중한 자료들이다.

여기에 번역 소개한 '고려 건국과 왕건의 가계'는 10세기 초에 건국된 고려 봉건 국
가의 건국주 왕건과 그의 선조들에 관한 이야기로, 후기형 건국 설화다. 이 설화는 그
것이 시대로 보아 비교적 늦은 시기에 발생한 사정과 관련하여 고유한 특성들을 가지
고 있다.

다시 말해, 이 설화는 우선 그 자체가 정연한 통일성을 이루고 있다는 점에서 앞선
건국 설화들과 색다르다. 또한 구성과 예술면에서도 앞선 건국 설화들과는 구별되는
특성들을 가지고 있다.

특히 우리 눈에 띄는 것은 이 설화의 적지 않은 부분이 앞선 설화를 흉내 냈거나 그
대로 갖다 썼다는 것이다. 우리가 알고 있듯이 이 설화 속의 꿈 파는 이야기는 삼국 시
기에 있었던 이야기로 이미 널리 알려진 것이다.

그리고 작제건이 중국으로 들어가다가 서해 용왕의 청을 들어 늙은 여우를 물리쳤다
는 이야기도 역시 《삼국유사》에 실려 있는 '거타지 설화'하고 기본 형태와 내용이 비슷
한 것을 알 수 있다. 이러한 현상들은 설화의 계승성을 연구하는 데 매우 흥미 있는 자
료이다.

그러나 고려 건국 설화는 역시 그것대로 독자적 성격을 가지고 있으며, 시대의 특성을 반영하고 있다. 특히 이것은 개성 부근에 전하는 지명 전설들, '돈개 전설', 개성의 '큰우물' 전설, '구룡산 전설' 들을 묘하게 하나로 잇고 있으며, 내용이 풍부하고 구성이 독특한 면모들을 보이고 있다.

 그중에서도 용궁을 다녀온 작제건 이야기나 용녀 저민의 이야기는 다른 건국 설화에서는 볼 수 없는 독특한 것이며, 내용이 퍽 재미있다. 불교를 숭상한 고려 왕족들과 이 시대 사상적 특성을 바탕으로 하여 생겨난 것이라고 보인다. 도선 이야기도 이 시기 고려 통치 계급들이 적지 않게 신봉하던 풍수지리설을 반영하고 있다.

 이와 같이 고려 건국 설화는 고려 시대 설화 발전의 특성, 이 시기의 역사적 현실, 사상 발전의 특색 등을 연구하는 데 일정한 가치를 가지고 있다. 여기에 이야기된 설화의 내용과 체계들은 두말할 것 없이 고려 왕조를 신성화하기 위한 목적에서 앞선 설화들을 이용한 것이 적지 않다는 것을 우리는 이해할 필요가 있다.

# 거북아 거북아
# 수로를 내놓아라

수로의 자색이 빼어나게 아름다웠으므로 깊은 산골이나 큰 물을 지날 적마다 여러 번 귀신이나 영물들에게 붙들려 갔다.

"거북아 거북아 수로를 내놓아라. 남의 안해 훔쳐 간 그 죄가 얼마이냐. 네가 만일 거역하고 내놓지 않는다면, 그물로 잡아내어 구워 먹으리라."

# 여옥과 공후인

최표의 《고금주》[1]를 보면 '공후인'이란 노래는 조선진朝鮮津의 뱃사공 곽리자고霍里子高의 안해 여옥麗玉이 지은 것이라고 하였다.

하루는 곽리자고가 새벽에 일어나서 강에 나가 배질을 하고 있노라니까 머리가 하얗게 센 미친 남자 하나가 머리를 갈래갈래로 풀어 헤뜨리고 병을 들고서 세차게 흐르는 물결을 질러 강을 건너가는 것이었다.

그의 안해가 황급히 따라오며 건너가지 말라고 소리쳐 불렀으나 끝내 미치지 못하고 강물에 밀려 빠져 죽었다.

일이 이렇게 되자 그 안해는 공후를 뜯으며, '그대 강을 건너지 말라 하였건만〔公無渡河〕'이란 노래를 지어 불렀는데 곡조가 매우 애달프고 구슬펐다. 그리고 노래를 마치자 여자는 스스로 몸을 강물에 던져 죽고 말았다.

---

1) 최표崔豹는 중국 진나라 때 사람으로 그가 쓴 《고금주古今注》란 책은 세 권으로 되어 있는데, 여기에 '공후인箜篌引'에 관한 이야기가 실려 있다.

곽리자고는 그날 밤 집에 돌아오자 안해 여옥더러 오늘 나루터에서 본 일의 자초지종을 여자가 부른 노래 소리까지 그대로 옮겨 가며 이야기하였다. 여옥은 그 사연을 듣고 나서 몹시 슬퍼하면서 공후를 당겨 남편이 불러 주는 노래의 곡조를 탔다. 그리하여 그 노래 곡조를 듣는 사람들은 눈물을 흘리며 울지 않는 사람이 없었다.

여옥은 그 뒤 그 곡조를 옆집에 사는 여용麗容이란 여자에게 전하였는데 노래 곡명을 '공후인'이라고 하였다.

살펴보면 '조선진'은 지금의 대동강이다. 그런데 이백이 지은 '공무도하'라는 악부시를 보면, 이렇다.

> 황하 물은 곤륜산[2]을 헤치며
> 서쪽에서 흘러내려
> 소리치며 만 리 길을 내달아
> 용문[3]에 와 부닥치누나.
> 黃河西來決崑崙　咆哮萬里觸龍門

이것은 비록 시인의 과장된 말이라 하더라도 실제 사실과 맞지 않으니 믿을 만한 소리가 되지 못한다.

―《오산설림五山說林》

---

2) 중국 서장, 청해성 일대에 뻗어 있는 높은 산맥.
3) 산서성 하진현 서북쪽과 섬서성 한성현 동북쪽, 황하가 흘러내리는 데 있다. 관문 비슷이 형성된, 산천이 아름다운 곳.

▌ '공후인'은 가사가 전하는 우리 나라 고대 가요 작품들 가운데 가장 오래된 대표적인 작품이다.

이 노래는 설화가 보여 주듯이 기원전 수세기 전부터 존재하였던 고조선 사람들이 만들고 부른 민요 성격의 가요 작품이다. 이 설화에 한 부부가 물에 빠져 죽은 이야기가 나오는데, 이것은 이미 고조선 때 사회 계급의 생활 형편을 어느 정도 보여 준다. 곧 노예 소유 사회의 지배 계급 밑에서 시달리던 고대 사람들의 비참한 생활이 이러한 비극도 자아낸 것이 아닌가 생각한다.

우리는 '공후인' 창조와 관련된 이 설화를 통하여 일찍부터 대단히 수준 높던 우리 고대 사람들의 문화 형편과 고대 가요의 발전 면모를 여실히 알 수 있다. '공후인'은 우리 백성들뿐만 아니라 일찍이 이웃 나라들에 전파되었는데, 이 노래가 중국에 알려진 것은 기원전이다. 《고금주》를 쓴 최표라는 사람은 동진 말, 곧 5세기 초에 활동한 사람인데, 《고금주》에 벌써 '공후인'에 대한 이야기가 실려 있을 뿐만 아니라 중국의 고대 가요들 중 기원전에 만들어진 노래 가운데도 '공후인'이란 곡목으로 지어진 것들이 있음을 볼 수 있다. 그 뒤에도 악부시를 쓰는 중국 시인들 가운데서는 '공후인' 또는 '공무도하'라는 같은 제목으로 시를 지었고 노래로도 불렀다.

여기 실린 《오산설림》의 저자 차천로車天輅가 지적한 이백의 '공무도하'도 그와 같은 것이다. 최표의 《고금주》에는 '공후인'의 가사도 적혀 있는데, 다음과 같다.

님아 강을 건너지 마소.
굳이 님이 건너시네.
물에 빠져 죽으시니
님아 이를 어이하리오.
公無渡河　公竟渡河
墮河而死　當奈公何

《오산설림》의 저자 차천로는 18세기에 활동한 문인이다. 그가 단정한 '조선진'이 대동강이라는 설은 논의할 여지가 많은데 반드시 그렇다고 확증할 근거는 없다.

# 유리왕의 황조가

유리 명왕[1] 3년 시월에 왕비 송 씨가 죽었다. 왕이 다시 두 여자에게 장가를 들어 후취를 삼았는데, 하나는 '화희禾姬'라 하여 골천鶻川 사람의 딸이요, 하나는 한나라 사람의 딸 '치희雉姬'였다. 두 여자가 시새움하여 서로 화목하지 못하므로 왕이 양곡涼谷에 동, 서두 궁을 지어 따로 있게 하였다. 그 뒤에 왕이 기산箕山으로 사냥을 나가서 이레 동안 돌아오지 않았더니 두 여자가 다투다가 화희가 치희에게 욕하며 말하였다.

"한인의 집에서 온 천한 첩년이 어찌 그토록 무례하기 짝이 없느냐?"

그리하여 치희가 창피하고 분하여 도망쳐 돌아갔다.

왕이 이 사실을 듣고 말을 달려 쫓아갔으나, 치희는 노여워서 돌아오지 않았다. 왕이 나무 밑에서 쉬다가 꾀꼬리가 날아 모이는 것을 보고 느끼는 바 있어 다음과 같이 노래하였다.

---

1) 유리 명왕瑠璃明王은 고구려 제2대 왕.

펄펄 나는 꾀꼬리도
암놈 수놈 즐기는데
외로울사 이내 몸은
뉘와 함께 돌아갈까.
翩翩黃鳥　雌雄相依
念我之獨　誰其與歸
　― 《삼국사기》


▌ 유리왕의 '황조가'는 우리 나라 개인 서정 가요 중 가장 오래된 노래이면서 문헌에
남아 가사까지 전하는 우리의 한시 작품이다. 이 노래가 처음부터 한시 작품으로 쓰인
것이 아니라는 견해도 있으나 당시 여러 가지 조건으로 보아 충분히 유리왕이 한시 작
품을 쓸 수 있었으리라고 생각한다.

이 노래에는 주인공의 서정적 내면세계가 비유 수법에 의하여 제법 진실하고 생동하
게 잘 표현되어 있다. 이 작품은 우리 나라 서정 시가 문학의 연구와 우리 나라 한시의
발전을 이해하는 데 매우 중요한 의의를 가지고 있다.

## 견우와 직녀

은하수는 아득히
구름 밖에 비꼈는데
하늘 위의 견우직녀
오늘 밤에 만난다네.

부지런히 베 짜던
북도 멈춰 섰는데
오작교 가에선
말을 재촉하네.

만나자 고대
이별이 근심이라
내일 아침 떠날 일이
몹시도 괴롭구나.

샘같이 솟는 눈물
구슬처럼 떨어져
나부끼는 가을바람에
흩날려 비가 되어

하늘의 선녀
옷자락이 싸늘하여
계수나무 곁에서
외로이 잠들다가

견우직녀 하룻밤
즐거움을 시새워
달빛마저 가려
비춰 주지 않누나.

나는 용도
함초롬히 젖었고
파랑새는
깃을 움츠렸거니

동천이 밝아 오자
비가 멎는구나.
견우의 옷자락
젖을세라 겁내는지.

# 七月七日雨

銀河杳杳碧霞外　天上神仙今夕會
龍梭聲斷夜機空　烏鵲橋邊促仙馭
相逢才說別離苦　還導明朝又難駐
雙行玉淚洒如泉　一陣金風吹作雨
廣寒仙女練帨涼　獨宿婆娑桂影傍
妬他靈匹一宵歡　深閉蟾宮不放光
赤龍下濕滑難騎　靑鳥低翯凝不飛
天方向曉汔可霽　恐染天孫雲錦衣

―《동국이상국집》

▌ '견우직녀 전설'은 이미 5세기에 고구려 백성들 사이에 널리 알려져 있었다. 5세기 초에 건축된 고구려의 '덕흥리 무덤 벽화'에는 '견우직녀 전설'을 그림으로 그려 놓았다. 무덤의 앞 칸 남쪽 천장에는 은하수를 사이에 두고 소를 끌고 가는 견우와 검정개를 데리고 서 있는 직녀를 그려 놓았는데, 그 모습이 살아 있는 듯하다. 이것은 이 전설이 5세기 이전 고구려 사람들 사이에 널리 전해지고 있었다는 것을 말해 준다.

우리 나라의 봉건 시기 문인들은 시에서 견우와 직녀를 적지 않게 노래하였다. 13세기 문인인 이규보가 이 전설에 토대하여 지은 서정시 '칠월 칠석에 비가 내려〔七月七日雨〕'는 비교적 발전된 대표적인 것이다.

'견우와 직녀 이야기'를 주제로 하여 창작된 이 시는 오늘 우리에게 전해지고 있는 전설과 내용이 거의 같다. 우리 시대에 와서 정리한 전설집에서 볼 수 있는 자료에 근거하여 이 전설의 기본 내용을 보면 다음과 같다.

별나라에는 인물이 아름답고 천을 잘 짜는 직녀라는 선녀가 있었다. 그가 짠 천에는 달과 꽃, 새 들이 수놓아져 있어 별나라의 진귀한 물건이었다. 직녀는 어느덧 자라 이 웃 별나라의 목동과 사랑하는 사이가 되었으며 그들은 이어 혼인하였다.

견우와 직녀는 혼인한 뒤 사랑에 취하여 천을 짜는 것도, 소를 모는 것도 잊고 서로 곁을 떠나지 않고 함께 있었다. 별나라 왕은 잠시 자기 직분을 잃고 사랑으로 하여 일하지 않고 놀고 있는 그들을 용서하려 하지 않았다. 왕은 넓은 은하수를 사이에 두고 견우와 직녀를 갈라놓았다. 그들은 거기에서 각각 천을 짜고 소를 몰다가 일 년에 단한 번 칠월 칠석날에만 만나도록 허락하였다. 기다리던 칠월 칠석날이 돌아왔으나 은하수를 건널 수가 없어 은하 가에서 서로 부르며 애끊는 만남에 눈물만 흘렸다.

그리하여 견우·직녀가 흘리는 슬픔의 눈물은 하늘 아래 지상 세계에 비가 되어 내렸다. 그때는 한창 곡식이 여무는 계절이어서 지상은 때 아닌 장마로 하여 하늘을 원망하였다. 지상 세계에서는 천기를 보는 관리가 있어 왕에게 그 사연을 알려 견우와 직녀가 흘리는 눈물이라고 하였다. 그리하여 왕은 하늘을 자유로이 날아오를 수 있는 까치를 불러 은하수에 다리를 놓아 주도록 하였다. 그리하여 견우와 직녀는 까치가 놓아 준 오작교로 서로 만나게 되었다.

이 전설에 인연하여 칠월 칠석날 아침에 내리는 비는 견우와 직녀가 서로 마주 보며 흘리는 애끊는 눈물이고, 낮에 내리는 비는 만남이 기뻐서 흘리는 눈물이며, 하룻밤 지나고 새벽에 내리는 비는 이별이 슬퍼서 흘리는 눈물이라고 한다.

견우·직녀 전설 가운데에는 주인공이 왕자와 공주로 설정된 것도 있다. 이것은 왕이나 왕자, 공주가 가장 훌륭하고 아름다운 인간을 상징하는 표현으로, 흔히 설화에서 써오는 형상적 허구에 지나지 않는다. 이름 그대로 '견우'는 소를 끄는 목동이며, '직녀'는 천을 짜는 여성이다. 전설은 현실 생활에서 벌어지는 인간관계를, 하늘 세계를 무대로 설정하고 환상과 의인화의 수법으로 현실 생활에서 체험하는 인간의 생활과 사상 감정을 진실하게 펼쳐 보이고 있다.

전설에서 견우와 직녀의 형상은 착취 사회에서 지배 계급의 전횡과 약탈로 하여 또는 뛰어넘을 수 없는 신분 장벽으로 하여 그리고 착취 계급이 강요하는 부역 등 이러저러한 사회적 요인으로 하여 서로 가정을 이루지 못하고 생이별을 당해야 했던 인간들의 운명과 생활에 대한 예술적 구현이다.

이 전설은 주제, 사상의 보편성, 현실 반영의 진실성으로 하여 오랜 세월 백성들 속에서 구전되어 왔으며, 견우와 직녀는 역대 소설과 시가들에서 사랑과 만남과 이별에 대한 상징으로 사랑받았다.

# 토끼와 거북 이야기

김춘추金春秋가 백제를 치고저 고구려에 군사를 요청하러 갔던 때 일이다. 어떤 사람이 고구려 왕에게 말했다.

"신라에서 온 사신은 보통 사람이 아닙니다. 그는 지금 우리 나라의 형세를 알아보러 온 것이오니 대왕께서는 그를 헤아려 뒤탈이 없게 하소서."

그래 고구려 왕은 대답하기 어려운 엉뚱한 문제를 내어 그에게 욕을 보이려고 하였다.

"마목현麻木峴과 죽령竹嶺은 본래 우리 땅이니 돌려주지 않으면 그대는 돌아가지 못하리라."

김춘추는 이에 대하여 대답하였다.

"국가의 영토는 신하로서 마음대로 할 바 아니오니 저는 감히 명령을 들을 수 없소이다."

이에 왕은 노하여 김춘추를 가두어 놓고 장차 죽일 판이었다. 그래서 김춘추는 몰래 푸른 베 삼백 필을 왕이 총애하는 신하인 선도해先道解에게 주었더니, 선도해는 술과 안주를 가지고 와서 김춘추와 함께 술을 마시며 얼근한 김에 농담으로 이런 말을 하였다.

"그대도 일찍이 거북과 토끼의 이야기를 들은 일이 있는가? 옛날 동해 용왕의 딸이 가슴을 앓는데 의원의 말이 토끼 간을 얻어 약에 섞어 쓰면 나을 것이라고 하였다네. 그러나 바다에는 워낙 토끼가 없으니 어찌할 길이 없었는데 이때 거북 한 놈이 나와 용왕께 아뢰었네.

'제가 토끼 간을 얻을 수 있소이다.'

그리고 드디어 육지로 나와 토끼를 보고 꾀었네그려.

'바다 가운데 섬 하나가 있는데 맑은 샘, 흰 돌, 울창한 숲, 맛 좋은 과실 등 풍경도 좋거니와 거기는 추위도 더위도 없고 매나 독수리 같은 것도 없으니 네가 가기만 하면 한평생 걱정 없이 즐겁게만 살리라.'

거북이 자기한테 속아 넘은 토끼를 등에 업고 바다로 이삼 리쯤 들어갔을 때였네.

'토끼야, 잘 들어라. 지금 용왕의 딸이 병이 나서 토끼 간이 약이라기에 내가 이렇게 수고를 아끼지 않고 너를 업어 가는 거야. 알기나 해라.'

하였더니, 토끼는 시침을 떼고,

'아 그런가? 나는 신명의 후손이라 가끔 오장을 꺼내어 깨끗이 씻어 넣곤 하는데, 요새 좀 속이 나빠서 간을 꺼내 씻어서 잠시 바위 밑에 두고는 네 재미있는 말을 듣다가 바로 왔으니, 간은 지금 거기 있다. 그렇다면 도로 나가 간을 가져와야겠구나. 너는 구하던 약을 얻으니 좋고 나는 간 따위는 없어도 되니 이 어찌 서로에게 다 좋은 일이 아니겠느냐!'

하니, 토끼에게 도로 속은 거북은 토끼를 업고 육지로 다시 돌아왔
다네. 그래 언덕에 오른 토끼는 숲 속으로 뛰어가면서 거북더러,
  '이 미련한 놈아! 간 없이 사는 놈이 세상에 어데 있다더냐?'
하고 놀려 주었다네. 그리하여 거북은 면구만 당하고 돌아오고 말
았다네."
이 이야기를 들은 김춘추는 선도해의 뜻을 알았다. 그리하여 고구
려 왕에게 편지를 보내어 말하였다.
  "두 영은 본시 귀국의 땅이었으니 저를 돌려보내 주시면 저희 왕
께 청하여 반환케 하오리다."
고구려 왕이 기뻐하여 김춘추를 후히 대접하여 돌려보냈다.
   ─《삼국사기》


▌이 설화는 삼국 시기 설화 가운데서 가장 유명하다. 이 설화에서 백성들은 용왕과
그에 아첨하여 충직함을 보이는 거북의 형상을 통하여 남을 달콤한 말로 꾀며 자기 이
해를 위하여서는 남의 생명을 거리낌 없이 희생시키는 통치 계급과 착취자들의 추악하
고 비인간적이고 탐욕적인 본질을 우화로 훌륭하게 폭로 비판하고 있다.
  또한 이 설화에서 백성들은 용왕이나 거북 같은 간교하고 음흉한 자들의 달콤한 말
에 속아 경계하지 않고 경솔하게 행동한다거나, 노력하지 않고서도 평생을 편히 먹고
놀며 살 수 있다는 말에 귀가 솔깃해서 제 고장을 아낌없이 버리고 죽음의 함정으로 끌
려가던 토끼 이야기를 통하여 깊이 있는 교훈과 생활 철학을 제기하고 있다.
  그러나 토끼는 어디까지나 백성들의 지지와 사랑을 받는 형상이며 그들의 처지를 대
표하는 인물 형상이다. 때문에 그는 설화에서 한때 경솔한 행동, 잘못된 생각으로 위험
한 지경까지 빠지나 거기서 파멸의 운명을 맛보는 것이 아니라 어려운 고비에서도 침
착하게 지혜로 간사한 꾀를 물리치고 살아 나오게 되며 끝내는 흉계를 이겨 내고 최후

의 승리자로 등장하는 것이다.

자기 힘이 끝내 승리하리라는 백성들의 확신은 이 설화를 통하여서도 훌륭히 보이고 있다. 이 설화는 오랫동안 우리 백성들 속에서 구전되어 내려왔다. 동시에 이런 오랜 전승 과정에서 이 설화는 우리 서사 문학과 다른 예술 종류를 창조하는 데 중요한 원천으로 되어 왔는데 판소리 '토별가', 소설 '토끼전' 등은 바로 이 설화를 원형으로 하면서 창조된 대표적인 우리 민족 문학예술의 귀중한 유산들이다.

이 설화가 보여 주는 사상은 오늘날에도 여전히 훌륭한 생명력과 귀중한 교훈들을 주고 있다. 이 설화는 우리 나라의 우화 발전 역사를 연구하는 데에서도 귀중한 가치를 가진다.

# 노래로 연을 맺은 서동과 선화 공주

　제30대 무왕武王의 이름은 장璋이다. 그 어머니는 혼자된 여자로 ▪
서울 남지 가에 집을 짓고 살다가 남지의 용과 상관해서 그를 낳았
다. 어려서 이름은 서동(薯童, 맛동이라고도 한다.)인데, 속이 깊어
남들이 헤아리기 어려웠다. 언제나 마를 캐어 팔아서 생활하였으므
로 나라 사람들이 그렇게 이름 지었다.

　신라 진평왕의 셋째 공주 선화가 아름답고 곱기 짝이 없다는 말을
듣고, 머리를 깎고 신라 서울로 와서 마을 아이들에게 마를 나눠 먹
였다. 그랬더니 여러 아이들이 그와 친해졌다. 이에 동요를 지어 가
지고 그 아이들을 달래서 부르게 하였는데, 그 노래는 이렇다.

　선화 공주님은
　남몰래 얼러 두고

---

▪ 《삼국사》에는 이르기를, 무왕은 법왕의 아들이라고 하였는데 여기에는 혼자된 여자의 아
들이라고 하였으니 알 수 없다.

서동님을
밤이면 몰래 안고 간다.
善化公主主隱　他密只嫁良置古
薯童房乙　夜矣卯乙抱遣去如

　동요가 서울 안에 퍼져서 대궐까지 알려졌다. 모든 관리들이 떠들고 나서는 바람에 공주를 먼 지방으로 귀양 보내게 하였는데, 떠나려 할 때 왕후가 순금 한 말을 주었다. 공주가 귀양지로 갈 때 서동이 도중에서 나와 인사를 드리고 호위해 주겠다고 하니, 공주가 비록 어떤 사람인지는 알지 못하나 만나자 마음에 들어서 따라오게 하였다. 그러다가 서로 좋아진 뒤 서동이란 이름을 알고서 동요가 맞다고 믿었다. 함께 백제로 와서 왕후가 준 금을 내놓고 살림을 차릴 의논을 하니 서동이 웃으면서 하는 말이,
　"이게 무엇이오?"
하고 물었다. 공주가,
　"이것은 황금이오. 이만해도 한평생 부자로 살 수 있소."
하니, 서동이 말하였다.
　"내가 어려서부터 마를 캐던 곳에는 이런 것을 내버려 쌓인 것이 흙더미 같소."
　공주가 듣고 크게 놀라서 하는 말이,
　"이것은 천하에 다시없는 보물이오. 지금 당신이 금이 있는 데를 아시거든 그 보물을 우리 부모님께 보내 드리는 것이 어떻겠소?"
하니, 서동이,
　"좋소."

하였다. 그래서 금을 모아서 산더미처럼 쌓아 놓고 용화산龍華山 사자사師子寺 지명知命 법사에게 가서 금을 실어 보낼 방법을 물었더니 법사가 말했다.

"내가 귀신의 힘으로 보낼 수 있으니 금만 가져오시오."

공주가 편지를 써서 금과 함께 사자사 앞에 가져다 놓았더니 법사가 귀신의 힘으로 하룻밤 동안에 신라 궁중까지 날라다 놓았다. 진평왕이 이런 신기스러운 일을 기이하게 여겨서 서동을 존중하고 늘 편지를 보내어 안부를 물었다. 서동이 이 일로 인심을 얻어 왕위에 올랐다.

하루는 왕이 부인을 데리고 사자사로 가는 길에 용화산 아래 큰 못가에 이르니 미륵불 셋이 못 속에서 나타났으므로 가던 수레를 멈추고 치성을 드렸다. 부인이 왕에게 말했다.

"여기다가 큰 절을 짓는 것이 소원입니다."

왕이 허락하고 지명 법사에게 가서 못을 메울 일을 물었더니 그가 귀신의 힘으로 하룻밤 동안에 산을 무너뜨려 못을 메워 평지를 만들었다. 이에 미륵불상 셋을 모실 전각과 탑, 행랑채를 각각 세 곳에 따로 짓고 미륵사彌勒寺 ▪라는 현판을 붙였다. 진평왕이 각색 장인들을 보내어 도와주었다. 지금까지 그 절이 보존되어 있다.

— 《삼국유사》

---

▪ 《국사》에는 왕흥사王興寺라 하였다.

# 연오랑과 세오녀

신라 제8대 아달라왕 4년(157)에 동해 해변에 연오랑延烏郎과 세
오녀細烏女 부부가 살고 있었다.

어느 날 연오가 바다에 나가서 미역을 따는데 문득, 바위▪ 하나가
나타나더니 그를 태우고 일본으로 가 버렸다. 그 나라 사람들이 보
고 말하기를,

"이는 범상치 않은 인물이다."

하고, 올려 세워 왕으로 삼았다.▪

세오가 남편이 돌아오지 않자 이상히 여겨 나가서 찾다가 남편이
벗어 놓은 신발을 보고 역시 그 바위 위에 올라갔더니 그 바위가 전
과 같이 그를 싣고 일본으로 갔다. 그 나라 사람들이 놀랍고 이상하
여 왕에게 아뢰어 바쳤다. 이리하여 부부가 서로 다시 만났으며 세
오녀를 왕비로 삼았다.

---

▪ 고기라고도 한다.
▪ 《일본제기日本帝記》를 보면 전이나 후나 신라 사람으로 왕이 된 자가 없으니, 이는 변방
고을의 작은 왕이지 참말 왕은 아닌 것이다.

이때 신라에서는 해와 달이 빛을 잃었다. 천문을 맡은 관리가 왕에게 아뢰었다.

"우리 나라에 내려와 있던 해와 달의 정기가 지금은 일본으로 가 버렸기 때문에 이러한 괴변이 일어났습니다."

왕이 사신을 보내서 두 사람을 찾았더니, 연오가 하는 말이,

"내가 이 나라에 온 것은 하늘이 시킨 것이라, 이제 어떻게 돌아가겠소? 그러나 왕비가 짜 둔 가는 생초 비단이 있으니 이것을 가져다가 하늘에 제사 지내면 좋을 것이오."

하고 비단을 내주었다. 사신이 돌아와서 왕께 아뢰니, 그의 말대로 하늘에 제사를 지내 그 뒤로는 해와 달이 예전대로 되었다.

그 비단을 임금의 창고에 간직하여 국보를 삼고 그 창고를 '귀비고貴妃庫'라고 하였으며 하늘에 제사 지낸 곳은 '영일현迎日縣' 또는 '도기야都祈野'라고 하였다.

　　　—《삼국유사》


▌이 설화는 상당히 오래 전에 창조된 고대 설화이다. 《신라수이전》에도 대체로 비슷한 내용이 실려 있다.

이 설화를 통하여 우리는 고대 백성들의 생활과 행복에 대한 아름다운 꿈을 이해할 수 있으며 예술적인 표현을 볼 수 있다. 또한 여기에는 고대 신라 백성들의 해외 진출과 일본 사람들의 정치 문화적 발전에 준 우리 고대 사람들의 영향이 반영되어 있다.

이 설화는 영일만 전설과도 관련되어 있다.

# 도화녀와 귀신의 아들 비형랑

제25대 사륜왕[1]은 시호가 진지 대왕이요, 성은 김씨고 왕비는 기오공起鳥公의 딸, 지도知刀 부인이다.

태건 8년(576)에 즉위하여 나라를 다스린 지 4년에 정치가 문란하고 몹시 음란하여 나라 사람들이 그를 폐위시켜 버렸다.

이에 앞서 사량부 백성의 딸이 있어 자태와 용모가 몹시 아름다워 당시 사람들이 도화랑桃花娘이라고 하였는데, 왕이 그 소문을 듣고 궁중으로 불러들여 상관하려고 하였다. 그러니 여자가 말하기를,

"여자가 지킬 도리는 두 남편을 섬기지 않는 것이니 남편이 있으면서 어찌 다른 데로 가오리까? 비록 제왕의 위엄으로도 끝내 절조는 빼앗지 못하오리다."

하니, 왕이,

"죽이면 어쩌려느냐?"

하였다. 여자가 대답했다.

---

1) 제25대 진지왕(眞智王, 576~579)을 말한다. 이름은 사륜舍輪 또는 금륜金輪이라고 한다.

"차라리 거리에서 목을 베어 주소서. 다른 소원은 없나이다."

왕이 놀리면서 묻기를,

"네 남편이 없다면 그렇게 하겠느냐?"

하니, 좋다고 대답하였다.

그래 왕은 여자를 놓아 돌려보냈다. 이 해에 왕이 몰려나서 죽었다. 그 뒤 삼 년이 지나 여자의 남편도 죽었다. 열흘 남짓 지난 어느 날 밤에 홀연히 왕이 마치 그전처럼 여자의 방에 와서 말하였다.

"네가 전에 승낙을 하였고 지금은 네 남편이 없으니, 내 말을 듣겠느냐?"

여자가 경솔히 응낙지 않고 부모에게 여쭈었더니, 부모가,

"임금의 분부를 어떻게 어기겠느냐?"

하면서 딸을 방으로 들여보냈다. 이레 동안 왕이 머물러 있었는데 언제나 오색구름이 지붕을 덮고 향기가 방에 차더니, 이레 뒤에 왕은 홀연히 흔적이 없어졌다. 여자가 이로 인하여 아이를 배어 달이 차자 해산을 하려는데, 천지가 진동하면서 사내아이 하나를 낳으니 이름을 '비형鼻荊'이라고 하였다. 진평왕이 그 이상한 이야기를 듣고 데려다가 궁중에서 길렀다.

비형의 나이가 열다섯에 이르매 집사 벼슬을 주었다. 그런데 만날 밤마다 달아나서는 멀리 가 노는지라 왕이 날랜 군사 오십 명을 시켜 그를 지키게 하였더니 매번 월성을 뛰어넘어 서쪽 황천 기슭에 가서 귀신의 무리를 데리고 놀곤 하였다. 군사들이 숲 속에 숨어서 엿보니 귀신들이 여러 절에서 나는 새벽 종소리를 듣고야 제가끔 흩어지며 비형랑도 역시 돌아왔다. 군사가 사실을 왕께 아뢰니 왕이 비형랑을 불러서 물었다.

"네가 귀신을 데리고 논다고 하니 참말이냐?"

비형랑이 대답했다.

"그렇습니다."

그러자 왕이 명령했다.

"그러면 네가 귀신의 무리들을 시켜서 신원사神元寺 북쪽 개천에 다리를 놓아라."▪

비형랑이 왕의 명령을 받들어 귀신 무리들을 부려서 돌을 다듬어 큰 다리를 하룻밤 사이에 다 놓았다. 때문에 이 다리 이름을 귀신 다리(鬼橋)라고 하였다. 왕이 또 묻기를,

"귀신 무리 가운데 인간 세상에 나와서 정사를 도울 만한 자가 있느냐?"

하니 비형이 대답하였다.

"길달吉達이란 자가 있어 정사를 도울 만합니다."

왕이 말했다.

"너와 같이 오라."

다음 날 비형랑이 함께 와 뵈었다. 왕이 그에게 집사 벼슬을 주었는데 과연 충직하기가 비할 데 없었다. 이때에 각간2) 임종林宗이 아들이 없는지라 왕이 명령해서 아들을 삼게 했다. 임종이 길달을 시켜 흥륜사興輪寺 남쪽에 다락문을 세우게 하니 매일 밤 그 문 위에서 자는지라 그 문을 '길달문'이라고 하였다.

---

▪ 일설에 신중사神衆寺라 한 것은 잘못이다. 또 일설에는 황천 동쪽 깊고 넓은 개천이라고 한다.

2) 각간角干은 신라의 17등 관직 가운데 가장 높은 이벌찬伊伐湌의 다른 이름이다.

하루는 길달이 여우로 변하여 도망쳐 가 버렸더니 비형랑이 귀신을 시켜 잡아 죽였다. 때문에 그 무리들이 비형랑의 이름만 들어도 두려워하여 달아났다. 당시 사람이 이를 두고 글을 지었다.

임금의 넋이 낳은 아들
비형랑이 있던 방이 여기라오.
날고 뛰어 쏘대는 뭇 귀신들아
여기에는 머무르지 못할지니라.
聖帝魂生子　鼻荊郞室亭
飛馳諸鬼衆　此處莫留停

나라에 이 글을 붙여 귀신을 쫓는 풍속이 있다.

—《삼국유사》

# 거득공과 안길

문무왕이 하루는 배다른 아우 거득공車得公을 불러 말했다.

"네가 재상이 되어 모든 관리들을 고루 감독하고 온 나라 일을 처리하라."

거득공이 말했다.

"폐하가 저를 재상으로 삼고저 하신다면 제가 나라 안을 가만히 다니면서 백성들이 부역하는 형편과 조세의 경중, 관리들의 청렴과 탐욕 등을 알아본 뒤에 맡고 싶습니다."

왕이 이를 승낙하였다.

거득공이 중 차림을 하고 손에 비파를 들어 거사 모습을 하고서 서울을 떠나 아슬라주(지금의 명주), 우수주(지금의 춘주), 북원경(지금의 충주)을 지나 무진주(지금의 해양)[1]에 이르러 마을을 순행하니, 고을 관리 안길安吉이 보고 보통 사람이 아닌 줄 알고 자기 집에

---

1) 우수주는 지금의 춘천, 무진주는 지금의 광주를 이른다. 춘주春州와 해양海陽은 일연이 살던 시대의 지명.

다 맞이하여 극진히 대접하였다..

이튿날 아침에 거사가 작별을 하고 떠나려 할 때에 말했다.

"나는 서울 사람인데 집은 황룡사皇龍寺와 황성사皇聖寺 두 절 사이에 있고 이름은 단오[2]라고 하오. 주인이 혹 서울에 오거든 내 집을 찾아 주면 고맙겠소."

그리고 그길로 서울로 돌아와서 재상이 되었다.

나라 제도에 매양 지방 각 주의 관리 한 사람씩 서울로 올라와 여러 관서에 매여 번살이[3]하는 법이 있었다. 안길이 번차례가 되어 서울에 올라왔다. 그는 두 절 사이에 있는 단오 거사의 집을 물었으나 아무도 아는 이가 없었다. 안길이 길가에 한동안 서 있는데, 한 노인이 지나가다가 그의 말을 듣고 한참 동안 생각하다 말했다.

"두 절 사이에 있는 집이란 말은 아마 대궐일 것이네. 단오라는 말은 거득공을 가리키는 말이니, 그가 몰래 지방을 다닐 때 아마도 자네를 알게 되어 어떻게 약속을 했나 보네."

안길이 그 사실을 말하니 노인이 말했다.

"궁성 서쪽 귀정문에 가서 출입하는 궁녀를 기다려 사연을 말해 보게."

안길이 그 말대로 가서,

"무진주에 사는 안길이 대문까지 왔소이다."

하고 아뢰었더니, 거득공이 듣고 달려 나와 그의 손목을 끌고 궁중

---

2) 단오를 수릿날이라고 하는데, 수리는 수레를 뜻한다.
3) 지방 관리를 뽑아 서울 각 관청을 수직하게 하는 제도는 퍽 오랜 것으로서 후삼국 시기는 상수리上守吏라 하였고 고려 때는 기인其人이라 했다.

으로 들어가 자기 부인을 불러내어, 안길과 함께 음식을 먹는데, 차린 음식이 오십 가지나 되었다. 이 일을 임금께 아뢰었더니 성부星浮山▪ 밑 땅을 무진주에서 서울로 번살이 가는 자의 소목전[4]으로 삼아 사람들이 나무하는 것을 금하며 누구도 감히 가까이 가지 못하게 하니, 서울이나 지방 사람이나 할 것 없이 다 그를 부러워하였다.

산 밑에는 밭 삼십 묘가 있어 종자 석 섬을 뿌리는데, 이 밭 곡식이 잘되면 무진주도 역시 풍년이 들고 이 밭이 잘못되면 무진주도 잘못되었다고 한다.

—《삼국유사》

---

▪ 성손호산星損乎山이라고도 한다.
4) 소목전燒木田은 궁이나 관청에서 쓸 땔감을 내는 땅.

# 수로 부인

성덕왕 시대에 순정공純貞公이 강릉 태수로 부임해 가던 길에 바닷가에 이르러 점심을 먹고 있었다. 옆에는 돌산이 병풍처럼 바다를 둘러섰는데, 높이가 천길만길 까마득하였다. 꼭대기에는 진달래꽃이 한창 피어 있었다. 순정공의 부인 수로水路가 그 꽃을 보고서 좌우에 있는 사람들더러 말하였다.

"거기 누가 꽃을 꺾어다 줄 사람이 없을까?"

따르는 사람들이,

"사람이 발 붙여 올라갈 데가 못 됩니다."

하면서 모두들 못 가겠다고 하였다. 그런데 곁에 웬 늙은이가 암소를 끌고 지나다가 부인의 말을 듣고 그 꽃을 꺾어다가 바치고 또 노래까지 지어 바쳤다. 그 늙은이는 어떤 사람인지 알 수 없었다.

다시 이틀 길을 간즉 또 바닷가에 정자가 있었다. 거기서 점심을 먹는 판에 바다의 용이 졸지에 부인을 채 가지고 바다 속으로 들어갔다. 순정공은 엎어질락 자빠질락 발을 동동 굴렀으나 어찌할 도리가 없었다. 또다시 한 늙은이가 나서서 말하였다.

"옛사람 말에 '여러 입이 떠들면 쇠라도 녹여낸다.'고 하였는데 이제 그까짓 바다 속에 있는 미물이 어찌 뭇사람의 입을 겁내지 않겠습니까? 이 고장 백성들을 시켜 노래를 지어 부르고 막대기로 언덕을 두드리면 부인을 보실 수 있을 것입니다."

순정공이 그 말대로 하였더니 용이 부인을 받들고 바다에서 나와 바쳤다. 공이 부인더러 바다 속 일을 물었더니 그가 말하였다.

"가지가지 보석으로 꾸민 궁전에, 먹는 것은 달고 연하고 향기롭고 깨끗하여 인간 세상에서 먹는 음식이 아닙니다."

그리고 부인의 옷에서는 이상한 향기가 풍기는데 이 세상에서는 맡아 보지 못한 그런 향내였다.

수로의 자색이 빼어나게 아름다웠으므로 깊은 산골이나 큰 물을 지날 적마다 여러 번 귀신이나 영물들에게 붙들려 갔다. 여러 사람들이 부른 '바다 노래〔海歌〕'는 가사가 이렇다.

　　거북아 거북아 수로를 내놓아라.
　　남의 안해 훔쳐 간 그 죄가 얼마이냐.
　　네가 만일 거역하고 내놓지 않는다면
　　그물로 잡아내어 구워 먹으리라.
　　龜乎龜乎出水路　掠人婦女罪何極
　　汝若傍逆不出獻　入網捕掠燔之喫

늙은이의 '꽃을 바친 노래〔獻花歌〕'는 이렇다.

　　붉은 바위 가에서

손에 잡은 어미 소 놓아두고
나를 부끄러워 아니하시면
꽃을 꺾어 드리오리다.
紫布巖乎邊希 執音乎手母牛放教遣
吾肹不喩慚肹伊賜等 花肹折叱可獻乎理音如
—《삼국유사》


▌이 이야기는 '헌화가'가 창작된 동기를 설명하는 이야기와 용왕에게 빼앗겼던 수로
부인을 다시 찾은 이야기이다.

'헌화가'는 우리 나라 고대 사람들의 아름다운 정신세계, 인간성을 보여 주고 있는
데, 특히 이 노래를 소 끌고 가던 어떤 늙은이가 지었다는 것이 매우 흥미롭다.

두 번째 이야기에서 우리 관심을 끄는 중요한 사실은 용궁에 관한 고대 사람들의 표
상이다. 수로 부인이 용궁을 묘사하는 장면은 매우 흥미롭다. 그리고 '바다 노래'를 지
어 부르게 된 동기를 설명하면서 노인이 '여러 입이 떠들면 쇠라도 녹여낸다.'는 격언
을 빌려 용의 장난을 물리칠 계획을 이야기하는 장면에서 자연과 싸워 나가는 데 인간
들의 단결된 힘을 믿던 고대 사람들의 귀중한 사상 표현을 볼 수 있다.

여기에 나오는 '바다 노래'는 《가락국기》에 나오는 '영신가'와 내용이나 성격에서
기본적으로 공통된 특성들을 가지고 있는데, '바다 노래'는 '영신가'가 오랫동안 사람
들 속에서 전해 내려오면서 발전한 것이라고 볼 수 있다. 이 노래들은 먼 옛날 사람들
이 부르던 주술적 성격의 노동 가요였다.

먼 옛날 설화들에서 용은 크게 두 가지 형태로 형상되어 있다. '만파식적 설화'에서
와 같이 나라를 보호하고 인간들을 도와주는 선한 존재이거나, 여기서 보는 것처럼 인
간에게 폐를 끼치고 불행을 가져다주는 악한 존재이다. 이러한 형상들을 통하여 우리
는 먼 옛날 우리 나라 사람들의 관념, 자연에 대한 인식과 그 형상적 표상의 특징을 이
해할 수 있으며 자연 정복에 대한 억센 바람을 엿볼 수가 있다.

# 김현과 호녀

신라 풍속에 해마다 이월이 되면 초여드렛날부터 보름날까지 서울 안 남녀들이 다투어 흥륜사의 전각과 탑을 돌며 복을 받는 모꼬지로 삼았다.

원성왕 때 김현金現이라는 화랑이 있어 밤이 깊은데도 혼자서 쉬지 않고 탑을 돌았다. 한 처녀가 염불을 하며 따라 돌다가 서로 좋아져서 눈짓을 하고 탑돌이를 마치고는 으늑한 곳으로 가서 정을 통하였다.

처녀가 돌아가려 하매 김현이 따라가니, 여자가 거절하였으나 김현은 억지로 따라갔다. 서산 기슭에 이르러 한 오막살이로 들어가니 웬 늙은 할미가 그 처녀더러 물었다.

"따라온 이가 누구냐?"

여자가 사실대로 이야기하였더니 할미가,

"좋은 일이기는 하다마는 없는 것만 못하구나. 그러나 이미 저지른 일이니 어찌하겠느냐? 몰래 숨겨 둔다 하여도 네 형제들이 사나우니 걱정이로구나."

하고 김현을 깊은 곳에 숨겨 두었다. 조금 있다가 세 범이 으르렁거리면서 사람의 말로 말하였다.

"집에서 비린내가 나니 시장기를 면하게 되었구나. 얼마나 좋은 일이냐!"

할미가 처녀와 함께 나무랐다.

"네 코가 잘못되었구나? 무슨 미친 소리를 하느냐?"

이때 하늘에서 소리치기를,

"너희 무리가 생명 해치기를 매우 좋아하니 마땅히 한 놈을 죽여 악행을 징계하리라!"

하였다. 세 짐승이 듣고 모두 근심하는 기색이 있었다. 처녀가 말하였다.

"세 오라비가 멀리 피하여 스스로 뉘우친다면 제가 대신하여 벌을 받지요."

그러니 모두 기뻐하여 고개를 수그리고 꼬리를 치면서 달아났다. 여자가 들어와서 김현에게 말하였다.

"처음에는 당신이 저희 족속에게 오시는 것이 부끄러워 거절했으나 이제는 감출 것이 없으매 감히 속에 먹은 마음을 털어놓습니다. 설사 제가 서방님과 비록 종류는 다르나 뫼시고 하루저녁의 즐거움을 얻었으니 의리는 부부를 맺은 것과 같이 지중합니다.

　이제 세 오라비들의 죄악을 하늘이 이미 미워하여 온 가족이 당할 벌을 제가 당하고저 합니다. 다른 사람 손에 죽는 것이 어찌 서방님의 칼날 아래 죽어 덕을 갚는 것과 같겠나이까. 제가 내일 거리에 들어가서 사람을 심하게 해치면, 사람들이 저를 어찌하지 못할 것입니다. 그러면 임금이 반드시 높은 벼슬을 걸고 저를 잡을 사람을 찾을 것입니다. 서방님은 겁내지 말고 나를 쫓아 성 북쪽 수풀 속으로 오시면 제가 거기서 기다리겠습니다."

김현이 말하였다.

"사람이 사람과 사귐은 인륜의 도리지만, 다른 종류와 사귄다는 것은 정상이 아닐 것이다. 그러나 일이 이만치 되었으매 참으로 천행이라 할 것인데, 차마 어찌 제 배필의 죽음을 팔아서 한때의 벼슬을 요행으로 구할 수 있으랴!"

여자가 말하였다.

"그런 말씀 마소서! 지금 제 수명이 짧은 것은 바로 천명이요, 또한 제 소원이고 서방님의 경사요, 우리 겨레의 행복이며, 나라 사람들의 기쁨입니다. 한 번 죽어서 다섯 가지 이로움이 갖추어지니 어찌 이를 어기겠습니까. 다만 저를 위하여 절을 세우고 진리를 말하여 좋은 안갚음을 마련해 주시면 은혜가 이보다 큰 것이 없겠습니다."

그러고는 서로 울며 작별하였다. 이튿날 과연 사나운 범이 성안에 들어왔는데, 대단히 사나워 감히 당하지 못하였다. 원성왕이 이 말을 듣고서 영을 내렸다.

"범을 잡는 자는 2급 벼슬을 주리라!"

김현이 대궐로 들어가 아뢰었다.

"소신이 잡을 수 있습니다."

그러자 먼저 벼슬을 주어 그를 격려하였다. 김현이 칼 한 자루를 가지고 숲 속으로 들어갔더니, 범이 변하여 처녀가 되어 반가이 웃으며 말하였다.

"간밤에 서방님과 함께 진심을 털어놓고 하던 말을 부디 소홀히

마소서. 그리고 오늘 내 발톱에 상처를 입은 사람은 모두 흥륜사의 간장을 바르고 그 절의 나팔 소리를 듣게 하면 나을 것입니다."

그러고는 곧 김현이 찬 칼을 뽑아 제 손으로 목을 찌르고 엎어지니 바로 범이었다. 김현이 숲에서 나와 소리쳐 말하였다.

"지금 여기서 그 범을 대번에 잡았다."

그러나 그 연유는 숨기고 말하지 아니하였다. 다만 그가 가르친 대로 상한 사람들을 치료하게 하니 상처가 모두 나았다. 지금도 세간에서는 이 방법을 쓰고 있다.

김현이 이미 벼슬에 오르매 서천西川 가에 절을 세워 이름을 호원사虎願寺라 하고, 언제나 《범망경梵網經》을 강설하여 범의 명복을 빌며 제 몸을 희생하여 자기를 성공하게 한 은혜를 갚았다.

김현이 죽을 즈음에 앞서 겪은 이상한 일에 감동하여 그대로 적어 기록을 만드니 세상에서는 처음으로 알게 되었으며, 이로 인하여 그 기록을 '논호림論虎林'이라 하여 지금까지 일컬어 온다.

—《삼국유사》

▌이 설화는 《삼국유사》에 유일하게 실려 있는 우리 범 이야기이며, 대표적인 옛날 동물 설화이다.

우리 나라의 전통 설화 가운데는 범과 관련된 이야기가 대단히 많다. 김현과 호녀 이야기는 내용이 대단히 환상적이며 비현실적인 사건으로 이루어지고 있을 뿐만 아니라, 불교 색채를 아주 짙게 가지고 있다. 여기서는 마치 이 설화가 호원사와 관련된 듯이 꾸며졌다.

사건 자체가 불교 의식인 흥륜사의 탑을 도는 복회에서 시작되며, 또 호랑이에게 할 퀸 데는 그 절의 장을 바르면 특효가 있다는 설화를 통하여 은근히 불교 사원의 영험을 선전하고 있다.

이 설화를 본래 만든 사람들은 틀림없이 고대 백성들이었겠으나 전해지는 과정에서 특히 불교 승려들이 불교적 색채를 입힌 것이다.

# 처용랑과 망해사

제49대 헌강왕 때에 서울에서 바다 어귀에 이르기까지 집들이 즐비하고 담이 잇달았지만, 초가는 한 채도 없었으며, 길거리에는 피리 소리, 노랫소리가 그치지 않았고, 비바람도 철을 따라 순조로웠다.

이에 대왕이 개운포[1]에 나가서 놀다가 돌아오는 길이었다. 바닷가에서 점심참으로 쉬고 있는데, 갑자기 구름과 안개가 자욱하게 끼어 길을 찾을 수 없었다. 왕이 괴상하게 생각하여 주위 신하들에게 까닭을 물었더니 천문 맡은 관리가 아뢰었다.

"이것은 동해 용의 장난이오니, 좋은 일을 해서 풀어야겠습니다."

이에 해당 관리에게 분부해서 용을 위하여 근처에 절을 짓게 하였더니, 명령이 내리자마자 구름이 걷히고 안개가 흩어졌다. 그래서 이곳을 개운포라고 이름 지었다. 동해 바다의 용이 기뻐하여 곧 아

---

1) 개운포開雲浦는 지금의 울산 지방이다. 구름이 걷힌 포구라는 뜻인데, 신라 때 학성鶴城 서남쪽이었다고 한다.

들 일곱을 데리고 임금이 탄 수레 앞에 나타나서 왕의 덕행을 찬양하면서 춤을 추고 음악을 연주하였다.

용의 아들 하나가 임금을 따라 서울로 들어와서 왕의 정치를 보좌케 되었는데, 이름을 처용處容이라고 하였다. 왕이 아름다운 여자로 안해를 삼게 하여 그의 마음을 잡았으며, 또한 급간[2] 벼슬을 주었다. 그의 안해가 몹시도 고왔기 때문에 역병 귀신이 탐을 내어 사람으로 변해서 밤에 그 집에 가서 몰래 같이 잤다.

처용이 밖에 나갔다가 집에 돌아와서 두 사람이 누운 것을 보고는 노래를 부르고 춤을 추면서 그만 물러 나갔다. 노래는 이렇다.

동경 밝은 달에
밤 이슥히 놀고 다니다가
들어와 자리를 보니
다리가 넷이구나.
둘은 내 해였고
둘은 뉘 해인고.
본디 내 해다마는
빼앗는 걸 어찌하리.
東京明期月良　夜入伊游行如可
入良沙寢矣見昆　脚烏伊四是良羅
二肹隱吾下於叱古　二肹隱誰支下焉古
本矣吾下是如馬於隱　奪叱良乙何如爲理古

---

2) 급간級干은 신라 관등 9품인 급벌찬의 다른 이름.

그때에 귀신이 처용 앞에 정체를 나타내어 꿇어 엎드리면서 말하였다.

"내가 당신의 안해를 탐내서 지금 죄를 지었습니다. 그런데 당신이 성을 내지 않으니 감탄스럽고 아름다이 여기는 바입니다. 맹세코 이제부터는 공의 얼굴을 그려 붙인 것만 보아도 그 문 안에 들어가지 않겠습니다."

이리하여 우리 나라 사람들이 문간에 처용의 형상을 그려 붙여서 나쁜 귀신을 쫓고 복을 받아들이는 것이다.

왕이 돌아온 뒤에 곧바로 영취산[3] 동쪽 기슭에 좋은 자리를 잡아 절을 지었는데 망해사望海寺라고도 하고 신방사新房寺라고도 불렀으니 이는 용을 위하여 만든 것이다.

─《삼국유사》


▌ 이 설화는 개운포 전설과 관련되어 있으며, 또한 처용가의 창작 동기를 설명하여 주는 설화이다. 또 옛날 사람들이 처용의 모습을 집 문에 그려 붙여 역신을 쫓던 민속의 기원을 알려 주는 설화이기도 하다. 그러나 이 설화에서 가장 중요한 것은 옛날 처용놀이나 처용무의 유래와 기원을 알려 주는 데 있다.

이 설화는 어무상심御舞祥審 춤, 북악신北岳神 춤, 지신地神 춤과 함께 헌강왕 때 왕을 첫자리로 한 지배 통치 계급의 타락한 생활을 풍자, 폭로하는 민간 출신 탈춤꾼들이 창조해 상연한 여러 탈춤들의 발생 기원들을 신비화한 데서 생겨난 것들이다. 이 설화들을 통하여 우리는 이 탈춤들이 연기법이나 예술성이 대단히 높았음을 알 수 있다. 고대 사람들은 마치 이 춤들의 연기자들을 바다 신령이나 산신령 또는 지신의 출현으로

─────────────────

3) 영취산靈鷲山은 울산에 있는 산.

여겼던 것이다.

특히 처용무, 처용놀이와 관련해서는 많은 전설이 있고 또한 매우 오랜 역사 기간을 통하여 발전하면서 우리 고대 예술을 확립하고 풍부하게 하는 데 크게 기여하였다. 《세종실록世宗實錄》 '지리지' 경상도 울산 항목 속에 있는 처용암處容岩이란 기사에는 다음과 같이 쓰여 있다.

"읍내 남쪽 37리 되는 개운포 가운데 있다. 세상에 전해 오는 말이 신라 때 이 바위 위에 사람이 나왔는데 생김이 기괴하고 춤과 노래를 좋아하였다. 그 당시 사람들은 '처용 늙은이'라고 했다. 지금도 우리 나라 음악에 처용놀이라는 것이 있다."

이러한 설화들과 함께 처용놀이, 처용무의 상연과 관련해서는 신라와 고려 때 살던 여러 문인들의 시 작품들에 적지 않게 연극을 관람하고 지은 시들이 있음을 덧붙여 말할 수 있다.

# 어무상심과 옥도검

헌강왕이 포석정에 나갔더니 남산의 산신이 임금 앞에 나타나 춤을 추었다. 왕 옆에 있던 자들은 못 보는데 왕만은 이것을 보았다. 그가 앞에 나타나서 춤을 추는 대로 왕은 이것을 시늉하여 춤을 추어 보였다.

그 귀신의 이름을 상심祥審이라고도 하므로 지금까지도 우리 나라 사람들이 춤을 전해 오면서 '어무상심御舞祥審'이라고도 하며 '어무산신御舞山神'이라고도 한다. 혹은 이르기를 원래 그 귀신이 나와서 춤을 출 때에 그 모습을 자세히 본떠 조각장이를 시켜 그대로 새겨 후대에 보였기 때문에 '상심象審'이라고 한다. 또 '상염무' [1] 라고도 하니 이것은 그 형상에 따라서 이름 지은 것이다.

또 왕이 금강령金剛嶺에 갔을 때에 북악 귀신이 나와서 춤을 추었는데, 이름을 '옥도검玉刀鈐'이라고 하였다. 또 동례전에서 연회를

---

1) 상염무霜髥舞는 흰수염춤이라는 뜻으로, 산신의 수염이 서리처럼 희다고 하여 이런 이름이 붙었다.

할 때에 지신이 나와서 춤을 추었는데, 이름을 '지백급간地伯級干'
이라 하였다. 《어법집語法集》에는 이렇게 적혀 있다.

"이 당시 산신이 임금 앞에서 춤을 추면서 노래를 불러 '지리다도
파智理多都波'라 하였으니, '도파'라고 한 것은 지혜로 나라를 다
스리는 자가 뻔히 알고서 많이 도망하여 도성이 장차 결딴난다는
뜻을 말한 것이다."

이는 지신이나 산신들이 나라가 장차 망할 줄을 알고 일부러 춤을
추어 경계한 것인데, 나라 사람들이 깨닫지 못하고 도리어 길할 징
조가 나타났다 하여 즐거움에만 더욱 빠졌기 때문에 나라가 마침내
망하고 만 것이다.

—《삼국유사》


▌ 이 설화들은 앞에서 본 처용 설화의 바로 뒤에 잇대어 기록되어 있는 것인데, 앞의
해설에서 이미 말한 바와 같이, 민간 출신 예술인들이 창조하여 당시 통치 계급들의 방
탕한 생활을 폭로하면서 멸망을 경고하는 내용으로 된 각종 탈춤들을 신비화하고 설화
화한 데서 생긴 것들이다.

# 방이 형제와 금방망이

신라에서 제일가는 귀족인 김씨의 먼 선조에 방이旁㐌라는 사람이 있었다. 방이에게 동생이 하나 있었다. 동생은 큰 부자였으나 방이는 따로 살면서 가난한 탓으로 옷과 밥을 빌어먹으며 지냈다. 어떤 사람이 그를 불쌍히 여겨 방이에게 빈터 한 뙈기를 주므로 그는 동생에게 가서 누에 종자와 곡식 종자를 좀 달라고 하였다. 그랬더니 동생 녀석은 그것들을 모두 쪄서 형에게 주었다. 그러나 방이는 이것을 알지 못하였다.

누에가 알을 깔 무렵이 되자 누에는 단 한 마리만 생겨났다. 그런데 누에 눈의 길이가 한 치 나마 되게 컸다. 누에는 한 열흘이 지나자 황소만큼 커져서 한 번에 몇 나무에 달린 뽕잎을 먹어도 모자랐다. 동생 녀석이 이것을 알고 틈을 엿보다가 그 누에를 죽여 버렸다. 그랬더니 며칠 새에 사방 백 리 안에 있는 누에들이 모두 방이의 집으로 날아들었다. 그래서 나라 사람들이 그 누에를 왕누에라고 하였다. 뜻인즉 누에의 왕이라는 말이다. 부근의 온 마을 사람들이 다 같이 그 누에고치를 켜서 노나 가졌다.

곡식 종자는 다 죽고 한 줄기만 살았다. 그래 이것을 심었더니 이삭 길이가 한 자 나마가 되었다. 방이는 날마다 이것을 지켰다. 그런데 난데없이 새가 날아들어 그 이삭을 꺾어 물고 달아났다. 방이가 새를 쫓아 산으로 오륙 리를 올라갔더니, 그 새가 어떤 바위틈으로 들어가 버렸다. 그때 이미 해는 지고 땅거미가 진 뒤라 방이는 하는 수 없이 그 바위 곁에서 머물기로 하였다. 밤이 되자 하늘에는 반달이 솟아올랐다. 그런데 어디선가 아이들 여럿이 나타났다. 모두 붉은 옷을 입고 있었는데, 서로 장난을 하면서 놀다가 한 아이가,

"너희는 무엇을 먹고 싶으냐?"

하였다. 그러니까 한 아이가 대답하였다.

"나는 술이 먹고 싶다."

그 아이는 금방망이를 꺼내서 바위를 두드렸다. 그러니까 술동이가 주런이 갖추어졌다. 다른 아이가,

"나는 음식이 먹고 싶다."

하니까, 금방망이로 바위를 또 두드렸다. 그러니까 또 떡과 고기가 바위 위에 주런이 놓였다. 그들은 술과 고기를 마시고 먹으며 놀더니 금방망이를 바위틈에 끼워 놓고 어디론가 흩어져 가 버렸다. 방이는 크게 기뻐하면서 금방망이를 주워 집으로 돌아왔다.

그리하여 무엇인가 소원하는 것이 있으면 이것을 두드려서 다 해결하였다. 방이는 어느덧 나라 안의 큰 부자가 되었고 항상 보물을 동생에게도 주었다. 그렇게 되자 동생은 전에 자기가 누에와 곡식 종자를 쪄서 형을 속인 것을 뉘우치기 시작하였다. 그래서 방이더러 말하였다.

"누에와 곡식을 가지고 나를 속여서 나도 형처럼 금방망이를 얻도

록 해 주오."

방이는 그리 하는 것이 어리석다는 것을 알고 그만두라고 타일렀으나, 동생은 듣지 않았다. 그래서 하는 수 없이 동생 말대로 하였더니, 동생은 누에를 쳐서 정말 한 놈만을 얻기는 하였으나 그 누에는 보통 누에와 같았다.

그리고 곡식 종자를 심었더니 역시 하나만 싹이 텄으므로, 이것을 심었더니 거의 익게 될 무렵에 그전처럼 새가 물고 달아났다. 동생은 크게 기뻐하면서 새를 따라 산으로 들어갔더니, 새가 없어진 곳에 이르러 도깨비 무리와 맞닥뜨렸다. 그들은 노하여 말하기를,

"이놈이 우리 금방망이를 훔쳐 간 놈이로구나."

하고 붙들었다. 그러고는 이렇게 물었다.

"네가 우리를 위하여 겨로 세 판[1] 높이의 담을 쌓겠느냐, 그렇지 않으면 네 코를 열 자 길이로 늘리는 것을 바라느냐?"

동생이 겨로 세 판 높이 담을 쌓겠노라고 청하였다. 그러나 그는 사흘 동안 쌓다가 허기가 져서 끝내 해내지 못하고 도깨비에게 사정하였다. 도깨비들은 그의 코를 길게 늘여 빼었다. 그래서 그는 코가 코끼리 코 모양으로 되어 집으로 돌아왔다.

나라 사람들은 괴이하게 여겨 모여들어 그를 구경하였다. 그는 부끄럽고 성이 나서 죽었다.

그 뒤에 방이의 자손들이 금방망이를 가지고 장난치면서 이리 똥

---

1) 판版은 담이나 성을 쌓을 때 그 속에 흙이나 돌을 다져 넣으려고 양쪽에 대는 일정한 높이의 판자를 말한다. 한 판은 두 자[尺]의 높이를 말하는 것으로 세 판은 여섯 자 높이이다. 한 판이 여덟 자라고도 한다. 그러면 세 판은 두 길 넉 자가 된다.

〔狼糞〕이 나오라고 하였다가 천둥이 울리고 벼락이 치는 바람에 방망이를 잃어버려 온 데 간 데를 모르게 되었다.

―《유양잡조酉陽雜俎》

▌ '방이 설화'는 현재 문헌으로 알려진 우리 나라 금방망이 설화 가운데 가장 오래된 것이다. 우리 나라 설화 가운데는 '혹 뗀 이야기', '금방망이, 은방망이'를 비롯해서 가난하고 착하고 정직한 주인공들이 금방망이, 은방망이 같은 이상한 보물을 얻어 갑자기 큰 부자가 되는 작품이 적지 않다. 반면에 욕심 많고 심술궂고 게으른 자들, 돈 많고 부유한 자들은 그러한 보물을 애쓰지 않고 공짜로 얻으려다가 신세를 망치고 집안이 망한다.

이 설화에는 역시 대조되는 두 인물이 설정되어 있다. 곧 욕심 많고 심술궂은 부자 동생과 가난하고 착한 형 방이가 등장한다. 부자 동생은 인정 없고 형제의 의리를 모르는 덕 없는 자인 데다가 심보가 고약하기 짝이 없으며, 재산을 쌓기 위해서는 체면도 몰라보고 덤벼드는 파렴치한이다. 방이 동생이 부유한 소유 계급의 대표자라면, 방이는 열심히 일하는 농민들의 전형적 특질을 구현하는 자라고 할 수 있다.

이 설화에서 보여 주듯이 우리 조상들은 방이 동생처럼 돈 많고 고약한 자들은 반드시 망하며 방이 같은 사람들이 결국 행복을 이루리라는 굳은 믿음을 간직하고 있었다.

이 '방이 설화'를 싣고 있는《유양잡조》는 중국 당나라 때 사람 단성식段成式이 쓴 책이다. 단성식은 9세기에 활동한 문학자로 제법 이름이 높다. 아마도 그는 이 설화를 당시 중국에 가 있던 조선 사람한테서 직접 듣고 적은 것이 아닌가 여겨진다.

이와 같이 '방이 설화'는 우리 백성들 속에 널리 퍼져 있던 설화 작품일 뿐만 아니라 멀리 중국 같은 외국에도 알려지게 된 대표적 민족 설화 작품이었다. 우리 나라의 안정복(安鼎福, 1712~1791)이 쓴《동사강목東史綱目》중 '괴설변증怪說辯證' '방이조'에도《유양잡조》에 실린 내용과 거의 비슷한 이야기가 적혀 있다.

# 음악가 우륵

《신라고기》에는 다음과 같은 기록이 있다.

가야국의 가실왕[1]이 가야금을 만들고 이에 대하여 말하였다.

"모든 나라의 말은 각각 그 성음이 같지 않은데 어찌 곡조가 꼭 하나로 될 수 있겠는가?"

그러고는 음악가인 성열현[2] 사람 우륵于勒을 시켜서 열두 곡을 만들게 하였다.

그 뒤에 우륵은 이 나라가 장차 어지러워지리라고 짐작하고 악기를 가지고서 신라 진흥왕에게 귀순하였다. 진흥왕이 그를 받아들여 국원[3]에 안착해 살게 하고 곧 대나마大奈麻 주지注知, 계고階古, 대사大舍 만덕萬德 들을 보내 그의 예술을 전수받도록 하였다.

---

1) 가실왕嘉實王은 여섯 가야 중 어느 가야의 왕인지 자세치 않다. 《삼국사기》 신라 본기 권 4 진흥왕 12년(551)조에는 진흥왕이 우륵과 그의 제자 이문을 불러 보았다고 하고 그 얼마 전에 우륵이 신라로 귀순한 것으로 쓰여 있다. 또 532년조 기록에는 금관가야국이 신라에 항복하였다고 하였으나 금관가야 왕 중에는 가실왕이 없다.

2) 성열현省熱縣은 경상북도 고령군 일대에 있는 지명인 듯하나 알 수 없다.

3) 국원國原은 오늘의 충청북도 충주.

그리하여 세 사람이 이미 우륵이 창작한 열한 곡까지 전수받았는데, 이때 그들이 서로 의논하기를, 이 음악은 번잡하고 음탕하여 아악과 정악으로 될 수가 없다 하고 그것을 요약하여 다섯 개 곡으로 완성하였다.

우륵이 처음에 이 이야기를 듣고 성을 내었으나 그들이 만든 다섯 가지 음곡을 들어 보고는 눈물을 흘리면서 감탄하여 말하였다.

"흥겨운 감흥을 주면서도 방탕에 흐르지 않았고, 애달픈 맛이 있으나 비애조로 되지 않았으니 과연 정악이라고 이를 만하다. 그대들은 임금 앞에서 이를 연주케 하라."

진흥왕은 그 곡조들을 들어 보고 크게 기뻐하였다. 이때 간관들이 건의하였다.

"가야에서 나라를 망친 음악을 받아들일 나위가 없습니다."

왕이 대답하여 말하였다.

"가야 왕이 음탕하고 난잡하여 저절로 망한 것이지 음악에 무슨 죄가 있단 말인가! 대체로 성인이 음악을 제정하면서 사람들의 정서에 따라 조절 억제하도록 한 것인데, 나라가 태평하고 어지럽고 하는 것은 음률과 곡조에 관계되는 것은 아니다."

그리고 마침내 이를 사용하여 나라의 주된 음악으로 삼았다.

— 《삼국사기》


가야국 가실왕 때 음악가 우륵은 현악기를 만들어 가야금이라고 하였다. 고령현 북쪽으로 세 마장쯤 되는 곳에 금곡琴谷이란 곳이 있는데, 세상에 전하는 이야기에 의하면 이곳은 음악가 우륵이 악공들을 데리고 거문고를 익히던 곳이라고 한다.

가야금이 김해의 가야국에서 나왔다는 이야기도 있으나 김해 가야 왕들의 계보에는 가실왕이라 한 왕이 없는 것으로 보아 대체로 이곳<sup>4)</sup>에서 나왔다는 이야기가 옳을 것 같다.

— 《동국여지승람》


█ 삼국 시대에 우리 민족 문화 예술은 이미 눈부시게 발전하고 있었다. 우리 민족 문학사에 길이 빛날 유명한 음악가, 화가, 조각가, 문인 들이 이 시기에 많이 나왔다. 우륵은 바로 가야국 출신의 유명한 고대 음악가이다.

이 설화에서 알 수 있듯이 그는 우리 자랑스러운 민족 악기이며 오늘날까지 폭넓은 근로 대중의 사랑을 받고 있는 가야금을 처음으로 창안하고 제작한 공로자이며, 또 이에 맞는 열두 편의 악곡을 창작한 유명한 음악가다.

《삼국사기》〈악지〉에 의하면 그가 창작한 가야금 열두 곡은 '하가라도下加羅都', '상가라도上加羅都', '보기寶伎', '달기達己', '사물思勿', '물혜勿慧', '하기물下奇物', '사자기師子伎', '거열居烈', '사팔혜沙八兮', '이사爾赦', '상기물上奇物'이라고 한다.

음악가 우륵과 관련하여서는 적지 않은 사적과 전설이 전한다. 《동국여지승람》에 실린 것만 보더라도 충주의 월락탄月落灘은 그가 유람한 곳이라고 하며, 견문산에 있는 탄금대는 그가 가야금을 타던 곳이라고 하여 후세인들이 지명을 이렇게 바꾸었다는 것이다.

여기에 소개한 우륵과 관련된 이야기들은 사료에 수록, 반영된 것의 일부이다. 이 가운데 앞쪽 《삼국사기》에 실린 것은 설화라기보다 사실 기록으로 그의 사적을 아는 데 필요한 자료이며, 뒤쪽 《동국여지승람》에 실린 것은 꽤 많이 전설화된 것을 요약하여 수록한 것이다.

---

4) 고령가야를 이른다.

이 사료들에서도 알 수 있듯이 우륵은 가야국의 집권 통치자들과 최고 주권자인 가실왕의 방탕한 생활을 반대한 것이 사실인 듯하며, 그들의 생활이 나라의 운명을 어디로 이끌 것인가를 예견하고 당시 신흥하는 신라 봉건 국가에 들어가서 우리 고대 음악의 창조적 발전과 전통의 옳은 계승을 위하여 음악 창조 사업과 후대를 기르는 데 온 힘을 기울인 뛰어난 음악가다.

# 은혜 갚은 사슴

옛날 고려 건국 초기에 있었던 일이다. 서신일徐神逸이라는 사람이 개성문 밖 으슥한 교외에 살고 있었는데, 하루는 화살을 맞은 사슴이 그의 앞으로 다급히 다가오는 것이었다. 그래 신일이 그것을 보고 사슴의 몸에서 화살을 뽑아 준 다음 몸을 숨겨 주었더니, 얼마 아니하여 뒤미처 사냥꾼이 쫓아왔으나 사슴을 발견하지 못하고 돌아가 버렸다.

그런데 이 일이 있던 날 밤 꿈에 이상하게도 한 신인이 나타나서 치하하며 말했다.

"오늘 당신이 목숨을 구하여 준 사슴은 바로 내 아들입니다. 다행히 당신이 구해 주어 목숨을 지킬 수가 있었으니, 그 은혜를 갚고 싶습니다. 이후로는 당신의 자손들이 대대로 나라의 재상이 될 것입니다."

그러고는 사라져 버렸다.

이때 신일은 나이 여든이었는데, 아들을 보아 이름을 서필[1]이라고 불렀다. 그 뒤 서필이 서희[2] 장군을 낳았고, 서희가 서눌[3]을 낳왔는데, 과연 대를 이어 그들은 태사,[4] 내사령[5] 등 재상 벼슬을 지냈고, 죽은 뒤에도 모두 왕의 사당에 배향되었다.

—《역옹패설》


▌ 우리 설화에는 은혜 갚은 이야기를 내용으로 하는 '보은담報恩談' 또는 '보은 설화'라고 하는 유형의 이야기들이 고대부터 많이 창조 발전되어 왔다. 여기에 소개한 설화는 고려 때 나온 보은담이다.

사슴의 보은에 관한 이야기도 여러 변종이 있으나, 여기서는 그것이 고려 때 애국자이며 정치적, 군사 전략적 활동가였던 서희 장군의 집안과 결부되고 있다. 유명한 '금강산 팔선녀 전설'도 역시 사슴의 보은을 기초로 하고 있는 이야기라는 것은 세상에 널리 알려져 있다.

여기서 보은을 받았다는 서신일의 손자 서희 장군은 10세기 말 수십만 대군을 여러 차례 이끌고 우리 나라를 침략하여 온 외래 침략자들을 모조리 무찌른, 고려 백성의 선두에서 활동한 애국 명장이었다. 뿐만 아니라 그는 그들과 외교 담판을 벌이면서 우리 나라 사람의 꺾이지 않는 자주 애국정신과 기개를 남김없이 발휘하여 거만한 적장의 기세를 보기 좋게 꺾어 놓고, 나라를 굳건히 지키고 조국의 영예를 빛낸 정치 활동가이기도 하였다.

서희 장군은 침략자들과 싸우면서 끝까지 철저하였다. 그는 침략자의 요구에 머리를

---

1) 서필(徐弼, 901~965)은 고려 초 광종 때의 정치 활동가. 벼슬은 삼중대광 내의령內議令에 이르렀고 광종의 묘에 배향되었다.
2) 서희(徐熙, 942~998)는 정치 활동가이며 군사 전략가. 벼슬이 태보太保, 내사령內使令에 이르렀고, 죽은 뒤 성종의 묘에 배향되었다.
3) 서눌(徐訥, ?~1042)은 서희 장군의 아들. 벼슬이 삼중대광 내사령에 이르렀고, 죽은 뒤 정종의 묘에 배향되었다.
4) 태사太師는 왕세자에게 학문을 가르치던 봉건 시기 최고 관직이다.
5) 내사령은 내사문하성, 곧 중서문하성의 최고 관직.

숙이거나 조금도 양보나 타협을 하는 태도를 취해서는 안 된다고 열렬히 주장하였다. 당시 외적의 침입에 겁을 먹은 일부 고려의 통치배들이 적들의 국토 분할 요구에 순응하여 우리 나라의 북쪽 일부를 떼어 주고라도 화의하자는 논의를 제기하자, 그는 이러한 행동은 우리 역사에 씻을 수 없는 죄과가 되리라고 하면서 원수들과 생사 결단의 일전을 하는 것이 급선무라고 주장하였다. 그리고 그는 용맹하게 싸움터에 출동하여 적을 모조리 무찔렀다.

'은혜 갚은 사슴'과 같은 설화가 창조, 전승된 것도 이러한 애국 명장을 사랑하고 흠모하는 백성들 사이에서 전해지던 사슴의 보은 설화가 새로운 내용으로 발전하게 된 것이라고 보인다.

《고려사》의 '서희전' 서눌 전기 끝에도 이 설화와 거의 같은 내용이 실려 있다.

# 박세통과 거북

 

 

지금부터 그리 오래되지 않은 지난날에 있은 일이다. 통해현<sup>1)</sup>에 거북처럼 생긴 큰 괴물이 밀물을 타고 갯가에 밀려들어 왔다가 썰물이 되자 빠져나가지 못하여 사람들에게 잡히고 말았다.

마을 사람들은 그 바다짐승을 잡아먹으려고 하였다. 그 사실을 안 이 고을의 현령 박세통朴世通은 짐승을 죽이지 못하게 말리고 큰 동아줄을 꼬아 배 두 척에 실어서 바다 가운데다 놓아주게 하였다. 그날 밤 박세통의 꿈에 웬 백발노인이 나타나서 머리를 조아리며 인사를 하고는 말하였다.

"제 아들놈이 날씨를 가리지 않고 나가 놀다가 자칫하면 잡혀서 솥에 삶아 먹힐 뻔한 것을 공이 다행히 살려 주었으니 그 은혜가 실로 큽니다. 공과 공의 자손들이 앞으로 삼대까지 반드시 재상 벼슬을 지낼 것입니다."

그 뒤 과연 박세통과 아들 박홍무朴洪茂는 모두 재상에 올랐으나

---

1) 통해현通海縣은 평안남도 영유에서 서북쪽으로 30여리 지점 해안가에 있던 고을이다.

손자 박함朴諴은 상장군[2] 벼슬밖에 하지 못하고 벼슬을 물러났다. 그래서 항상 원망하는 마음이 있었는데, 하루는 시를 지어 자기 마음을 표현하였다.

거북아 거북아
너 왜 잠만 자느냐.
삼대 재상 한다던 말
믿지 못할 거짓말.
龜乎龜乎莫耽睡　三世宰相虛語耳

마침 그날 밤 꿈에 거북이 나타나서 말하였다.

"당신이 높은 벼슬을 못한 것은 술과 여자에 빠져서 스스로 받을 복을 던 것이지 제가 배은망덕한 탓은 아닙니다. 그러나 앞으로 반드시 기쁜 일이 있을 터이니 얼마 동안만 기다리십시오."

며칠이 지나 과연 박함은 상장군 벼슬을 물러나겠다고 한 것이 받아들여지지 않고, 복야[3]라는 한 등 높은 벼슬로 올려 준다는 통지를 받았다.

—《역옹패설》

▌이 설화도 보은 설화다. 우리 설화들, 특히 해안 지대 백성들의 생활을 반영한 설화

---

2) 고려 때 무관으로서 정삼품 벼슬이다.
3) 복야僕射는 고려 때 상서성尙書省에 소속되어 있던 정이품 벼슬이다.

에는 거북과 관련된 것이 적지 않다. 예를 들면 '가락국 건국 설화'에서 '영신가'에 나오는 거북이나 수로 부인을 채 갔다는 바다 용과 관련하여 '바다 노래[海歌]'에 나오는 거북 등이 그러한 것이다.

특히 '바다 노래'에서 왜 '거북아, 거북아'를 외쳤는가 하는 문제는 이 설화에 나오는 거북의 형상과 관련시켜 볼 때 공통점을 발견하게 되며 주목을 끈다. 이러한 형상은 곧 고대 사람들이 거북을 '신령스러운 물건', '영물'로 간주한 고대 사상과 관련되며 그러한 자취를 반영한 것이라고 생각된다.

이 설화는 거북을 살려 준 덕으로 그 거북의 등에 업혀 설화의 주인공이 직접 용궁에 가서 그곳을 두루 구경하고 거기서 얼마 동안 즐겁게 지내다가 보물을 많이 얻어서 다시 고향으로 돌아왔다는 용궁 설화와 관련시켜 연구할 가치가 있으며, 어떤 공통점에 주목하게 된다.

특히 박세통의 손자 박함이 타락한 생활을 하다가 버림받아 높은 벼슬을 오르지 못하였다는 이야기를 통하여 우리 백성들이 항상 소박하고 부지런하게 살 것을 강조하고 있다는 점에서 역시 근로 인민의 사상이 반영되어 있다.

# 황금을 내던진 의좋은 형제

양천현[1]에서 북으로 한 마장쯤 가면 물 가운데 바위 하나가 서 있는데, 그 바위에는 구멍이 뚫려 있기 때문에 바위 이름을 '공암'이라 하며 그 포구 이름을 공암나루 또는 북포北浦라고도 한다.

고려 공민왕 때 일이다. 어떤 형제 두 사람이 함께 길을 가다가 아우가 황금 두 정[2]을 얻었다. 아우는 곧 한 개를 형에게 나누어 주고 나루에 이르러 배를 같이 타고 건너가고 있었다. 아우가 문득 자기가 가졌던 황금을 물속에 집어던졌다. 형은 매우 괴이쩍어 까닭을 물었다.

"제가 평소에 형님과 우애가 지극하였는데, 지금 황금을 나눠 가졌더니 웬일인지 문득 형님을 미워하는 마음이 싹틉니다. 아마도 이 황금이라는 좋지 못한 물건 탓인 듯하므로 강 속에 던져 버려

---

1) 양천현陽川縣은 지금의 서울 양천구와 경기도 김포 일대이다. 양천 북쪽 한강가에 공암孔巖이 있다.
2) 정錠은 덩어리라는 뜻을 가지고 있다. 또 옛날에 은을 일정한 형태로 만들어 화폐로 사용하였는데 그것을 정이라고도 한다.

잊어버리는 것이 옳다고 생각하였습니다."

하고 아우는 대답하였다.

"네 말이 과연 옳다."

하고 형도 금을 물에 던졌다. 당시 배를 함께 탔던 사람들은 다 무식한 사람들이라 그 형제의 성명이며 주소를 물어 전하지 못하였다한다.

— 《동국여지승람》

▌이 설화는 재물보다도 사람과 사람 사이의 의리, 형제 사이의 우애를 더 귀중한 것으로 여겨 온 우리 근로 인민들의 고상한 도덕 정신을 보여 주고 있다. 《동국여지승람》의 이 이야기는 주인공들이 산 시기와 이야기가 생긴 곳이 명확한 실화 같은 전설로 실려 있지만, 이러한 유형의 설화들은 온 나라에 퍼져 전해지고 있는 전형적인 민담 작품이다. 《동국여지승람》에 소개되기로는 고려 공민왕(재위 1352~1374) 때에 있던 일로되어 있다.

이 설화는 우리 나라뿐만 아니라 일찍이 다른 나라들에도 알려졌는데, 16세기 중엽 사람인 명나라 진요문陳耀文이 쓴 《천중기天中記》에도 실려 있다.

# 어리석은 벼슬아치를 풍자한 장암곡

서천포영舒川浦營은 서천읍[1]에서 남쪽으로 26리쯤 되는 곳에 있다. 고려 때는 이곳을 장암진長巖鎭이라고 하였다.

평장사[2] 두영철杜英哲이 일찍이 이 서천포에 유배되어 살면서 어떤 노인 한 사람과 친히 지냈다. 서울로 다시 불려 가게 되었을 때 노인은 두영철더러 벼슬길이 위태로우니 구차히 출세를 서둘지 말라고 경계하였다. 영철도 그 말이 옳다고 하였다.

그런데 그 뒤 두영철은 다시 벼슬길에 나가 직위가 평장사에 이르렀다가 정말 또다시 죄를 짓고 정배를 가게 되어 이곳을 지나게 되었다. 이때 노인은 노래를 지어 그를 풍자하였는데, 악부에 오른 '장암곡長巖曲'이 곧 그것이다.

이제현李齊賢은 이 노래를 악부시로 옮겨 아래와 같이 읊었다.

---

1) 서천읍舒川邑은 충청남도 서천군 소재지.
2) 평장사平章事는 고려 때 중서문하성에 소속돼 있던 정이품의 높은 벼슬이다.

걸렸구나 걸렸구나 요놈의 참새 새끼.

무엇을 하다가 또 그물에 걸렸느냐.

눈깔은 도대체 어디에 두어 두고

그물을 받고서 또 걸렸노, 어리석은 놈아!

拘拘有雀奚爲　觸著網羅黃口兒

眼孔元來在何許　可憐觸網雀兒癡

　―《동국여지승람》


█ 이 이야기는 '장암'이라는 풍자 민요가 어떻게 창작되었는지 유래를 설명하고 있다.

민요 '장암'의 풍자 대상인 고려 때 봉건 관료 두영철에 대하여는《고려사》〈열전〉에
별로 전하는 기록이 없어서 어떤 인물인지 자세히 알 수 없으나, 여기에 실린 이야기로
보아 역시 벼슬에 눈이 어두워 사리를 분간하지 못하고 덤비던 탐욕스러운 자였음이
틀림없다. 이런 자들은 고려 중엽 이후 흔히 볼 수 있었다.

이제현은 민요 작품인 이 '장암'을 악부 형식으로 써서 자기 시문 창작집《익재난고
益齋亂稿》의 〈소악부〉에 실었다. 우리는 이 노래를 통하여 고려 중엽 이후 폭넓은 근로
인민들 속에서 활발하게 창조 발전되고 있던 민요, 참요, 서정 가요들의 수준과 함께
당시 인민들이 지배 통치 계급에 대하여 가지고 있었던 비판적, 조소적, 적대적 태도
등을 잘 알 수 있다.

'장암곡'과 관련하여서는《고려사》〈악지〉에도 여기에 소개한 내용과 거의 같은 해
설이 실려 있다.

# 명주곡의 주인공, 서생과 처녀

옛날 서울에 사는 한 서생이 견문을 넓히려고 곳곳을 돌아다니다가 명주 땅에 이른 적이 있었는데, 여기서 한 양갓집 처녀를 알게 되었다.

처녀는 생김새가 빼어날 뿐만 아니라 글도 잘 알고 있었다. 그래 서생은 매번 간절한 사랑 고백이 담긴 시를 써서 처녀에게 보내곤 하였다. 그랬더니 처녀가 하루는 답을 써 보냈는데, 다음과 같은 사연이 쓰여 있었다.

"여자는 함부로 남을 따를 수 없습니다. 당신께서 앞으로 과거에 급제하시고 우리 부모에게 청혼을 하여 부모가 승낙하시면 그때 당신과 백년해로할 연분이 될 수 있을까 생각합니다."

이 편지를 받은 서생은 그날로 서울에 돌아왔다. 그리하여 모든 잡념을 잊고서 학업에 열중하여 과거 볼 채비를 하였다.

그러나 과년한 처녀를 둔 여자 집에서는 이 사정을 알 리가 없어 장차 사위를 맞으려고 서두르기 시작하였다.

이 처녀네 집 앞에는 큰 늪이 하나 있었는데, 늘 그 못에다 고기를 기르고 있었다. 그래서 못의 고기들은 처녀의 기침 소리만 들려도 모두 욱 몰려와서 던져 주는 모이를 먹곤 하였다. 하루는 처녀가 못 가에 가서 고기들에게 모이를 던져 주며 말하였다.

"고기들아, 고기들아! 내가 너희들을 먹여 기른 지 이미 몇 해가 되니 너희들도 이내 맘을 알아주겠지."

그러고는 애달프고 안타까운 심정을 쓴 편지를 못 속에 던졌다. 그랬더니 이상하게도 못 속에서 그중 큰 고기 한 마리가 물 위로 뛰어올라 편지를 입에다 덥석 받아 물고서 어디론가 자취 없이 사라져 갔다.

한편 서울에서 공부에 열중하고 있던 그 서생은 어느 날 장에 가서 부모들께 드리려고 큰 물고기 한 마리를 찬거리로 사 가지고 집으로 돌아왔다. 고기를 끓이려고 배를 갈랐더니 그 속에서 편지 한 장이 나왔다.

놀라 읽어 보고 사연을 알게 된 서생은 편지를 가지고 부모 앞에 가서 자초지종을 다 말하고 승낙을 받아 명주 처녀네 집으로 발걸음을 다그쳤다.

그런데 그가 허둥지둥 처녀 집에 이르렀을 때에는 벌써 신랑으로 맞는 사위의 행차가 그 집 문 앞에 당도하고 있었다.

다급해진 서생은 고기 배에서 나온 처녀의 편지를 그 집 사람들에게 내놓고 자기 심정을 호소하는 노래 '명주곡溟州曲'을 불렀다. 그랬더니 처녀의 부모는 사연을 다 듣고 나서 신기하게 생각하면서 말하였다.

"이것은 정말로 자네의 정성이 하늘을 감동시킨 것이 틀림없네. 이런 일이야 우리 마음대로 어떻게 할 수 있겠나?"

그러고는 방금 맞으려던 사위를 집으로 돌려보내고 서생을 맞이하여 사위를 삼았다.

— 《고려사》


▌이 설화는 고려의 설화들 가운데 가장 민담 성격이 풍부하고 세태를 잘 보여 주는 대표 작품이다. 작품에 나오는 서생과 처녀의 사랑 이야기는 고상하고도 아름답다. 물고기의 도움을 받아서 백년가약을 맺었다는 이야기에는 봉건 질서와 억압 밑에서도 항상 굽힘 없이 진정한 인간 해방과 참다운 도덕 윤리를 지향해 온 우리 인민들의 아름다운 염원이 반영되어 있다.

이 설화는 고려 때 가요 발전의 정형과 성격을 밝히는 데도 의의를 갖는다.

## 조신의 꿈

옛날 신라가 서울이었을 때, 세달사(世達寺, 지금의 흥교사興敎寺) 란 절의 농막이 명주 날리군㮈李郡 ▪에 있었는데, 주관하는 절에서 중 조신調信을 보내어 농장을 관리하였다.

조신이 농장에 이르러 태수 김흔[1] 공의 딸을 깊이 좋아하여 여러 차례 낙산사 관음보살 앞에 가서 그 여자를 얻게 해 달라고 남몰래 빌었는데, 빌어 온 지 몇 년 되는 동안에 그 여자에게 배필이 생겼다.

그래 그는 다시 관음당 앞에 가서 관세음보살이 자기 일을 이루어 주지 않았다고 원망하면서 날이 저물도록 슬피 울다가 그리운 애를 태우기에 지쳐 잠이 들었다. 홀연히 꿈에 김 씨 딸이 기쁜 얼굴로 문으로 들어오더니, 백옥 같은 이를 드러내고 반가이 웃으며 말했다.

---

▪ 《지리지》를 살펴보면 명주에는 날리군이 없고 오직 날성군이 있을 뿐인데, 본래는 날생군 으로 지금의 영월이다. 또 우수주牛首州에 속한 현으로 날령군이 있는데 본래는 날이군으로 지금의 강주剛州이다. 우수주는 지금의 춘주인데, 여기서 날리군이라 하니 어느 것이 옳은지 알 수 없다.

1) 김흔金昕은 신라 신문왕 때 인물.

"제가 일찍이 스님의 얼굴을 어렴풋이 알고 마음으로 사랑하여 잠시나마 잊어 본 적이 없었는데, 부모의 영에 못 이겨서 억지로 다른 사람에게 시집갔습니다. 이제 죽어도 한 무덤에 들어갈 짝이 되기를 원하여 이렇게 왔습니다."

조신은 기뻐 어쩔 줄 모르며 함께 고향 마을로 돌아갔다. 같이 산지 사십여 년에 자식은 다섯이나 두었으나, 집은 한갓 빈 네 벽뿐이요, 변변찮은 끼닛거리도 제대로 댈 수가 없었다. 할 수 없이 서로 이끌고 불쌍한 처지가 되어 입에 풀칠이나 할까 하고 사방으로 다녔다. 이러기를 십 년 동안 안 가는 곳 없이 돌아다니니 다 해진 누더기 옷이 몸을 가리지 못하였다.

마침 명주 해현蟹縣 고개를 지날 때 열다섯 살 난 큰아이가 굶다가 갑자기 죽었다. 통곡을 하다가 길가에 꾸려 묻고, 나머지 네 아이를 데리고 우곡현(羽曲縣, 지금의 우현)에 이르러서 길가에 오막살이를 꾸리고 살았다.

부부가 늙고 병들고 굶주려서 일어나지 못하여 열 살 난 딸애가 두루 빌어다 먹었는데, 마을 개에게 물려 아프다고 부르짖으며 앞에 와 쓰러지니, 아버지, 어머니가 기가 막혀 흐느껴 울며 눈물을 금치 못하였다. 그러다가 안해가 별안간 눈물을 거두고 말했다.

"제가 처음 당신을 만났을 때에는 얼굴이 아름답고 나이가 젊었으며 옷차림도 깨끗하였습니다. 한 가지 맛난 음식도 당신과 서로 나누어 먹고, 몇 자 되는 따뜻한 옷감도 같이 입어, 오십 년에 정분은 이를 데 없고 은혜와 사랑은 한없이 깊어 참으로 두터운 인연이라고 하였습니다. 근년에 와서는 늙은 몸에 병까지 들어 해마다 더하고 굶주림이 날로 더 핍박하여 사람들이 곁방도 내주지 않

고 건건이 한 방울도 주지 않으니, 남의 문 앞에서 부끄럽기가 한
이 없고 아이들의 추위와 굶주림도 면하게 할 터무니가 없으니,
어느 겨를에 부부간의 기쁨이 있겠습니까?

청춘 시절의 살뜰한 웃음도 풀 위의 이슬처럼 사라졌고, 지초와
난초[2]인 양 꽃다운 약속도 회오리바람에 버들꽃처럼 흩어졌습니
다. 당신은 나 때문에 누가 되고 나는 당신 때문에 걱정이 되니
곰곰이 옛날 즐거움을 생각해 보면 바로 그것이 우환의 시작이었
습니다. 그대와 내가 어찌하여 이 지경에 이르렀는지요. 여러 새
가 함께 모여 주리느니 차라리 짝 없는 난새가 거울을 향하여 짝
을 부르는 것만 못할 것입니다.

어려움을 당하면 버리고 행운을 만나면 따른다는 것은 인정상
차마 못 할 일이오나, 가고 멈추는 것이 사람의 뜻대로 되는 것이
아니며, 헤어짐과 만남에도 운수가 있는 것이니, 청컨대 이제부
터는 둘이 그만 헤어지사이다."

조신이 이 말을 듣고 매우 옳게 여겨 저마끔 두 아이씩 나누어 데
리고 장차 헤어져 가려고 할 때에 여자가 말하였다.

"저는 고향으로 가겠으니 당신은 남쪽으로 가세요."

막 작별을 하고 길을 떠나는 참에 꿈을 깨어나니, 타다 남은 등잔
불이 꺼물거리고 밤은 이미 깊었다. 아침이 되어 보니 수염과 머리
털이 죄다 세고 정신이 멍하여 도무지 인간 세상에 살 생각이 없어
지고 괴로운 생애가 벌써 싫어지매, 평생의 고생이 지쳐 물린 듯 탐
욕스러운 마음이 씻은 듯 얼음 녹듯 풀어졌다.

---

2) 지초와 난초는 곧 깨끗하고 고상한 친구 사이의 교제를 뜻한다.

이때야 관음상을 대하기가 부끄러워져서 한없이 뉘우쳤다. 해현
으로 가서 꿈에 어린아이 묻은 데를 팠더니 바로 돌미륵이 있었다.
그것을 잘 씻어서 이웃 절에 갖다 모시고 서울로 돌아와 농장 구실
을 그만두고 재산을 기울여 정토사淨土寺를 세우고 부지런히 불도
를 수업하더니 그 뒤에 어떻게 생애를 마쳤는지 알 수 없다.

─《삼국유사》

# 성인을 만난 경흥

신문왕 때의 중 경흥憬興은 성이 수씨水氏로 웅천주 사람이다. 열여덟 살에 중이 되어 모든 불경에 정통하니 명망이 한때에 높았다. 문무왕이 죽을 때 신문왕에게 유언하였다.

"경흥 법사는 국사를 삼을 만하니 내 말을 잊지 말라!"

신문왕은 즉위하여 경흥을 국로[1]로 삼고 삼랑사三郎寺에 있게 하였다. 그런데 갑자기 병이 들어 달포가 되었을 때, 웬 여승이 와 보고 《화엄경》에 나오는 "좋은 벗은 병을 고치게 하여 준다."는 이야기를 들어 말하였다.

"지금 스님의 병은 근심으로 해서 생긴 것이니 기뻐하고 웃으면 나을 것이외다."

곧 열한 가지 모양의 탈을 만들어 제가끔 웃음거리 춤을 추게 하니 뾰족도 하고 깎은 듯도 하여 변하는 모습이 이루 다 말할 수 없어 모두 입을 가누지 못할 지경이었다. 이에 대사는 알지 못하는 사이

---

1) 국로國老는 중의 최고 관직인 국사國師의 다른 칭호.

에 병이 씻은 듯이 나았다.

여승은 문을 나가 삼랑사 남쪽에 있는 남항사南巷寺로 들어가 사라지고, 그가 가졌던 지팡이는 십일면원통상[2]을 그린 화폭 앞에 놓여 있었다.

경흥이 하루는 왕궁으로 들어가려고 하매, 수발드는 사람이 먼저 동쪽 대문 밖에다가 떠날 채비를 하였다. 말이며 안장이 매우 훌륭하고, 신발이며 갓이며 차림차리가 으리으리하니 사람들이 모두 길을 피하였다. 웬 거사가 볼꼴 없는 모양으로 손에는 지팡이, 등에는 광주리를 지고 와서 하마대[3] 위에 앉아 쉬고 있었다. 광주리 속을 보니 말린 물고기가 들어 있었다. 경흥을 수발드는 사람이 꾸짖어 말하였다.

"네가 중의 복색을 하고 어찌 불교에서 금하는 물건을 지녔느냐?"

그 중이,

"두 다리 사이에 생고기를 끼울 바에는 등에다가 세 저자의 마른 고기를 지는 것이 무슨 흉이 되랴?"

하고 말을 마치자 일어나 가 버렸다. 경흥이 문을 나오다가 그 말을 듣고 사람을 시켜서 뒤를 쫓게 하였더니, 남산 문수사 대문 밖에 이르러서 광주리를 내던지고 사라졌는데, 지팡이는 문수보살상 앞에 있고 마른고기는 바로 소나무 껍질이었다. 심부름 갔던 사람이 돌아와 그대로 고하니 경흥이 이 말을 듣고서 탄식하여 말하였다.

"관세음보살님이 오셔서 내가 짐승 타는 것을 경계한 것이다."

---

2) 십일면원통상十一面圓通像은 얼굴 열한 개를 가진 관음상을 말한다.
3) 말에서 내릴 때 편리하도록 만든 대.

그 뒤 죽을 때까지 다시 말을 타지 아니하였다. 경흥의 아름다운 덕행과 남긴 사적은 중 현본玄本이 지은 삼랑사 비문에 자세히 실려 있다.

—《삼국유사》


█ 경흥은 7세기에 살던 승려이다. 그에 대한 이 기록은 얼핏 전기적 서술인 듯한 체계를 가지면서도 기본적으로는 두 가지 설화로 이루어져 있다.

이 이야기 중에서 "열한 가지 탈을 만들어 제가끔 웃음거리 춤을 추게 하였다."는 기록은 민간극 예술 발전 연구에서 주목할 만한 사실이다. 그리고 야단스럽게 꾸민 말을 타고 다니는 행동거지를 경계하였다는 이야기도 구성과 풍자적 내용으로 보아서는 매우 긍정적이고 재미있다.

# 불국사를 세운 김대성

　모량리[1]에 사는 가난한 여자 경조慶祖에게 아이가 있었는데, 머리가 크고 정수리가 편편하여 성처럼 생겼으므로 이름을 '대성大城'이라 하였다.

　집이 가난하여 길러 내기가 어려우므로 부자 복안福安의 집에 가서 품팔이를 하였는데, 그 집에서 밭 몇 이랑을 나누어 주어 살림 밑천으로 삼게 하였다. 이때 중 점개漸開가 육륜회六輪會를 흥륜사에서 베풀고저 하여 복안의 집에 와서 시주하기를 권하였는데, 복안이 베 오십 필을 내주었다. 점개가 주문으로 축원하였다.

　"단월[2]이 시주하기를 좋아하시니 천신이 항상 보호하여 하나를 시주하면 만 배 되는 이익을 얻게 하며, 안락을 누리고 장수하게 하소서."

---

1) 모량리牟梁里는 신라 서울 육부六部의 하나로 경주읍의 서쪽에 있다. 부운촌浮雲村이라고도 한다.
2) 단월檀越은 불교에서 쓰는 말로 절간에 재물을 시주하는 사람을 말한다.

대성이 그 소리를 듣고 뛰어 들어와 어머니에게 말하였다.

"제가 문가에서 중이 외는 말을 들으니 하나를 시주하면 만 배를 얻는다고 하더이다. 생각건대 우리는 전생에 적선한 것이 없어서 지금 이와 같이 곤궁하니 이제 시주하지 않으면 내세에는 더욱 어려울 것입니다. 우리가 부쳐 먹는 밭을 법회에 시주하여 후생의 덕을 도모함이 어떠하오리까?"

어머니가 좋겠다고 하여 밭을 점개에게 시주하였다. 얼마 아니하여 대성이 죽었다. 이날 밤에 재상 김문량金文亮의 집에서는 하늘에서 외치는 소리가 들렸다.

"모량리의 대성이란 아이가 이제 네 집에 태어날 것이다."

집안사람들이 모두 깜짝 놀라 사람을 시켜 모량리에 가서 알아보았더니, 과연 대성이 죽었는데 바로 하늘에서 부르짖음이 있은 시각과 같았다. 그날부터 태기가 있어 아이를 낳았는데, 아이가 왼손을 꼭 쥐고 펴지 않다가 이레 만에야 손을 폈다. 손 안에 '대성'이란 두 자를 새긴 금패 쪽을 쥐고 있었으므로 그대로 이름을 짓고 그의 예전 어머니를 이 집으로 맞아다가 함께 살게 하였다.

대성이 장성하매 사냥하기를 좋아하였다. 하루는 토함산에 올라가서 곰 한 마리를 잡아 산 아래 마을에 와서 잤더니, 꿈에 그 곰이 귀신으로 변해서 시비를 걸었다.

"네가 무엇 때문에 나를 죽였느냐? 내가 도리어 너를 잡아먹으리라!"

대성이 무서워 떨면서 용서해 달라고 하니 귀신이 말하였다.

"나를 위하여 절을 세워 줄 수 있겠는가?"

대성이 그러겠다고 맹세하고 꿈에서 깨니 땀이 흘러 자리가 온통 젖어 있었다. 이로부터는 사냥을 금하고 곰을 위하여 곰 잡던 곳에 장수사長壽寺를 세웠다. 이로 하여 마음에 느껴지는 점이 있어 자비로운 일을 하려는 결심이 한결 더하여졌다.

이에 이생에 살아 계시는 부모를 위해서는 불국사를 세우고, 전생의 부모를 위해서는 석불사[3]를 세워 놓고, 신림神琳과 표훈表訓 두 대사를 청해서 각각 살게 하였으며, 부모의 소상들을 굉장하게 차려 놓아 길러 준 수고에 보답하였다. 이와 같이 한 몸으로 두 세상의 부모에게 효도를 한 것은 드문 일이니, 어찌 착한 시주의 증험을 믿지 않겠는가!

대성이 석불을 조각하려고 큰 돌 한 개를 다듬어 불상을 안치할 감실의 뚜껑을 만드는데, 갑자기 돌이 세 토막으로 갈라졌다. 대성이 분하게 생각하다가 어렴풋이 졸았는데, 밤중에 천신이 내려와서 모두 만들어 놓고 돌아갔다.

대성이 바로 자리에서 일어나 급히 남쪽 고개로 달려가 향을 태워 천신을 공양하였다. 이 때문에 그곳을 '향고개'라고 하였다. 불국사의 구름다리와 돌탑은 돌과 나무를 새기고 물리고 한 그 기교가 동방의 여러 절들 가운데 으뜸이다.

지방에서 전하는 옛 기록에 적힌 사적은 위와 같으나, 절에 있는 기록에는 이렇다.

"대상[4] 대성이 경덕왕 10년(751)에 불국사를 세우기 시작하여 혜공왕 10년(774) 12월 2일에 대성이 죽으니 국가에서 이를 완성하

---

3) 경주 석굴암을 말한다.
4) 대상大相은 국재國宰와 같은 뜻. 재상, 국상.

였다. 처음에 유가종瑜伽宗의 대덕大德 강마降魔를 청해서 이 절에 거주하게 하고 계속하여 오늘에 이르렀다."

이렇듯 전하는 이야기와는 맞지 않으니, 어느 것이 옳은지 알 수 없다.

─《삼국유사》


▌이 설화는 경주 불국사와 석불사의 창립자로 알려져 있는 신라 귀족 김대성에 관한 이야기를 불교식으로 신비화한 것이다.

설화의 내용에는 불교에서 말하는 이른바 보응설이 되풀이되고 있다. 그리하여 어려운 집에 태어난 주인공 대성이 불교를 위해 좋은 일을 했기 때문에 귀족 집에 태어나 호강도 할 수 있었고, 두 부모를 다 극진히 모실 수도 있었으며, 또한 큰 절들을 지어 부모들을 위해 좋은 일을 할 수가 있었다는 것이다.

불국사와 석불사는 알려져 있는 바와 같이 당시 우리 백성들의 피땀을 긁어모아 이루어진 것이지만, 우리 백성들의 예술적, 창조적 재능으로 만들어진 것으로 우리가 세계에 자랑할 만한 훌륭한 문화적, 미술적 가치를 가지는 건축물이다.

# 다시 살아난 선율

망덕사望德寺의 중 선율善律은 시주 받은 돈으로 《육백반야경》[1]을 만들려고 하다가 일이 미처 끝나기 전에 갑자기 저승으로 잡혀가서 염라대왕 앞에 이르렀다.

염라대왕이 물었다.

"너는 인간 세상에서 무슨 일을 하였느냐?"

선율이 대답하였다.

"소승이 늘그막에 대품경大品經을 만들려고 하다가 일을 아직 끝맺지 못하고 왔습니다."

염라대왕이 말하기를,

"너는 정한 수가 다 되었지만 좋은 소원을 아직 마치지 못했으니 마땅히 인간 세상으로 돌아가 귀중한 불전을 끝맺으라."

하고 곧 돌려보냈다.

---

1) 《육백반야경六百般若經》은 불경 《대반야경大般若經》을 말한다. 원래 이름은 《대반야바라밀다경大般若波羅蜜多經》인데 모두 육백 권으로 되어 있다.

돌아오는 길에 웬 여자가 울며 앞에 와서 절하고 말하였다.

"저도 남염주 사람인데 부모님께서 금강사의 논 한 이랑을 훔친 죄로 저승에 잡혀 와서 오랫동안 모진 고초를 받고 있습니다. 대사께서 고향에 돌아가시거든 제 부모님께 일러 어서 그 논을 돌려주라고 하십시오. 그리고 제가 세상에 있을 때 참기름을 평상 밑에 묻어 두었고, 고운 베를 이부자리 속에 간직하여 두었습니다. 대사께서 그 기름을 가져다가 부처님께 공양 등불을 켜 주시고, 그 베를 팔아 불경 베끼는 비용에 써 주신다면 황천에서도 은혜가 될 것이요, 이 고초에서 벗어날 수 있을까 하나이다."

선율이 물었다.

"그대 집이 어디던고?"

"사량부 구원사久遠寺 서남쪽 마을입니다."

선율이 이 말을 듣고 막 걸어가자 이내 다시 살아났다. 그때는 그가 죽은 지 이미 열흘이 되어 남산 동쪽 기슭에 장사 지냈다. 그가 무덤 속에서 사흘 동안 소리를 쳤더니, 목동이 그 소리를 듣고 절에 와서 일러 주어 절 중들이 가서 무덤을 파고 꺼냈다.

선율이 지난 일을 자세히 말하고 그 여자의 집을 찾아갔더니, 여자가 죽은 지 십오 년이 되었으나 기름과 베는 그대로 있었다. 선율이 여자의 말대로 명복을 빌었더니, 여자의 혼이 와서 알렸다.

"대사의 은혜를 힘입어 제가 이미 고초를 벗어났습니다."

당시 사람들이 그 이야기를 듣고 놀라고 감탄치 않는 이가 없어 그를 도와 불경을 완성하였다 그 경전이 지금까지 경주 승려 관청에 간직되어 있어 해마다 봄가을로 펴 읽어서 액막이를 한다.

　—《삼국유사》

# 거센 물결을
# 잠재우는 젓대

이 젓대를 불면 적병이 물러가고, 병이 나으며, 가물에는 비가 오고, 장마가 개며, 바람이 가라앉고, 파도가 잔잔해지는지라, 이름 하여 '만파식적萬波息笛'이라 하고 나라의 보물로 일컬었다.

# 절로 끓는 밥 가마

고구려 제3대 대무신왕 4년(21) 겨울 12월에 왕이 군사를 출동시켜 부여를 치러 가다가 비류수 옆에 이르러 물가를 바라보니 어떤 여인이 솥을 들고 노는 것 같았다. 그래 그곳에 가 보니 여인은 간데 없고 다만 솥만 있었다.

그 솥에 밥을 짓게 하였는데 불을 때기 전에 저절로 열이 나서 밥이 되었으므로 전체 군사들을 배부르게 먹일 수 있었다. 이때에 갑자기 한 사나이가 나타나서 하는 말이,

"이 솥은 우리 집 것으로 제 누이가 잃은 것입니다. 임금께서 지금
이것을 얻으셨으니 청컨대 제가 이 솥을 지고 따라가겠습니다."
하였다. 그래서 그에게 '부정負鼎'이라는 성씨를 주었다.

왕이 이물림利勿林에 이르러서 묵게 되었는데 밤에 웬 쇳소리가 들렸다. 그래 날 밝을 무렵에 사람을 시켜 그곳을 찾아가 보게 하였더니 황금 옥새와 병기 따위를 얻었다.

왕이 말하기를,

"이것은 하늘이 주시는 것이다."

하며, 절을 올리고 그것을 받았다.

— 《삼국사기》


▌ 이 이야기는 《삼국사기》 〈고구려 본기〉 대무신왕 4년조에 실려 있는 것인데 왕이 부여국을 치러 가던 도중에 있었던 역사적 사실들을 기록하고 있다. 그러나 이것들은 신라의 설화들인 '하늘이 준 옥띠〔天賜玉帶〕'나 '만파식적萬波息笛'과 아주 비슷한 성격의 고대 설화 작품이다.

설화에서 우리는 고대 우리 선조들이 자연 정복에 대한 억센 바람과 자유분방한 예술적 환상을 재미있게 표현한 것을 보게 된다. 불을 때지 않아도 저절로 열이 나면서 물이 끓고 밥이 되는 가마, 이 얼마나 생활적 환상이 풍부한가!

우리 고대 사람들 속에서는 이런 환상들이 예술적으로 표현된 설화 작품이 적지 않게 창작되었다. 위에 든 '만파식적' 설화도 그러하지만 '해모수 전설'이나 '주몽 전설'에 나오는 이상한 말채찍, 오룡거 들도 모두 그러한 것들이다.

수천 년 전 우리 선조들이 지향한 아름답고 억센 생활적 바람들과 예술적 환상들은 오늘 우리 시대에 와서 생활 현실로 되고 있다.

이 설화에는 국가 신성화의 사상이 역시 밑바닥에 깔려 있다.

# 을두지의 뛰어난 지혜

대무신왕 10년(27) 정월에 을두지乙豆智를 임명하여 좌보[1]를 삼고 송옥구松屋句를 임명하여 우보[2]를 삼았다.

11년(28) 7월에 한나라 요동 태수가 군사를 거느리고 쳐들어왔다. 왕이 여러 신하들을 모아 놓고 공격과 방어에 대한 계책을 물으니 우보 송옥구가 말하였다.

"제가 들으매 덕을 믿는 자는 번창하고 힘을 믿는 자는 패망한다 하였습니다. 지금 중국에 흉년이 들어서 도적들이 벌 떼처럼 일어나고 있는데, 아무런 명목 없이 군사를 출동시키니, 이것은 임금과 신하들이 결정한 정책이 아니라 필시 변방 장수가 사욕을 채울 목적으로 제 마음대로 우리 나라를 침범한 것입니다.

이것은 하늘 이치에 거스르고 사람의 도리에 어그러졌으므로 적들의 군사는 반드시 얻을 것이 없을 것이니 우리가 험한 지형에

---

1) 좌보左輔는 고구려의 벼슬 이름으로 재상에 해당한다.
2) 우보右輔는 고구려의 벼슬 이름으로 좌보 다음가는 높은 관직이다.

의거하여 불시에 습격하면 적들을 반드시 깨뜨릴 수 있습니다."

좌보 을두지가 말하였다.

"수가 적은 편은 비록 강병이라도 수가 많은 편에게 사로잡히기 쉽습니다. 저는 대왕의 군사와 한나라 군사가 어느 편이 많은가를 생각하여 보았는데, 꾀로 칠 수 있을지언정 힘으로 이길 수는 없습니다."

왕이 말하였다.

"꾀로 치려면 어떻게 해야겠는가?"

을두지가 대답하여 말하였다.

"지금 한나라 군사가 멀리 나와 싸우고 있으나 그들의 서슬을 당해 낼 수 없으니 대왕은 성문을 닫고 군사를 튼튼히 하여 적들의 군사가 지치기를 기다려서 나가 치는 것이 옳습니다."

왕이 그 말을 옳게 여기고 위나암성[3]에 들어가서 수십 일 동안 굳게 지켰으나 한나라 군사의 포위가 풀리지 않았다. 왕은 힘이 다하고 군사가 지치므로 을두지에게 물었다.

"형세가 더는 지킬 수 없으니 어떻게 하랴?"

을두지가 말하였다.

"한나라 사람들은, 우리가 암석 지대에 있어 물 나는 샘이 없으리라 여겨 오랫동안 포위하여서 우리가 곤란해지기를 기다리는 것이니, 연못 속에 있는 잉어를 잡아서 싱싱한 풀로 싸고 또한 맛좋은 술을 얼마 보내어 한나라 군사를 먹이는 것이 좋겠습니다."

---

3) 위나암성尉那巖城은 한때 고구려의 수도였던 국내성國內城이다. 지금의 중국 동북 임강현 모아산 서남에 있었다. 고구려 제2대 유리왕이 즉위 22년에 처음으로 도읍을 옮겼다.

왕이 을두지의 말을 좇아 편지를 보내어 말하였다.

"내가 어리석어 장군에게 백만 군사를 거느리고 우리 경내에서 노숙 생활을 하게 하였소. 장군의 후의를 보답할 길이 없어 이에 보잘것없는 물건이나마 보내니 여러 사람들에게 대접하여 주기 바라오."

이때에 한나라 장수가 생각하기를 성안에 물이 있으니 빨리 함락시킬 수는 없겠다 싶어 곧 회답하였다.

"우리 황제가 내 어리석음을 생각하지 않고 군사를 출동시켜 대왕의 죄과를 추궁하라 하기에 고구려 국경에 와서 열흘이 넘도록 어찌할 바를 몰랐더니, 이제 보내온 편지를 보니 언사가 공순하지라 내가 황제에게 이 말대로 아뢰지 않을 수 없소."

그러고는 군사를 끌고 물러갔다.

— 《삼국사기》


▌이 이야기는 고구려가 발전 초기에 외래 침략자들과 벌인 줄기찬 투쟁의 한 토막을 보여 주는 기록이다. 여기에는 고구려 백성들이 외래 침략자들을 반대하는 불굴의 투쟁 모습이 잘 나타나고 있는 동시에 당시 고구려 재상이던 을두지의 깊은 지략이 이야기되고 있다.

대무신왕이 한나라 요동 태수에게 보냈다는 서한은 문헌에 남아 있어 우리에게 알려진 고구려의 가장 최초 산문 작품이다. 이 편지는 물론 외교 문건인 만치 표현이 매우 공손하고 겸양한 격식으로 되어 있으나 내용에는 은근히 침략자들을 비웃는 뜻과 고구려 사람들이 가진 불굴의 의지가 표현되어 있음을 알 수 있다.

## 왕자 호동

대무신왕의 아들 호동好童이 옥저에 놀러 갔더니 낙랑樂浪 왕 최리崔理가 나와 다니다가 호동을 보고,

"그대의 용모를 보니 보통 사람이 아니다. 그대가 북국 무신왕의 아들이 아닌가?"

묻더니, 함께 돌아가서 자기 딸을 안해로 삼게 하였다. 그 후에 호동이 본국에 돌아와서 가만히 사람을 보내어 최 씨 딸에게 일렀다.

"그대가 나라의 무기고에 들어가서 북과 나팔을 깨뜨릴 수 있다면 내가 예를 갖추어 그대를 맞을 것이요, 그렇게 하지 못한다면 맞지 않을 것이오."

그전부터 낙랑에는 북과 나팔이 있었는데, 적병이 오면 저절로 소리를 내기 때문에 그것을 깨뜨려 버리라고 한 것이다. 이때에 최리의 딸이 잘 드는 칼을 가지고 곳간에 들어가서 북의 면과 나팔 주둥이를 베어 버리고 호동에게 알려 주었다. 호동이 왕에게 권하여 낙랑을 습격하였다.

최리는 북과 나팔이 소리를 내지 않으므로 방비를 하지 않고 있다

가 우리 군사들이 성 밑까지 이르러서야 북과 나팔이 모두 깨진 것을 알고 자기 딸을 죽이고 나와서 항복하였다.

한편 낙랑을 없애려고 혼인하기를 청하여 최리의 딸을 데려다가 며느리 삼은 다음 그를 본국에 돌려보내서 그 병기를 파괴하였다고도 한다.

— 《삼국사기》

## 태자의 말 발자국

  백제 근구수왕[1]은 근초고왕의 아들이다. 이에 앞서 고구려 국강왕 사유[2]가 친히 와서 침노하매 근초고왕이 태자를 보내어 방어하게 하였다.

  반걸양[3]에 이르러 싸우려 하는데, 사기斯紀가 원래 백제 사람으로서 전날에 실수로 왕이 타는 말의 발굽을 다치고 죄를 받을까 두려워 고구려로 달아났다가 이때에 돌아와서 태자에게 말했다.

  "고구려의 군사가 비록 많으나 모두 가짜 군사로 수를 채운 것에 지나지 않고, 그중 가장 강한 부대는 다만 붉은 깃발을 든 것뿐이니, 그것을 먼저 깨뜨린다면 나머지는 치지 않아도 저절로 허물어질 것입니다."

---

1) 근구수왕近仇首王은 백제 제14대 왕. 375년부터 384년까지 왕위에 있었다. 휘수諱須라고도 한다.
2) 사유斯由는 고구려 고국원왕(재위 331~371)을 말한다. 국강왕國岡王이 백제를 친 것은 369년의 일이다.
3) 반걸양半乞壤은 지금의 강원도 원주인 듯하다. 황해도 배천이라고도 한다.

태자가 그의 말을 좇아 진격하여 크게 이기고 달아나는 군사를 계속 뒤쫓아 수곡성⁴⁾ 서북에 이르렀다. 이때에 장수 막고해莫古解가 간하여 말했다.

"일찍이 도가의 말을 들으매 '만족한 것을 알면 욕을 보지 않으며, 그칠 줄을 알면 위태하지 않다.'고 하였으니 지금 얻은 바도 많은데 어찌 더 많은 것을 바라겠습니까?"

태자가 이 말을 옳게 여겨 뒤쫓기를 멈추었다. 곧바로 그곳에 돌을 쌓아 표적을 삼고 그 위에 올라가 좌우를 돌아보면서 말했다.

"이 다음날에 누가 다시 이곳까지 올 수 있겠느냐?"

그곳에 말발굽같이 생긴 바윗돌 틈이 있었는데 사람들이 지금까지도 '태자의 말 발자국'이라고 한다.

― 《삼국사기》


▎ 4세기 중엽부터 고구려는 외적들과 투쟁하는 데 썼던 중요한 역량을 점차 국내로 돌려 남쪽으로 영토를 확장했다. 그 결과 이때부터 삼국의 싸움은 더욱 격렬해진다. 특히 백제의 근초고왕과 근구수왕 때에는 백제와 고구려 간의 공방전이 아주 격렬하게 펼쳐졌다. 이 시기에 백제는 여러 차례 고구려의 평양성(지금의 평양)을 공격하였다. 그러나 수곡성 부근에 있다는 '태자의 말 발자국' 이야기는 다분히 전설적인 것이 역사적 사실에 덧붙여진 것이 아닌가 생각된다.

실제로 우리 나라 전설들 가운데는 이러한 '장수의 발자국' 또는 '장수의 말발굽 자리'에 관한 이야기가 각 지방마다 적지 않게 전해 내려오고 있는데, 태자의 말 발자국도 역사적 인물과 결부된 이야기이다.

---

4) 수곡성水谷城은 지금의 황해도 평산인 듯하다.

# 댓잎 군사

제13대 미추[■] 이사금은 김알지의 7대손이다. 왕위에 있은 지 23년 만에 죽으니(서기 284년) 능은 흥륜사 동쪽에 있다.

제14대 유리왕 때에 이서국伊西國 사람이 와서 금성金城을 치매 신라 편에서도 크게 군사를 내어 막았으나 오래 버티기 어려웠다. 그때 홀연 이상한 군사들이 와서 돕는데 모두 댓잎사귀를 귀에 꽂고 이 편과 함께 힘을 합쳐 적을 무찔렀다.

적의 군사가 물러간 뒤에는 모두 어디로 갔는지 알 수가 없었다. 다만 댓잎사귀들이 미추 왕릉 앞에 쌓여 있음을 보고 비로소 선왕의 숨은 도움 덕분이었음을 알게 되었다. 그 뒤로 이 왕릉을 '죽현릉竹現陵'이라고 했다.

　　—《삼국유사》

■ 미추未鄒는 미조未祖, 미고未古라고도 하였다.

이 설화는 어떤 초자연적인 존재나 신령스러운 물건에 의하여 나라가 특별한 보호를 받고 있다는 국가 신성화 또는 그러한 사상에 안받침된 국가 강화의 사상을 반영한 설화이다.

이러한 유형은 우리 고대 설화에 적지 않다. 신라의 '만파식적 설화'나 '구층탑 설화' 또는 '하늘이 준 옥띠' 설화 들이 그러한 것이며, 또 고구려에게 멸망한 낙랑국 왕 최리가 가지고 있었다는 이상한 북과 나팔 따위 이야기가 모두 그러한 것이다.

이 설화에서는 죽은 미추왕의 은덕으로 그가 보내 준 댓잎 군사의 도움을 받아 신라가 외적의 침략을 당한 아주 위급한 지경에서 무사히 벗어나 나라를 보존할 수 있었다는 것이다.

환상적이면서도 고대 사람들의 사고 특성이 잘 표현되었다.

# 박제상[1]과 안해

　　신라 제17대 나밀왕[2]이 왕위에 오른 지 36년에 왜왕이 사신을 보
내 청했다.

　　"저희 임금이, 대왕이 어지시다는 말씀을 듣고 두 나라 사이에 좋
은 관계를 맺자고 하였으니, 바라건대 대왕은 왕자 한 명을 보내
어 우리 임금에게 성의를 표시하여 주시옵소서."

　　이에 왕이 셋째 아들 미해[3]를 시켜 왜국을 예방케 하였다. 미해는
그때 나이가 겨우 열 살이라 아직 말이나 행동이 원만치 못하였기 때
문에 신하 박사람朴娑覽을 부사로 삼아 보냈다. 간교한 왜왕이 그를

---

　1) 《삼국유사》에는 그의 이름을 '김제상'이라 하고 있으나 《삼국사기》나 다른 문헌과 전설
　　에서 흔히 박제상朴堤上으로 쓰고 있으므로 여기서도 그에 따랐다.

　2) 나밀왕那密王은 내물왕奈勿王이라고도 쓴다. 재위 기간은 356~402년이다. 나밀왕 36년
　　은 서기 391년인데, 사실 경인년이라면 390년이 옳다. 어느 한쪽이 착오일 것이다. 또한
　　《삼국사기》를 보면 왜국에 미해(미사흔)를 보낸 것은 실성 이사금 원년(402) 3월로 되어
　　있으니 어느 것이 정확한지 알 수 없다.

　3) 밋희未叱喜라고도 하며, 《삼국사기》 '박제상전'에는 미해美海의 이름이 미사흔으로 되어
　　있다.

잡아 두고 삼십 년 동안이나 돌려보내지 않았다.

눌지왕[4] 3년(419)에 고구려 장수왕[5]이 사신을 보내와서 말하였다.

"저희 임금께서, 대왕의 아우님 되는 보해[6]께서 지혜와 재주가 빼어나다는 말씀을 듣고 서로 사귀기를 원하시어 특히 소신을 보내어 간청합니다."

왕이 이 말을 듣고 화친을 맺고저 아우 보해에게 명해서 고구려에 가게 하였다. 신하 김무알金武謁로 보좌를 삼아 같이 가게 하였다. 그랬더니 장수왕이 또한 그를 잡아 두고 보내지 아니하였다.

눌지왕 10년(426)에 이르러 왕이 여러 신하들과 나라 안의 용기와 기개가 뛰어난 사람들을 모아 놓고 친히 잔치를 베풀었다. 술잔을 세 차례 돌리자 음악이 울려 나오는데, 왕이 눈물을 흘리며 여러 신하들에게 말하였다.

"전에 선왕께서 진정으로 나랏일을 생각하여 사랑하는 아들로 왜국을 예방케 하였더니 간사한 왜놈들의 계책으로 그 아들을 보지 못한 채 세상을 떠나셨다. 또 내가 임금 자리에 오른 뒤로 이웃 나라 군사들이 매우 강성해져서 전쟁이 쉴 사이 없었다. 고구려가 오직 화친을 맺자고 하므로 내가 그 말을 믿어 친아우에게 고구려를 예방케 하였다. 헌데 고구려가 또한 그를 잡아 두고 돌려보내지 않는다. 내가 비록 부귀는 누린다고 하나 일찍이 하루도 그들을 잊어버리거나 눈물을 흘리지 않은 날이 없었다. 그 두 아우를

---

4) 눌지왕訥祇王은 신라 제19대 왕(재위 417~458)이다.
5) 장수왕長壽王은 고구려 제20대 왕으로, 서기 413년부터 491년까지 왕위에 있었다.
6) 《삼국사기》 '박제상전'에는 보해寶海가 복호卜好라 되어 있다.

다시 만나게 된다면 나라 사람들에게 은혜를 갚을 터이니 누가 이
일을 도모해서 성공할 수 있겠는가?"

이때에 모든 신하들이 다 같이 아뢰었다.

"이 일이 진실로 쉬운 일이 아닌 만큼 반드시 지혜와 용맹이 있는
사람이라야만 될 것입니다. 저희들의 생각에는 삽라군[7] 태수 박
제상朴提上이 적임이라 생각됩니다."

이에 왕이 그를 불러들여 뜻을 물으니 박제상이 대답하였다.

"제가 들으니, '임금이 걱정을 하게 되면 신하에게 욕이 되는 것
이요, 임금이 욕을 보게 되면 신하는 죽어야 한다.' 하였습니다.
일의 어려움과 쉬움을 가려서 실행한다면 그것은 충성스럽지 못
하다고 할 것이요, 죽고 사는 것을 따져 본 뒤에 행동한다면 그것
은 용맹스럽지 못하다고 할 것입니다. 제가 비록 변변치 못하오나
명령을 받들어 따르겠습니다."

왕이 대단히 기뻐하여 잔을 나누어 술을 마시고 손목을 쥐며 헤어
졌다.

박제상은 임금 앞에서 명령을 받아 바로 북해 길을 달려가 복장을
바꾸고 고구려에 들어갔다. 보해가 있는 곳을 찾아가서 함께 도망할
날짜를 약속하고 먼저 5월 15일에 고성 바닷가에 돌아와서 기다렸다.

약속한 날이 닥쳐오자 보해는 병을 핑계하여 며칠 동안 조회에 나
가지 않다가 마침내 밤중에 도망해서 고성 바닷가에 이르렀다. 고구
려 왕이 이것을 알고 사람 수십 명을 시켜 그를 뒤쫓아 고성까지 와
서야 따라잡았다. 그러나 보해가 고구려에 있을 때에 항상 자기 주

---

7) 삽라군歃羅郡은 지금의 경남 양산 지방.

위 사람들에게 은혜를 베풀었으므로 군사들이 매우 동정하여 모두 활촉을 빼어 버리고 활을 쏘았다. 그래서 마침내 무사히 빠져서 돌아왔다.

왕이 보해를 만나고 보니 미해 생각이 더 간절하여 한편 기쁘고도 한편 슬퍼서 눈물을 흘리며 주위 신하들에게 말하였다.

"마치 한 몸뚱이에 한쪽 팔만 있고, 한 얼굴에 한쪽 눈만 있는 것 같아서 비록 하나는 얻었으나 또 하나가 없으니 어찌 아프지 않으랴?"

이때에 박제상이 이 말을 듣고 다시 절하여 하직한 후 말을 타고 집에도 들르지 않은 채 곧바로 율포[8] 바닷가에 이르렀다. 그의 안해가 그 소식을 듣고 말을 달려 율포로 달려왔으나, 남편은 이미 배에 오른 뒤였다. 안해는 눈물을 쏟으며 간절히 불렀으나 박제상은 다만 손을 흔들 뿐 멈추지 않았다. 박제상이 왜국에 가 닿아 속임수로 말하였다.

"계림 왕이 죄 없이 내 아버지와 형을 죽였으므로 도망하여 여기에 왔습니다."

그 뒤로 박제상이 항상 미해를 모시고 바닷가에 나가서 놀다가 물고기와 새를 잡아서 번번이 왜왕에게 바치니 왜왕이 매우 기뻐하고 그를 의심치 아니하였다.

마침 어느 날 새벽안개가 자욱이 낀 때를 타서 박제상이 미해더러 말하였다.

"지금이 바로 도망할 때입니다."

8) 율포栗浦는 경남 울산 지방.

그러자 미해가 말했다.

"그러면 같이 갑시다."

박제상이 말하였다.

"만약 제가 간다면 왜인이 알고서 쫓아올 것입니다. 저는 여기에 머물러서 저들이 뒤쫓지 못하게 막으리이다."

미해가 말하였다.

"지금 나에게 그대는 아버지나 형과 마찬가지인 터에 이제 어찌 그대를 버리고 나 혼자만 돌아가겠소?"

하자, 박제상이,

"제가 왕자님의 생명을 구하여 대왕의 마음을 위로한다면 그것으로 족하오니 어찌 살기를 바라오리까?"

하고 술을 따라 미해에게 올렸다. 이때에 계림 사람 강구려康仇麗가 왜국에 와 있었는데 그를 시켜 미해를 따라가게 하였다. 그리고 박제상이 미해의 방에 들어가 이튿날 아침까지 있었다. 좌우의 왜인들이 들어와 보려고 하니 박제상이 나와서 막으며 말했다.

"어제 사냥하다가 병이 나서 일어나시지 못한다."

한낮이 지나자 좌우 사람들이 괴이쩍게 여겨 또다시 물으니 그제야 이렇게 말하였다.

"미해 왕자가 간 지 이미 오래다."

그들이 급히 달려가 왜왕에게 일러바치니, 왕이 말 탄 군사를 시켜 그를 뒤쫓게 하였으나 따라잡지 못하였다. 이에 박제상을 잡아 가두고 죄를 물었다.

"네가 어찌하여 몰래 네 나라 왕자를 빼돌렸느냐?"

박제상이 대답하였다.

"나는 계림의 신하요, 왜국의 신하는 아니다. 나는 우리 임금의 뜻을 이루고저 할 뿐이니 구태여 그대에게 더 무엇을 말하랴."

왜왕이 성이 나서 말했다.

"네가 이미 내 신하가 되었는데 그러면서도 계림의 신하라고 하니 응당 갖은 형벌을 해야겠지마는 왜국의 신하라고만 말한다면 반드시 높은 벼슬로 상을 주리라."

박제상은 말하였다.

"차라리 계림의 개나 돼지가 될망정 왜국의 신하는 되지 않을 것이다. 차라리 계림의 매를 맞을지언정 왜국의 벼슬이나 녹은 안 받겠다."

왜왕이 박제상의 발바닥 가죽을 벗기게 하고 갈대를 벤 그루터기 위를 달리게 하였다.▪

왜왕이 다시 물었다.

"네가 어느 나라의 신하냐?"

박제상이 여전히,

"나는 계림의 신하다!"

하자, 왜왕은 더 노발대발하여 다음은 뻘겋게 단 쇠 위에 세워 놓고 물었다.

"어느 나라 신하냐?"

"계림의 신하다!"

박제상은 역시 같은 대답을 하였다. 왜왕은 그를 굴복시키지 못할 것을 알고 목도木島라는 섬에서 불에 태워 죽였다.

---

▪ 지금도 갈대 위에 핏자국이 있는 것을 세상에서는 '제상의 피'라고 한다.

미해는 바다를 건너와서 먼저 강구려를 시켜 서울로 알렸다. 왕이 너무도 기쁘고 놀라워서 모든 관리들에게 굴헐역에 나가 마중하도록 하고 자신은 그의 친아우 보해와 함께 남쪽 교외에 나와 미해를 맞이하였다. 왕은 대궐로 돌아와서 잔치를 베풀고 전국에 사면령을 내리고, 박제상의 안해를 '국대부인國大夫人'으로 책봉하고 그 딸을 미해 공의 부인으로 삼았다.

처음에 박제상이 떠나갈 때에 부인이 소식을 듣고 좇아갔으나 따라잡지 못하고 망덕사 문 남쪽 모래밭 위에 넘어져 길게 통곡하였는데 이로 인하여 그 모래터를 '장사'⁹⁾라고 이름하였다.

친척 두 사람이 부인의 양쪽 겨드랑을 부축하여 돌아오려고 하니 그가 다리를 퍼뜨리고 앉아 일어나지 못했으므로 그 고장 이름을 그 뒤 '벌지지'¹⁰⁾라고 하였다.

얼마 뒤에 부인이 남편에 대한 그리움을 못 이겨 세 딸을 데리고 치술령¹¹⁾ 위에 올라가 왜국을 바라보며 통곡하다가 죽어서 마침내 치술령 신모神母가 되었다고 전한다. 지금도 이곳에는 그 사당이 있다.

―《삼국유사》


▌박제상에 관한 이야기는 우리 나라 고대 사람들의 꺾이지 않는 강직함과 애국적 헌신성, 희생정신을 이해하는 데 주요한 의의를 가진다.

박제상은 조국을 위하여 적의 나라에서 홀로 끝까지 굴하지 않고 갖은 유혹과 무서

---

9) 장사長沙는 길게 통곡한 모래터라는 뜻이다.
10) 벌지지伐知旨는 버티고 있는 땅이라는 뜻이다.
11) 경주 동남쪽 30여 리 밖에 있는 고갯마루 이름.

운 고문을 이겨 내면서 용감하게 싸웠다. 죽음까지도 그의 굳건한 애국정신을 굴복시키지 못했다. 고대 사람들이 창조한 박제상 이야기에는 그들의 높은 정신세계의 특질들, 곧 애국정신, 조국과 맡은 일에 대한 충실성, 헌신성 그리고 옳은 것을 위하여 싸우는 인간의 완강함과 강직함 등이 박제상의 예술적 형상을 통하여 잘 표현되어 있다. 특히 왜왕의 혹독한 악형과 싸워서 이겨 내는 장면의 묘사는 훌륭한 화폭을 이루고 있으며 우리에게도 강렬한 예술적 감동을 안겨 준다.

박제상의 안해와 관련된 설화들도 아주 흥미롭다. 특히 치술령 신모가 되었다는 이야기는 지금까지도 우리 민중들 속에 구비 전설로 남아 여러 가지 변종들이 전하고 있다.

《삼국사기》 '박제상전'도 이러저러한 측면에서 조금씩 차이는 있으나 기본적으로는 내용이 같다. 다만 보해와 미해를 고구려와 왜에 보내게 된 동기의 설명 같은 것은 《삼국유사》에는 없다.

《삼국사기》의 이야기가 더 역사적 인물 중심 전기 문학 작품으로 쓰인 데 반하여 《삼국유사》의 이야기는 더 생동감 있는 설화의 특성을 가진다.

# 온달과 평강 공주

온달溫達은 고구려 평강왕[1] 때의 사람이다. 그는 용모가 여위고 허름하여 우습게 보였으나 마음은 순박하였다. 집안이 몹시 가난하여 언제나 밥을 빌어 어머니를 봉양하였으며, 떨어진 옷과 낡은 신을 걸치고 저잣거리에 오가니, 당시 사람들이 그를 보고 '바보 온달'이라고 하였다.

평강왕은 어린 딸이 울기를 잘하므로 딸이 울 때마다 농담으로 말하였다.

"네가 늘 울어서 내 귀를 솔게 하니 커서 필시 점잖은 사람의 안해는 되지 못할 것이요, 바보 온달에게나 시집을 보내야겠다."

딸의 나이 열여섯 살이 되어 왕이 상부上部 고 씨에게 시집을 보내고저 하니 공주가 왕더러 말하였다.

"대왕께서는 늘 말씀하시기를, 너는 반드시 온달의 안해가 되리라

---

1) 고구려 제25대 왕 평원왕(재위 559~590)을 평강상호왕平岡上好王이라고도 하였는데, 평강왕平岡王이란 그를 말하는 것인 듯하다.

고 하였는데, 오늘 무슨 까닭으로 지난날의 말씀을 바꾸십니까?
보통 사람도 거짓말을 하려 하지 않거늘 하물며 임금으로서 거짓
말을 할 수 있습니까? 그러므로 '임금은 빈말을 하지 않는다.' 는
말이 있습니다. 이제 대왕의 명령이 그릇되었으므로 제가 받들 수
없습니다."

왕이 성을 내어 말하였다.

"네가 내 말을 듣지 않는다면 도저히 내 딸로 될 수 없으니 어찌
한 집에 살겠느냐? 너는 너 갈 데로 가려무나!"

이에 공주가 진귀한 금은 팔찌 수십 개를 손목에 걸고서 대궐 문
을 나와 혼자 길을 떠났다. 길에서 웬 사람을 만나 온달의 집을 물어
그의 집까지 찾아갔다. 공주는 눈먼 늙은 어머니를 보고 앞으로 가
까이 가서 절을 하면서 아들이 있는 곳을 물으니 늙은 어머니가 대
답하였다.

"내 아들은 가난하고 누추하여 귀인이 가까이할 만한 사람이 못
됩니다. 지금 그대의 냄새를 맡아 보니 꽃다운 향기가 범상치 않
으며, 그대의 손을 만져 보니 부드럽기가 솜과 같아 필시 천하에
귀인인가 하나이다. 그런데 누구의 허튼소리를 듣고 여기까지 오
셨습니까? 내 자식은 주림을 참다 못하여 느릅나무 껍질을 벗기
려고 숲 속으로 갔습니다."

그러하매 오랫동안 기다렸으나 온달은 돌아오지 않았다. 공주가
그 집에서 나와 산 밑에 이르러서 느릅나무 껍질을 지고 오는 온달
을 만났다. 공주가 온달에게 마음에 품은 생각을 이야기하니, 온달
이 성을 내어 말하였다.

"여기는 어린 여자들이 다닐 데가 아닌데 필연코 사람이 아니라

여우 귀신이로구나. 나에게 가까이 오지 말라!"

온달은 그만 돌아보지도 않고 가 버렸다. 공주가 쓸쓸하게 돌아와 사립문 바깥에서 자고 이튿날 아침에 다시 방으로 들어가서 온달 모자에게 자세한 사정을 말하였다. 그러나 온달은 이럴까 저럴까 뜻을 결정하지 못하였고, 그 어머니가 말하였다.

"내 자식은 지지리 못나서 귀인의 짝이 될 수 없고, 내 집은 몹시 가난해서 아예 귀인이 있을 수 없습니다."

공주가 대답하였다.

"옛 사람이 말하기를 '곡식 한 말도 찧어서 함께 먹을 수 있고 베 한 자도 기워서 같이 입을 수 있다.' 하였으니 마음만 맞는다고 하면 어찌 꼭 부하고 귀하여만 같이 살겠습니까?"

이에 황금 팔찌를 팔아서 논밭과 집, 노비, 소와 말, 기물들을 사 들이니 살림이 완전히 갖추어졌다. 처음 말을 살 때에 공주가 온달에게 말하였다.

"부디 저자 사람의 말을 사지 말고, 나라 말로서 병들고 말라 버리게 된 것을 골라서 값을 치러야 합니다."

온달이 그 말대로 하였다.

공주가 말을 매우 정성스레 먹이니 말이 날로 살찌고 든든해졌다.

고구려에서는 언제나 봄 3월 3일을 기하여 낙랑 언덕에 모여서 사냥을 하여 잡은 돼지와 사슴으로 하늘과 산천 신령에 제사를 지냈다. 그날이 되어 왕이 사냥을 나가는데, 여러 신하와 오부의 군사들이 모두 따라갔다.

이때에 온달이 기르던 말을 타고 따라나섰다. 온달은 언제나 앞에서 달렸으며 잡은 짐승도 가장 많아서 다른 사람은 온달만 한 자가 없었다. 왕이 온달을 불러 성명을 듣고 놀라는 한편 그를 기특하게 여겼다.

이때에 후주의 무제가 군사를 내어 요동을 침략하매, 왕이 군사를 거느리고 배산[2] 들판에서 맞받아 싸우는데, 온달이 앞장서서 재빨리 싸워 적병 수십여 명의 목을 베니 모든 군사들이 이 기세를 타고 들이쳐서 크게 이겼다. 전공을 평정할 때에 모두들 온달의 공로가 제일이라고 하였다. 왕이 온달을 칭찬하고 감탄하여 말하였다.

"이 사람이 내 사위로다."

왕은 예를 갖추어 그를 맞아 대형[3]이라는 벼슬을 주니, 이때부터 왕의 총애와 신임이 더욱 두터워졌으며, 온달의 위풍과 권세가 날로 성하여졌다.

그 뒤 양강왕[4]이 왕위에 오르매, 온달이 아뢰었다.

"지금 신라가 우리 한수 북쪽[5] 지역을 떼 내어 군현을 만들었으므로 백성들이 통분하게 생각하고 부모의 나라를 잊은 적이 없사오니, 바라옵건대 대왕께서 저를 어리석고 변변치 않다 하지 않으시고 군사를 주신다면 한 번 걸음에 우리 땅을 도로 찾겠습니다."

왕이 이를 허락하였다. 온달이 떠날 때에 맹세하기를,

---

2) 배산拜山은 요동 반도에 있는 어느 벌.
3) 대형大兄은 고구려의 12등급 관직 중 하나다. 등급의 위치에 대하여는 문헌마다 각각 다르다.
4) 고구려 제24대 왕 양원왕을 양강상호왕陽岡上好王이라고도 하였는데, 양강왕陽岡王이란 그를 말하는 것인 듯하다. 그런데 '온달전'을 읽어 보면 확실히 왕대의 순서가 역사 기록들에 있는 것과 모순된다. 역사 기록들에는 양원왕의 맏아들이 평원왕으로 되어 있는데 온달전에는 평원왕 다음에 즉위한 왕이 양원왕으로 순차가 뒤바뀌어 있다.
5) 지금의 한강 상류 지역으로, 경기도는 물론 충청북도 일대도 포함된다.

"계립현<sup>6)</sup>과 죽령<sup>7)</sup>의 서쪽 지역을 우리 땅으로 되찾지 않으면 돌아오지 않겠습니다."

하고, 행군하여 아단성<sup>8)</sup> 밑에서 신라 군사와 싸우다가 날아오는 화살에 맞고 도중에서 죽었다.

그를 장사하려 하였으나 관이 움직이지 않았다. 공주가 와서 관을 어루만지면서 말하였다.

"생사가 결판났으니, 아아 돌아가소서!"

그제야 널이 들려 하관을 하였다. 대왕이 이 말을 듣고 매우 슬퍼하였다.

— 《삼국사기》


▌이 전기 작품을 보면 온달은 마치 6세기에 활동한 실재 인물인 듯이 되어 있다. 그러나 많은 면에서 온달의 형상은 실재한 인물이라기보다도 설화적 인물 형상의 성격을 더 강하게 띠고 있다.

이 전기 작품의 편술자인 김부식은 물론 이 '온달전'을 쓰면서 그가 틀림없이 역사에 실재한 인물이었다고 여긴 것이 사실이지만, 내용을 주의 깊이 분석해 보면 이 작품 자체가 가지고 있는 설화적 성격을 많이 발견하게 된다.

먼저 지적할 것은 온달이 살았다는 6세기 후반기의 실제 사회 현실인데, 이 시기는 고구려가 이미 강대한 계급 국가로 발전 장성한 시기로, 온 서울 장안이 다 아는 '바보 온달'과 한 나라 왕의 딸인 평강 공주가 부부로 되었다는 이야기는 당시 사회 계급적

---

6) 계립현鷄立峴은 지금의 경상북도 문경 북쪽 약 30리에 있는 계립령을 뜻하는 듯하다.
7) 지금의 경상북도 풍기 서쪽 20여 리에 있는 고개로, 영주에서 단양으로 넘어오는 데 있다.
8) 아단성阿旦城은 지금의 강원도 영월군 영춘면을 고구려 때에 을아단현乙阿旦縣이라 하였는데, 여기 있던 성이 아닌가 생각된다. 여기에서 계립현과 죽령이 얼마 멀지 않다.

신분 관계로 보아 도저히 있을 수 없는 일이었으며 믿을 수 없는 이야기이다.

물론 역사적으로 '온달'이라는 인물이, 또 '평강 공주'라는 왕의 딸이 실제로 있을 수도 있다. 그러나 그들의 생애나 운명이 바로 이 전기 작품에 그려진 그대로였다고는 도저히 생각할 수 없다. 한마디로 이 전기 작품에 그려진 온달과 평강 공주의 이야기는 역사적으로 실재한 어떤 인물들의 이야기라기보다도 다분히 설화로 만들어진 내용을 기초로 하여 쓰인 작품이라고 생각된다. 이 전기 작품이 역사적 인물의 실전實傳 형식으로 쓰였는데도 내용에 설화적 성격이 짙은 것은 이러한 까닭이다.

온달에 관한 이야기뿐만 아니라 고대 설화들 중에는 실제 역사적 인물을 주인공으로 한 이야기가 적지 않다. 예를 들자면 고주몽과 관련된 설화들이나 박제상과 관련된 이야기들이 있다. 또한 일부 고대 전기 작품이나 연대기 작가들의 작품들 중에는 설화적인 이야기를 역사적 인물의 사실인 듯이 간주하고 전기로 쓴 것들이 적지 않다. '온달전'은 후자에 해당하는 작품이라고 생각된다.

《삼국유사》에 실린 '서동 이야기'도 '온달전'과 매우 비슷한 성격으로 쓰인 작품이다. '온달전'이 가지고 있는 설화적 성격은 공주와 온달이 부부가 되는 줄거리 자체뿐만 아니라 온달이 말을 사 오는 이야기, 또 그가 죽은 뒤의 이야기에서도 강하게 느껴진다.

그리고 이 전기에서는 평강왕과 양강왕의 왕위 순서가 역사 기록들에 있는 사실과 뒤바뀌어 있는데, 이것도 단순히 저자 김부식의 착오에서 온 것인지, 또는 온달 설화가 가지고 있던 원래 이야기에서 비롯된 것인지 판단하기 어렵다.

더구나 〈고구려 본기〉에는 '온달전'에 쓰여 있는 후주 무제의 침략이나 아단성 전투에 대한 기록이 전혀 없을 뿐만 아니라 온달과 관련된 기사가 하나도 없는 것으로 보아, 이 전기 작품이 더욱이 설화적인 것을 바탕으로 한 것이 아닌가 추측하게 된다.

온달의 형상은 애국적이며 인민적인 영웅의 형상이다. 그리고 온달 설화에는 당시 사람들의 행복에 대한 진실한 염원이 예술적으로 반영되어 있으며, 인민의 낙관주의 사상이 훌륭하게 표현되어 있다.

이와 같이 '온달전'은 고대 사람들 속에서 창조 발전된 온달 설화를 자기 사상 예술적 기초로 하고 있는 영웅 전기 형태의 인민 전기 작품이다.

# 선덕 여왕이 알아맞힌 세 가지

제27대 왕 덕만德曼은 시호가 선덕善德 여대왕이요, 성은 김씨고 아버지는 진평왕이다. 그가 정관 6년(632)에 즉위하여 나라를 다스린 16년 동안에 미리 알아맞힌 일이 모두 세 가지가 있다.

첫째는 당나라 태종이 붉은빛, 자줏빛, 흰빛 세 가지 빛깔의 모란 꽃 그림과 꽃씨 석 되를 보냈더니 왕이 꽃 그림을 보고 말하였다.

"이 꽃은 정녕 향기가 없을 것이다."

이어 씨를 뜰에 심게 하여 꽃이 피었다 떨어지기를 기다렸더니 과연 그 말과 같았다.

둘째는 영묘사靈廟寺 옥문지玉門池 못에서 겨울철에 뭇 개구리가 모여 사나흘을 두고 울었다. 나라 사람들이 괴이하게 여겨 왕에게 물었더니, 왕이 급히 각간 알천閼川, 필탄弼呑 등에게 명령하여 정예로운 군사 이천 명을 뽑아 가지고 빨리 서쪽 교외로 가서 여근곡女根谷을 찾아가면 거기에 반드시 적병이 있을 터이니 그들을 기습해서 잡아 죽이라고 하였다. 두 각간이 명령을 받들어 각각 천 명 되는 군사를 거느리고 서쪽 교외로 가서 물었더니 부산 밑에 과연 여근곡

이 있으며 백제의 군사 오백 명이 거기에 와서 숨어 있으므로 모조리 쳐 죽였다.

백제 장군 우소于召라는 자가 남산 고개 바윗돌 위에 숨어 있는 것도 포위하여 쏘아 죽였다. 또 그 뒤에 군사 천이백 명이 오는 것을 역시 쳐서 죽이고 한 사람도 남기지 아니하였다.

셋째, 왕이 아무런 병도 앓지 않을 때에 여러 신하들더러 말하였다.

"내가 아무 해, 아무 달, 아무 날에 죽을 것이니 나를 도리천 가운데 장사 지내라."

여러 신하들이 그곳을 알지 못하여 그곳이 어디냐고 여쭈었더니, 왕이 대답하기를,

"낭산狼山 남쪽이니라."

하고 가리켰다.

그달 그날에 이르러 왕이 정말 죽었다. 여러 신하들이 낭산 남쪽에 장사 지내었더니, 그 뒤 십여 년 만에 문무왕이 사천왕사를 왕의 무덤 밑에 지었다. 불경에 이르기를,

"사천왕천 위에 도리천[1]이 있다."

하였으니 이로 대왕이 신령함을 알 수 있다. 살아 있을 당시에 여러 신하들이 왕에게,

"어떻게 하여 모란꽃과 개구리 사건이 그럴 줄 아셨습니까?"

하고 물으니, 왕이 대답했다.

"꽃을 그리면서 나비가 없으니 향기가 없음을 안 것이다. 이것은

---

1) 사천왕천四天王天, 도리천忉利天은 불교에서 나온 말로 하늘에 33천이 있는데 중앙에 도리천이 있어 여기에 옥황상제가 앉아서 이 33천을 통제한다고 한다.

바로 당나라 황제가, 내가 혼자 지내는 것을 조롱한 것이다.

그리고 개구리는 성낸 꼴을 하고 있어 군사의 모습이요, 옥문이
란 여자의 음문이다. 여자는 음이요, 그 빛은 흰빛이니 흰빛은 곧
서쪽 방위다. 그런고로 군사가 서쪽에 있다는 것을 알 수 있었다.
이로써 잡기 쉬움을 안 것이다."

이때에 여러 신하들이 모두 그 밝은 지혜에 탄복하였다.

—《삼국유사》


▌ 여기에 실려 있는 이야기의 내용이 어느 정도 실제 사실과 맞는지는 알 수 없으나
《신라수이전》,《삼국사기》,《삼국유사》 같은 우리 나라 옛 문헌들을 보면 다 같이 비슷
한 내용의 이야기가 실려 있다.

《삼국유사》의 기록에는 사건의 연대들이 명확하지 않지만,《삼국사기》를 보면 꽃 이
야기는 선덕 여왕이 아직 공주로 있을 때의 일이고, 개구리 사건은 왕의 즉위 5년(636)
5월에 있었던 일로 적혀 있다.

이 설화들 중에서는 꽃 이야기가 비교적 소박하고 아름답다. 개구리 사건과 왕이 자기
가 죽을 날짜를 알아맞혔다는 이야기는 다분히 유교적, 불교적인 색채가 보태어 있다.

선덕 여왕과 관련하여서는 이 설화 말고도 지귀志鬼에 대한 이야기가 《신라수이전》
에 실려 있다.

# 황룡사 구층탑

신라 제27대 선덕왕 5년(636)에, 자장慈藏 법사가 서방으로 유학 가서 바로 오대산에서 감응하여 문수보살[1]에게 불교 이치를 전수받았다.

문수보살이 말하기를,

"너희 나라 왕은 바로 천축天竺의 찰리종 왕[2]인데 일찍이 불기[3]를 받았으므로 별다른 인연이 있어 동쪽 오랑캐나 공공[4] 족속과는 같지 아니하다. 간혹 천신이 재앙을 내리나, 유명한 승려들이 나라 안에 있어서 그 때문에 임금과 신하가 편안하고 온 백성이 화평한 것이다."

---

1) 문수보살文殊菩薩은 부처의 하나로, 지혜를 주관한다.
2) 찰리종利利種 왕은 찰리종 출신의 왕이다. 찰리란 찰제리利帝利의 준말로 인도의 4대 사회 신분층 중 두 번째에 속하는 층, 곧 왕족이나 무사 계층을 말한다.
3) 불기佛記는 별기別記라고도 하는데 소위 불교 이치를 깨달은 자에게 주는 본인의 미래 세상에 관한 기록이다.
4) 공공共工 족속은 중국 요순시대에 있었다는 사나운 족속이다.

하고는, 말을 마치자 보이지 아니하였다. 자장은 이것이 바로 보살[5]의 화신임을 알고 감격하면서 물러나왔다. 그가 중국의 태화지 못 둑을 지날 때에 홀연히 신인이 나와서 물었다.

"어째서 여기에 왔는가?"

자장이 대답하였다.

"불교를 깨달으러 왔소이다."

신인이 절을 하면서 다시 물었다.

"그대의 나라에서 살기 어려운 일이 무엇인가?"

자장이 말하였다.

"우리 나라는 북으로 말갈과 인접해 있고 남쪽으로 왜인이 있으며, 고구려와 백제 두 나라가 번갈아 국경을 침범하는 등 이웃 외적들의 드설렘이 백성들의 환난이 되고 있습니다."

신인이 말하였다.

"지금 그대의 나라는 여자로 임금을 삼았기 때문에 덕은 있으나 위엄이 없는 고로 이웃 나라들이 해하려고 하는 것이니 속히 본국으로 돌아가라."

자장이 물었다.

"고국으로 돌아가서 무엇을 하면 이롭겠습니까?"

신인이 말하였다.

"황룡사皇龍寺의 호법룡[6]은 바로 내 맏아들이다. 범왕[7]의 명령을

---

5) 여기서는 문수보살을 가리킨다.
6) 호법룡護法龍은 불교를 옹호하는 용을 말한다.
7) 범왕梵王은 대범천왕大梵天王, 곧 인도 바라문교에서 최고신으로 위하는 신을 말한다.

받고 가서 그 절을 보호하고 있는 것이니, 본국에 돌아가서 그 절에 구층탑을 세우면 이웃 나라들이 항복하고 구한[8]이 와서 조공하여 왕업이 길이 태평할 것이다. 탑을 세운 뒤에 팔관회를 베풀고 죄인들을 풀어 주면 외적이 해를 끼치지 못할 것이다. 그리고 나를 위하여 경기 지방의 남쪽 해안에 자그마한 절 한 채를 지어 나의 복을 빌면 나 역시 이 은덕을 갚을 것이다."

말을 마치자 옥玉을 바치고는 홀연 간 곳이 없었다.∎

정관 17년(643) 아무 달 16일에 자장은 당나라 황제가 준 불경과 불상, 가사, 폐백 들을 가지고 나라에 돌아와서 탑을 세울 사연을 왕에게 아뢰었다. 선덕왕이 여러 신하에게 의논하니 신하들이 말하였다.

"백제에서 장인바치를 정한 뒤에야 비로소 가능할 것입니다."

그리하여 보물과 폐백을 가지고 백제로 가서 장인바치를 초청하였다. 그리하여 아비지阿非知라는 장인바치가 명을 받고 와서 공사를 경영하는데, 이간 용춘[9]이 일을 주관하여 보조할 장인바치 이백 명을 이끌었다.

탑 기둥을 처음 세우던 날 그 장인바치는 꿈에 자기 나라 백제가 망하는 모습을 보고 마음에 꺼려 일하던 손을 멈추었더니, 홀연히 땅이 흔들리면서 컴컴한 속에서 웬 늙은 중과 장사 한 명이 금전[10]

---

8) 구한九韓은 동방의 아홉 나라를 일컫는다.
∎ 절의 기록에는 종남산(중국 섬서성에 있는 산) 원향 선사圓香禪師의 처소에서 탑을 세울 연유를 받았다고 한다.
9) 이간 용춘龍春은 신라 관품의 2등인 이찬으로, 29대 무열왕武烈王인 김춘추의 아버지다. 용수龍樹라고도 한다.
10) 금전金殿은 금당金堂, 곧 절의 본채이다.

문에서 나와서 기둥을 세우고 모두 간곳없이 사라졌다. 장인바치가 그제야 뉘우치고 탑을 완성하였다.

찰주기[11]에 이르기를, "철반鐵盤 이상은 높이가 42척이요, 그 이하는 183척"이라고 하였다. 자장이 오대산에서 받은 사리 백 립을 황룡사 탑의 기둥 속과 통도사通度寺 계단[12]과 대화사大和寺▪의 탑에 나누어 넣어 두어 지룡池龍의 청에 맞도록 하였다.

탑을 세운 뒤로는 천하가 태평하고 삼한을 통일하였으니 어찌 탑의 영험이 아니라고 할 수 있으랴. 그 뒤에 고구려 왕이 장차 신라를 치려다가 말하였다.

"신라에는 세 가지 보배가 있어 침범할 수 없다."

이는 무엇을 이름이냐 하면 황룡사의 장륙불상과 아울러 구층탑, 그리고 하늘이 진평왕에게 준 옥띠를 가리킨 것이었다. 그리하여 계획을 중지하였다.

—《삼국유사》

---

11) 찰주기刹柱記는 탑에 관한 기록을 말한다.
12) 계단戒壇은 중이 지켜야 할 행동 규칙인 '계'를 받는 곳을 말한다.
▪ 대화사는 아곡현 남쪽에 있으니 지금 울주 땅인데 역시 자장 법사가 세운 것이다.

# 거센 물결을 잠재우는 젓대, 만파식적

제31대 신문 대왕의 이름은 정명政明이요, 성은 김씨다.

개요 원년(681) 7월 7일에 즉위하여 영명한 선대 부왕인 문무 대왕을 위하여 동해 바닷가에 감은사感恩寺를 세웠다. 절 기록은 다음과 같다. 문무왕이 왜병을 진압하려고 이 절을 짓다가 채 마치지 못하고 돌아가 바다 용이 되고, 그 아들 신문왕이 즉위하여 다음 해에 마쳤는데, 금당 섬돌 아래 동쪽으로 난 구멍이 하나 있으니, 그것은 용이 절에 들어와서 서리고 있도록 한 것이라고 한다. 유언대로 뼈를 간직한 곳이므로 '대왕암'이라 하고 절 이름을 감은사라 하였으며, 그 뒤에 용이 나타났던 곳을 '이견대利見臺'라 하였다.

신문왕 2년(682) 5월 초하룻날, 바다 일을 맡아보는 관리 파진찬[1] 박숙청朴夙淸이 왕께 아뢰었다.

"동해 가운데 작은 산이 하나 있어 감은사를 향하여 떠 오는데, 물

---

1) 파진찬波珍喰은 신라의 벼슬 이름인데 신라 17등 위품 중 네 번째에 해당한다. 해간海干, 파미간破彌干이라고도 한다.

결을 따라 왔다 갔다 하나이다."

왕이 이상히 여겨서 천문 맡은 관리 김춘질**을 시켜 점을 치게 하였더니 그가 말하였다.

"선대 임금이 지금 바다 용이 되어 삼한을 수호하고 있고 또 김유신 공은 삼십삼천²⁾의 한 분으로 지금 인간에 내려와 대신이 되었습니다. 두 성인이 덕을 같이 하여 성을 지키는 보물³⁾을 내주시려 하오니, 만일 폐하께서 바닷가로 나가 보신다면 반드시 값을 헤아릴 수 없는 큰 보배를 얻으시리이다."

왕이 기뻐하여 그달 이렛날 이견대로 가 그 산을 바라보고 사람을 보내어 잘 알아보게 하였다. 산 모양은 마치 거북 대가리 같고 그 위에 대나무 한 줄기가 있는데 낮에는 둘이 되고 밤에는 합하여 하나가 되었다. 일설에는, 산도 밤낮으로 갈라졌다 합쳐졌다 하는 것이 대와 같았다 한다. 심부름 갔던 사람이 돌아와 이 사실을 왕에게 아뢰었다. 왕이 감은사에 와서 묵었더니, 이튿날 오시에 갈라졌던 대가 합쳐서 하나가 되는데 천지가 진동하고 바람이 불고 비가 오면서 이레 동안 캄캄하다가 그달 16일에 이르러서야 바람이 자고 물결이 잔잔해졌다. 왕이 배를 타고 그 산에 들어가니 용이 검은 옥띠를 가져와 바치는지라 왕이 영접하여 같이 앉아서 물었다.

"이 산과 대가 어떤 때는 갈라지기도 하고 어떤 때는 합해지기도 하는 것은 무슨 까닭인가?"

---

■ 김춘질金春質은 춘일春日이라고도 한다.
2) 불교에서 하는 말로 과거, 현재, 미래에 있다는 33개의 세계.
3) 성을 지키는 보물(守城之寶)이라는 말은 넓은 의미에서는 나라를 수호하는 보배라는 뜻.

용이 대답하였다.

"이는 비유하자면 한 손으로는 쳐도 소리가 없으나 두 손뼉을 치면 소리가 나는 것과 마찬가지입니다. 이 대라는 물건도 마주 합해야 소리가 나는 것입니다. 갸륵한 임금이 소리로 천하를 다스릴 좋은 징조입니다. 왕이 이 대를 가져다가 젓대를 만들어 불면 천하가 화평할 것입니다. 지금 선대 임금께서 바다 속 큰 용이 되시고 김 공도 다시 천신이 되어 두 분 성인의 마음이 합해지매, 이같이 값으로 헤아릴 수 없는 큰 보물을 내어 나를 시켜 갖다 드리라 하더이다."

왕이 놀랍고도 기뻐서 오색 비단과 금과 옥으로 시주를 하였다. 일을 맡은 자가 대를 베어 가지고 바다에서 나올 때는 산과 용이 갑자기 숨어 버리고 나타나지 않았다. 왕이 감은사에서 묵고 17일에는 지림사祇林寺 서쪽 냇가에 이르러 수레를 멈추고 점심참을 치렀다. 태자 이공(理恭, 곧 효소 대왕)이 대궐을 지키고 있다가 이 소식을 듣고 말을 타고 달려와서 축하하고는 천천히 살펴보고 말하였다.

"이 옥띠에 달린 여러 장식들은 모두가 진짜 용들입니다."

왕이 물었다.

"네가 어찌 아느냐?"

태자가 말하기를,

"옥 장식 한 개를 따서 물에 담가 보여 드리지요."

하고는, 곧 왼쪽으로 둘째 옥 장식을 따서 개울물에 담그니 바로 용이 되어 하늘로 올라가고 그곳은 못이 되었다. 이 때문에 그 못을 '용연龍淵'이라고 하였다. 왕의 행차가 돌아와 그 대를 가지고 젓대를 만들어 월성의 천존고天尊庫에 간직하였다. 이 젓대를 불면 적병이 물러가고, 병이 나으며, 가물에는 비가 오고, 장마가 개며, 바람이 가라앉고, 파도가 잔잔해지는지라, 이름 하여 '만파식적萬波息笛'이라 하고 나라의 보물로 일컬었다.

효소 대왕 때에 이르러 천수 4년[4]에 부례랑夫禮郎이 살아 돌아온 기적으로 인하여 뒤에 '만만파파식적[5]'이라고 고쳐 불렀다.

— 《삼국유사》


▌이 설화도 적지 않게 불교적 색채가 입혀 있다. 그러나 이 설화가 처음부터 불교적인 것이었다고는 생각되지 않는다. 보다시피 이 설화는 많은 지명을 설명하는 전설들, 예를 들어 대왕암, 감은사, 이견대, 용연 등과 얽혀 있고 또한 여러 가닥의 파생 설화들로 이루어져 있다.

만파식적과 같이 적의 침략이나 자연적 재난을 쉽사리 물리칠 수 있는 힘을 가진 신기한 물건을 가지려는 바람은, 고대 사람들이 자연 재난과 사회 재난을 정복하려는 바람을 설화로 드러낸 것이다. 이러한 아름다운 공상이 반영된 설화들은 우리 백성들 속에서 적지 않게 창조되었다. 예를 들면 고대의 것으로는 해모수의 오룡거나 이상한 말채찍에서 시작하여 내려와서는 우리 백성들 속에 많이 전해지고 있는 이른바 야광주 설화들이 그러한 것들이다. 그것들에는 자연을 정복하고, 사회적 재난을 없애고, 행복하기를 바라는 인민들의 줄기찬 지향이 예술적으로 표현되어 있다.


---

4) 천수天授는 2년으로 끝나고 있다. 따라서 4년으로 치는 계사는 장수長壽 2년, 곧 693년에 해당한다.
5) 수없는 거센 물결을 자게 하는 것대라는 뜻.

# 부례랑이 되찾은 만파식적

계림의 북쪽 산을 금강령金剛嶺이라고 한다. 산의 남쪽에는 백률사柏栗寺가 있고, 이 절에는 관세음보살상이 하나 있다. 어느 때에 만든 것인지는 알지 못하나 그 영험함이 꽤 알려져 있다.

민간에서는 이 부처가 일찍이 도리천 하늘에 올라갔다가 돌아와 법당에 들어갈 때 밟았던 돌 위의 발자국이 지금까지 온전히 남아 있다고 하며, 혹은 이 부처가 부례랑夫禮郎을 구원해서 돌아올 때 나타난 자국이라고도 전한다.

천수 3년(692) 9월 7일에 효소왕이 살찬[1] 대현大玄의 아들 부례랑을 국선으로 삼으니, 화려한 차림을 한 무리가 천 명이었는데, 그중에도 안상安常과 가장 친하였다. 천수 4년(693) 늦은 봄에 그가 화랑 무리들을 거느리고 금란[2] 지방에 놀러 갔다가 북명[3] 땅에 이르

---

1) 살찬薩湌은 신라 17등 위품 중 제8등에 해당하는 벼슬 사찬沙湌과 같다.
2) 금란金蘭은 지금의 강원도 통천이다.
3) 북명北溟은 지금의 강원도 강릉이다.

러서 오랑캐족 도적<sup>4)</sup>들에게 붙들려 잡혀갔다. 부하들이 모두 다 어쩔 바를 모르고 돌아왔으나 안상만은 홀로 그 뒤를 쫓아갔으니, 바로 3월 11일이었다. 대왕이 이 소식을 듣고 깜짝 놀라서 말하였다.

"돌아가신 부왕께서 신령스러운 젓대를 얻어서 나에게 전했으므로 지금 거문고와 함께 궁중의 고방에 간직하여 두었는데, 무슨 까닭으로 국선이 졸지에 도적에게 잡혀갔는지 모르겠다. 이 일을 어찌하면 좋을까?"

이때에 마침 상서로운 구름이 천존고 고방을 덮었다. 왕이 다시 떨리고 겁이 나서 사람을 시켜 알아보니 고방 속에 두었던 거문고와 젓대 두 보물이 없어졌다. 이에 왕이 말하였다.

"내 얼마나 복이 없기에 어제는 국선을 잃고 또 이제 거문고와 젓대를 잃었을꼬!"

그리고 곧 고방 맡은 관리 김정고 등 다섯 사람을 잡아 가두었다.

4월, 나라 안에 널리 선포하기를,

"거문고와 젓대를 얻은 자는 일 년치 조세로 상을 주겠다."

하였다.

5월 15일에 부례랑의 부모가 백률사 관세음상 앞에 가서 여러 날 저녁 기도를 드렸더니 홀연히 향탁 위에서 거문고와 젓대 두 가지 보물을 얻게 되었다. 또 부례랑과 안상 두 사람이 불상 뒤에 와 있었다. 양친이 크게 기뻐하여 돌아오게 된 사연을 물었더니 부례랑이 말하였다.

"제가 잡혀가서 그 나라 대도구라大都仇羅의 집에서 가축몰이 종이 되어 대오라니大鳥羅尼 들에서 방목하고 있노라니까,<sup>■</sup> 홀연히

---

4) 오랑캐족 도적은 말갈족을 가리킨 듯하다.

용모와 거동이 단정한 중 한 사람이 손에 거문고와 젓대를 가지고 와서 위로하기를,

'고향 생각이 나는가?'

하기에, 저도 모르게 그 앞에 꿇어앉아,

'임금과 부모를 그리워하는 마음에 어찌 한량이 있사오리까?'

하였습니다. 그랬더니 중이,

'그러면 나를 따라오라.'

하면서, 저를 데리고 마침내 바닷가에 나와서 다시 안상을 만났습니다. 그는 젓대를 툭 치더니 두 쪽으로 갈라서 우리 두 사람에게 주면서 한 짝씩 타게 하고 자기는 거문고를 타고 둥실 떠서 잠깐 동안에 이곳까지 이르렀습니다."

이에 급히 그 사실을 자세히 왕께 아뢰었더니, 왕이 크게 놀라 사람을 보내어 부례랑을 맞이하였다. 부례랑은 거문고와 젓대를 가지고 대궐로 돌아갔다. 왕이 상으로 오십 냥쭝씩 되는 금은으로 만든 다섯 가지 그릇 두 벌과 누비 가사 다섯 벌과 비단 삼천 필과 밭 만 이랑을 백률사에 시주해서 은덕에 보답케 하였다. 나라 안에 대사면령을 내리고 모든 사람들에게 벼슬을 세 급씩 올려 주었으며, 백성들에게는 삼 년간 세금 내는 것을 면제해 주고, 그 절 주지를 봉성사奉聖寺로 옮겨 있게 하였다. 또 부례랑을 봉해서 대각간을 삼았고, 그의 아버지 아찬 대현을 태대각간으로 삼고, 그의 어머니 용보龍寶 부인을 사량부의 경정궁주鏡井宮主로 삼고, 안상 법사를 대통大統으로 삼았으며, 고방 맡은 관리 다섯 사람들은 모두 죄를 면해 주고 벼

---

■ 딴 책에는 도구都仇의 집종이 되어 대마大磨 들에서 짐승을 쳤다고 하였다.

슬 다섯 급씩을 올려 주었다.

6월 12일에 혜성이 동쪽에 나타나고, 17일에는 또 서쪽에 나타났다. 천문을 맡은 관리가 아뢰었다.

"상서로운 거문고와 젓대에 대하여 벼슬을 봉하지 아니한 까닭입니다."

이에 신령한 젓대의 이름을 '만만파파식적'이라고 하였더니, 혜성이 그제야 사라졌다. 그 뒤에도 영험하고 신기한 일이 많았으나 사연이 너무 복잡하여 이루 다 쓰지 않는다.

― 《삼국유사》


▌이 설화는 앞에서 본 만파식적 설화의 후일담이라 할 수 있다. 설화에서 이야기한 사실이 실제로 있었을 수는 물론 없으며 《삼국사기》를 보아도 효소왕 2년에 이와 관련된 기록을 찾아볼 수가 없다.

여기에 이 설화를 뽑은 것은 만파식적에 관한 이야기가 얼마나 풍부한 변종과 후일 담들을 낳았는가 하는 것을 보여 주기 위해서이며, 앞에 보인 만파식적 설화의 전체 면모를 더 잘 이해하게 하기 위해서이다.

# 만파식적을 지킨 원성왕

원성왕의 아버지 되는 대각간 효양孝讓이 선조 때부터 전해 내려오던 '만파식적'을 왕에게 전하였더니, 이 때문에 하늘이 내리는 은혜를 후하게 받아서 그의 덕행은 먼 곳까지 빛이 났다.

정원 2년(786) 10월 11일에 일본 왕 문경文慶 ■이 군사를 동원하여 신라를 치려고 했다. 그러다가 신라에 만파식적이 있다는 소문을 듣고는 군사를 거두고 사신을 보내어 금 오십 냥으로 그 젓대를 사자고 하였다. 왕이 그 사신에게 말하였다.

"내가 듣기는 선대 진평왕<sup>1)</sup> 시대에 그것이 있었다고 하나, 지금은 어데 있는지 알 수 없다."

이듬해 7월 7일에 왜왕이 다시 사신을 시켜 천 냥을 보내면서 청하여 말하였다.

---

■ 《일본제기》를 보면 제55대 왕 문덕왕이 아마도 이 임금인 듯하고, 그 밖에 문경이란 임금은 없다. 어떤 책에는 이가 왕의 태자라고도 한다.
1) 《삼국유사》에는 만파식적을 얻은 것이 신라 31대 신문왕 때의 일로 되어 있고, 진평왕 때에는 옥띠를 천제에게 받은 것으로 되어 있다.

"내 소원은 그 신성한 물건을 한번 보는 것이오. 얻어서 보기만 하고는 돌려보내겠소."

왕이 역시 앞서와 같은 대답으로 거부하면서 그 사신에게 은 삼천 냥을 주고 금은 받지 않고 돌려보냈다. 팔월에 그 사신이 돌아간 후 이 젓대를 내황전에 간직하였다.

—《삼국유사》

▌만파식적과 관련된 이야기가 적지 않다는 것은 앞의 해설에서 이미 말한 바와 같다. 여기에 실린 이야기도 그 가운데 하나이다. 이 설화에도 침략자들과 고대 신라 백성들의 애국적 투쟁의 역사적 현실이 기초로 되고 있다.

# 원성 대왕

이찬[1] 김주원金周元이 처음에 수석 재상으로 있을 때, 원성왕은 당시에 각간으로 그의 다음가는 자리에 있었다. 왕이 꿈에 머리에 썼던 복두를 벗고 흰 갓을 쓰고 손에 십이현금[2]을 들고서 천관사天官寺 우물 속으로 들어갔다. 꿈에서 깨어 사람을 시켜 점을 쳤더니 점쟁이가 말하였다.

"복두를 벗은 것은 관직에서 쫓겨날 조짐이요, 십이현금을 든 것은 칼을 쓸 조짐이요, 우물 속으로 들어간 것은 옥에 갇힐 조짐이외다."

왕이 그 말을 듣고 매우 근심하여 문을 닫고 출입을 하지 않았다. 그때에 아찬 여삼餘三▪이 와서 뵙기를 청하였다. 그러나 왕은 병을 핑계로 나가지 않았다. 아찬이 다시 청하였다.

"꼭 한 번만 뵙기를 바라나이다."

---

1) 이척찬伊尺湌이라고도 하였는데, 신라 17등 위품 중 두 번째에 해당한다.
2) 가야금을 이른다.
▪ 어떤 책에는 여산餘山이라 하였다.

왕이 이를 허락하였더니, 아찬이 물었다.

"공이 지금 근심하는 것은 무슨 일입니까?"

왕이 꿈을 점친 사연 이야기를 죄다 말했더니 아찬이 일어나서 절을 하고 말하였다.

"이 꿈은 아주 좋은 일이 있을 징조이외다. 공이 왕위에 올라서 저를 버리지 않으신다면 공을 위하여 꿈 풀이를 하겠습니다."

왕이 곧 주위 사람들을 물리치고서 꿈 풀이를 청하니 그가 말하였다.

"복두를 벗은 것은 윗자리에 사람이 없다는 것이요, 흰 갓을 쓴 것은 면류관을 쓸 조짐이요, 십이현금을 든 것은 열두 대 손자[3]에게 왕위를 전할 조짐이요, 천관사 우물에 들어간 것은 대궐로 들어갈 길한 징조입니다."

왕이 말하였다.

"위로 김주원이 있는데 어찌 윗자리에 오를 수 있단 말인가?"

아찬이 말하였다.

"청컨대 몰래 북천北川의 신에게 제사를 지내십시오."

왕이 그대로 하였다.

얼마 안 있어 선덕왕이 죽자, 나라 사람들이 김주원을 받들어 왕을 삼으려고 하여 장차 대궐로 맞아들이려고 하였다. 그의 집은 개천[4] 북쪽에 있었는데 갑자기 냇물이 불어서 건너오지 못하였다. 왕이 먼저 대궐로 들어가 왕이 되니, 김주원의 무리가 모두 와 붙어서

---

3) 《삼국사기》에 원성왕은 내물왕의 12대 손이라 한다.
4) 알천을 말한다.

새로 오른 임금에게 축하를 하였다.

이가 원성 대왕元聖大王이니 이름은 경신敬信이요, 성은 김씨다. 대체로 좋은 꿈을 꾼 것이 들어맞은 것이다. 김주원은 은퇴하여 명주에서 살았다. 왕이 등극하였을 때에 여삼은 이미 죽은지라 그의 자손을 불러서 벼슬을 주었다.

—《삼국유사》


▌이 설화는 신라 통치 계급 내부에서 격화되고 있던 정치적 알력을 반영하고 있다. 설화를 보면 마치 원성왕이 꾼 꿈이 어떤 사건을 미리 알려 주는 것인 듯이 그리고, 여삼이란 사람이 그 꿈을 정확하게 풀이한 듯이 이야기하고 있다.

우리 나라 일부 설화들에는 현실적 사실들이 이러한 환상적 형식인 꿈 이야기로 반영된 것들이 적지 않다. 특히 어떤 역사적 인물들, 영웅들의 출생과 관련된 설화에 그러한 것이 많이 얽혀 있는데, 당시 백성들의 세계 인식이 제한된 것도 관계되지만 그러한 형식으로 당시 사람들의 바람이나 소망을 표현한 것도 적지 않다. 이 설화는 우리 나라 옛날 설화의 면모나 특성을 이해하는 데 어느 정도 의의를 갖는다.

# 나라를 지키는 세 용

원성왕이 즉위한 지 11년(795)에 당나라 사신이 서울에 와서 한 달 동안 머물러 있다가 돌아간 지 하루 만에 웬 여자 두 명이 대궐 안뜰에 나와 아뢰었다.

"저희들은 바로 동지東池와 청지▪ 두 못에 사는 용의 계집들이올시다. 당나라 사신이 하서국河西國 사람 둘을 데리고 와서 우리 남편인 두 용과 분황사芬皇寺 우물에 있는 용까지 세 용에게 주문을 걸어 작은 물고기로 변케 하여 통에 담아 가지고 돌아갔습니다. 바라건대 폐하는 그 두 사람에게 분부해서 나라를 지키는 우리 남편 용들을 두고 가도록 해 주소서."

왕이 하양관<sup>1)</sup>까지 그들을 뒤쫓아 가서 그들에게 친히 잔치를 베풀고 하서 사람에게 말하였다.

---

▪ 청지青池는 곧 동천사에 있는 샘이다. 절의 기록에 이르기를, "이 샘은 동해의 용이 오가며 설법을 듣던 곳이요, 절은 바로 진평왕이 지은 것이니 오백 나한과 오층탑과 토지와 노비를 아울러 헌납하였다." 하였다.

1) 하양河陽에 있는 객관客館이다. 하양은 지금 경상북도 영천 서쪽에 있다.

"너희들은 어째서 우리 세 용을 잡아 가지고 왔느냐? 사실대로 고하지 않는다면 극형에 처할 것이다."

그제야 고기 세 마리를 내어 바쳤다. 고기를 세 군데 놓아주도록 하였더니 놓은 곳마다 물이 한 길 나마 솟고 용이 기뻐 뛰놀면서 가 버렸다. 당나라 사람은 원성왕이 명철하고 거룩한 데 감복하였다.

— 《삼국유사》

▌ 이 설화에는 '만파식적' 설화나 '하늘이 준 옥띠' 설화에서 본 것처럼 신라가 이른바 하늘이나 신에게서 특별한 보호를 받아 신성불가침한 나라인 듯이 내세우려는 사상이 표현되어 있다.

이러한 사상은 한편으로는 통치자들이 자기 나라에 신성성을 부여하려는 데서도 만들어졌을 것이다. 또 다른 한편, 고대 사람들 속에서 민족적 자의식이 성장하면서 외국과 견주어 자기 나라를 내세우려는 측면도 있었다고 생각한다. 곧 고대적이고 소박한 형태의 민족적 자부심과 애국심을 보여 주는 것으로 볼 수 있다.

이 설화처럼 우리 고대 설화에는 용에 관한 설화가 적지 않다.

# 용을 구한 거타지

진성왕眞聖王 때 왕의 막내아들 아찬 양패良貝가 사신이 되어 당
나라로 가는데, 백제의 해적[1]들이 진도[2]를 가로막고 있다는 말을
듣고 활 쏘는 군사 오십 명을 골라 데리고 갔다. 배가 곡도(鵠島, 우
리 말로는 골대섬)에 이르렀을 때에 풍랑이 크게 일어나 십여 일 동
안 묵게 되었다. 양패 공이 근심하여 사람을 시켜 점을 쳤더니,

"이 섬에 귀신 못이 있는데 그곳에서 제사를 지내는 것이 좋겠습
니다."

하였다. 이에 못에 제전을 차려 놓았더니 못물이 한 길 넘게 용솟음
쳐 올랐다. 그날 밤 꿈에 한 노인이 나타나 공더러 말하였다.

"활 잘 쏘는 사람 하나를 이 섬에 머물러 두게 하면 순풍을 얻을
수 있을 것이다."

양패 공이 꿈을 깨어 좌우 사람들에게 이 일을 가지고 물었다.

---

1) 여기서 말하는 백제는 후백제를 의미하거나 옛날 백제 지방의 해적이란 뜻이다.
2) 진도津島는 지명을 가리키는 것인지 나무와 섬이라는 뜻인지 확실치 않다.

"누가 여기 남아 있으면 좋을까?"

여러 사람들이 말하였다.

"나무 패쪽 쉰 개에 우리 이름을 써서 물에 넣어 잠기는 자에게 머물게 함이 좋겠습니다."

공이 그 말대로 하였다. 군사 중에 거타지居陁知란 사람이 있어 그의 이름이 물에 가라앉았으므로 그를 머무르게 하였더니, 홀연히 순풍이 일어나서 배는 지체 없이 떠났다. 거타지가 수심에 싸여 섬에 서 있었더니 돌연히 한 노인이 못 속에서 나와 말하였다.

"나는 서해 바다 물귀신인데 해 돋을 무렵이면 젊은 사미중이 하늘에서 내려와 다라니를 외우면서 이 못을 세 바퀴 돈다오. 그리고 우리 자손들의 간과 창자를 빼 먹어 버리곤 해서 지금은 오직 우리 부부와 딸 하나가 남았을 뿐이오. 그 중이 내일 아침에 또 반드시 올 것이오니, 청컨대 그대는 이놈을 활로 쏘아 주시오."

거타지가 말하였다.

"활 쏘는 거야 내가 잘하니 말씀대로 하오리다."

노인이 치사를 하고 물속으로 들어가 버렸다. 거타지가 숨어서 기다리고 있었더니 이튿날 아침이 되어 동녘이 훤할 때에 과연 젊은 중이 와서 전과 같이 주문을 외워 늙은 용의 간을 내먹으려고 하였다. 그때에 거타지가 활을 쏘아 맞히니 젊은 중이 바로 여우로 변하여 땅에 떨어져 죽었다. 이때 노인이 나와서 고맙다고 하면서 말하였다.

"당신 덕택으로 내 목숨을 보전하였으니 청컨대 내 딸을 안해로 삼아 주시오."

거타지가 말하였다.

"저를 저버리지 않고 따님을 주신다면 이야말로 제가 소원한 바이 외다."

노인이 그 딸을 한 가지 꽃으로 만들어 품속에 간직하도록 하고, 두 마리 용을 시켜 거타지를 떠받들고 사신이 탄 배를 따라가 그 배를 호위하도록 하여 당나라에 들어갔다. 당나라 사람들이 용 두 마리가 신라 배를 지고 오는 것을 보고 그 사연을 황제에게 보고하였더니 황제가 말하였다.

"신라 사신은 아무래도 보통 인물이 아닐 것이다."

그리고 연회를 베풀 때에 그를 여러 신하들의 윗자리에 앉히고 금품과 비단을 후하게 주었다. 거타지가 나라에 돌아와 꽃가지를 꺼내 보았더니 여자로 변하였으므로 같이 살았다.

─《삼국유사》


▌ 이 설화는 마치 어떤 시기에 실재한 역사적 인물과 얽혀, 실제 있었던 일인 듯이 서술되어 있다. 그러나 전설들은 이야기꾼들이 자기가 하는 이야기를 실제 일로 청중들에게 믿도록 하려고 갖다 붙인 것이 적지 않다.

물론 총체적으로 볼 때에는 모든 구전 설화들과 마찬가지로 전설들이 현실을 반영하고 있고, 현실을 튼튼한 토대로 하고 있는 것이 사실이지만, 설화에 서술된 구체적 사건, 인물, 지명, 날짜 들에 관하여서는 그것이 꼭 그대로 실재한 것이라고는 볼 수 없다.

이 거타지 설화도 마찬가지로 내용이 설화에서 이야기하는 역사적 시기보다도 훨씬 더 오랜 고대에 발생했으리라 짐작된다. 이것은 먼 태곳적 백성들의 자연 정복 지향을 반영하여 만들어진 설화일 것이다. 그러던 것이 오랫동안 전해지는 사이에 여기서 보는 바와 같이 일정한 시기의 역사 인물과 결부된 이야기로 변한 것이다.

이와 같은 변화 과정에서 이 설화는 단순히 이야기 사건만 변한 것이 아니다. 그 이야기가 토대한 사상적 면모에서도 적지 않은 변화가 있음을 우리는 이 설화에서 명백히 볼 수 있다. 곧 신라 사람들의 민족적 자부심이 커진 흔적, 자기 나라를 훌륭하고 특이한 것으로 내세우려는 사상적 지향들이 보인다.

늙은 여우가 간을 빼 먹는다는 이야기는 현재까지 사람들 사이에 전해진 설화들에도 적지 않게 있다.

# 구룡연

의주 구룡연九龍淵은 읍에서 북으로 8리쯤 나가면 있다. 연못 남쪽에는 옛날 토성 자리가 있는데 둘레가 육백 척이나 된다.

세상에 전해 오기를 옛날 합단哈丹과 지단指丹이란 북방족 형제가 있었는데, 그들이 우리 나라에 와서 하나는 못 가의 토성에 살고 하나는 의주성 안에 살고 있었다. 이때 정주[1] 호장 김유간金裕幹이란 사람이 꾀를 써서 그들을 쫓아내려고 거짓말을 하였다.

"우리 나라에서 아무 날 밤에 너희들을 없애 버리기로 했는데, 너희들은 아는가, 모르는가?"

그러고는 그날 밤에 가서 산 위에 횃불을 많이 붙여 무슨 일이 있을 듯이 보이게 하니, 이것을 본 합단 등은 호장의 말이 틀림없다고 믿고서 드디어 성을 비우고 강을 건너 도망쳐 버렸다. 그런데 강 위에는 이상하게도 그들이 타고 건너간 배들을 볼 수가 없었다. 김유간이 매우 이상히 여겨, 가서 사정을 살펴보았다. 그랬더니 저쪽, 곧

---

1) 정주靜州는 오늘의 평안북도 의주와 신의주 중간쯤에 있었던 옛 고을 이름이다.

강 북쪽 가녘에 철우[2]를 세우고 거기에 쇠사슬을 매어 이쪽, 곧 강 남쪽 언덕 바위에 걸어 놓고는 그에 의지하여 저쪽 철우의 잔등까지 부교를 놓아서 강을 건너간 것이었다. 그래 유간은 곧 그 부교를 부수게 하여, 그들이 다시 건너오지 못하게 하였다.

그 뒤 조선 태종 8년(1408)에 의주성을 쌓게 되었는데 이때 자맥질 잘하는 사람을 시켜서 그 쇠사슬을 물속에서 건져 내어 성문의 사슬을 만들었다. 철우는 모래 속에 깊이 묻혀 그 뒤 다시는 찾지 못하고 말았다.

— 《동국여지승람》


▌나라를 지키며 외적의 침략을 물리치려는 투쟁은 항상 고생스럽고 때로는 힘겨운 희생도 따랐다. 그러나 우리 인민은 이러한 어려움이나 희생을 두려워하지 않았으며 침략자들에게 자기 조국을, 비록 그것이 한 치의 땅이라 할지라도 내어 맡기는 부끄러운 일을 하지 않았으며 또 할 수도 없었다.

여기에 소개하는 '구룡연 전설'도 바로 이와 같은 우리 인민들의 투쟁, 곧 외래 침략자들을 무찌르고 나라를 지킨 자랑스러운 애국 전통을 이야기해 주고 있는 귀중한 설화 작품이다.

이 전설에 나오는 의주나 정주 지방은 고려 때 언제나 북방의 외족들과 접촉이 있는 지대로 군사상 중요한 의의를 가지는 요충지였으며, 침략자들이 우리 나라로 쳐들어오는 첫 관문이었다. 그래서 이곳을 굳건히 지키며 고수하는 투쟁은 힘겹고 긴장된 노력을 요구하였다.

이 전설은 우리 선조들이 이 북방 관문을 어떻게 잘 지켰으며, 슬기로운 꾀로 외적을

---

2) 철우鐵牛는 쇠를 부어서 소 모양으로 만든 것이다.

내물리쳤는가를 잘 보여 주고 있다. 합단은 원체 13세기 말에 실재한 인물로, 1290년에 우리 나라에 침입하였다가 그 다음 해에 쫓겨난 침략자의 두목이나, 이 이야기에 나오는 합단이 꼭 그자인지는 알 수 없다. 여하튼 이 설화는 이러한 합단의 침략과 그를 반대하는 우리 인민들의 슬기로운 반침략 애국 투쟁을 역사적 배경으로 하여 태어난 것만은 틀림없다.

# 백제는 둥근달,
# 신라는 초승달

둥근달이라 함은 달이 다 찼다는 것을 말함이니 가득 차면 이지러지는 법이요, 초승달과 같다는 것은 아직 차지 못했다는 것을 말함이니 가득 차지 못한 것은 점점 차게 될 것이외다.

# 신의를 지킨 도미 부부

도미都彌는 백제 사람이다. 신분이 비록 보잘것없는 백성에 속하였으나 의리에 대단히 밝았다. 안해도 어여쁘고 고울 뿐만 아니라 절조가 있어 당시 사람들의 칭찬을 받았다. 개루왕[1]이 이 말을 듣고 도미를 불러 말하였다.

"대체 부인의 덕은 정절로 으뜸을 삼지만 만일 으슥하고 컴컴한 사람 없는 곳에서 달콤한 말로 꾀이면 마음이 쏠리지 않을 여자가 드물겠지?"

도미가 대답하였다.

"사람의 마음이란 알 수 없는 것이지마는 제 안해와 같은 여자는 죽어도 변함이 없을 것입니다."

왕이 그를 시험하여 보고저 도미를 붙들어 두고 일을 시키면서 측근 한 사람을 시켜 왕의 복색과 말과 하인을 갖추어 왕으로 가장하여 밤에 도미의 집으로 가게 했다. 또한 미리 사람을 보내어 왕이 온

---

[1] 백제 제4대 왕으로 128년부터 166년까지 왕위에 있었다.

다고 기별하였다. 가짜 왕이 도미의 안해더러 말하였다.

"오래 전부터 네가 어여쁘다는 말을 듣고 도미와 내기를 하여 너를 가지게 되었다. 내일 너를 데려다가 궁녀로 삼겠으니 지금부터 네 몸은 내 것이다."

그러고는 범하려고 하니 여자가,

"국왕은 빈말을 하시지 않을 것이니 제가 어찌 감히 순종하지 않겠습니까? 바라옵건대 대왕은 먼저 방으로 들어가시옵소서! 제가 옷을 갈아입고서 모시겠습니다."

하고 물러나와 어여쁜 계집종 하나를 단장시켜 들여보냈다. 왕이 뒤에 여자에게 속은 것을 알고 크게 노하여 도미에게 죄를 뒤집어씌워서 두 눈을 뽑아 버리고 끌어내어 조그마한 배에 태워 강 위에 띄운 다음, 그의 안해를 끌어들여 억지로 간음하려 하니, 그 여자가 말하였다.

"남편을 이미 잃고 과수의 몸으로 혼자 살아갈 수 없을 뿐 아니라 왕을 모시게 되었으니 어찌 감히 반대하오리까. 그러나 지금 첩의 몸이 부정하오니 다른 날을 기다려 목욕을 깨끗이 한 뒤에 와서 모시겠습니다."

왕이 그 말을 곧이듣고 허락하였다.

그 여자가 곧 도망하여 강어귀에 이르렀으나 건널 수가 없어서 하늘을 우러러 부르짖으며 통곡하고 있었더니, 갑자기 배 한 척이 물결을 따라 이르매 그 배를 잡아타고 천성도泉城島에 이르러 남편을 만났다. 도미는 아직 죽지 않고 풀뿌리를 캐 먹고 있었다.

그길로 배를 같이 타고 고구려의 산산蒜山 밑에 이르니 고구려 사람들이 그들을 불쌍히 여겨 옷과 밥을 모아 주었다. 그리하여 그들은 구차하게 살면서 나그네로 일생을 마쳤다.

— 《삼국사기》


▌ 문학 작품으로서 이 작품의 성격에 관하여는 다음에 볼 '설 씨의 딸' 해설에서 자세히 이야기하겠다. '도미전'은 인민 전기 작품의 대표적인 것이다. 이 작품에 등장하는 긍정적 주인공은 모두 지배 통치자들의 착취와 압박을 받는 근로 인민들이다.

《삼국사기》의 '도미전'은 김부식의 다른 어느 전기 작품보다도 소설적이고, 극적인 구성을 가진 작품이다. 여기에 등장하는 부정적 인간과 긍정적 인간들의 성격 특질들은 매우 대조적이며 아주 뚜렷하여 자기 전형적 본질들을 소박하나마 잘 체현하고 있다.

봉건 통치 계급의 대표자로서 잔인하고 비인간적인 폭군 개루왕, 정의와 옳은 것을 믿으며 그것을 위하여 어떠한 횡포와 폭압 앞에서도 굽히지 않는 아름다운 품성을 가진 도미 부부의 형상은 예술적으로 훌륭하게 그려졌다. 그리고 이러한 대조적 성격의 인간 형상들은 바로 극적인 사건의 전개를 통하여 자기 성격들을 체현하도록 작품 구성이 짜여 있다.

폭군 개루왕은 인간의 아름답고 고상한 품성이란 전혀 이해하지도 못하는 인간이다. 특히 여성들에 대한 견해를 보면 알 수 있다. 그는 포악하고 잔인하다. 그는 추악한 목적을 위하여 도리에 어긋나는 짓도 서슴없이 저지른다. 그러나 그의 인간 성격에서 다른 특징적인 측면은 지배 계급에게 흔히 있는 우둔함과 어리석음이다. 때문에 그는 슬기로운 도미 안해에게 번번이 속아 넘는다.

개루왕과 대조적으로 도미 부부의 성격은 무한히 아름다운 인민적 성격을 체현하고 있다. 그들은 마음이 아름다울 뿐만 아니라 강직하고 슬기롭다.

도미는 안해의 고상한 도덕적 품성을 굳게 확신하고 있으며, 도미의 안해는 어떠한 처지에서도 남편에 대한 신의를 저버리지 않는다. 특히 '보잘것없는 백성'들인 그들이 모든 권세의 화신인 개루왕 같은 폭군 앞에서도 아름다운 신조를 꺾지 않고 대담하게 지킬 뿐만 아니라, 맞서 이겨 내는 모습들은 한없이 아름답다.

이 작품에는 또한 삼국 시기 백성들 호상간의 참다운 모습들도 진실하게 보여 주고 있다. 고구려 사람들이 매우 불행한 처지에 있는 도미 부부에게 보여 준 정성 어린 동정은 당시 봉건 집단들이 강요하던 삼국 호상간에 끝없이 계속되던 전쟁과 완전히 인연이 없는 고상한 협조 정신의 참다운 모습을 나타내고 있다.

'도미전'은 고대 인민들 속에서 창조된 '설 씨의 딸'과 함께 가장 훌륭한 인민 전기 작품이다.

# 설 씨의 딸

설薛 씨는 율리[1]의 가난한 집 딸이었다. 그는 집안이 보잘것없고 외로웠으나, 얼굴이 단정하고 마음과 행실이 얌전하여, 그를 보는 사람이면 모두 그의 어여쁨을 사랑하였지마는 감히 가까이 다가서지 못하였다.

진평왕 때 그의 아버지가 노인으로 정곡[2]에서 가을철 군역에 당번을 서게 되었다. 그는 아버지가 늙고 병이 들어서 차마 멀리 보낼 수 없으며, 여자 몸으로 아버지를 모시고 갈 수도 없어서 마음으로 근심만 하고 있었다.

이때에 사량부에 사는 소년 가실嘉實은 비록 가난하고 어려웠으나 지조가 고상한 총각이었다. 일찍이 설 씨를 흠모하였으나 말을 하지 못하였더니, 설 씨의 아버지가 늙은이로서 군사로 나가게 된 것을 걱정한다는 말을 듣고 설 씨에게 자청하여 말하였다.

---

1) 율리栗里는 경주 부근의 어느 마을임은 틀림없겠으나 지금의 어느 곳인지는 알 수 없다.
2) 정곡正谷은 지금의 경상남도 산청군 정곡.

"내 비록 하잘것없는 사나이나 일찍이 의협심 있기를 자처해 온 터이니 이 변변치 못한 몸으로 그대 아버지의 병역을 대신하고저 합니다."

설 씨가 매우 기뻐서 아버지에게 들어가 이 말을 고하였다. 그의 아버지가 가실을 불러 보고 말하였다.

"그대가 늙은 사람의 걸음을 대신하고저 한다는 말을 들으매 기쁘고 미안한 마음을 금할 수 없어 그대의 은혜를 갚고저 하니, 만일 그대가 못나고 더럽다 하여 버리지 않는다면 어린 내 딸을 주어 그대의 안해를 삼으려 하네."

가실이 거듭 절하면서 말하였다.

"감히 바랄 수 없으나 바로 제가 바라던 바였습니다."

이에 가실이 물러나와 혼인 날짜를 청하니, 설 씨가 말하였다.

"혼인은 인간대사이므로 갑자기 치를 수는 없습니다. 제가 이미 마음을 그대에게 허락한 이상 죽는 한이 있더라도 변함이 없겠으니 그대는 군역에 나가시기 바랍니다. 당번이 교대되어 돌아오신 뒤에 날을 가려 혼례를 치러도 늦지 않을 것입니다."

이에 거울을 꺼내어 절반을 갈라서 제가끔 한 쪽씩 가지고 말하였다.

"이것을 신표로 하여 뒷날에 맞추어 보면 될 것입니다."

가실에게 말 한 필이 있었는데 설 씨더러 일렀다.

"이 말은 천하에 좋은 말인데 뒷날 반드시 쓸 데가 있을 것이오. 지금 나도 걸어서 가고 이 말을 기를 사람이 없으니 여기에 두고 부리기를 바라오."

그러고는 작별을 하고 떠났다.

그 뒤에 나라에 변고가 있어서 교대할 병사를 보내 주지 않아 육 년이 되도록 가실이 돌아오지 못하였다. 설 씨 아버지가 딸에게 일렀다.

"가실이 처음에 삼 년으로 기한을 정하였는데 지금 기한이 벌써 지났으니 다른 집으로 시집을 가도 좋을 것이다."

설 씨가 말하였다.

"지난날 아버지 몸을 편하게 하기 위하여 어쩔 수 없이 가실과 약혼을 하였으며, 가실도 이를 믿기 때문에 여러 해 동안 군무에 종사하여 배고픔과 추위를 참으며 고생하고 있습니다. 더군다나 그가 적의 국경에 가까이 있어 손에 병기를 놓지 않고 있으니 이는 범의 아가리에 가까이 서 있는 것과 같은지라 늘 물리지나 않을까 염려되는데, 신의를 저버리고 약속을 어기는 것이 어찌 사람의 정리라 하겠습니까? 아무래도 아버지의 말씀에 따를 수 없사오니 다시 말씀하시지 마세요."

아버지는 늙고 정신이 흐릿해 자기 딸이 장성하였는데 짝이 없다 하여 억지로 시집을 보내려고 몰래 한마을에 사는 사람에게 약혼을 하여 혼인날을 받아 놓고 그 사람을 끌어들였다. 설 씨가 굳이 거절하고 가만히 도망하려다가 못 하게 되니, 마구간에 가서 가실이 두고 간 말을 보고 큰 한숨을 쉬면서 눈물을 흘렸다.

이때에 가실이 교대하여 돌아왔는데 모습이 수척하고 옷이 낡고 해져 집안사람들도 그를 알아보지 못하고 딴사람이라고 하였다. 가실이 앞으로 내달아 깨진 거울을 던지니 설 씨가 이것을 받아 들고 흐느껴 울었다. 아버지와 집안사람들은 너무도 기뻐서 어쩔 줄을 몰랐다.

그리하여 좋은 날을 골라서 혼례를 치렀으며, 가실과 함께 백년해로를 하였다.

—《삼국사기》


▌ '설 씨의 딸' 이야기는 흔히 '가실전'이라고도 한다. 이 이야기는 '도미전'과 함께 인민 전기 작품의 대표적인 것으로, 사상, 예술성이 대단히 높을 뿐만 아니라 김부식의 모든 전기 작품 계열에서 특별한 자리를 차지하고 있다.

이러한 인민 전기 작품의 특징은 우선 첫째로 일하는 고대 인민들을 주인공으로 등장시키고 있으며, 둘째로 그들의 생활 현실을 비교적 진실하게 반영하고 있다는 점이다. 이런 사실들은《삼국사기》〈열전〉의 전기 작품 계열에서 중요한 의의를 가지고 있을 뿐만 아니라 우리 나라 산문 문학 발전의 역사적 견지로 보아서도 매우 주목할 만한 사실이다.

설 씨도 그 딸도 가실도 모두 일하는 고대 인민들의 형상이다. 그들은 정직하며 부지런하고 의리가 강한, 그리고 소박하나 아름다운 마음씨를 가진 사람들로서, 이웃끼리 서로 돕는 진실한 보통 사람들이다. 특히 이 전기 작품의 기본 주인공들인 설 씨의 딸과 가실의 형상은 매우 매혹적인 인간 형상들이다. 씩씩하고 활달하며 의협심과 이웃을 돕기에 자기희생적인 가실, 늙은 아버지를 진심으로 받들며 일을 사랑하고 의리가 강하며 아름다운 딸, 이들은 고대 인민들의 훌륭한 전형들이다.

그러나 이들의 생활은 결코 행복하지 못하며 평온한 상태에 있지 못하다. 그것은 무엇보다도 당시, 곧 6세기 말, 7세기 초 진평왕 당시 신라 사회 정세에서 국가 통치자들이 끊임없이 강요하고 있던 전쟁 때문에 더욱 그러하였다.

이 전기에서도 볼 수 있듯이 설 노인은 이미 매우 늙었는데도 국경 방위 사업에 강제 동원되었으며, 또한 그를 대신하여 간 청년 가실은 약속한 삼 년을 곱하여 육 년이나 고된 군역에 복무하게 된다. 그뿐만 아니라 육 년 군역을 치르는 동안 가실은 그가 돌아오기를 몹시 애태우며 기다리는 정혼한 안해 설 씨의 딸마저도 전혀 알아볼 수 없으리만치 '모습이 수척하고 옷이 낡고 해져' 딴사람같이 보였던 것이다. 그는 그들이 이별할 때 나누어 가졌던 거울 조각의 신표로 자기 신분을 확증할 수가 있었다. 또한 가실을 보낸 뒤 설 씨의 생활도 평탄하지 못하였다.

다시 말해 여기에는 국가 통치자들이 강요한 쉼 없는 전쟁 속에서 고통받고 시달리는 고대 인민들의 생활이 주인공들의 예술적 형상과 생활 묘사들을 통하여 훌륭하게 반영되어 있다. 그리고 이 전기 작품에는 고대 인민들의 아름답고 고상한 정신, 도덕적 풍모들이 아주 잘 그려지고 있다.

이렇게 이 전기 작품의 사상 예술성은 대단히 높다. 그뿐만 아니라 작품 자체가 소설적인 구성을 가지고 있으며 잘 짜여 있다. 그러면 이와 같은 사상 예술적 성과들이 어디에서 온 것이겠는가? 전적으로 전기의 저술자 김부식의 문학적 공로 때문인 것일까? 그렇게만 볼 수는 없다. 그것은 기본적으로는 고대 인민들에 의하여 이미 고대 설화들에서 이루어진 성과라고 하는 것이 더 옳다.

이 전기 작품에서 가실과 설 씨의 딸 이야기는 실재한 사람들의 전기 형식을 취하고 있으나, 기본 내용은 이미 고대 설화들에 기초를 두고 있는 것이다.

그러나 여기에 이 전기 작품을 쓴 저술자 김부식의 문학적 공로를 전혀 무시할 수는 없다. 그가 이러한 고대 설화를 기초로 한 전기 작품에서 원 설화의 사상 예술성을 더 훌륭하게 부각하였고, 인물 형상들을 더욱 두드러지고 선명하게 창조하였다는 점에서 그러하다. 그리하여 전기 '설 씨의 딸'은 '도미전'과 함께 《삼국사기》의 전기 작품들 중에서 가장 대표적인 작품일 뿐만 아니라 우리 나라의 대표적인 인민 전기 문학 작품이다.

# 효녀 지은

효녀 지은知恩은 한기부韓岐部의 백성 연권連權의 딸로 성품이 지극히 효성스러웠다. 어려서 아버지를 여의고 혼자 어머니를 봉양하며 나이 서른두 살이 되어도 시집을 가지 않고 밤낮 어머니 곁을 떠나지 않았다.

그러나 어머니를 봉양할 것이 없어서 품팔이도 하고 동냥도 하며 밥을 빌어다가 어머니를 봉양하였다. 날이 갈수록 고단함을 견딜 수가 없어서 부잣집에 가서 몸을 팔아 종이 되기를 청하여 쌀 십여 섬을 얻었다. 그리하여 해가 지도록 그 부잣집에 다니면서 일을 해 주고 밤이면 돌아와서 밥을 지어 어머니에게 드렸다. 이렇게 한 지 사나흘 뒤에 어머니가 딸에게 말하였다.

"전에는 밥이 궂어도 맛이 좋더니 이즈음에는 밥은 좋으나 맛이 전과 같지 않으며, 마치 뱃속을 칼로 찌르는 듯하니 이것이 웬일이냐?"

딸이 사실대로 고하니 어머니가 말하기를,

"나 때문에 네가 종노릇을 하니 차라리 빨리 죽는 것만 못하다."

하고 목을 놓아 크게 울고 딸도 울어, 길 가는 사람들이 애처로워 하였다.

이때에 화랑 효종랑[1]이 나다니다가 그 상황을 보고 돌아와서 부모에게 청하여 자기 집 곡식 백 섬과 옷가지를 실어다 주고, 지은을 종으로 산 주인에게 몸값을 보상하여 지은을 양인으로 돌려놓았으며, 화랑의 무리 몇천 명은 각각 곡식 한 섬씩을 내주었다.

진성 여왕이 이 말을 듣고 역시 벼 오백 섬과 집 한 채를 주고 모든 부역을 면제해 주는 동시에 곡식이 많아서 도적이 들까 염려하여 관리에게 시켜 병사를 보내 번갈아 지키게 하였다. 그리고 그 마을을 표창하여 '효양방孝養坊'이라 하였다.

효종랑은 당시 셋째 재상인 서발한舒發翰 인경仁慶의 아들이었는데 어렸을 때 이름은 화달化達이었다. 왕이, 그가 나이는 어리나 숙성하다 여겨 왕의 오라버니 헌강왕의 딸로 안해를 삼게 하였다.

—《삼국사기》


▌효녀 지은 이야기는《삼국유사》권5 '빈녀양모貧女養母'에도 있다. 내용은 대체로 이 작품과 비슷하다. 다만 몇몇 사실들이 조금씩 차이가 있는데, 예를 들어《삼국유사》에서는 지은 모녀가 우는 것을 목격한 사람이 화랑 효종이 아니라 효종의 낭도들이었던 것으로 되어 있으며, 지은의 나이도 스무 살 내외로 되어 있다. 조금 다른 것이 더 있기는 하나 큰 차이는 없다.

우리 문학사에서 효녀 지은 이야기를 우리 나라 민족 고전 작품의 대표작인 '심청전'의 모태로 보는 견해들이 있는데 근거 없는 억설이 아니다.

---

1) 화랑 효종孝宗은 신라 제51대 진성 여왕(887~897) 때 사람.

# 부역꾼의 안해

고려 의종[1]은 사치하기로 유명하여 놀기를 좋아하는 임금이었다.

그는 일찍이 청녕재[2] 남쪽 기슭에 '정丁'자 모양의 정자를 지어 놓고 거기다 '중미정衆美亭'이라는 현판을 붙였다. 그리고 이 정자의 남쪽을 흐르는 시냇물을 흙과 돌로 막아서 물을 모아 놓고, 언덕에는 짚으로 이은 조그마한 정자를 세웠는데, 오리와 기러기 떼가 와 놀고 갈대가 우거진 것이 완연 호수나 강하의 경치를 보는 듯 운치가 절묘하였다. 왕은 그 가운데에 배를 띄우고 놀면서, 어린 시동들에게 고기잡이 뱃노래를 부르게 하는 등 갖은 놀이를 하며 즐겼다.

처음에 이 중미정을 지을 때 이야기이다. 이 정자를 짓는 데 끌려 나온 역졸들은 모두 자기 양식을 제가 부담하면서 일을 하고 있었는데, 그중 한 사람은 몹시 가난하여 양식을 제 힘으로 댈 수가 없었

---

1) 의종毅宗은 고려 제18대 왕으로 1147년부터 1170년까지 왕위에 있었다. 사치한 생활을 하다가 정중부 무인란 때 쫓겨나 살해되었다.

2) 청녕재淸寧齋는 개성 북쪽 우봉현(지금의 황해북도 금천구) 현화사 근처에 있던 언덕 이름인 듯하다.

다. 그래 같이 일하는 사람들이 모두 한 술씩 한 술씩 밥을 모아 주어 그것을 먹고 일을 하였다.

그런데 하루는 그 역졸의 안해가 뜻밖에도 밥과 반찬을 갖추 잘 차려 가지고 와서 남편더러 권하면서 하는 말이 친한 사람들도 다 불러서 같이 자시라고 하였다. 어이 된 영문인지 알지 못하는 남편은 안해를 의심하면서 따졌다.

"가난한 우리 집에서 무엇으로 이런 음식을 장만하였소? 혹 못할 짓을 하여 돈을 받았거나 남의 것을 훔친 것이 아니오?"

기가 막힌 안해는 역졸을 바라보며 대답하였다.

"못난 내 얼굴을 누가 좋다고 하겠으며 또 옹졸한 내 성미에 도둑 질인들 어찌 해내겠소? 이걸 보오. 내 머리채를 잘라 팔아서 장만 해 온 거라오."

그리고는 제 머리를 풀어 보였다. 안해의 지극한 정성과 기막힌 사연을 듣고 난 남편은 목이 메어서 그 음식을 끝내 먹지 못하고 말았다. 그 이야기를 듣는 사람들도 모두 딱한 사정을 동정하며 슬퍼하지 않은 이가 없었다고 한다.

―《고려사》


▌이 이야기는 봉건 통치 계급들, 구체적으로는 의종 치하에 있던 고려 백성들이 그자들의 사치한 향락 생활을 위하여 얼마나 피눈물 나는 고생을 하고 있었고, 또 당시 백성들의 생활이 어떠했는가를 잘 보여 주는 대표적인 고려 때 설화 작품이다.

의종은 1170년에 왕위에서 쫓겨나 살해되었다. 그러나 타락한 고려 통치 귀족 계급들의 생활은 이것으로 끝난 것이 아니었다. 12세기 후반기에 일찍이 우리 역사에 예가 없을 만큼 고려 백성들의 반봉건 투쟁이 격화되고, 온 나라에서 농민 전쟁, 노비 반란 등이 일어나게 된 것은 결코 우연한 일이 아니었다.

이 설화가 보여 주듯이, 그러한 기막히고 억울한 처지에서 시달리며 살아온 인민들의 생활과 투쟁은 서로 뗄 수 없는 통일된 하나의 두 측면이었다. 그리고 이 설화는 고단한 처지와 어려움에서도 항상 굳건하고 단단하게 간직하고 지녀 온 고상한 정신 도덕적 풍모를 잘 말하여 주고 있다. 이 설화에서 역졸 안해의 모습은 그러한 전형적인 표현이다.

# 어리석은 개로왕


백제 개로왕[1] 21년(475) 9월에 고구려 왕 거련[2]이 군사 삼만을 거느리고 와서 서울 한성[3]을 에워싸니 왕은 성문을 닫고 나가 싸우지 못하였다. 고구려 사람들이 군사를 네 길로 나누어 양쪽으로 끼고 공격하고 또 바람결을 따라 불을 놓아서 성문을 태우니 인심이 불안하여 나가 항복하려는 자도 있었다.

형세가 곤란해지자 왕이 어찌할 바를 몰라서 말 탄 병사 수십 명을 거느리고 성문 서쪽으로 나가 달아나려 하였더니 고구려 사람들이 쫓아와서 왕을 죽였다.

이에 앞서 고구려 장수왕이 가만히 백제를 칠 것을 꾸미면서 백제에 들어가 정탐할 만한 자를 구하였다. 이때에 중 도림道琳이 응하여서 말했다.

---

1) 개로왕蓋鹵王은 백제 제21대 왕. 455년부터 475년까지 왕위에 있었다. 근개루왕近蓋婁王 이라고도 한다.
2) 고구려 왕 거련巨璉은 장수왕을 말한다.
3) 한성漢城은 북한산성을 말한다. 경기도 고양에 있다.

"소승이 원래 도는 알지 못하오나 나라의 은혜를 갚으려고 생각한 바가 있사오니 원컨대 대왕께서는 저를 어리석은 자로 돌리지 마시고 일을 시키신다면 결코 왕명을 욕되게 하지 않겠습니다."

왕이 기뻐하여 몰래 그를 시켜 백제를 속이도록 하였다. 그리하여 도림이 거짓으로 죄를 짓고 도망하는 체하고 백제로 달아났다.

당시 백제왕 근개루는 장기와 바둑을 좋아하였다. 도림이 대궐 문에 이르러 고했다.

"제가 젊어서부터 바둑을 배워 꽤 묘한 수를 알게 되었으니 왕에게 연락해 주기 바랍니다."

왕이 그를 불러들여 바둑을 두어 보니 과연 일등 명수였다. 드디어 그를 높은 손님으로 접대하고 매우 친해져서 서로 늦게 만난 것을 한탄하였다. 도림이 하루는 조용히 왕과 같이 앉아서 말했다.

"저는 다른 나라 사람인데 왕께서 저를 멀리하지 않고 은혜를 매우 후히 베풀어 주셨지마는 다만 한 가지 재주로 봉사했을 뿐이요, 아직 한 번도 털끝만 한 이익도 드리지 못하였습니다. 이제 한 말씀 올리려 하오나 왕의 뜻이 어떠하실지 알 수 없습니다."

왕이 말했다.

"말을 하여 보라. 만일 나라에 이로운 일이 있다면 이는 선생에게 바라는 바이다."

도림이 말하였다.

"대왕의 나라는 사방이 모두 산과 둔덕이며 강과 바다이니, 이는 하늘이 마련한 요해지요, 사람의 힘으로 된 지형이 아닙니다. 그러므로 사방에 있는 이웃 나라들이 감히 엿볼 마음을 먹지 못하고 다만 받들어 섬기기를 원하기에 겨를이 없을 뿐입니다. 그런즉 왕께서는 응당 굉장한 기세와 호화로운 차림으로 남들이 듣고 보기에 두렵게 하셔야 할 터인데, 안팎 성들을 수축하지 않았으며 궁실들을 수리하지 않았으며 선왕의 해골이 벌판에 묻혀 있으며 백성들의 집이 강물에 허물어지기도 하니, 제 생각으로 이는 대왕으로서 그렇게 하실 수 없는 일입니다."

왕이 말했다.

"좋다! 내가 그렇게 하겠다."

이에 나라 사람들을 모조리 징발하여 흙을 구워 성을 쌓고 그 안에는 궁실, 누각, 정자들을 지으니 웅장하고 화려하지 않은 것이 없었다. 또 욱리하에서 큰 돌을 가져다가 돌곽을 만들어 아버지의 해골을 장사하고, 강을 따라 둑을 쌓아서 사성 동쪽에서 숭산 북쪽까지 닿게 하였다.[4]

이로 말미암아 창고들이 텅 비고 백성들이 곤궁하여져서 나라가 위태함이 이를 데 없었다.

그제야 도림이 도망을 쳐 돌아가서 왕에게 실정을 알리니 장수왕이 기뻐하여 백제를 치려고 장수들에게 군사를 나누어 주었다. 근개루가 이 말을 듣고 아들 문주[5]에게 말했다.

"내가 어리석고 총명하지 못하여 간사한 자의 말을 믿다가 이 지경에 이르렀다. 백성들이 살기 어려워지고 군사가 약하니 아무리 위급한 일이 있은들 누가 나를 위하여 힘들여 싸우려 하겠느냐. 나는 당연히 나라를 위하여 죽어야 하지만 너는 여기 있다가 함께

---

4) 욱리하郁里河, 사성蛇城, 숭산崇山은 경기도에 있는 지명들이다.
5) 문주文周는 개로왕의 아들로 나중에 백제 제22대 왕이 되었다.

죽어도 부질없는 일이니, 난을 피하여 왕통을 잇도록 하여라."

그러자 문주가 곧 목협만치木劦滿致와 조미걸취祖彌桀取 등을 데리고 남쪽으로 떠났다.

이때에 고구려의 대로對盧인 제우齊于, 재증걸루再曾桀婁, 고이만년古爾萬年 등이 군사를 거느리고 북쪽 성에 와서 이레 만에 함락시키고 남쪽 성으로 옮겨 와서 치매 성안이 위험하게 되고 왕은 도망하였다.

고구려 장수 재증걸루 등이, 왕이 말에서 내려 절하는 것을 보고 직접 왕의 낯을 향하여 세 번 침을 뱉고 곧 죄목을 따진 다음 아차성 밑으로 묶어 보내어 죽이게 하였다.

— 《삼국사기》

▌ 고구려 제20대 장수왕 거련이 군사를 거느리고 백제의 한성을 공격한 것은 475년의 일이다. 이때 장수왕은 한성을 함락하고 백제의 개로왕을 죽였으며 남녀 8천여 명을 포로로 사로잡아 가지고 돌아왔다고 한다.

위기를 겨우 피하여 남쪽으로 달아난 개로왕의 아들 문주는 그해에 아버지의 뒤를 이어 왕위에 올라 도성을 웅진(지금의 충청남도 공주)으로 옮겼다. 웅진이 백제의 도성으로 된 것은 바로 이때부터다.

# 백제는 둥근달, 신라는 초승달

백제의 마지막 왕인 의자義慈는 곧 무왕의 맏아들이다.

정관 15년(641)에 즉위하였는데, 술과 여자에 빠져 정사가 거칠고 나라가 위태하였다. 좌평[1] 성충成忠이 극진히 간하였으나 듣지 않고 그를 옥에 가두었다.

성충이 옥에서 극도로 쇠약해져 거의 죽게 되자 왕에게 글을 올려 말했다.

"충신은 죽어도 임금을 잊지 않는 것이니 한마디 말씀을 사뢰고 죽겠습니다. 제가 일찍이 시국의 변천을 살펴보옵건대 반드시 전쟁이 있을 것으로 아룁니다.

무릇 군사를 쓰는 데는 지세를 잘 살펴서 택할 것이니 상류에 자리를 잡고 적을 맞으면 나라를 보전할 수 있을 것입니다. 만약 다른 나라 군사가 오거든 육로로는 탄현" 을 통과하지 못하게 하

---

1) 좌평佐平은 16품 관직 중 첫 번째에 해당한다.
" 탄현炭峴을 침현沈峴이라고도 하니 백제의 요해지다.

며, 수군은 기벌포"에 들어오지 못하게 하고 험준한 곳에 의거하여 방어해야만 견딜 수 있습니다."

그러나 왕은 그 충고에 관심을 갖지 아니하였다.

의자왕 19년(659)에 백제의 오회사烏會寺"에 있는 크고 붉은 말이 밤낮 여섯 시간 동안 절을 돌았으며2), 이월에는 여우 무리가 의자왕의 궁 안에 들어왔는데, 흰 여우 한 마리는 좌평의 책상 위에 올라앉았다. 사월에는 태자궁의 암탉이 작은 참새와 흘레를 붙었으며, 오월에는 사비수 강둑에 큰 고기가 나와 죽었는데, 길이가 서 발이나 되고 그것을 먹은 사람은 모두 죽었다. 구월에는 대궐 뜰에 있는 홰나무가 사람이 곡하는 것같이 울었으며 밤에는 대궐 남쪽 한길 위에서 귀신이 울었다.

20년 이월에 서울의 우물물이 핏빛으로 되었고, 서해 가에 조그마한 물고기들이 나와 죽었는데 백성들이 이루 다 먹지 못하였으며, 사비수 물이 핏빛이 되었다. 사월에 청개구리 수만 마리가 나무 위에 모였고, 서울 사람들이 무엇이 잡으러 오는 것같이 까닭 없이 놀라 달아나다가 엎어져 죽은 자가 백여 명이나 되고 재물을 잃은 사람은 수없이 많았다. 유월에는 왕흥사 중들이 배 같은 것이 큰 물결을 따라서 절 문으로 들어오는 것을 모두 보았으며, 사슴만 한 큰 개가 서쪽에서 사비수 강변으로 와서 왕궁을 향하여 짖더니 별안간 간곳을 몰랐으며, 도성 안의 뭇 개가 길바닥에 모여서 더러는 짖고 더

---

- 기벌포伎伐浦는 곧 장암이니 손량(孫梁, 손돌)이라고도 하고 지화포(只火浦, 기불개) 또는 백강白江이라고도 한다.
- 오합사烏合寺라고도 한다.
2) 절돌이[遶寺]는 불교도들이 복을 받는다 하여 절과 탑을 도는 행사.

러는 울기도 하다가 얼마 뒤 흩어졌다. 그리고 귀신 하나가 대궐 안에 들어와서,

"백제가 망한다! 백제가 망한다!"

하고 크게 외치다가 곧 땅속으로 들어가매, 왕이 이상하게 생각하여 사람을 시켜 땅을 파게 하였더니, 석 자 되는 깊이에서 거북 한 마리가 나왔는데 등에 글이 쓰여 있었다.

"백제는 둥근달이요, 신라는 초승달과 같다."

무당에게 물으니,

"둥근달이라 함은 달이 다 찼다는 것을 말함이니 가득 차면 이지러지는 법이요, 초승달과 같다는 것은 아직 차지 못했다는 것을 말함이니 가득 차지 못한 것은 점점 차게 될 것이외다."

하여, 왕은 성을 내어 그를 죽였다.

어떤 자가 말하기를,

"둥근달이란 융성한다는 뜻이요, 초승달과 같다는 것은 미약한 것이니, 생각건대 우리 나라는 융성하여지고 신라는 차츰 쇠하여 간다는 것인가 합니다."

하니, 왕이 기뻐하였다.

— 《삼국유사》


▌이 설화의 앞부분, 곧 성충과 관련된 이야기는 실제 역사적 사실이었다고 여겨지나, 설화의 뒷부분, 곧 이상한 현상들이 나타나서 마치 백제의 멸망을 예고한 듯이 기록하고 있는 잡다한 사실들은 대부분이 실제로 있었던 일이라고 볼 수 없다.

　이 부분은 백제 멸망 직전 백제 통치자들이 방탕하게 생활하면서 백성들을 악랄히

착취하고 탄압한 결과 백성들이 생활의 안정과 희망을 찾을 수 없었던 암담한 사회적 현실 조건에서 그들 속에 널리 퍼진, 앞일에 대한 예언적 성격의 설화들이었다고 볼 수 있다.

그러나 봉건 역사가들은 그것을 마치 꼭 역사적 사건인 듯이 문헌들에 기록하였는데 여기에 보인 설화들은 《삼국유사》뿐 아니라 이른바 정사체로 썼다는 김부식의 《삼국사기》에도 대체로 같은 내용을 그대로 적고 있는 것을 볼 수 있다.

이와 같은 설화들은 내용이 역사적 사실과는 맞지 않더라도 당시 백성들의 사회 정치적 동태와 그들의 지향을 연구하는 데는 일정한 가치가 있다.

# 경문왕의 나귀 귀

경문왕景文王이 거처하는 궁전에는 저녁마다 무수한 뱀이 무리로 모여들었다. 대궐에서 일 보는 사람들이 겁을 내어 이를 쫓아내려고 하니 왕이 말하였다.

"곁에 뱀이 없으면 편안히 잘 수 없으니 부디 뱀을 쫓지 말라."

왕이 매양 잘 때에는 언제나 뱀들이 혀를 토해 내어 가슴 위가 가득 차도록 늘이고 잤다.

왕이 즉위하자 왕의 귀가 갑자기 나귀 귀처럼 길게 되었다. 왕후와 궁인들은 아무도 이것을 몰라보았으나 오직 복두 만드는 장인바치 한 사람만이 알고 있었다. 그러나 평생에 남에게 말하지 않더니, 그 사람이 죽을 즈음에 도림사▪의 대숲 속 사람 없는 곳에 들어가서 대를 향하여 외쳤다.

"우리 임금의 귀는 나귀 귀와 같다!"

그 뒤로 바람이 불 때면 대가 소리를 내었다.

---

▪ 도림사道林寺는 예전에 서울로 들어가는 곳에 있던 숲 가에 있었다.

"우리 임금의 귀는 나귀 귀와 같다!"

왕이 이것을 싫어하여 곧 대를 베어 버리고 산수유를 심었더니 바람이 불면 다만,

"우리 임금은 귀가 길다!"

는 소리만 났다.

—《삼국유사》

# 진성 여왕의 악정과 다라니 은어

제51대 진성 여왕이 임금이 된 지 몇 해 동안에 그의 유모 부호鳧好 부인이 남편 잡간匝干 위홍魏弘 등 몇몇 총신과 더불어 권세를 잡고 정사를 마음대로 쥐고 흔들었으므로, 도적이 벌 떼처럼 일어났다. 나라 사람이 미워하여 '다라니'로 은어[1]를 지어서 길바닥에 던졌더니, 왕과 권세 가진 신하들이 얻어 보고 말하기를,

"왕거인[2]이 아니고는 누가 이 글을 지었으리오?"

하고 곧 왕거인을 잡아 옥에 가두었다. 왕거인이 옥에서 시를 지어서 하늘에 하소연하였더니 하늘이 곧 옥에 벼락을 쳐 그가 욕을 면하게 하였다.

그 시는 다음과 같다.[3]

---

1) 다라니陀羅尼란 불교도들이 외우는 주문이다. 다라니 은어란 저주의 내용이 은유적 수법으로 표현된 주문을 말한다.
2) 왕거인王居仁은 신라의 문인. 《삼국사기》에는 그가 대야주大耶州에 숨어 살았다고 한다.

연단[4]의 피눈물에 무지개가 해를 뚫고
추연[5]이 원한 품자 여름에도 서리 왔네.
오늘의 이내 신세 옛일 그대로건만
하늘도 무심하지 아무 조짐 보이지 않네.

燕丹泣血虹穿日　鄒衍含悲夏落霜
今我失途還似舊　皇天何事不垂祥

다라니 은어는 이렇다.

나무망국
찰나나제
판니판니소판니

---

3) 《삼국사기》에 실려 있는 시와 내용이 좀 다르다. 《삼국사기》의 것은 다음과 같다.

우공이 통곡하니 삼 년이나 가물었고
추연이 슬퍼하니 오월에도 서리 왔네.
지금 나의 깊은 시름 옛일과 같건만
하늘은 말이 없이 푸르고 푸를 뿐인가.
于公慟哭三年旱　鄒衍含悲五月霜
今我幽愁還似古　皇天無語但蒼蒼

4) 중국 전국 시대 燕나라 희왕喜王의 태자 단丹. 그는 처음 진秦나라에 인질로 잡혀가 있
다가 도망해 돌아와서 형가刑軻라는 사람을 보내어 진나라 시황始皇을 죽이려고 하였으
나 성공하지 못하고 도리어 진의 공격을 받게 되었다. 희왕은 사죄하려고 자기 아들 단을
죽였으나 연나라는 진나라의 공격을 받아 멸망하였다. 《사기史記》를 보면 형가가 진 시황
을 죽일 강개한 뜻을 품고 나섰을 때 흰 무지개가 해를 꿰뚫었다고 쓰여 있다.

5) 중국 전국 시대 연나라 소왕의 스승. 소왕의 존경을 받았으나 소왕이 죽고 혜왕이 서자 참
소를 입어 억울하게 옥에 감금되니, 때는 오월인데 서리가 내렸다고 한다.

우우삼아간

부이사바하

南無亡國 刹尼那帝

判尼判尼蘇判尼 于于三阿干 鳧伊娑婆訶

해설하는 자는 이렇게 말하였다.

"찰니나제란 여왕을 두고 하는 말이요, '판니판니소판니'란 소판[6] 두 사람을 가리키는 말로 소판이란 벼슬 이름이며, '우우'는 세 아간[7]이요, '부이'라는 것은 부호 부인을 두고 말한 것이다."

―《삼국유사》

▌ 이 설화는 신라 말 진성 여왕 때 봉건 통치 지배자들의 극도로 부패 타락한 생활과 백성들에 대한 학정 그리고 이에 대한 백성들의 거세어진 저항이라는 역사적 현실을 반영하고 있다. 서울 거리에 통치자들의 생활과 학정을 폭로하는 방이 나붙게 되었다는 사실 자체가 이미 9세기 말 신라 백성들의 사회 정치적 동향 등 시대 현실을 잘 말하여 주고 있는 것이다.

《삼국사기》에는 진성 여왕이 왕위에 오른 뒤의 방자 음탕한 생활과 학정을 다음과 같이 기록 폭로하고 있다.

"2년 …… 왕이 그전부터 각간 위홍과 더불어 통하였는데, 이때에 이르러서는 언제나 궁중에 들어와서 일을 보게 하였다. …… 위홍이 죽으매 시호를 추증하여 혜성 대왕이라 하였다. 이 뒤부터 젊은 미남자 두세 명을 가만히 불러들여 음란하게 지내고 그들에게 요직을 주어 나라 정사를 맡기니, 아첨하고 총애를 받는 자들이 제 마음대로

---

6) 신라 관작이다. 3품인 잡간의 다른 이름이다.
7) 신라 관작이다. 6품인 아찬의 별칭.

방자하게 날뛰고 재물로 뇌물을 먹이는 일을 공공연하게 하였으며 상벌이 공정하지
못하고 풍기와 규율이 문란해졌다. 이때에 누군가가 이름을 감추고 시국 정책을 비
방하는 말을 만들어 관청 거리에 방을 붙였다."

# 경명왕 때 일어난 일들

제54대 경명왕景明王 시대인 정명[1] 5년 무인년에 사천왕사 벽에 그려진 개가 짖으므로 사흘 동안 불경을 읽어 푸닥거리를 하였더니, 반나절 만에 또 짖었다.

7년 이월에는 황룡사의 탑 그림자가 사지 금모[2]의 집 뜰 한가운데 한 달 동안이나 거꾸로 서서 비쳤다.

또 시월에 사천왕사 오방신[3]의 활줄이 모두 끊어지고, 벽에 그린 개가 뜰에 달려 나왔다가 다시 벽 속으로 들어갔다.

—《삼국유사》

---

1) 정명貞明은 중국 후량後梁 말제末帝 때의 연호. 정명 5년은 919년에 해당하고 무인년이라면 918년에 해당한다. 어느 하나에 착오가 있다.
2) 금모今毛는 사람 이름이고, 사지舍知는 벼슬 이름이다. 사지는 신라 17등 위품 중 열세 번째에 해당하는 벼슬이다.
3) 오방신五方神은 불교에서 말하는 중앙과 동, 서, 남, 북을 수호한다는 장수 신.

▌ 이 이야기들은 백제가 멸망하던 의자왕 시대에 있었다고 전해지는 설화들과 성격이 비슷하다. 신라 경명왕(재위 917~924)은 바로 신라 멸망 직전의 왕으로 이 시기 신라 사회는 심각한 사회 계급적 모순에 처하여 있었다. 곳곳에서 봉건 통치자를 반대하는 농민들의 봉기가 힘차게 일어났고, 지방 봉건 세력들이 커다란 정치 세력으로 나서, 이 시기는 이른바 '후삼국 시기'를 형성하고 있던 때다. 그리하여 이 설화들은 이러한 모순과 혼란 속에 있던 사회 현실을 기초로 하여 만들어진 것들이다.

여기에 이야기된 사실들은 물론 허황한 것들이며 또한 불교적 색채도 꽤 가지고 있다. 곧 이른바 신라를 보호하려고 세웠다는 사천왕사에서 괴변들이 끊이지 않았다는 이야기는 신라의 멸망을 마치 불교가 미리 알고 예고하였다는 듯한 인상을 주면서 어떤 신령함을 암암리에 증명하려는 의도가 숨어 있다.

이러한 이야기들은 국가적 또는 사회적 큰일이 있을 때에는 반드시 어떤 이상한 현상들이 일어난다고 믿던 당시 사람들의 비과학적 사고를 기초로 하였으며 그것을 이용한 것들이었다.

이러한 참언 성질의 설화들이 《삼국유사》에는 또 있다. 예를 들어 경명왕 직전 왕들인 효공왕이나 신덕왕 때 있었다고 적혀 있는 봉성사奉聖寺, 영묘사靈廟寺에 까치와 까마귀들이 수없이 집을 지었다는 이야기, 삼월에 서리가 두 번이나 내렸다는 이야기, 참포의 물이 바닷물과 사흘 동안이나 서로 싸웠다는 이야기 들이 모두 그러한 것들이다.

# 첫대 소리에
# 달도 걸음을 멈추고

월명은 언제나 사천왕사에 살면서 저를 잘 불었다. 한번은 달 밝은 밤에 저를 불면서 문 앞 한길을 지나고 있는데, 저를 어찌나 잘 불었던지 달이 걸음을 멈추었다.

## 일곱 중을 기린 칠불사

칠불사[1]는 안주성 북쪽 성 밖에 있는 절이다.

전설에 의하면 옛날 수나라 병사가 청천강에 이르러 강을 건너려 하였으나 배가 없었다. 이때 강가에 문득 중 일곱 명이 나타나더니 그중 여섯이 옷을 걷고 건너가는 것이었다. 이를 본 수나라 병사는 물이 얕은 줄로 알고 지휘관이 휘모는 바람에 마구 건너가다가 모두 빠져 죽어 강이 차고 넘쳤다. 그래서 그 시체로 하여 강물이 흐르지 못할 지경이었다.

이 일이 있은 뒤로 그 중들의 공적을 생각하여 이곳에 절을 짓고 절 이름을 '칠불사'라고 하였다. 그리고 절 앞에는 중 일곱처럼 돌 일곱 개를 세워 놓았다.

─《동국여지승람》

---

1) 칠불사七佛寺는 평안남도 안주읍 북쪽 백상루百祥樓 밑에 있는 절.

▌이 설화는 우리 인민들이 왜적을 물리치는 일을 두고 창조된 작품이다. 여기에는 고구려 인민들이 애국적 명장 을지문덕 장군의 지휘 아래, 백만 넘는 대병력을 이끌고 우리 나라 깊숙이 기어들었던 외래 침략자들을 반대하여 살수에서 결정적인 섬멸전을 펼친 빛나는 역사적 승리와 사적을 반영하고 있다.

옛날 고구려 땅이었던 평양, 안주, 문덕 일대에는 고구려 인민들의 반침략 애국 투쟁을 반영한 전설들이 적지 않게 전해지고 있다. '합종개 전설', '녹족 부인 전설', '열두 삼천리벌 전설', 문덕군 용오리의 '절몰 전설' 들은 여기 소개한 '칠불사 전설' 과 함께 모두 그러한 작품들이다.

이러한 수많은 애국적 전설들을 통하여 우리 인민들은 침략자를 용서 없이 물리친 우리 인민과 우리 민족의 영웅적인 투쟁을 자랑스럽게 이야기하였다. 또 이야기를 통해 후대들에게 애국심을 심어 주었다.

'칠불사 전설'의 주인공들이 중으로 되어 있는 것은 두 가지 측면에서 고찰할 수 있다. 하나는 당시 고구려 백성들이 침략 군대의 출입을 반대하여 일치단결하여 궐기하였고, 중들조차도 이 투쟁에 헌신적으로 참가하였다는 것이다. 또 다른 측면은 불교 승려들이 불교 사상을 선전하려고 칠불사의 유래를 인민들의 투쟁과 결부시키려 한 점이다.

그러나 이 설화에서도 중요한 것은 우리 인민들의 슬기롭고 빛나는 반침략 애국 투쟁이다.

# 용언성과 조천석

　도사들이 나라 안의 유명한 산천을 돌아다니며 토지신을 밟는 행사를 하는데, 옛 평양의 성 모양은 반달형의 '신월성'이라 하여 도사들이 주문을 외어서 남하南河의 용을 시켜 성을 더 쌓아 올려 '만월성'으로 만들고 따라서 이름을 '용언성龍堰城'이라고 하였다. 참서를 지어 '용언도龍堰堵' 또는 '천년보장도千年寶藏堵'라고 하였으며, 혹은 영석靈石을 뚫어 깨뜨렸다 한다. 영석은 민간에서 말하기를 '도제암都帝巖'이라 하고 또는 '조천석朝天石'이라고도 하니 대개 옛적에 동명왕이 이 돌에서 말을 타고 상제에게 조회하곤 한 까닭이었다.

　개금[1]이 임금께 아뢰어서 동북과 서남쪽에 장성을 쌓게 하니, 그때에 남자들은 역사에 나가고 여자들이 농사를 지어 십육 년 만에야 공사가 완성되었다.

　— 《삼국유사》

---

1) 개금蓋金은 고구려 말의 대막리지 연개소문淵蓋蘇文을 이른다.

▌이 설화들은 유서 깊은 옛 도시 평양과 관련된 전설들이다. 용언성 이야기는 다른 문헌들에서는 찾아보기 힘드나 조천석과 관련된 전설은 고려 때 아주 널리 퍼졌던 평양 전설이었다. 최자(崔滋, 1188~1260)의 '삼도부', 이색(李穡, 1328~1396)의 '부벽루시'를 비롯해서 적지 않은 문인들의 작품들에서 그 이야기를 볼 수 있다.

오늘날까지도 이 조천석 전설은 기린굴 전설과 함께 평양에 전해 내려오고 있다. 조천석 전설에서 주인공의 이름은 어느덧 해모수와 동명왕이 혼동되고 있음을 발견하게 된다.

이규보의 '동명왕'을 보면 하늘을 오르내린 것은 해모수로 되어 있는데, 고려 때 문인들이 쓴 전설은 주인공을 대개 동명왕으로 삼고 있다. 오늘날 전하는 전설도 마찬가지다. 일연이 여기에 실은 조천석 전설을 보아도 역시 그러하다. 이것은 그 전설이 오랫동안 백성들 속에 전해 내려오는 과정에서 주인공을 혼동한 결과다.

# 떨어져서 죽은 바위

《백제고기》에 이렇게 이르고 있다.

"부여성 북쪽 귀퉁이에 큰 바위가 있어 아래는 바로 강물인데, 예부터 전하기를 의자왕이 여러 궁녀들과 함께 최후를 면치 못할 줄을 알고 서로 말하되, '차라리 스스로 죽을지언정 남의 손에는 죽지 말자.' 하고 서로 이끌고 이곳에 와서 강물에 몸을 던져 죽은 곳이라고 한다. 그러므로 세상에서는 이 바위를 불러 '타사암墮死岩'이라 한다."

이는 잘못 전해지고 있는 속설이니, 궁녀들은 여기에서 떨어져 죽었으나 의자왕은 당나라에 가서 죽었다는 것이 《당사》에 명백히 쓰여 있다.

— 《삼국유사》

▌ 이 설화는 유명한 백제의 낙화암 전설이다. 이 전설이 어느 때 생겨났는지는 잘 알 수 없으나 고려 때 퍽 널리 퍼져 있었음은 고려 문인들의 여러 기록들과 시 작품들을

통하여 명백히 알 수 있다. 이곡의 '주행기舟行記' 같은 것이 있다(이 책 262~263쪽에 나온다.).

조국과 운명을 같이하고 외래 침략자들의 손에 자기 몸을 더럽히지 않은 이 전설의 주인공들이 보인 행동은 오랫동안 우리 나라 사람들의 입에서 입으로 전해 내려오면서 사랑을 받았다.

# 부여의 전설

호암사虎巖寺에는 '정사암政事巖'이란 바위가 있다. 나라에서 재상을 뽑을 때 후보자 서너 명의 이름을 써서 봉하여 이 바위 위에 두었다가 잠시 후 열어 보아 이름 위에 도장 자국이 있는 자를 재상으로 삼았으므로 그렇게 이름을 지었다.

사비강 가에는 바위 하나가 있는데 소정방蘇定方이 일찍이 여기에 앉아서 어룡을 낚아 낸 까닭에 바위 위에 어룡이 꿇어앉았던 자취가 있으므로 이름을 '용암'이라 하였다 한다.

고을에는 산이 세 개 있는데 일산日山, 오산吳山, 부산浮山이라 한다. 나라가 번성하던 때에는 그 산 위에 신인들이 각각 살아 서로 아침저녁으로 날아다니기를 끊임이 없었다 한다. 사비수 기슭에는 돌하나가 있는데 열이 넘는 사람이 앉을 수 있었다.

백제 왕이 왕흥사에 불공을 드리러 갈 때에는 먼저 이 바위에서 부처를 바라보고 절하였는데, 그 돌이 저절로 따뜻해졌으므로 '온돌석'이라 하였다.

— 《삼국유사》

▌이 글에는 옛날 백제의 수도였던 부여에 전해 내려오는 전설들 한 묶음이 실려 있다. 부여는 평양, 경주, 송도 등과 함께 우리 나라의 유서 깊은 역사적 도시로서 풍부한 고적과 함께 설화와 전설들이 많이 있는 곳으로도 유명하다. 일연이 수록한 것은 대표적인 몇 가지이다. 이 전설들 가운데 적지 않은 것이 지금까지도 그대로 전해 내려오고 있다.

부여의 전설과 관련해서는 고려 14세기의 유명한 작가 이곡李穀의 '주행기'에 자세하게 기록되어 있으므로 아래에 신는다.

"다음 날 우리 일행은 부여성 낙화암 밑에 이르렀다. 옛날 당나라가 장군 소정방을 보내어 백제를 쳤는데, 부여는 옛날 서울이었다. 이때 적군이 성을 포위하여 형세가 다급하므로 백제 왕과 신하들은 궁녀들을 버리고 도망쳐 버렸다. 그러나 궁녀들은 절개를 침략자들에게 더럽히지 않으려고 이 바위에 몰려와 몸을 물속에 던져 죽었다. 그래서 바위 이름을 낙화암이라 하게 되었다.

점심때가 되어 닻줄을 풀고 다시 배를 띄워 얼마간 서쪽으로 가니 낚시바위가 우뚝 솟아 있고 그 아래는 물이 맑은데 얼마나 깊은지 알 수 없었다. 옛날 당나라 군대가 여기에 이르러 강 맞은편에 진을 치고 건너려고 하니, 갑자기 구름 같은 안개가 자욱해져서 방향을 분간할 수가 없었다. 자세히 살펴보니 용이 그 밑 바위 구멍에 들어 있어 백제를 지키고 있었기 때문이었다고 한다.

당나라 군사들 중 술수 쓰는 자가 있어 미끼로 용을 잡으려고 하였으나 용은 반항하고 올라오지 않았다. 그래 힘껏 잡아당기니 바위가 갈라졌다 한다. 지금도 그 자리의 깊이와 너비가 한 자쯤 되고 길이는 거의 한 길이나 되는데, 강의 수면에서 바위 꼭대기까지 마치 썩 잘라 놓은 것 같았다. 이것을 '조룡대'라고 한다.

조룡대에서 서쪽으로 오 리쯤 더 가면 강의 남쪽 언덕에 절이 있는데, '호암사'라고 한다. 바위가 병풍처럼 둘러섰고 절은 바위를 등지고 서 있다. 바위에는 범의 발자국이 있는데, 완연히 앞발로 그러당겨 올라온 것 같다. 바위 서쪽에는 깎아 세운 듯한 천 길 절벽이 있는데 그 절벽 꼭대기를 '천정대'라고 한다.

백제 때는 이곳을 하늘과 통하는 곳이라고 생각하여 인재를 선발할 때마다 그 사람의 이름을 써서 대 위에 올려놓고 임금과 신하들이 조복을 갖춰 북쪽 언덕 모래터에 늘어 엎디어 천명을 기다렸으며 하늘에서 그의 이름을 부른 뒤에야 그를 등용하였다 한다.

이 지방 사람들 사이에서 이런 이야기가 전해 내려오고 있으나 호암사에서 걸어서 천정대에 올라가 보니 대에는 아무런 흔적도 없고 오직 바위만이 공중에 우뚝 솟아 있을 뿐이었다.

이것들이 이른바 '부여 사경'이라고 하는 곳이며 이 지방의 이름난 명승지인데 구경을 좋아하는 사람들은 천 리를 멀다 아니하고 놀러 온다."

# 가배의 유래와 회소곡

유리 이사금[1] 9년 봄에 여섯 부의 이름[2]을 고치고 성을 주었다.

왕이 이미 여섯 부를 정하고 절반을 나누어 둘로 만들고 두 왕녀를 시켜 저마다 부내의 여자들을 거느리게 하였으며 패를 갈라 편을 만들었다. 7월 16일부터 날마다 새벽에 큰 부의 뜰에 모여 길쌈을 하되 밤 열 시쯤에 끝내게 하였다.

이와 같이 하여 8월 15일에 이르러 성적을 살펴 진 편에서 술과 음식을 차려서 이긴 편에게 사례한다. 여기서 노래와 춤과 갖은 오락이 다 벌어졌으니 이것을 가배[3]라고 하였다.

이 당시 어느 해 가배절에 진 쪽에서 한 여자가 일어나 춤을 추면

---

1) 유리儒理 이사금은 신라 3대 왕(재위 24~57)이다.
2) '혁거세와 알영'의 주석(이 책의 41쪽) 참조할 것. 유리 이사금 9년에 부의 이름을 고치고 성을 주었는데, 양산부는 양부로 하고 성은 이로, 고허부는 사량부로 하고 성은 최로, 대수부는 점량부로 하고 성은 손으로, 간진부(진지촌의 다른 이름)는 본피부로 하고 성은 정으로, 가리부는 한기부로 하고 성은 배로, 명활부는 습비부로 하고 성은 설로 하였다.
3) 음력 8월 15일을 지금도 '한가위'라 하는데, 가배嘉俳는 '가위'의 어원이다.

서 탄식하는 소리로 "회소! 회소!" 하며 노래를 불렀는데 그 소리가 매우 슬프고도 청아하여 뒷날 사람들이 이에 따라서 노래를 짓고 이름을 '회소곡會蘇曲'이라고 하였다.

—《삼국사기》

▌ 가배는 우리 오랜 민족 명절로, 이 이야기는 그 유래가 오랜 고대에 있음을 말하여 주고 있다. '회소곡'은 현재 우리에게 전하지 않으나 대체로 고대 노동가요의 격조를 가진 민요조 노래였다고 생각된다.

유리왕 때에는 '도솔가兜率歌'라는 노래도 만들어졌다. 이 노래들은 아직 부르는 그대로 적을 수 없는 조건에서 수없이 창조되어 입에서 입으로 전해지다가 그 뒤 흩어져 알 수 없게 된 이 시기의 가요 중에서 다행히 이름만이라도 전해진 희귀한 고대 가요들이다.

# 약밥의 유래


신라 제21대 비처왕[1]이 즉위 10년에 천천정天泉亭에 행차하였다. 이때에 까마귀와 쥐가 와서 우는데 쥐가 사람의 말로 일렀다.

"이 까마귀가 가는 곳을 찾아가 보십시오."

혹은 신덕왕[2]이 흥륜사로 분향하러 가다가 길에서 여러 쥐들이 꼬리를 맞물고 있는 것을 보고 괴이하게 생각하여 돌아와서 점을 쳐 보니 '내일 먼저 우는 까마귀를 따라가 보라.' 했다지만, 이 이야기는 틀린 것이다.

왕이 말 탄 군사를 시켜 그 뒤를 좇게 하였더니, 남쪽 피촌*에 이르러, 멧돼지 두 마리가 서로 싸우는 것을 서서 보고 있다가 그만 까마귀가 간 곳을 놓쳐 버리고 길가를 헤매고 있었다. 이때 한 늙은이가 못 속에서 나와 글발을 바쳤다. 그 겉에 이렇게 쓰여 있었다.

---

1) 비처왕毗處王은 소지炤智 마립간이라고도 하였는데, 479년부터 500년까지 왕위에 있었다. 즉위 10년은 488년에 해당한다.
2) 신덕왕神德王은 신라 제53대 왕으로, 912년부터 917년까지 왕위에 있었다.
* 피촌避村은 지금의 양피사촌壤避寺村이니, 남산 동쪽 기슭에 있다.

"떼어 보면 두 사람이 죽고 떼어 보지 않으면 한 사람이 죽는다."

심부름 갔던 자가 돌아와서 이것을 바치니 왕이 말했다.

"두 사람이 죽을 바에는 편지를 떼지 않고 한 사람이 죽는 것만 못하다."

이때에 일관[3]이 아뢰었다.

"두 사람이라고 한 것은 일반 백성이요, 한 사람이란 왕입니다."

왕이 그럴듯하게 생각하여 그 글을 떼어 보니 글 가운데 일렀으되,

"거문고 집을 쏘라!"

고 쓰여 있었다. 왕이 대궐로 들어가 거문고 집을 보고 쏘았더니 그 속에는 대궐 안에서 불공을 드리는 중과 궁주[4]가 몰래 만나서 간통하고 있는 판이라 두 사람을 처형하였다.

이때부터 나라 풍속에 정월마다 첫 돼지날, 첫 쥐날, 첫 말날[5] 등에는 모든 일을 삼가서 함부로 출입하지 아니하며, 정월 보름날을 까마귀의 제삿날로 삼고 찰밥을 지어 제사를 지내니 지금도 시행되고 있다. 속담에 '달도怛忉'라는 말이 있으니, 이것은 슬프고 근심하여 모든 일을 금하고 꺼린다는 뜻이다.

편지가 나온 못을 '서출지書出池'라고 하였다.

―《삼국유사》

▌이 설화는 정월 보름날 약밥을 지어 먹고 까마귀에게 제사 지내는 풍속의 유래를 전

---

3) 천문을 관찰하고, 이른바 길일吉日의 선택을 맡아보던 벼슬이다.
4) 왕비나 궁녀 등 높은 위품의 여자에 대한 명칭. 시대에 따라 대상이 같지 않았다.
5) 첫 돼지날[上亥], 첫 쥐날[上子], 첫 말날[上午]은 육갑으로 꼽는 일진日辰의 이름들이다.

해 주는 이야기다. 설화의 내용은 대단히 미덥지 못한 데가 많으나 민간 풍속의 유래를 설명하는 설화로 가치가 있다.

《동국세시기東國歲時記》를 보아도 약밥 먹는 풍속을 우리 민간에서는 정월의 중요한 일로 치고 있다. 《삼국유사》의 저자는 이 설화가 발생한 때를 두 가지로 전하고 있다고 쓰면서 자기 견해가 확실하다고 말하고 있으나, 실상 그 기원을 꼭 어느 시기라고 확정할 수는 없다.

# 월명리 전설

월명月明은 언제나 사천왕사에 살면서 저를 잘 불었다.

한번은 달 밝은 밤에 저를 불면서 문 앞 한길을 지나고 있는데, 저를 어찌나 잘 불었던지 달이 걸음을 멈추었다.

그래서 그 길을 '월명리'라 하였고, 대사도 이 때문에 이름을 널리 알리게 되었다.

— 《삼국유사》


▌ 월명사는 8세기 중엽에 활동한 승려이며, 당시 유명한 향가 작가다.

《삼국유사》에는 그가 쓴 향가 작품으로 '도솔가'와 '제망매가' 두 작품이 전하고 있다. 그는 뛰어난 서정 시인이었을 뿐만 아니라 당시 젓대를 잘 불기로도 이름이 높았다. 이것은 고대의 수많은 지명 설화의 하나이다.

# 망부석과 정읍사

정읍현井邑縣에서 북으로 십 리쯤을 나가면 망부석이 있다.

이곳은 옛날 정읍현의 어떤 사람이 장사하러 집을 떠난 지 오래도록 돌아오지 않아 그의 안해가 남편을 마중하러 나가서 올라가 멀리 바라보곤 한 곳이라고 한다. 안해는 남편이 혹시 밤길을 걷다가 무슨 해를 입지나 않을까 걱정하여 '진창을 디디지 말라'는 데서 착상을 얻어 노래를 짓고, 그 곡 이름을 '정읍사井邑詞'라고 하였다.

세상에 전하기를, 재에 올라 남편 오기를 기다리며 바라보았다는 그 돌 위에는 아직도 사람의 발자국이 남아 있다고 한다.

— 《동국여지승람》

▋ 우리 민족 설화 가운데는 망부석과 관련된 민간 설화가 꽤 많아 나라 곳곳에 전한다. 여기 소개한 것은 유명한 고대 가요 '정읍사'의 작가와 관련되어 있는 고대 '망부석 전설'이다.

유명한 '장재 연못' 전설이나 강계의 '아기바위' 전설 등은 모두 망부석 전설과 같은 유형인데, 이 설화들에서는 우리 나라 중세기의 탐욕스러운 지주 착취 계급들의 면모와 그들의 추악한 말로를 이야기하고 있다. 그리고 경상도 치술령과 관련하여 전하는 망부석 전설에는 고대 사람들의 애국 투쟁이 반영되어 있다.

이와 같이 망부석 전설들은 시대나 지방에 따라 다른 주제와 변종, 유형들로 발전하며 풍성해졌다. 여기에 소개한 망부석 전설은 고대 인민들의 어렵고 고단한 생활과 고상한 정신 도덕적 풍모를 되비추고 있는 것이다. 안해가 남편의 신변을 근심하며 해를 입을까 걱정하고 있는 것은 당시 사회적 모순이 격해지고 인민들의 투쟁이 강하게 펼쳐지고 있었다는 사실을 말해 준다.

전설의 주인공이 불렀다는 '정읍사'는 다음과 같다.

돌하 노피곰 도ᄃ샤
어긔야 머리곰 비취오시라.
어긔야 어강됴리
아으 다롱디리.

져재 녀러신고요.
어긔야 즌 ᄃ롤 드ᄃ욜셰라.
어긔야 어강됴리.

어느이다 노코시라.
어긔야 내 가논 ᄃ 졈그롤셰라.
어긔야 어강됴리
아으 다롱디리.

# 금관성 파사 석탑

금관[1] 호계사虎溪寺에 있는 파사 석탑은 옛날 이 고을이 금관국이었을 때에 조상 임금인 수로왕의 왕비인 허 황후 황옥이 동한 건무 24년(48)에 서역 아유타국에서 싣고 온 것이다.

처음에 공주가 양친의 명령을 받들고 바다를 건너서 동쪽으로 가려고 하다가 바다 신의 노염을 만나 못 가고 돌아와서 부왕에게 사뢰었더니 부왕이 이 탑을 싣고 가도록 하여 그제야 무사히 건너와서 금관국의 남쪽 해안에 닿았다. 배에는 붉은 비단 돛과 붉은 깃발과 아름다운 주옥으로 꾸몄으니 닿은 곳은 지금의 주포였다.

처음에 공주가 능직 비단 바지를 벗은 언덕을 '능현'이라 하고 붉은 깃발이 처음 들어오던 바다 시울을 '기출변'이라고 하였다.

— 《삼국유사》

---

1) 지금의 경상남도 김해를 말한다.

《삼국유사》에 있는 많은 불교 설화들 중에는 부처와 승려들의 기적 행적과 함께 사찰, 암자, 불상, 탑, 종 등과 관련된 이야기도 적지 않게 있다. 여기에 실은 금관성의 파사 석탑 이야기도 그러한 불교 설화이다.

# 신선이 놀다 간 초현대

초현대招賢臺는 김해부에서 동쪽으로 7리쯤 나가서 있는 조그마한 산이다.

전설에 의하면 옛날 가락국의 거등왕[1]이 칠점산[2]에 있는 감시旵始라는 신선을 초청하였는데, 그가 거문고를 안고 배를 타고 와서 서로 즐겁게 놀았다고 하여 이곳을 초현대라고 하였다고 한다.

지금도 왕이 앉았던 연화석과 바둑판으로 했던 돌이 그곳에 그냥 남아서 전한다고 한다.

— 《동국여지승람》

▌ 이 전설은 비록 아주 짧고 간단한 내용이지만 가락국의 문화, 예술 특히 음악의 발전 상태를 이해하는 데 중요한 의의를 가진다.

---

1) 거등왕居쭗王은 가락국의 제2대 왕으로 수로왕의 아들이다.
2) 칠점산七點山은 경상남도 양산군에 있는 산 이름이다.

가락국의 음악가인 우륵이 가야금과 같은 훌륭한 민족 악기를 창안하여 만들 수 있었던 것도 가락국 사람들이 가지고 있던 이러한 음악 예술의 전통 없이는 결코 이루지 못하였으리라는 것을 이 설화는 말해 준다.

이 설화에 등장하는 감시라는 신선은 결국 고대 가락국의 유명한 음악가였을 것이다.

## 박연 전설

　박연朴淵이란 못은 천마산天磨山과 성거산聖居山 사이에 있는데, 생긴 모양이 마치 돌로 된 독과 같다. 물을 들여다보면 새까맣게 보이며 못 복판에는 커다란 너럭바위 하나가 솟아 있는데, '섬바위'라고 한다. 그리고 그 물줄기가 절벽으로 내달아 성난 듯 폭포로 되어 십여 길을 내리쏟으니, 완연히 흰 무지개가 허공에 걸린 것 같은데, 날리는 눈은 석벽을 씻고 요란한 우렛소리는 하늘땅을 뒤흔든다.

　세상에 전하기는, 옛적에 박 진사라는 이가 못 가에서 젓대를 불었더니 용의 딸이 그만 젓대 소리에 반해서 그를 꾀어 남편을 삼았다. 그래서 못의 이름을 '박연'이라고 하였다 한다.

　이규보는 이 이야기를 시로 읊었다.


　　젓대 소리에 반한 용의 딸
　　박 선생한테 시집갔으니
　　백 년이 하루같이 뜻 맞아
　　정답게 서로 즐기네.

龍娘感笛嫁先生　百載同歡便適情

그 뒤 박생의 어머니가 아들을 찾아와서 울다가 절벽 아래 못에 떨어져 죽으니 그 못의 이름을 '고모담姑姆潭'이라고 하였다. 또 박연 위에 신사神祠가 있어 가물 때 비를 빌면 곧 응한다고 한다.

또 고려 문종文宗이 일찍이 여기 와서 유람하다가 섬바위 위에 올랐더니 갑자기 폭풍우가 일어나며 바위마저 흔들리므로, 문종은 놀라서 겁에 질려 있었다. 이때 호종하던 신하 이영간李靈幹이 용의 죄상을 글로 써서 못에 던지니 용이 곧 등성이를 물 위에 내놓았다. 그래 곤장으로 쳤더니 박연의 물이 온통 핏빛으로 물들어 새빨갛게 되었다고 한다.

박연 위의 두 언덕에는 돌부처가 있는데, 동쪽 것은 달달박박坦坦朴朴이라 하고 서쪽 것은 노힐부득努肹夫得이라 한다.

— 《동국여지승람》


▌박연은 오랜 옛날부터 우리 나라에서 경치가 빼어나게 아름다운 곳으로, 사철 내내 장쾌하게 뿜어 내리는 백 척 길이의 폭포로 이름난 곳이다.

박연과 박연 폭포는 일찍부터 우리의 많은 시인들이 글로 또 시로 읊었을 뿐만 아니라 우리 나라의 산천을 끝없이 아끼고 사랑하는 인민들이 아름다운 전설로 이야기하였다. 또 민요 '박연 폭포'를 비롯한 수많은 가요 작품들을 지어 불렀다.

이 설화에 한 구절이 소개된 이규보의 시나 이제현의 '박연 폭포'는 고려 때 문인들이 부른 대표적인 시 작품들이다. 이들의 시에는 여기에 소개한 《동국여지승람》의 '박연 설화'가 반영되고 있는 것을 볼 수 있다.

이규보의 시 첫머리에는 다음과 같은 설명이 붙어 있다.

"박연 폭포는 옛적에, 박 진사라는 이가 이 못 위에서 젓대를 불고 있었는데, 못 안에 있던 용왕의 딸이 크게 감동하여 남편을 죽이고 박 진사를 끌어들여 남편을 삼았으므로, 못 이름을 '박연'이라고 한다."

이러한 사실들로 보아 이 설화는 이규보가 활동하던 12세기 무렵에는 이미 세상에 널리 알려진 유명한 설화였음을 알 수 있다. 인민들이 창조한 아름다운 설화들은 항상 선진 작가들이 창작하는 데 귀중하고 중요한 원천이 되었다.

위에 든 시들도 그러하지만 김시습(金時習, 1435~1493)의 유명한 소설 작품 '금오신화金鰲新話' 중의 한 편인 '용궁부연록'도 이 박연을 무대로 하여 사건이 벌어진다. 김시습은 이 작품의 첫머리에서 박연에 대하여 다음과 같이 소개하고 있다.

"송도에 있는 천마산은 생김생김이 높고 험해서 하늘을 찌를 듯 솟아 있으므로 천마산이라고 한다. 이 산 중턱에는 박연이라는 큰 못이 있다. 좁기는 하나 깊이는 한이 없어 몇 길이나 되는지 헤아리기 어렵고, 못물이 넘쳐흘러 폭포를 이루었는데 높이가 백여 길이나 된다. 경개가 아름다워 산수를 즐기는 유산객들은 으레 이곳을 찾아와서 노닌다. 이 못 속에서 용이 나타나 이상한 일을 저질렀다는 이야기는 옛날부터 알려져 문헌에도 기록되어 있거니와 나라에서는 해마다 여기에 제물을 차려 놓고 제를 지내기도 하였다."

《동국여지승람》에 실린 '박연 전설'은 바로 이러한 인민들과 우리 문인들의 시문에 실린 기록들을 참고로 하여 대표적인 한두 가지를 수집하여 기록한 것이라고 여겨진다.

'박연 설화'에 여러 변종이 있었으리라는 것을 우리는 예상할 수 있다. 위에 인용한 이규보의 작품과 이 《동국여지승람》에 실린 이야기도 구체적으로 따지면 조금 다르다는 걸 알 수 있다. 아름다운 조국을 사랑하는 우리 인민들은 이와 같이 아름다운 설화들을 수없이 창조 발전시켜 왔던 것이다.

# 그대를 위해
# 방아 노래로 위로하리라

죽고 사는 것은 운명에 달리고, 부귀는 하늘에 매여 있어, 오는 것을 막을 수 없으며, 가더라도 붙잡지 못하는 것이니, 그대는 왜 서러워하는가? 내가 그대를 위해 방아 노래를 지어 위로하리라.

# 가난한 음악가 백결 선생

백결百結 선생은 어떤 사람인지 알 수 없다. 그는 낭산 밑에서 살았는데 집이 몹시 가난하여 옷을 누덕누덕 기워 마치 늘어진 메추라기 같았으므로 사람들이 '동쪽 마을 백결 선생'이라고 했다.

일찍이 영계기榮啓期의 인품을 본받아 거문고를 가지고 다니면서 기쁘거나 성나거나 슬프거나 즐겁거나 불평스러운 일을 모두 거문고로 표현하였다.

설이 되어 이웃집들에서는 곡식 방아를 찧고 있는데, 그의 안해가 방아 소리를 듣고 말하였다.

"남들은 모두 곡식이 있어서 방아질을 하는데 우리만 곡식이 없으니 무엇으로 설을 쇠겠소?"

백결 선생이 하늘을 우러러 한탄하며 말하였다.

"죽고 사는 것은 운명에 달리고, 부귀는 하늘에 매여 있어, 오는 것을 막을 수 없으며, 가더라도 붙잡지 못하는 것이니, 그대는 왜 서러워하는가? 내가 그대를 위해 방아 노래를 지어 위로하리라."

이에 거문고를 퉁겨 방아 찧는 소리를 냈다. 세상에 이것이 전해

져서 이름을 '방아타령'이라고 한다.

　　―《삼국사기》


▌《삼국사기》〈잡지〉 제1 음악에 관한 기사를 보면 백결 선생은 신라 제20대 자비왕 때 사람이다. 그는 이 전기에서 볼 수 있듯이 매우 가난하게 산 불우한 음악가였다. 이 전기 작품은 봉건 통치 사회에서 기막히게 살아가는 한 음악가에 관한 눈물겨운 이야기이다. 작품의 분량은 많지 않으나 그의 생활 정경을 돋을새김하여 잘 보여 주고 있다.

# 까마귀도 속인 화가 솔거

솔거率居는 신라 사람인데 출신이 보잘것없었었기에 집안 내력이
전하지 않았다. 그는 타고나기를 그림을 잘 그렸다. 일찍이 황룡사
벽에 노송을 그렸는데 몸대와 줄기가 비늘같이 우툴두툴하며 가지
와 잎이 얼기설기 굽어서, 까마귀, 소리개, 제비, 참새 들이 이따금
멀리서 보고 날아들다가, 정작 와서는 앉을 곳이 없어서 떨어지곤
하였다.

세월이 오래되어 빛깔이 충충해지자 절간 중들이 단청으로 덧칠
하였더니 새들이 다시 오지 않았다. 또 경주 분황사의 관음보살과
진주 단속사斷俗寺의 유마維摩 화상이 모두 그의 필적이었는데 세상
에 전하기를 귀신 솜씨라고 한다.

─《삼국사기》

█ '솔거전'은 '백결 선생전'과 '김생전' 등과 함께 우리 나라 고대 예술가의 전기다.
그가 얼마나 살아 움직이는 듯한 사실적 화법으로 사물을 묘사한 명화가였는지를 특히

이 이야기로 잘 알 수 있다. 그의 그림은 하나도 남아 있지 않다. 그러나 우리는 이 전기 작품을 통하여 황룡사 벽에 그렸던 그 노송을 보는 듯하다.

그만큼 이 전기 작품은 매우 짧으면서도 강한 인상과 생동감을 준다. 우리는 '솔거전'을 통하여 솔거의 신묘한 화법을 알 수 있는 동시에 저술자 김부식의 문학적 묘사가 얼마나 노숙한지도 볼 수 있다.

# 어진 문장가 강수

강수強首는 중원경[1] 사량沙梁 사람인데 아버지는 나마[2] 석체昔諦이다. 그 어머니가 꿈에 뿔 있는 사람을 보고 임신하여 아들을 낳았는데, 그의 머리 뒤에 불거진 뼈가 있었다. 석체가 이 아이를 안고 당시 어질다고 알려진 사람에게 가서 물었다.

"이 아이의 두골이 이렇게 생겼으니 어떠하오?"

그가 대답하였다.

"내가 들으니 복희씨는 범의 형상이요, 여와씨는 뱀의 몸이요, 신농씨는 소의 머리요, 고요[3]는 말의 입이라 하였으니, 성현들도 다 같은 사람이었지마는 얼굴이 범상치 않은 사람이 있었습니다. 또 이 아이의 머리를 보니 검은 사마귀가 있는데 관상법에 얼굴의 검은 사마귀는 좋지 않고 머리의 검은 사마귀는 나쁘지 않다 하였으

---

1) 중원경中原京은 지금의 충청북도 충주.
2) 나마奈麻는 신라 때 십칠 관등 가운데 열한째 등급이다.
3) 고요皐陶는 중국 태고 때 순 임금 때 사람.

니, 필시 심상치 않은 아이일 것입니다."

아버지가 돌아와서 어머니에게 일렀다.

"이 자식이 보통 아이가 아니라 하니 잘 길러서 앞으로 나라의 중요한 인재로 되게 합시다."

강수가 커 가면서 절로 글을 읽을 줄 알고 글 뜻을 환하게 알았다. 아버지가 그의 뜻을 떠보기 위하여 물었다.

"불교 공부를 하겠느냐, 유교 공부를 하겠느냐?"

그가 대답하였다.

"제가 들으니 불교는 세속을 떠난 교리로 세상 사람들을 어리석게 한다 하니 어찌 불교 공부를 하겠습니까? 저는 유가의 도를 배우고저 합니다."

아버지가 말하였다.

"네 원대로 하라."

그리하여 강수가 스승에게 나아가 《효경》, 〈곡례〉,[4] 《이아》,[5] 《문선》[6] 등을 읽었다.

그가 배운 것은 비록 많지 않았으나 이해한 것은 훨씬 높고 원대하여, 이 시기에 아주 뛰어난 인물이 되었고, 벼슬을 하면서부터는 관직들을 두루 지내면서 당시 이름난 인물이 되었다.

강수가 일찍이 부곡[7]에 있던 대장장이의 딸과 뜻이 맞아 정이 매우 두터웠다. 나이 스무 살이 되매 부모가 번듯한 집안의 여자로 얼

---

4) 〈곡례曲禮〉는 중국의 옛날 서적인 《예기禮記》 중의 편명.
5) 《이아爾雅》는 중국의 옛날 서적으로 모두 19편으로 되어 있다.
6) 《문선文選》은 중국 고대의 시문집으로, 6세기 초 양梁나라 소명 태자 소통이 편찬하였다.
7) 지금의 충청북도 제천 동쪽 10여 리에 부곡산釜谷山이 있는데, 이곳인 듯하다.

굴과 행실이 좋은 자를 가려 장가를 들이려 하니 강수가 두 번 장가 들 수 없다고 거절하였다. 아버지가 성을 내며 말하였다.

"네가 지금 명망이 있어서 세상 사람이 다 알고 있는데, 미천한 자로 배필을 삼는다면 부끄럽지 아니하겠느냐?"

강수가 공손히 절하여 말하였다.

"사람이 가난하고 천한 것을 부끄러워할 것이 아니라 도리어 배우고 실천하지 않는 것이 정말 부끄러운 것입니다. 일찍이 들으니 옛날 사람의 말에, '고생을 같이 하던 안해는 홀대하지 못하고 가난하고 미천할 때에 사귄 친구는 잊을 수 없다.' 하였으니 미천한 여자라고 해서 차마 버릴 수는 없습니다."

태종 무열왕이 왕위에 오른 뒤에 당나라 사신이 와서 조서를 전하였는데, 그 조서에 이해하기 어려운 대목이 있었다. 왕이 강수를 불러 물으니 그가 왕 앞에서 한 번 보고는 의심나거나 막히는 데가 없이 풀이하였다. 왕이 놀랍고 기뻐서 늦게 만난 것을 한탄하고 그의 성명을 물으니 강수가 대답하였다.

"저는 원래 임나[8]가량 사람이며 이름은 자두字頭입니다."

왕이 말하였다.

"그대의 머리를 보니 강수 선생이라고 불러야겠다."

그러고는 당나라 황제의 조서에 회답하는 표문을 지으라 하였다. 그의 글이 세련되고 뜻이 충분히 함축되어 있으므로, 왕이 더욱 그를 기특히 여겨 그의 이름을 부르지 않고 '임생'이라고 하였다.

강수는 언제나 생계에 관심을 두지 않고 집이 가난하여도 늘 만족

---

8) 임나任那는 지금의 경상남도 지방에 있었던 고대의 조그만 나라. 가야라고도 한다.

하게 여겼다. 왕이 관리에게 명령하여 해마다 신성新城에서 받는 벼 백 섬씩을 주게 하였다.

문무왕이 말하기를,

"강수가 문장에 관한 일을 스스로 맡아 서한으로 중국, 고구려와 백제에 의사를 잘 전하였기 때문에 그들과 우호 관계를 맺는 데 성공할 수 있었다."

하고, 그에게 사찬의 위품을 주고 해마다 벼 이백 섬씩을 녹봉으로 주었다.

신문 대왕 때에 이르러 강수가 죽으매 장사 비용을 나라에서 맡아 주었다. 부의로 받은 옷과 피륙들이 아주 많았는데 집안사람은 그것을 사사로이 차지하지 않고 모두 불공하는 데 돌렸다. 그의 안해가 먹을 것이 없어서 고향으로 돌아가려 하므로 대신이 이 말을 듣고 왕에게 청하여 벼 백 섬을 주었더니, 안해가 사양하여 말하기를,

"제가 천한 몸으로 남편을 따라 입고 먹었기 때문에 나라의 은혜를 입은 것이 많았습니다. 지금은 홀로 되었거니 어찌 나라의 후한 대우를 다시 받을 수 있겠습니까?"

하고는, 끝내 받지 않고 고향으로 돌아갔다.

《신라고기》에 이르기를,

"문장에는 강수, 제문帝文, 수진守眞, 양도良圖, 풍훈風訓, 골번骨番이다."

했으나, 제문 이하 사람들은 사적이 남지 않아 전기를 쓸 수 없다.

—《삼국사기》

▌ 강수는 7세기 중엽에 활동한 신라의 이름 높은 문장가이며 학자다. 그는 유교를 숭상하였고 한문에 능하여 그것으로 신라의 외교 활동에 공훈을 하였다. 그러나 유감스럽게도 그의 작품은 현재까지 하나도 전하지 않는다.

전기를 보건대 그는 건실한 생활 기풍과 고매한 성격을 가진 사람이었음을 알 수 있다. "사람이 가난하고 천한 것을 부끄러워할 것이 아니라 도리어 배우고 실천하지 않는 것이 정말 부끄러운 것입니다."라는 말은 그러한 품성을 아주 잘 말하여 준다.

# 설총과 화왕계

설총薛聰의 자는 총지聰智다. 할아버지는 나마 담날談捺이요, 아버지는 원효인데, 처음에는 중이 되어 불경에 정통하였으나 얼마 뒤에 속세로 돌아와 스스로 소성小性 거사라고 했다.

설총은 성질이 총명하고 영민하여 어려서부터 도술을 알았으며, 우리 말로 구경[1]을 읽어 후배들을 가르쳤는데 지금까지 학자들이 그를 존경하고 있다. 그는 또 글을 잘 지었으나 세상에 전해 오는 것이 없고, 다만 지금 남쪽 지방에 설총이 지었다는 비문이 더러 있으나 글자들이 이지러져서 읽을 수 없으므로 어떠한 것인지 알 수 없게 되었다.

여름 오월에 신문 대왕이 높다랗게 밝은 방에서 설총을 돌아보면서 말하였다.

"오늘 오랜 비가 처음으로 멎고 남풍이 좀 서늘하니 아무리 맛있는 음식과 듣기 좋은 음악이 있더라도 고상한 이야기나 재미있는

---

1) 구경九經은 《시경詩經》, 《서경書經》을 비롯한 중국의 아홉 경서를 말한다.

농담으로 유쾌하게 노는 것만 못하다. 그대는 분명 색다른 소문도 들었을 터인데 어찌 나를 위하여 이야기하지 않는가?"

설총이 말하였다.

"옳습니다. 제가 들으니 예전에 화왕[2]이 처음 올 때에 그것을 향기로운 동산에 심고 푸른 장막으로 보호하였더니 봄철이 되어 곱게 피어나 온갖 꽃들 중에서 훨씬 뛰어났습니다. 이때에 가까운 데부터 먼 곳에 이르기까지 곱고 아리따운 꽃의 정령들이 모두 앞다투어 달려와서 화왕께 배알하였습니다.

그런데 갑자기 어떤 아름다운 여자가 발그레한 얼굴, 옥 같은 이에 고운 입성을 말쑥하게 차리고 간들간들 걸어와서 공손하게 다가서며 말하기를,

'저는 눈같이 흰 모래벌판에 자리 잡고 거울같이 맑은 바다를 마주 보며 봄비에 목욕하여 때를 씻고 맑은 바람을 쪼이면서 제 신명대로 노니는데, 이름은 장미라고 하옵니다. 대왕의 어지신 덕망을 듣고 이 향기로운 휘장 속에서 대왕의 잠자리를 모시려 하오니 대왕께서 제 뜻을 받아주시겠습니까?'

하였습니다. 또 어떤 남자가 베옷에 가죽 띠를 띠었으며 성성한 백발에 지팡이를 짚고 비틀거리는 걸음으로 굽실굽실 걸어와서 말하기를,

'저는 서울 문밖 큰길가에 사옵는데, 아래로는 아득하게 너른 들판의 경치를 내려다보고, 위로는 높이 솟은 산세에 의지하여 살고 있는데, 이름은 할미꽃이라고 합니다. 제 생각에는 좌우의 봉양이

---

2) 화왕花王은 '꽃중의 왕'으로, 모란꽃을 가리킨다.

아무리 풍족하여 기름진 음식으로 배를 불리고 차와 술로 심신을 맑게 하며 농과 상자에 옷을 쟁여 두었더라도, 좋은 약으로 원기를 도우며 독한 약으로 병독을 없애야 하는 것입니다. 그러므로 옛 글에 실과 삼으로 만든 좋은 옷감이 있더라도 풀이나 갈과 같이 천한 물건을 버리지 않아야 모든 사람들이 아쉬운 것이 없다 하였으니, 대왕께서는 혹 이런 생각을 두시는지요?'

하였습니다. 누가 옆에서 말하기를,

  '두 명이 이렇게 왔으니, 누구를 두고 누구를 보낼 것입니까?'

하니, 화왕이 말하기를,

  '영감의 말도 일리가 있다. 그러나 어여쁜 여자는 얻기가 어려운 것이니 이 일을 어떻게 해야 할까?'

하였습니다. 영감이 다가서서 말하기를,

  '나는 대왕이 총명하여 사리를 알리라고 생각했기 때문에 왔던 것인데 지금 와서 보니 틀렸습니다. 대체 임금 된 사람치고 간사한 자를 가까이 하지 않으며 정직한 자를 멀리 하지 않는 이가 드물기 때문에, 맹자는 불우한 신세로 일생을 마쳤으며 풍당³⁾은 머리가 희도록 시시한 낭중 벼슬에 그쳤습니다. 예부터 이러하였거니 낸들 어찌하겠습니까?'

하니, 화왕이 말하기를,

  '내가 잘못했노라, 내가 잘못했노라.'

하였습니다."

  왕은 이에 안색을 바로 하여 말하였다.

---

3) 중국 한漢나라 때 사람.

"그대가 비유한 말은 진실로 뜻이 깊다. 이 말을 기록해 두어 임금
된 자의 경계를 삼겠다."

그러고는 설총을 발탁하여 높은 벼슬을 주었다.

세상에 전하는 말에는, 일본국의 진인이 신라 사신 설 판관에게
주는 시 서문에 다음과 같이 썼다고 한다.

"원효 거사가 지은 '금강삼매론'을 본 적이 있으나 저자를 직접
보지 못한 것을 매우 한스럽게 여겼더니, 신라 사신 설 씨가 바로
설 거사의 손자라고 한다. 비록 그 할아버지는 보지 못하였으나
손자를 만난 것이 기뻐서 이에 시를 지어 보낸다."

그 시는 지금 남아 있으나 그 자손들의 이름을 알 수 없다. 우리
고려 현종이 왕위에 있은 지 13년(1022)에 설총에게 홍유후弘儒候
를 추증하였다.

어떤 이는 설총이 일찍이 당나라에 가서 유학하였다고 하나 사실
인지는 알 수 없다.

　─《삼국사기》


▌설총은 강수보다 조금 늦은 7세기 후반기에 활동한 이름 높은 학자, 교육가이며 재
능 있는 작가이다.

아버지 원효는 불교 승려로 불교 교리 연구가, 불교 철학가로 이름이 높을 뿐만 아니
라 유교에 대하여서도 해박한 지식을 갖고 있었고, 문학에 대한 소양도 대단히 높았다.
때문에 설총은 어려서부터 학문적으로나 문학적으로 많은 영향을 받을 수 있는 가정환
경에서 자랐다고 볼 수 있다.

그는 중국의 고전들을 우리 말로 능숙하게 읽었으며 이로 후진들을 가르쳤다고 한
다. 예전에 어떤 사람들은 그를 이두 문자의 창시자라고 규정하였는데, 이것은 확실히

좀 과장한 평가다. 그러나 고대 우리 나라 서사 생활에서 일정한 기간 동안 꽤 중요한 구실을 한 향찰 이두 서사법은 당시 해박한 과학 지식의 소유자였던 그에 의하여 많이 정리되고 체계화될 수 있었을 것이다. 그러한 의미에서 그는 고대 향찰 이두 서사법 발전의 큰 공로자이다.

설총이 재능 있는 작가였다는 것은 이 전기에서도 지적하고 있는 바와 같다. 그러나 그의 문학 작품들은 여기에 수록된 '화왕계'를 빼고는 전하는 것이 없다. 이미 김부식이 설총의 작품에 대하여 "그는 또 글을 잘 지었으나 세상에 전해 오는 것이 없다."고 지적하고 있는 것으로 보아, 설총의 작품들은 12세기 전반기에도 별로 전한 것이 없다. 따라서 여기에 실려 있는 '화왕계'는 설총의 문학적 경향과 재능을 대표하는 유일한 작품이다.

'화왕계'는 우화 형식으로 쓴 산문 작품이다. 여기에는 꽃의 왕인 모란과 미인 간신인 장미꽃과 충직한 현자인 할미꽃 세 인물이 주인공으로 등장하고 있다. 그리하여 아양과 아첨으로 왕을 꾀는 장미꽃과 옳은 것을 꺼리지 않고 바른대로 말하는 할미꽃을 앞에 놓고 누구를 취할지 몰라서 망설이는 꽃의 왕 모란의 형상을 통하여 당시 왕을 우두머리로 한 봉건 통치 계급들의 진면모를 드러내고 있다. 곧 겉으로는 위엄이 있고 슬기로워 보이나 어리석고, 여색과 아첨하는 무리들의 꾀에 빠져 옳고 그른 것을 제대로 분간할 줄 모르는 면모들을 폭로하며 나무라고 있는 것이다. 특히 왕이 망설이는 태도를 보고 할미꽃이 내던지는 말은 상당히 날카로운 데가 있다.

이로 보아 '화왕계'의 작자 설총이 어떤 경향과 재능을 가진 작가였다는 것을 명료하게 알 수 있다. 그는 확실히 진보 사상을 가진 작가였으며, 봉건 통치 계급들의 실태를 우화, 풍유적인 예술 형식으로 능숙하게 드러내 보일 수 있는 높은 재능을 가진 작가였다.

'화왕계'는 우리 나라 고대의 예술적 산문 문학의 발전을 획기적으로 특징지어 주는, 문학사적으로 중요한 작품이다.

# 붓을 놓지 않은 김생

김생金生은 부모가 가난하고 변변치 못하여 집안을 알 수 없으나 성덕왕 10년(711)에 났다.

그는 어려서부터 글씨를 잘 썼는데, 평생 다른 기예는 닦지 않았다. 나이 팔십을 넘어서도 붓을 놓지 않고 글씨를 썼으며, 예서와 행서, 초서에 모두 신묘한 필법이 있었다. 지금도 이따금 그의 친필을 볼 수 있는데 학자들이 전하면서 보물로 여긴다.

숭녕[1] 연간에 학사 홍관洪灌이 사신을 따라 송나라에 가서 변경[2]에서 숙소를 정하였더니, 이때에 한림 대조 양구楊球, 이혁李革 등이 황제의 칙서를 가지고 그 숙소에 와서 그림 족자에 글씨를 쓰고 있었다. 홍관이 그들에게 김생이 행초서로 쓴 글씨를 보이니 두 사람이 크게 놀라 말하였다.

"오늘날 왕희지의 친필을 얻어 볼 줄은 뜻하지 않았소."

---

1) 중국 송나라 휘종 때의 연호로 1102부터 1106년까지를 일컫는다.
2) 변경汴京은 지금의 중국 하남성 개봉현을 말한다.

홍관이 말하였다.

"왕희지의 친필이 아니라 이는 신라 사람 김생이 쓴 것이오."

두 사람이 웃으면서 말하였다.

"천하에 왕희지가 아니고서야 어찌 이렇게 훌륭한 글씨가 있겠소?"

홍관이 여러 번 말하였지마는 그들이 끝까지 믿지 않았다.

송나라에는 또 요극일姚克一이란 사람이 있어서 벼슬이 시중 겸 시서학사에 이르렀는데, 필력이 굳세어 구양순의 솔경체[3]를 체득하였다. 그의 글씨가 비록 김생을 따르지는 못하였으나 역시 솜씨가 기묘하였다.

—《삼국사기》


▌ 김생은 8세기에 활동한 신라의 대명필이다. 이 전기 작품은 그의 생애와 함께, 송나라에 사신으로 갔던 홍관의 일화를 통하여 그의 글씨가 얼마나 뛰어났는가를 이야기하고 있다.

이 전기의 작자인 김부식이 우리 나라의 이러저러한 문화유산들과 그 유산의 창조자들에 대하여 상당히 깊은 관심을 돌렸고, 그에 대하여 민족적 자부심을 가지고 있었으며, 이를 애써 밝히려고 한 것을 역력히 알 수 있다.


---

3) 송나라 명필 구양순이 솔경령으로 있을 때의 서법을 솔경체率更體란 한다. 솔경체는 곧 구양순 서체라는 뜻이다.

# 뛰어난 문학가 최치원

최치원崔致遠은 자가 고운孤雲이니 서울(경주) 사량부 사람이다. 집안 내력은 역사에 전한 것이 없으므로 알 수 없다.

최치원은 어려서 찬찬하고 민첩하였으며 학문을 좋아하였다. 나이 열두 살에 배를 타고 당나라로 유학을 가려 할 때에 그의 아버지가 일렀다.

"십 년이 되도록 과거에 급제하지 못하면 내 아들이 아니다. 가서 힘써 공부하라!"

최치원은 당나라에 이르러 스승을 따라 공부를 부지런히 하였다. 건부 원년(874)에 예부시랑 배찬裵瓚 밑에서 과거를 보아 단번에 급제하여 선주 율수 현위[1]로 임명되었다. 그는 공적을 인정받아 승무랑 시어사 내공봉으로 되어 자금어대[2]를 받았다. 이때 황소黃巢의

---

1) 선주宣州 율수현 溧水縣은 지금의 강소성이고, 현위縣尉란 주로 내무 행정을 맡아보는 지방 관리다.
2) 자금어대紫金魚袋는 당나라 때에 사용하던 병부兵符인데, 황금으로 물고기를 새겨 자루에 넣은 것이다.

반란이 일어났다. 고병高騈이 제도행영 병마도통이 되어 이들을 토벌하게 되었는데, 최치원을 종사관으로 삼아 서기의 임무를 맡겼다. 당시 최치원이 지은 표문, 장계, 편지나 지시문들이 지금까지 전하고 있다.

스물여덟 살이 되었을 때에 부모를 뵈러 올 생각을 가졌다. 희종이 그의 뜻을 알고 광계 원년[3]에 최치원더러 조서를 가지고 예빙의 사절 임무를 맡겨 보내니, 신라에서는 그를 머물러 두어 시독으로 임명하고 아울러 한림학사 수 병부시랑 지서서감사를 삼았다.

최치원은 중국 유학에서 배운 것이 많다고 생각하여 본국에 돌아온 뒤에 뜻한 바를 실행하려 하였으나, 세상이 어지러워 그를 의심하고 꺼리는 자가 많아 뜻이 받아들여지지 못하고 외직으로 태산군[4] 태수가 되었다.

어느 때에 최치원이 부성군[5] 태수로 있었는데 신년을 축하하는 사신으로 소환되었으나, 해마다 흉년이 들고, 도적이 곳곳에 일어나 길이 막혔기 때문에 가지 못하였다. 그 뒤에 최치원이 당나라에 사신으로 간 일이 있었으나 어느 해인지 알 수 없다.

최치원이 당나라에 가서 벼슬하다가 고국에 돌아왔으나, 어려운 때를 만나서 처지가 곤란하였으며 자칫하면 죄에 걸리겠으므로, 스스로 때를 만나지 못한 것을 한탄하고 다시 벼슬할 뜻을 두지 않았다.

그는 세속과 관계를 끊고 자유로운 몸이 되어 산과 숲 속이나 강과 바닷가에 누대와 정자를 만들고 소나무와 대나무를 심으며 책을

---

3) 광계 원년은 885년인데, 이해 3월에 최치원은 17년 만에 고국 신라로 돌아왔다.
4) 태산군은 지금의 전라북도 정읍군 태인면이다.
5) 부성군富城郡은 지금의 충청남도 서산.

잔뜩 쌓아 놓고 자연을 노래하며 읊었다. 경주의 남산과 강주의 빙산,[6] 협주[7]의 청량사淸凉寺, 지리산의 쌍계사, 합포현[8]의 별장들은 모두 그가 노닌 곳이다.

그는 말년에 가족을 데리고 가야산 해인사에 은거하여 동복형으로 중이 된 현준과 중 정현과 함께 마음이 맞는 벗을 맺어 은거 생활을 같이 하면서 여생을 마쳤다.

최치원이 처음 당나라에 유학할 때에 중국 강동에 사는 시인 나은羅隱과 친해졌다. 나은은 자기 재주를 믿고 스스로 높은 체하여 좀처럼 다른 사람을 인정하려 하지 않았다. 그러나 최치원에게는 노래와 시 다섯 편을 지어 보냈다. 또 같은 해 과거에 급제한 당나라 사람 고운顧雲과도 친하였는데, 최치원이 돌아올 때에 고운이 시를 지어 송별하였다. 그 시는 다음과 같다.

내 들으매 바다 위에 큰 자라 셋[9]이 있어
높고 높은 산을 머리에 이었다네.
구슬, 자개, 황금 대궐 산마루에 솟았고
천만리 넓은 바다 그 산 밑을 둘렀네.
그 곁에 자리 잡은 계림땅 푸른 한 점

---

6) 강주剛州의 빙산氷山이 무엇인지는 분명하지 않다. 지금의 경상북도 의성 동남쪽 약 40리에 빙산이 있는데, 이곳이 아닌가 한다.
7) 협주陜州는 지금의 경상남도 합천이다. 청량사는 월류봉 밑에 있다.
8) 지금의 경상남도 창원 서남쪽 약 10리 언저리에 있다. 경치가 아름답고 월영대가 있다.
9) 큰 자라 셋〔三金鼇〕은 전국시대에 열어구列禦寇가 쓴 《열자》 '탕문湯問' 편에 나온 말로, 바다에 큰 자라 셋이 머리에 산을 이고 왔다고 하였는데, 그것이 바로 신선이 사는 '삼신산'이라는 것이다.

자라산의 정기 어려 기이한 인재 태어났네.

열두 살에 배를 타고 바다를 건너

중국의 온 나라를 문장으로 울렸다네.

열여덟에 문단 싸움 휩쓸고 다니면서

첫 화살로 과녁 맞히듯 급제했네.

我聞海上三金鼇　金鼇頭戴山高高

山之上兮珠宮貝闕黃金殿　山之下兮千里萬里之洪濤

傍邊一點雞林碧　鼇山孕秀生奇特

十二乘船渡海來　文章感動中華國

十八橫行戰詞苑　一箭射破金門策


《신당서新唐書》 '예문지藝文志'에 이르기를 "최치원의 《사륙집四六集》 1권과 《계원필경桂苑筆耕》 스무 권이 있다." 하였고, 그 주에, "최치원은 고려 사람[10]으로 빈공과[11]에 급제하여 고병의 종사관이 되었다." 하였으니, 그가 중국에서 알려진 것을 알 수 있다. 이외에 또 그의 문집 서른 권이 세상에 나돌고 있다.

처음에 우리 태조가 나라를 창건하려 할 때에 최치원은 태조가 비범한 인재로 반드시 천명을 받들어 나라를 세울 것을 알았기 때문에 태조에게 글을 보냈다. 거기에는,

"계림은 누른 잎이요, 곡령[12]은 푸른 솔이다."

---

10) 여기서 고려 사람이란 우리 나라 사람이라는 뜻이다.
11) 빈공과賓貢科는 중국에서 다른 나라 사람들에게 보인 과거를 말한다.
12) 지금 개성 부근에 있는 산으로, 여기서는 고려라는 뜻으로 쓰였다.

300 | 거북아 거북아 수로를 내놓아라

하는 글귀가 있었다.

최치원의 제자들이 고려 초기에 많이 와서 고려에 벼슬하여 높은 자리에 이른 자도 적지 않았다.

현종이 왕위에 있을 때에, 최치원이 태조의 왕업을 은연히 도왔으니 그의 공을 잊을 수 없다 하여 최치원에게 내사령의 관직을 추증하고, 현종 14년(1023) 이월에 이르러 '문창후文昌侯'라는 시호를 주었다.

―《삼국사기》

▌ 고운 최치원은 9세기 이전 우리 나라 고대 문학을 총화 집대성하였다고 할 수 있는 작가이다. 그는 방대한 문학 유산을 남겨 놓았다.

현재 알려진 것만 보더라도 그는 이미 스물아홉 살 되던 해, 곧 그가 중국에서 돌아오던 해까지 중국 생활을 하던 열두 살부터 십칠 년 동안에 창작한 《계원필경》 스무 권과 《중산복궤집中山覆匱集》 다섯 권을 비롯하여 모두 스물여덟 권이나 되는 방대한 작품들을 창작하였고, 그 뒤에도 문집 서른 권을 지었다.

이외에도 그가 쓴 것으로 알려진 전기 문학집인 《신라수이전》이 있고, 역사적 저술로 '제왕연대력帝王年代曆'이 있다. 그러나 그의 작품들은 상당히 많은 부분이 후세에 전해지지 못하였다. 현재 온전히 전하는 것으로는 오직 《계원필경》 스무 권이 있을 뿐이다. 그 밖에는 《신라수이전》의 부분적 단편들과, 《동문선東文選》 같은 후세 문헌들에 시와 산문 작품들 일부가 실려 전하고 있을 뿐이다. 따라서 그의 창작 생활에서 가장 중요한 시기이자 가장 긴 시기를 차지하는 귀국 후의 문학 유산들은 안타깝게도 일부분밖에 남지 않았다. 그리하여 현재 우리는 그의 문학과 문학 발전 과정에 대하여 매우 한정된 자료를 보고 이해할 따름이다.

문학뿐만 아니라 생애와 활동에 관하여서도 우리는 그리 많은 자료를 가지고 있지 못하다. 이런 형편에서 최치원의 생애와 활동을 이해하며 그의 문학을 연구하는 데 바로 이 '최치원전'은 매우 귀중한 문헌이다. 때문에 전기 작품으로 중요할 뿐만 아니라 문학 연구의 역사적 자료로도 귀중하다.

이 전기에는 제법 넓은 범위에서 그의 생애와 활동이 서술되어 있다. 김부식이 이 전기를 저술하던 12세기 전반기만 하여도 최치원의 문학 작품들과 그에 관한 자료들이 제법 풍부하게 남아 있었던 것이 사실이다. 그것은 무엇보다도 "그의 문집 서른 권이 세상에 나돌고 있다."고 쓴 김부식의 서술만을 보아도 충분히 알 수 있다. 때문에 우리는 이 전기 작품에서 서술된 내용들을 충분히 믿을 만한 자료들이라고 인정하여도 잘못이 없을 것이다.

최치원은 재능 있는 시인이었으며 뛰어난 산문 작가였다. 그의 문학 유산들 중에서도 특히 그가 귀국 초기 관리로 활동하던 시기의 작품들이라 생각되는 '고의古意'나 '우흥寓興' 같은 시 작품들, 그리고《신라수이전》에 실린 '쌍녀분雙女墳', '머리에 꽂은 석남(首揷石楠)'과 같은 전기 작품들은 대표적인 것이다. (《신라수이전》은 11세기 박인량의 작품집이라는 이설이 있다.)

# 말 한 필도 돌려보내지 않은 명림답부

명림답부明臨答夫는 고구려 사람으로 신대왕[1] 때에 재상으로 있었다.

한나라에서 크게 군사를 일으켜 우리를 치려 하매 왕이 여러 신하들에게 공격과 방어에서 어느 것이 유리할 것인가를 물었다. 여러 사람들이 의논하여 말하였다.

"한나라 군사들이 수가 많은 것을 믿고 우리를 업신여기는데, 만약 나가 싸우지 않는다면 우리를 비겁하다 하여 자주 올 것이요, 또한 우리 나라는 산이 험하고 길이 좁으니 이야말로 한 사람이 문을 지켜도 만 사람이 당하지 못한다는 격입니다. 한나라 군사가 아무리 수가 많더라도 우리를 어찌할 수 없을 것이니, 청컨대 군사를 출동시켜 막아 버리소서."

명림답부가 말하였다.

"그렇지 않습니다. 한나라는 나라가 크고 백성이 많아 이제 강한

---

1) 신대왕新大王은 고구려 제8대 왕으로 165년부터 179년까지 왕위에 있었다.

군대로 멀리서 쳐들어오니 그 서슬을 당할 수 없을 뿐만 아니라, 군사가 많은 자는 싸워야 하고 군사가 적은 자는 지켜야 하는 것이 마땅한 일입니다.

이제 한나라 군사들이 천 리 길에서 군량을 운반하매 오랫동안 지탱할 수 없을 것이니, 만약 우리가 구렁을 깊이 파고 보루를 높이 쌓으며 곡식 한 알 없이 들판을 비워 놓고 기다리면 적들은 반드시 한 달이 넘지 않아서 굶주리고 지쳐 돌아갈 것입니다. 이때에 우리가 강한 군사로 몰아치면 뜻대로 될 수 있을 것입니다."

왕이 그렇게 여겨 성문을 닫고 굳게 지키니, 한나라 군사들이 치다가 이기지 못하고 장수와 졸병들이 굶주려서 물러나매 이때 명림답부가 기병 수천 명을 거느리고 뒤쫓아 좌원左原에서 교전하니 한나라 군사가 크게 져서 말 한 필도 돌아가지 못하였다. 왕이 대단히 기뻐하여 명림답부에게 좌원과 질산質山을 주어 그의 식읍으로 하였다.

15년(179) 9월에 명림답부가 죽으니 나이가 백열세 살이었다. 왕이 친히 가서 조문하고 이레 동안 조회를 중지하였으며, 예를 갖추어 질산에 장사하고 20여 호의 묘지기를 두었다.

─《삼국사기》


▌명림답부는 2세기 중엽 고구려의 정치, 군사 활동가다. 그는 신대왕 8년(172)에 좌원에서 침략자들과 싸워 큰 공을 세웠다. 《삼국사기》〈고구려 본기〉에 의하면 그는 옳은 전략 전술로 침략자들을 물리쳤고, "말 한 필도 돌아가지 못하게 하였다."고 하였다.

그의 전기에는 순전히 침략자를 격퇴한 말년의 사적만 적혀 있지만, 〈고구려 본기〉를 보면 그가 과감하고 걸출한 정치 활동가였음을 더 뚜렷이 알 수 있다.

신대왕의 전왕인 차대왕次大王은 포악하고 잔인한 폭군이었다. 그는 죄 없는 사람들과 충직한 사람들을 사사로이 수없이 죽였을 뿐 아니라 백성들의 고통을 돌보지 않았다. 그래 명림답부는 그를 처치하여 당시 백성들의 원성에 답하였다.

이와 같은 사적을 〈본기〉에는 적으면서도 〈열전〉에서는 언급하지 않은 것은 봉건적 유교 교리의 신봉자였던 작자 김부식의 세계관이 제한되어 있기 때문인 듯하다.

# 공을 세우고도 인정받지 못한 물계자

물계자勿稽子는 내해 이사금[1] 때 사람으로 집안은 보잘것없으나 인품이 쾌활하여 소년 때부터 큰 뜻을 품었다. 당시 바닷가 여덟 나라가 공모하여 아라국을 치니[2] 아라에서 사신을 보내 도와줄 것을 청하였다.

이사금이 왕의 손자 나음을 시켜서 부근 고을과 육부의 군사를 거느리고 가서 아라국을 도와 여덟 나라의 군사를 쳐부수었다. 이 전쟁에서 물계자가 공이 컸으나 왕의 손자에게 미움을 받았기 때문에 그가 세운 전공이 기록되지 못하였다. 어떤 사람이 물계자에게 말하였다.

"그대는 공이 매우 큰데도 기록되지 않은 것을 원망하는가?"

---

1) 내해奈解 이사금은 신라 제10대 왕. 196년부터 230년까지 왕위에 있었다.
2) 바닷가 여덟 나라가 공모해서 아라국阿羅國을 친 것은 《삼국사기》〈신라 본기〉에는 내해 이사금 14년, 곧 209년 음력 칠월의 일로 되어 있고, 《삼국유사》에는 내해왕 17년, 곧 212년 때 일이라고 쓰여 있다. 아라국은 여섯 가야국 가운데 아라가야를 말한다. 아라가야는 지금의 경상남도 함안 지방에 있었다.

물계자가 말하였다.

"무엇을 불평하겠는가?"

어떤 사람이 또 말하였다.

"왜 임금님께 알리지 않는가?"

물계자가 답하였다.

"공을 자랑하고 이름을 구하는 것은 뜻있는 선비가 할 일이 아니네. 다만 자기 뜻을 가다듬어 뒷날을 기다릴 따름이네."

그 뒤 삼 년이 되던 해에 골포, 칠포, 고사포 등 세 나라[3] 사람들이 갈화성[4]에 와서 공격하므로 왕이 군사를 거느리고 나가 세 나라의 군사를 크게 깨뜨렸는데, 물계자가 수십여 명을 잡아서 죽였으나 공을 평정할 때에 역시 아무런 소득이 없었다. 물계자가 이에 안해에게 말하였다.

"일찍이 들으니, 신하 된 도리는 위급한 것을 보면 목숨을 바쳐야 하고 어려운 고비를 당하면 자기 몸을 잊어야 한다 하였는데, 전날 여덟 나라가 싸운 것이나 갈화 싸움은 위급하고도 어려웠다고 할 수 있건만 남에게 알려지도록 목숨과 몸을 바치지 못하였으니, 무슨 면목으로 거리에 나다니겠는가?"

그러고는 마침내 머리를 풀어헤치고 거문고를 가지고 사체산師彘山으로 들어가 돌아오지 아니하였다.

─《삼국사기》

---

3) 골포骨浦, 칠포柒浦, 고사포古史浦 등 세 나라는 지금의 경상남도 동남단 해안가에 있던 작은 나라들이다. 골포는 지금의 경상남도 마산, 곧 예전의 합포를 말한다.

4) 갈화성竭火城은 지금의 경상남도 울산이다.

▌ 물계자의 전기는 《삼국사기》, 《삼국유사》에 대체로 비슷한 내용이 실려 있다. 《삼국유사》에 실린 것이 좀더 자세하다.

《삼국유사》에는 바닷가의 여덟 나라가 보라국(지금의 경상남도 고성군에 있었던 작은 나라) 등이었다는 것을 밝히고 있고, 또한 물계자가 사체산에 들어가서 생활한 형편도 조금 더 자세히 전하고 있다.

이에 의하면 그는 사체산에 들어가서 대나무의 곧은 성질이 병통임을 슬퍼하면서 여기 빗대어 노래를 지었다고 한다. 문학사에서도 이 노래를 '물계자가' 라고 부르고 있다. 또한 돌돌 흐르는 시냇물 소리에 의탁하여 거문고를 타고 곡조를 지으며 은거 생활을 하여 다시 세상에 나오지 않았다고 쓰고 있다. 추측건대 그의 '물계자가' 나 그가 지은 음악 곡조들에는 당시 현실에 대한 불평이 반영되어 있었을 것이다. 그러나 이것들은 지금까지 전하지 않는다.

# 말 한마디 때문에 목숨을 내놓은 석우로

석우로昔于老는 내해 이사금의 아들이다. 혹은 각간 수로水老의 아들이라고도 한다.

신라 조분왕助賁王 2년(231) 칠월에 이찬으로 대장군이 되어 감문국[1]을 쳐들어가 깨뜨리고 군현으로 만들었다. 4년 칠월에 왜인이 쳐들어왔으므로 석우로가 사도[2]에서 그들을 맞받아 싸우는데, 바람을 이용하여 불을 놓아 적의 전함을 불태우니 적들이 물에 뛰어들어 모조리 죽었다. 15년 정월에 서불한(舒弗邯, 각간)으로 승급되어 지병마사知兵馬事를 겸하였다.

16년에 고구려가 북쪽 변경을 침범하므로 석우로가 나가 치다가 이기지 못하고 물러와 마두책[3]을 지켰다. 밤이 들매 군졸들이 몹시 추워하므로 석우로가 몸소 다니면서 위로하고 손수 땔나무를 때어

---

1) 감문국甘文國은 지금의 경상북도 김천 지방에 있던 작은 나라.
2) 사도성沙道城을 말하는데, 지금의 경상북도 영덕이다.
3) 마두책馬頭柵은 지금의 경상남도 거창군 마리면.

따뜻하게 해 주니, 여러 사람들이 감격하여 솜옷을 입은 듯이 기뻐하였다.

12대 첨해왕이 왕위에 있을 때에 신라의 속국이었던 사량벌국[4]이 갑자기 배반하여 백제에 붙으므로 석우로가 군사를 거느리고 가서 사량벌국을 쳐서 없애 버렸다.

7년[5]에 왜국 사신 갈나고葛那古가 사관에 있을 때에 석우로가 응접하게 되었다. 석우로가 그에게 농담으로 말하였다.

"조만간에 너희 국왕은 소금 굽는 종으로 만들고 너희 왕비는 부엌데기로 만들겠다."

왜왕이 이 말을 듣고 성을 내어 장군 우도주군于道朱君을 보내어 우리 나라를 치므로 왕이 서울을 떠나서 유촌에 있었다. 석우로가 말하였다.

"오늘의 환란은 제가 말을 삼가지 못한 데서 비롯된 것이니 제가 책임을 지겠습니다."

드디어 왜군에게 가서 말하였다.

"지난날에 한 말은 농담일 따름이었는데 이렇게 군사를 출동하기까지 될 줄이야 어찌 뜻하였으랴?"

왜인이 답변을 하지 않고 그를 붙잡아 섶 더미 위에 놓고 불태워 죽인 다음 가 버렸다. 이때 석우로의 아들은 어려서 걸음을 걷지 못

---

4) 사량벌국沙梁伐國은 지금의 경상북도 상주 지방에 있는 작은 나라로, 사벌국이라고도 했다. 신라의 영토가 된 뒤에 주를 여기에 두었는데, 법흥왕 때는 '상주上州'라고 했고 나중에 경덕왕은 이곳을 '상주尙州'로 바꾸었다.

5) 첨해왕 7년, 곧 253년이다. 이 전기에는 석우로가 죽은 것이 이 해로 되어 있으나 《삼국사기》〈신라 본기〉를 보면 첨해왕 3년 사월의 일로 기록되어 있다.

하므로 다른 사람이 안아다가 말에 태워 돌아왔는데, 이가 뒷날에 흘해訖解 이사금[6]으로 되었다.

미추왕[7] 때에 왜국 대신이 예방하였는데 석우로의 처가 국왕께 왜국 사신을 사사로이 대접하겠다고 청해 그가 잔뜩 취했을 때 장사를 시켜 뜰에 내려다가 불태워 죽여서 지난날의 원수를 갚았다. 왜인들이 분개하여 금성[8]에 처들어왔으나 이기지 못하고 퇴각하였다.

석우로가 당시 대신으로 군사, 정치를 장악하여 싸우면 반드시 이겼고, 이기지 못하더라도 패하지는 않았으니 그의 지혜와 책략이 정녕 남보다 특출한 데가 있었던 것이다.

그러나 말 한마디 실수로 자신의 죽음을 가져왔을 뿐 아니라 두 나라 사이에 전쟁을 일으켰으며, 그의 안해가 원수를 갚은 것도 변괴라 할지언정 정당한 일은 아니다. 그렇지 않았더라면 그의 공적도 기록할 만하다.

―《삼국사기》

■ 석우로는 주로 3세기 전반기에 활동한 인물이다. 이 시기에 이미 신라는 끊임없이 바다 건너에서 처들어오는 왜구의 침공과 노략질을 물리치면서 가까운 군소 국가들을 병합하여 강대한 국가로 발전하고 있었다.

석우로는 이러한 시기에 정치 군사적 활동을 통하여 신라 국가 발전에 적지 않은 공을 세운 사람이다. 전기 작품으로 보건대 그는 훌륭한 군사 활동가였을 뿐만 아니라 아

---

래 군사들을 사랑하고 잘 돌보아 주는 장군이었음을 알 수 있다.

전기를 보면 말년에 그는 왜국의 사신에게 한마디 말실수를 해서 두 나라 간에 전쟁을 초래하였고 또한 스스로 목숨을 바친 것으로 되어 있다. 뿐만 아니라 이 전기의 저자 김부식은 평을 달아 석우로가 특출한 인물임을 인정하면서도 왜국 사신에게 한 발언만은 엄중한 실언이라고 말한다. 더 나아가서는 그의 안해가 왜국 사신에게 복수한 것까지도 마치 정당치 않았던 일인 것처럼 평가하고 있다. 그러나 이 평가는 당시 역사적 환경으로 비추어볼 때에 정당한 평가라고 할 수 없다.

석우로가 활동하던 시기에 왜구들은 끊임없이 신라로 침략해 왔을 뿐만 아니라 백성들의 재산과 생명을 빼앗는 떼강도 노릇을 저질러 신라를 위협하였고 신라 사람들에게 헤아릴 수 없는 고통을 주었다. 때문에 신라 백성들은 왜구를 극도로 증오하였으며 그들을 반대하여 항상 용감히 싸웠고 자기 향토를 지켰던 것이다.

석우로도 왜구의 침략을 물리치는 싸움에 용감히 참가한 사람이다. 때문에 왜국 사신에게 던진 그의 말을 단순히 실없는 말실수로만 볼 수는 없다. 거기에는 왜구를 증오하는 사상이 그대로 표현되어 있었다. 때문에 그가 왜국에 취한 태도를 단순히 김부식의 평가대로만 이해할 수는 없다.

# 나라 위해 싸운 밀우와 유유

밀우密友와 유유紐由는 모두 고구려 사람이다.

동천왕 20년(246)에 위魏나라 장수 관구검毌丘儉이 군사를 거느리고 침입해 환도성[1]을 함락시키매 왕이 성을 버리고 달아나는데, 위나라 장수 왕기王頎가 왕을 뒤쫓았다. 왕이 남옥저[2]로 달아나기 위하여 죽령[3]에 이르렀을 때 군사들은 거의 다 흩어지고 다만 동부의 밀우가 혼자 왕 옆에 있다가 왕에게 말하였다.

"이제 쫓아오는 적군이 바싹 다가와 형세가 벗어날 수 없게 되었습니다. 제가 죽기를 각오하고 막겠사오니 왕께서는 도망하셔야 합니다."

---

1) 환도성丸都城은 지금의 중국 동북 집안에 있는 성으로 당시 고구려의 수도였다.
2) 기원전후 시기에 있었던 작은 나라의 이름으로, 둘이 있었는데, 하나는 지금의 함경도 일대를 차지하고 있었던 동옥저이고, 하나는 동옥저에서 팔백여 리에 있는 북옥저다. 북옥저는 중국 동북의 도문강 일대에 있었다고 생각된다. 여기의 남옥저는 바로 동옥저를 가리킨다.
3) 죽령竹嶺은 자강도나 양강도의 어느 고개인 듯하나 알 수 없다.

그러고는 마침내 결사대를 뽑아서 그들과 함께 적진으로 달려가 힘껏 싸웠다. 왕이 이 틈을 타서 겨우 탈출해 산골짜기에 흩어진 군사들을 불러 모아 방위하고 있으면서 말하였다.

"만일 누가 밀우를 데려온다면 후한 상을 주겠다."

하부下部의 유옥구劉屋句가 앞에 나와 말하였다.

"제가 가 보겠습니다."

드디어 싸움터로 가서 밀우가 땅에 쓰러져 있는 것을 발견하고 바로 업어 왔다. 왕이 밀우를 자기 다리 위에 눕혔더니 한참이 지난 뒤에야 소생하였다.

왕이 샛길로 이리저리 헤매다가 남옥저에 이르렀는데 위나라 군사가 끈질기게 쫓아왔다. 왕이, 계책이 막연하고 형세가 불리하여 어찌할 바를 모르고 있었더니, 동부 사람 유유가 나서서 말하였다.

"사태가 매우 위급하나 헛되이 죽을 수는 없습니다. 저에게 어리석은 계책이 있사오니, 음식을 차려서 위나라 군사를 한턱 먹이는 체하다가 틈을 타서 적장을 찔러 죽이려 하오니 만일 제가 세운 계책대로 되거든 그때에 왕이 들이치시면 이길 수 있을 것입니다."

왕이 좋다고 하였다. 유유가 위나라 군사에게로 가서 거짓 항복하여 말하였다.

"우리 임금이 큰 나라에 죄를 짓고 바다 구석까지 도망하여 왔으나 몸 둘 곳이 없는지라 곧 당신네 진 앞에 와서 항복하여 법관에게 목숨을 바치기로 하고 우선 저를 보내어 변변치 않은 음식으로 군사들을 대접하려 합니다."

위나라 장수가 이 말을 듣고 유유의 항복을 받으려 할 때에 유유가 칼을 음식 그릇에 숨겼다가 앞으로 달려들어 칼을 뽑아 위나라 장

수의 가슴을 찌르고 그와 함께 죽으니 위나라 군사가 그만 소란하여
졌다. 왕이 군사를 세 길로 나누어 갑자기 그들을 치니 위나라 군사
가 헝클어져 진을 치지 못하고 드디어 낙랑에서 물러갔다.

　왕이 서울로 돌아와서 전공을 평가하면서 밀우와 유유의 공로를
첫째로 삼았으며, 밀우에게 거곡과 청목곡을 옥구에게 압록과 두눌
하원을 식읍으로 주고, 유유에게는 구사자를 추증하고 또 그 아들
다우多優를 대사자로 삼았다.[4]

　—《삼국사기》


▌ 밀우와 유유는 침략자들을 반대하는 투쟁에서 용감함과 애국적 희생을 발휘한 사람
이다. 고구려 초기에는 특히 서북쪽에서 오는 침략 세력과 끊임없이 긴장된 투쟁을 하
였다. 관구검의 침입도 고구려가 침략자들과 벌인 가장 큰 투쟁의 하나였다.

　《삼국사기》〈고구려 본기〉에 의하면 관구검의 군대는 당시 고구려의 수도 환도성을
함락시키고 주민들을 무참히 죽였으며 다시 도읍할 수 없을 정도로 쑥대밭을 만들었다
고 한다. 관구검의 악랄한 침략이 있은 다음 해인 동천왕 21년(247) 이월에 왕은 평양
성을 쌓고 백성들과 종묘와 사직을 옮겼다고 한다.


---

4) 구사자九使者, 대사자大使者는 고구려 관직 이름이다. 상당히 높은 관직이겠으나 그 직위
　는 잘 알 수 없다.

## 포악한 왕을 몰아낸 창조리

창조리倉助利는 고구려 사람인데, 봉상왕[1] 때에 재상이 되었다.

당시 모용외[2]가 고구려 변경의 우환이 되었다. 왕이 여러 신하들에게 말하였다.

"모용외 군사가 강하여 자주 침략하니 어찌할 것인가?"

창조리가 대답하였다.

"북부 대형大兄 고노자高奴子가 어질고도 용감하니 침략군을 막고 백성들이 편안히 살게 하려면 이 고노자가 아니고는 쓸 만한 자가 없습니다."

왕이 고노자를 신성[3] 태수로 삼았더니 모용외가 다시는 오지 않았다.

---

1) 봉상왕烽上王은 고구려 왕으로, 292년부터 300년까지 왕위에 있었다.
2) 모용외慕容廆는 중국 오호십육국 시대 선비족鮮卑族 족장인데 지금의 중국 동북 요동 서쪽 지방, 곧 당시 고구려의 서쪽 변방에 있었다. 이들은 끊임없이 고구려를 침범하였으며 그의 아들 모용황은 고국원왕 12년(342)에 고구려의 수도 환도성을 습격하여 갖은 약탈과 방화, 파괴를 저질렀다.
3) 신성新城은 중국 동북 요동 지방 요하 유역에 있었던 당시 고구려 서쪽 변경의 요충지.

9년 팔월에 왕이 열다섯 살 넘은 장정들을 징발하여 궁실을 수리하는데, 백성들이 먹을 것이 없고 역사에 시달리매 이로 말미암아 정처 없이 흩어졌다. 창조리가 간하여 말하였다.

"하늘의 재앙이 거듭되고 올해 곡식이 잘되지 않아서 백성들이 살 곳을 얻지 못하여 장정들은 곳곳으로 떠돌고 노약자들은 구렁과 개천에 뒹굴고 있습니다. 이는 진실로 하늘을 두려워하고 백성을 걱정하며 스스로 조심하고 반성할 때이거늘 대왕은 한 번도 이에 대하여 생각하지 않고 굶주린 백성들을 몰아다가 토목 역사에 지치게 하니 백성의 부모가 된 본의에 대단히 어그러진 일입니다.

더군다나 가까운 이웃에 강한 원수가 있는데 이들이 만일 우리가 피폐한 틈을 타서 침입한다면 나라와 백성에게 어떠한 결과를 주겠습니까? 대왕께서는 깊이 생각하시기를 바랍니다."

왕이 불쾌히 여겨서 말하였다.

"임금이란 백성들이 우러러보는 것이므로 궁실이 웅장하고 화려해야 위신을 보일 수 있는데, 이제 재상은 아마 나를 비방함으로써 백성들의 칭송을 바라는 것이로다."

창조리가 말하였다.

"임금이 백성을 생각해 주지 않으면 어질지 못한 것이며, 신하가 임금에게 바른말로 간하지 않으면 충성이 아닙니다. 제가 이미 재상의 자리를 채우고 있으매 감히 말하지 않을 수 없는 것이니 어찌 백성의 칭찬을 바랄 수 있겠습니까?"

그러자 왕이 웃으며 말하였다.

"재상이 백성을 위하여 죽으려는가? 앞으로는 말하지 말기를 바라노라."

창조리가 왕이 고치지 않을 것을 알고 물러나와 여러 신하들과 상
의하여 봉상왕을 폐위시키니, 왕이 죽음을 면할 수 없음을 알고 스
스로 목을 매어 죽었다.

─《삼국사기》


▌ 창조리는 3세기 말에 활동한 고구려의 정치가다. 그는 교만하고 의심과 시기가 많
고 방탕하며 포악한 봉상왕의 치하에서 재상으로 일하였다.

이 시기 고구려 서쪽에는 외적이 끊임없이 침략하였다. 안으로는 통치 계급의 혹독
한 착취와 약탈, 게다가 심한 자연재해 때문에 백성들의 생활이 말할 수 없이 참혹했
다. 그러나 봉상왕은 향락을 위하여 궁실을 짓는 일에만 몰두하였던 것이다. 이때의 정
황에 대하여 《삼국사기》〈고구려 본기〉'봉상왕 9년(300)'조의 한 토막은 다음과 같이
쓰고 있다.

"팔월에 왕이 국내 열다섯 살 넘은 남녀들을 징발하여 궁실을 수리케 하니 백성들은
양식에 쪼들리고 부역에 시달려 곳곳으로 떠돌았다."

창조리가 이러한 형편을 참지 못하여 위험을 무릅쓰고 포악한 왕에게 대담한 충고를
기탄없이 한 것은 매우 용감한 행동이다. 봉상왕에게 한 충고의 내용으로 보아 그는 건
전한 정치적 견해를 가지고 있었을 뿐만 아니라 애국적이며 인도주의적인 경향을 가진
정치가였다.

왕의 옳지 않은 행동과 태도를 도저히 고칠 수 없다고 판단하자, 그가 여러 신하들과
의논하여 왕을 내쫓은 것은 그의 과단성을 잘 말하여 준다.

# 벗을 따라 죽은 사다함

사다함斯多含의 가계는 진골에 속하였으며, 내물왕의 칠 대손이요, 아버지는 급찬 구리지仇梨知이다.

그는 본디 문벌이 높은 귀족 출신으로, 풍모가 빼어나고 기개가 높아 당시 사람들이 그를 화랑으로 추켜올리매 마지못하여 화랑 노릇을 하였는데, 그를 따르는 무리가 무려 천 명에 이르렀고 그들 모두의 환심을 얻었다.

진흥왕[1]이 이찬 이사부異斯夫에게 명령하여 가라국(加羅國, 가야국)을 습격하였다. 이때에 사다함의 나이가 열대여섯 살로, 종군하기를 청하였다. 왕은 나이가 어리다 하여 처음에는 허락하지 않았으나 청하는 태도가 간절하고 뜻이 확고하므로 그를 임명하여 귀당 비장貴幢裨將을 삼으니 화랑도들 가운데 따라나서는 자들도 많았다.

사다함이 가야국 국경에 이르러 총지휘하는 장수에게 요청하여 부하 군사들을 거느리고 먼저 전단량*으로 들어갔다. 가라국 사람

---

1) 진흥왕 23년, 곧 562년에 신라는 가라국을 쳐서 정복하였다.

들은 뜻밖에 군사들이 들이닥치니 이에 놀라 동요하여 막지 못하였다. 사다함의 대군은 이 틈을 타서 마침내 그 나라를 멸망시켰다.

사다함의 군사가 돌아오매 왕이 사다함의 전공을 평가하여 가라 사람 삼백 명을 주었으나 그는 받는 즉시 전부 보내 주어 한 명도 남기지 않았다. 또 토지를 주었으나 굳이 사양하므로 왕이 받을 것을 억지로 권하니 사다함이 알천에 있는 척박한 땅을 달라고 하여 그것을 받았을 뿐이었다.

사다함이 처음에 무관랑武官郎과 함께 삶과 죽음을 같이하는 벗으로 약속하였는데 무관이 병으로 죽게 되매 매우 섧게 울다 이레 만에 자기도 죽으니 그때 나이가 열일곱 살이었다.

—《삼국사기》

▌ 사다함은 6세기 후반기 초에 활동한 화랑이다. '사다함전'에서는 당시 신라에 존재하였던 화랑 제도라는 독특한 인재 교양, 선발 제도와 함께 화랑들의 생활과 기풍에 대한 진실한 반영을 볼 수가 있다.

신라 화랑 제도의 연원은 퍽 오래여서 이미 원시 공동체 사회 붕괴 시기에서 찾을 수가 있다. 그 뒤 이 제도는 급격히 발전하였고 또한 화랑 출신 가운데서 국가, 정치, 군사 활동의 우수한 인재들이 많이 나왔다. 사다함도 바로 이러한 시기의 화랑이었다.

이 전기에는 동시에 6세기 전후반기, 곧 신라가 한창 융성 발전하기 시작하던 때의 현실도 반영되어 있는데 여기에는 가라국을 공격 정복하여 자기 영토로 만든 사실을 이야기하였다.

---

▪ 전단량旃檀梁은 성문 이름이니, 가야 말로 문을 '양(梁, 돌)'이라 하였다.

# 죽어서도 왕의 허물을 고친 김후직

김후직金后稷은 지증왕의 증손이다. 그는 진평 대왕을 섬겨 이찬이 되었다가 병부령으로 옮겼다. 대왕이 사냥하기를 너무 좋아하므로 김후직이 간하였다.

"옛날 임금들은 하루에도 만 가지 일을 보살폈으되, 깊이 생각하고 멀리 염려하며 좌우에 올바른 사람들을 두어 바른말을 받아들이며, 부지런하고 꾸준하여 감히 안일한 마음을 두지 않았습니다. 이렇게 한 뒤에야 정사가 순후하고 아름답게 되어 국가를 보전할 수 있었거늘, 이제 전하께서는 날마다 건달꾼과 포수를 데리고 매와 사냥개를 놓아 꿩과 토끼를 잡기 위하여 산과 들로 뛰어다니는 일을 스스로 제어하지 못하고 있습니다.

노자는 말하기를, '사냥에 정신이 팔리면 사람의 마음을 건잡지 못한다.' 하였으며 《서경》에 이르기를, '안으로 계집에게 미치거나 밖으로 사냥에 미치거나 이 중에서 한 가지만 범하여도 망하지 않는 자가 없다.' 하였습니다.

이렇다고 하면 사냥이란 안으로는 마음을 방탕하게 하고 밖으

로는 나라를 망치는 것이라 반성하지 않을 수 없사오니 전하께서
는 명념하소서."

왕이 좇지 않으매 다시 간절하게 간하였지마는 말을 듣지 않았
다. 그 뒤에 김후직이 병이 위중하여 죽게 되었을 때에 세 아들에게
일렀다.

"내가 신하로 임금의 허물을 바로잡아 주지 못하였다. 만일 대왕
이 방탕한 오락을 그치지 않는다면 이로 패망하게 될 것이니 이것
이 내가 근심하는 바이다. 내가 죽어서라도 기어이 임금을 깨우쳐
주려는 생각이 있으니 내 시체를 대왕이 사냥 다니는 길 옆에 묻
어다오."

아들들이 유언대로 하였다.

뒷날에 왕이 사냥을 나가다가 도중에 무슨 소리가 들리는데 마치,
"가지 말라!"

하는 듯하였다. 왕이 돌아보면서 물었다.

"저 소리가 어디서 나느냐?"

수행하던 자들이 고하였다.

"저 소린즉 이찬 김후직의 무덤에서 납니다."

이어 김후직이 유언한 내용을 이야기하였다. 왕이 침통하게 눈물
을 흘리면서 말하였다.

"그가 충성으로 간하다가 죽어서도 잊지 않으니 나에 대한 사랑이
지극하다. 내가 끝끝내 허물을 고치지 않는다면 살아서나 죽어서
나 무슨 면목이 있겠느냐."

그러고는 죽을 때까지 다시 사냥을 하지 않았다.

—《삼국사기》

▌김후직은 6세기 후반기에 활동한 사람이다. 그는 이 전기 작품에서 임금에 충실한 간관으로 묘사되어 있다.

이 전기에서는 주인공 자신이 쓴 '간렵문諫獵文'이 중요한 내용을 이루고 있다. '간렵문'에서 그가 충고한 내용을 보면 신라 국가를 강화하기 위한 통치 계급의 이해관계를 따르면서도 왕의 옳지 않은 정치 태도와 방탕한 생활을 대담하고 신랄하게 지적하고 있다.

김후직의 '간렵문'은 이 시기 우리 나라 산문 문학 발전에서 중요한 자리를 차지하고 있다. '간렵문'은 당시 부화방탕한 왕을 비롯한 통치 지배 계급들의 생활을 드러내어 보여 주고 있는 동시에 김후직의 건전한 정치 태도와 이념이 표현되어 있다.

'김후직전'의 후반 부분은 설화적인 이야기로 쓰여 있다.

# 쫓겨난 충신 실혜

실혜實兮는 대사 순덕純德의 아들이다. 그는 성품이 강직하여 옳지 못한 일에 굴복할 수가 없었다.

진평왕 때에 그가 상사인[1]이 되었는데, 당시 하사인[2] 진제珍堤는 아첨을 잘하여 왕의 총애를 받았다. 그가 비록 실혜와 함께 동료로 있었으나 일을 대하면 의견이 서로 맞지 않았다. 실혜가 항상 옳은 자리에 서서 타협을 하지 않으니 진제가 실혜를 시기하고 미워하여 자주 왕에게 헐뜯어 고하였다.

"실혜는 지혜가 없으면서 대담하나 걸핏하면 기뻐하고 걸핏하면 성을 내며, 대왕의 말이라도 제 뜻에 맞지 않으면 분을 참지 못합니다. 그러므로 그를 벌주어 버릇을 고치지 않으면 장차 난을 일으킬 것이니 왜 그를 내쫓지 않습니까? 나중에 그가 굽신굽신하기를 기다려서 다시 등용하는 것도 늦지 않을 것입니다."

---

1) 상사上舍는 대사大舍의 딴 이름인 듯하다.
2) 하사下舍는 신라 17등 위품 중 제13등에 해당하는 위품 이름이다. 사지舍知의 별칭이다.

왕이 옳게 여겨 그의 벼슬을 깎아서 냉림[3] 고을 원으로 보냈다.

어떤 사람이 실혜에게 말하였다.

"그대는 할아버지 때부터 충성스럽고 의젓하여 나라의 재목으로 세상에 이름이 있었는데 지금 간사한 신하의 참소와 훼방으로 멀리 죽령 바깥 궁벽한 곳에서 외직살이를 하게 되니 원통하지 않은가? 왜 바른말로 변명하지 않는가?"

실혜가 대답하였다.

"옛날 굴원[4]이 홀로 정직하다가 초나라에서 내쫓겼고, 이사[5]는 충성을 다하다가 진나라의 극형을 받았네. 그러므로 간사한 신하가 임금을 속이면 충신이 배척을 당하는 것은 옛날에도 그러하였거니 무엇이 그리 슬프겠는가?"

마침내 아무런 말도 하지 않고 떠나면서 긴 노래를 지어 자기 뜻을 나타냈다.

― 《삼국사기》

▌실혜는 우리 문학사에서 '실혜가實兮歌'의 작자로 알려져 있는 사람이다. 그 노래는 전하지 않으나 그가 벼슬에서 물러나 지방 고을살이를 가던 때에 어떤 사람과 주고받았다는 대화 내용으로 보아 어떤 사상 감정을 표현한 노래였겠는가 하는 것을 대강 짐

3) 냉림冷林은 '죽령 바깥 궁벽한 곳'이라 하였으니 지금의 경상북도 북쪽 끝이나 충청북도의 동쪽 끝에 있는 고을 이름인 듯하다.
4) 굴원屈原은 중국 초나라 사람. 그는 회왕의 참소를 받아 내쫓겼고 나중에는 강남 지방에 유배되어 강에 빠져 스스로 목숨을 끊었다.
5) 이사李斯는 중국 진나라 시황 때의 재상. 그는 조고라는 자의 참소에 의하여 허리를 잘리는 참형을 당하였다.

작할 수 있다.

그의 전기는 그가 퍽 강직한 성품의 소유자였고 자기가 옳지 않다고 생각한 것에도 굽어들지 않은 정직한 사람이었다는 것을 말하고 있으나, 대화 내용으로 보아 또한 아주 내성적인 사람이었다는 것도 알 수 있다.

# 살수대첩의 을지문덕

　을지문덕의 집안 내력은 자세하지 않다. 그는 성질이 침착하고 용맹스러우며 지혜와 재주가 있었고 아울러 글을 지을 줄 알았다.

　수나라 양제가 조서를 내려 고구려를 쳤는데 이때에 좌익위 대장군 우문술宇文述은 부여 방면으로 나오고 우익위 대장군 우중문于仲文은 낙랑 방면으로 나와서 9군을 거느리고 압록강까지 쳐들어왔다. 을지문덕이 왕의 명령을 받들고 적진으로 가서 항복하는 체하였으나 사실은 그들의 내부 사정을 탐지하려는 것이었다.

　우문술과 우중문은 처음부터 양제의 비밀 지시를 받고 왕이나 을지문덕을 만나기만 하면 잡으려고 대기하고 있었기 때문에 우중문들이 을지문덕을 잡아 두려 하였다. 상서우승 유사룡이 위무사로 있으면서 을지문덕을 잡지 말라고 굳이 말려 그만 을지문덕을 돌아가게 하고는 깊이 후회하였다. 하여 사람을 보내어 을지문덕에게 속여서 말하였다.

　"다시 의논할 일이 있으니 한 번 더 오라."

　그러나 을지문덕은 돌아보지도 않고 그냥 압록강을 건너왔다. 우문술과 우중문은 을지문덕을 놓친 뒤에 속으로 불안하게 생각하였다. 우문술은 군량이 떨어졌다 하여 돌아가려는데, 우중문은 정예한 군사로 을지문덕을 뒤쫓으면 성과가 있음 직하다고 하였다. 우문술이 말리니, 우중문이 성을 내어 말하였다.

"장군이 십만 대군을 거느리고 와서 조그마한 적도 깨뜨리지 못하고 무슨 면목으로 황제를 뵈옵겠는가?"

우문술이 마지못하여 이 말을 좇아 압록강을 건너서 을지문덕을 쫓았다. 을지문덕은 수나라 군사가 주린 기색이 있음을 보고 그들을 지치게 하려고 싸울 때마다 져서 달아나니 우문술이 하루 동안에 일곱 번을 싸워서 다 이겼다.

그들은 이미 급작스러운 승리에 뱃심이 생겼고 또한 여러 사람들의 의논에 못 이겨서 드디어 동쪽으로 내몰아 살수薩水를 건너 평양성[1] 30리 밖에서 산을 지고 진을 쳤다. 을지문덕이 우중문에게 시를 보내어 일렀다.


　　신기한 술책은 천문을 다 알았고
　　기묘한 계교는 지리를 통달했도다.
　　싸움을 이겨 세운 공도 장하거니
　　만족을 알아차려 그만둠이 어떠리.
　　神策究天文　妙算窮地理
　　戰勝功旣高　知足願云止


---

1) 침략군이 공격한 평양성은 오늘의 평양이 아니라 봉황성을 말한다. 봉황성은 7세기 초 수나라 침략을 반대한 전쟁 당시 고구려의 부수도였다.

우중문이 회답을 보내어 을지문덕을 타일렀다. 을지문덕이 또 사신을 보내어 항복하는 체하고 우문술에게 말하였다.

"만일 군사를 거둔다면 틀림없이 왕을 모시고 황제가 계신 곳으로 가겠다."

우문술이 생각하기를 군사들이 지치고 기운이 다하여 다시 싸울 수 없을 뿐더러 고구려 성은 험하고 튼튼하여 쉽사리 빼앗기는 어렵다 하니 거짓 항복이라도 받은 김에 돌아가기를 결정하고 진을 네모지게 꾸며 사방으로 방어하면서 떠났다.

이때에 을지문덕이 군사를 출동하여 사방에서 세차게 들이치니 우문술 들이 한편 싸우며 한편 쫓겨 갔다. 살수에 이르러 군사가 절반 건너갔을 때 을지문덕이 군사를 몰아 뒤로 적의 후군을 쳐서 우둔위 장군 신세웅을 죽이니, 이에 모든 적군이 한꺼번에 허물어져 걷잡을 수가 없었고, 9군 장졸이 도망하여 돌아가는데, 하루낮 하룻밤 사이에 사백오십 리를 걸어서 압록강까지 갔다.

그들이 처음 요수를 건너올 때에는 군사가 삼십만 오천 명이었는데 요동성에 돌아갔을 때는 다만 이천칠백 명이었다.

수 양제의 요동 전쟁은 군사를 출동시킨 규모에서 전고에 없이 굉장하였건만 고구려가 그를 막아서 자기 땅을 지켰을 뿐만 아니라 그들을 거의 다 없애버린 것은 을지문덕 한 사람의 힘이었다.

《춘추좌전》에 이르기를, "인재가 없으면 어찌 나라 노릇을 할 수 있으랴?" 하였으니 과연 그렇다!

—《삼국사기》

▌ 을지문덕 장군은 6세기 말에서 7세기 초에 우리 나라를 침략해 오던 수나라 침략자들을 물리치는 데서 당시 고구려 인민들을 옳게 단합 궐기시키고 신출귀몰한 전략 전술로 침략자들을 무찔러 나라의 독립과 안정을 수호한 역사에 길이 빛날 공을 세운 애국 명장이다.

'을지문덕전'에서는 주로 당시 크나큰 역사적 사변이었고 또한 을지문덕 생애에서 가장 중요한 시기였던 수나라 침략자들과 투쟁에 중점을 두고 서술되었다. 아마 을지문덕에 관한 자료 부족 때문이 아닌가 한다.

'을지문덕전'은 그리 길지 않지만 주인공 을지문덕 장군의 충성심과 애국심의 발현, 능숙하고 뛰어난 전략 전술이 잘 그려져 있으며, 그의 형상이 생동하게 부각되어 있다.

이 전기의 끝에 붙어 있는 저자의 평은 역사 발전에서 개인의 구실을 지나치게 과장하고 있기는 하지만 그의 빛나는 역사적 공적을 평가하는 데는 비교적 정당하였다고 말할 수 있다.

# 백제 마지막 장군 계백

계백階伯은 백제 사람이며 벼슬이 달솔[1]에 이르렀다.

당나라 현경 5년(660)에 고종이 소정방을 신구도神丘道 대총관을 삼아 군사를 거느리고 바다를 건너 신라와 함께 백제를 쳤다. 이때에 계백이 장군으로 결사대 오천 명을 뽑아서 당나라 군사들을 막았다. 그가 말하였다.

"한 나라의 군사로 당나라와 신라의 대병을 부딪치게 되었으니 나라의 존망을 알 수 없다. 내 처자가 사로잡혀서 노비로 될까 염려되니 살아서 치욕을 당하는 것보다 차라리 깨끗이 죽는 것이 낫다."

그는 황산벌[2]에 이르러 세 개의 진을 치고 있다가 신라 군사를 만나 싸우려 할 때에 군사들에게 맹세하였다.

"옛날에 월나라 왕 구천[3]이 오천 군사로 오나라의 칠십만 대군을

---

1) 달솔達率은 백제의 16품 관직 중 제2품에 해당하는 관직.
2) 황산黃山은 지금의 충청남도 연산이다.
3) 구천句踐은 중국 춘추 시대, 곧 기원전 5세기 무렵의 월나라 왕. 그는 오나라와 싸워 크게 진 뒤 십 년 만에 다시 싸워 원수를 갚고 오나라를 멸망시켰다.

크게 물리쳤으니 오늘날 우리는 저마다 분발하여 승리를 거둠으로 나라의 은혜를 보답할 것이다."

마침내 악전고투하여 한 사람이 천 사람을 당해 내매 신라 군사가 그만 물러났다. 이렇게 공격과 퇴각을 네 번이나 하며 싸웠는데 결국 힘이 모자라서 죽었다.

—《삼국사기》

# 죽어서 나라를 구한 관창

관창官昌은 신라 장군 품일品日의 아들이다.

그는 풍채가 잘났으며, 소년일 때 화랑이 되었다. 남과 사귀기를 좋아하였으며, 열여섯 살에 말 타고 활쏘기를 잘하였다. 어느 대감이 그를 태종 대왕에게 천거하였다. 현경 5년(660)에 왕이 군사를 거느리고 당나라 장군과 함께 백제를 치는 데 관창을 부장으로 삼았다. 황산벌에 이르러 두 쪽 군사가 맞서게 되었는데, 품일이 관창에게 일렀다.

"네가 비록 나이는 어리나 굳은 의지와 기개가 있으니 오늘이야말로 공훈을 세워 이름을 드날릴 때로다. 용기를 내지 않겠느냐?"

관창이 말하였다.

"그렇게 하오리다."

그는 곧 말에 올라 창을 비껴들고 바로 적진을 쳐들어가 말을 달리면서 적 몇 명을 죽였다. 그러나 적은 많고 신라 편은 적었기 때문에 적에게 사로잡혀 산 채로 백제 원수 계백 앞으로 끌려갔다. 계백이 투구를 벗겨 보고 그가 어리고 용감한 것을 아깝게 여겨 차마 죽이지 못하였다. 이에 탄식하여 말하였다.

"신라에는 뛰어난 사람이 많다. 소년도 이렇거든 하물며 장사들이야 어떻겠는가?"

그러고는 그냥 살려 돌려보내도록 하였다. 관창이 돌아와서 말하였다.

"아까 내가 적진에 들어가서 장수를 베고 깃발을 빼앗지 못한 것이 매우 한스럽다. 다시 적진에 들어가면 반드시 성공하리라."

그러고는 손으로 물을 움켜 마시고는 다시 적진에 돌입하여 격렬하게 싸웠는데, 계백이 그를 사로잡아 머리를 베어 가지고 그의 말 안장에 매어 돌려보냈다.

품일이 관창의 머리를 잡고 소매로 피를 씻으며 말하였다.

"내 아들의 얼굴이 살아 있는 것과 같구나. 나랏일에 잘 죽었으니 후회할 것이 없다."

삼군이 이것을 보고 모두 격분하여 뜻을 가다듬고 북을 울리고 고함을 치면서 쳐들어가니 백제가 크게 졌다.

왕이 관창에게 급찬[1] 위품을 주고 예를 갖추어 장사하였으며 가족들에게 당 명주 서른 필과 스무 새[2] 베 서른 필과 곡식 백 섬을 부의로 주었다.

—《삼국사기》

---

1) 급찬級飡은 신라 17등 위품 중 제9등에 해당하는 위품. 급벌찬級伐飡이라고도 한다.
2) 새는 피륙을 짜는 날을 세는 단위인데, 한 새는 날실 여든 올이다.

▌ '관창전'과 '계백전'은, 주인공들이 하나는 신라의 소년 장군이요, 하나는 백제의 운명을 한 어깨에 메었다고 할 수 있는 노련한 장군이라는 점에서 차이가 있을 뿐 다 같이 한 전쟁터, 곧 황산벌 대전투에서 저마다 자기 나라를 위하여 몸 바쳐 싸우다가 용감하게 희생된 고대의 영웅 장군들이다.

이 전기 작품은 서술 방식이 매우 비슷한데, 첫머리에 간단히 주인공의 내력을 소개 하고는 바로 황산벌 전투를 둘러싼 주인공들을 묘사하고 있다. 역시 영웅 전기에 속하 는 작품들이다.

## 장보고와 정년

　장보고張保皐와 정년鄭年은 모두 신라 사람인데 고향과 집안 내력을 알 수 없다.[1] 그들은 모두 전투를 잘하였고 정년은 또한 바다 물밑으로 들어가 오십 리를 다녀도 숨을 쉬지 않을 수 있었으며 용맹과 힘을 비교하면 장보고가 정년보다 좀 못하였으나, 정년은 장보고를 형님으로 불렀다. 그러나 장보고는 나이로 하여, 정년은 기량과 재능으로 하여 서로 의견이 맞지 않았고 서로 지려 하지 않았다.

　두 사람이 당나라에 가서 무령군武寧軍 소장小將으로 있을 때에 말을 달리며 창을 쓰는 데 당할 자가 없었다. 그 뒤에 장보고가 본국으로 돌아와서 왕에게 말하였다.

　"중국을 돌아다녀 보니 우리 나라 사람들이 노비 노릇을 하고 있습니다. 바라옵건대 저에게 청해淸海를 지키는 일을 맡기시면 적들이 사람을 중국으로 끌고 가지 못하도록 하겠습니다."

　청해는 신라 해상의 요충이니 지금은 '완도莞島'라고 한다. 왕이

---

1) 장보고는 《삼국사기》〈신라 본기〉에는 이름이 '궁복弓福'이라 되어 있다.

장보고에게 군사 만 명을 주어 청해를 지키게 하였더니, 이 뒤로는
바다 위에서 우리 사람들을 노비로 사고파는 일이 없어졌다.

장보고는 이미 귀하게 되었으나 정년은 벼슬을 버린 뒤에 사수泗
水의 연수현에서 굶주리고 헐벗었다. 하루는 정년이 연수현을 지키
는 장수 풍원규馮元規에게 말하였다.

"나는 우리 나라로 돌아가서 장보고에게 의탁하겠네."

풍원규가 말하였다.

"그대가 장보고에게 믿는 것이 무엇이기에 스스로 그의 손에 죽으
려 하는가?"

정년이 말하였다.

"굶주리고 얼어서 죽느니보다 차라리 창칼에 죽는 것이 나을 것이
며 더군다나 고향에서 죽으니 좋지 않는가?"

그러고는 장보고에게 갔다. 두 사람이 술을 마시면서 매우 즐기는
데 술이 끝나기 전에, 왕이 살해되고 나라가 어지러워졌으며 임금이
없다는 말을 듣게 되었다. 장보고가 군사 오천 명을 정년에게 나누
어 주고는 정년의 손을 잡고 울면서 말하였다.

"그대가 아니면 나라의 환란을 평정할 수가 없다."

정년이 나라에 들어가서 반역자를 죽이고 왕을 세웠다. 왕이 장보
고를 불러 재상을 삼고 정년에게 장보고를 대신하여 청해를 지키게
하였다.■

─《삼국사기》

---

■ 이 대목은 틀린 듯하나 당나라 두목杜牧이 지은 전기가 있으므로 그대로 두었다.

▌ '장보고전'도 실제 전기 부분은 그리 길지 않다. 그의 전기는 포괄적이라기보다 오히려 어떤 단편적 면들을 그린 것이다.

장보고는 9세기 전반기에 활동한 사람이다. 그가 산 때는 신라에서 이미 수공업과 상업이 꽤 발전하고 가까운 나라들과 교통 무역이 상당히 활발하던 때로, 그의 전기에는 이러한 현실이 일정하게 반영되어 있다.

'장보고전'에서 두드러진 것은 주인공의 실제 전기보다도 지은이의 논평이 더 많은 분량을 차지하고 있다는 사실이다. 지은이의 논평 가운데는 역사적 인물에 대한 비교적 정당한 평가를 하고 있는 긍정의 면도 있지만 일부분에서 지은이의 계급적, 세계관의 한계를 그대로 드러내고 있는 측면들도 적지 않다. 때문에 여기서는 논평 전문을 생략하였다.

그러나 일관해서 볼 수 있는 이 전기 작품의 특징은 역사적 인물들에 대한 긍지 높은 평가 태도인데 이러한 점들은 긍정적이다.

# 인재를 가려 뽑으라고 충고한 녹진

　　녹진祿眞의 성과 자는 자세치 않으며 아버지는 일길찬一吉湌 수봉
秀奉이다.

　　녹진은 스물세 살에 벼슬하기 시작하여 안팎으로 여러 관직을 거
쳐서 헌덕 대왕[1] 10년(818)에 집사 시랑이 되었다.

　　14년(822)에 국왕이 아들이 없으므로 왕의 동복아우 수종秀宗으
로 태자를 삼아 월지궁에 들였다. 이때에 각간 충공忠恭이 상대등[2]
으로 되어 정사당에 앉아서 안팎 관리로 쓸 사람들을 가려 뽑다가
퇴근 후 병이 생기매, 의원을 불러 진맥을 하였다. 의원이 말하였다.

　　"병이 심장에 있으니 용치탕을 써야 합니다."

　　충공이 그 길로 스무하루 날 동안 휴가를 얻어 문을 닫고 손님들
을 만나지 않았다. 이때에 녹진이 가서 만나기를 청하니 문지기가
거절하였다. 녹진이 말하였다.

---

1) 신라 제41대 왕으로 왕이 된 해는 알 수 없고 826년까지 왕위에 있었다.
2) 상대등上大等은 상신上臣이라고도 하였는데 재상과 같다.

"대감께서 병으로 하여 사람 만나기를 사절하는 것을 모르는 바 아니나 대감께 꼭 한 말씀을 드려서 대감의 근심 걱정을 풀어 드리려고 일부러 이렇게 온 것이니 만나지 않고는 물러갈 수 없다."

문지기가 두세 번 충공에게 말한 뒤에야 들어오라고 하였다. 녹진이 들어가 말하였다.

"제가 듣건대 귀중한 몸이 편치 못하시다고 하니 일찍 조회하고 늦게 퇴청하다가 찬바람을 쐬었기 때문에 섭생에 해가 미쳐서 신상에 병환이 난 것이 아닙니까?"

충공이 말하였다.

"그렇게까지 되지는 않았으나 그저 머리가 어리뚱하고 정신이 상쾌하지 못할 뿐이네."

녹진이 말하였다.

"그렇다면 상공의 병은 약이나 침으로 고칠 게 아니라 간절한 말과 고상한 이론으로 단번에 고칠 것이니 들으시겠습니까?"

충공이 말하였다.

"그대가 나를 버리지 않고 고맙게 와 주었으니 귀중한 말로 나의 심금을 씻어 주기 바라네."

녹진이 말하였다.

"목수가 집을 지을 때에 재목이 큰 것은 들보와 기둥을 만들고 작은 것은 서까래와 며느리서까래를 만들며 굽은 것과 바른 것을 따로 제자리에 알맞게 한 뒤에야 큰 집이 이루어지는 것이니 옛날 어진 재상들의 정사하는 법도 무엇이 이것과 달랐겠습니까?

재능이 많은 자는 높은 자리에 앉히고 적은 자는 헐한 일을 맡겨, 내직으로 육관 백집사[3]와 외직으로 방백,[4] 연솔,[5] 군수, 현령

들에 이르기까지 조정에는 헛자리가 없고 위품에는 부당한 자가 없어서, 위아래가 정연하게 되고 어진 자와 어질지 못한 자가 구별되었으니, 그렇게 한 뒤에야 옳은 정사가 이루어졌습니다.

그런데 지금은 그렇지 못하여 사정에 끌려 공사를 그르치며 사람의 낯을 보아 벼슬자리를 고르기 때문에, 마음에 들면 아무리 쓰지 못할 사람이라도 하늘 꼭대기까지 올려 세우고, 비위에 틀리면 아무리 유능한 사람이라도 개골창에 처넣으려고 생각하여, 택하고 버림에 일정한 표준이 없고, 옳고 그른 데 대한 한계가 분명치 못하니, 이렇게 되면 나랏일이 어지러워질 뿐만 아니라 정치를 하는 사람 자체도 괴롭고 병이 날 것입니다.

만일 관직에서 청렴하고, 일에 근신하며, 뇌물이 들어오지 못하게 하고, 청탁질하는 것을 멀리하며, 다만 선악에 의하여 내고 들이며, 곱고 미움에 따라 벼슬을 주고 빼앗지 아니한다면, 마치 저울에서 경중을 속일 수 없으며, 먹줄에서 굽고 곧은 것을 속일 수 없는 것과 같이 되리니, 이렇게 하면 형벌과 정치가 신중하게 처리되고 국가가 태평하게 되어, 비록 공손홍[6]과 같이 문을 활짝 열어 놓고 조참[7]과 같이 잔치를 베풀어 친구들과 함께 한담 오락을 하고 있어도 좋을 것인데, 어째서 꼭 약을 드시는 데 몰두하여 헛

---

3) 육관六官은 조정 여섯 관아의 우두머리, 백집사百執事는 각 관청의 모든 벼슬아치들을 말한다.
4) 방백方伯은 관찰사와 같다. 도의 지방 장관.
5) 연솔連率은 옛날 중국의 관직명인데 태수와 같다. 지방 장관. 연수連帥라고도 한다.
6) 공손홍公孫弘은 한나라 무제 때의 승상. 그는 동쪽 문을 열어 놓고 어진 사람들을 맞아들였다고 한다.
7) 조참曹參은 한나라 고조 때의 승상. 친구를 몹시 좋아하였다고 한다.

되이 여러 날 동안 정사를 멈추고 있습니까?"

충공이 그제야 의원을 돌려보내고 의관을 갖추어 대궐에 들어가니, 왕이 말하였다.

"나는 그대가 기간을 꼭 정해 놓고 약을 먹으리라고 생각하였는데, 무엇 때문에 들어왔는가?"

충공이 대답하였다.

"제가 녹진의 말을 들으니 약이나 침과 같은지라 어찌 용치탕을 마시는 데다 비길 뿐이겠습니까?"

그러고는 그 자리에서 왕에게 녹진이 한 말을 낱낱이 고하니 왕이 말하였다.

"내가 임금으로 있고 그대가 정승으로 있어서 그와 같이 바른말하는 사람을 두었으니 이보다 더 기쁠쏜가. 태자에게 알리지 않을 수 없으니 월지궁으로 가야겠다."

태자가 이 말을 듣고 들어와서 치하하였다.

"일찍이 듣건대 임금이 총명하면 신하가 정직하다고 하였으니 이번 일도 역시 나라의 아름다운 일입니다."

그 뒤에 웅천주[8] 도독 헌창憲昌이 반란을 일으키매 왕이 군사를 내어 치는데, 녹진이 종군을 하여 공로가 있었으므로, 왕이 대아찬 벼슬을 주었으나 사양하고 받지 않았다.

— 《삼국사기》

---

8) 웅천주熊川州는 지금의 충청남도 공주를 중심으로 하였던 고을 이름이다.

▌녹진이 살던 9세기 상반기의 신라는 이미 사회 계급 모순이 꽤 심각하고 봉건 통치 지배 계급들의 착취와 학정에 시달리다 못해 백성들이 곳곳에서 그들을 반대하는 투쟁의 불길을 점차 세차게 올리기 시작하던 때다.

《삼국사기》〈신라 본기〉흥덕왕 때의 기록만 보더라도 7년(815) 조에, "서쪽 변방의 주와 군에 큰 기근이 들어 도적이 일어서므로 군사를 내어 이를 토벌하였다." 하였고, 그 다음 해인 816년 조에는, "농사가 흉년이 들어 백성들이 기근으로 중국 절강성 동쪽 지방으로 가서 빌어먹는 자가 백칠십 명이나 되었다." 하였다. 또 그 다음 해인 817년에도 사람이 많이 굶어 죽었다고 기록되어 있다.

이런 형편에서 백성들은 통치 지배 계급을 반대하는 투쟁에 나섰다. 흥덕왕 11년 삼월의 기록에는, "난민들이 사방에서 일어났다." 하였다. 그래 왕이, "모든 주와 군의 도독과 태수들에게 명령하여 그들을 붙잡게 하였다."는 것이다. 그뿐만 아니라 당시는 지배 통치 계급 내부의 알력과 갈등이 끊임없이 계속되어 흥덕왕 때만 하더라도 여러 차례 귀족들의 반란이 있었다.

녹진은 제도 질서와 통치배들의 탐욕적이고 옳지 않은 정치를 비평하면서 국가가 안정되고 백성이 편안하게 살기 위하여서는 우선 인재를 옳게 뽑아 등용하는 동시에, "관직에서 청렴하고, 일에 근신하며, 뇌물이 들어오지 못하게 하고, 청탁질하는 것을 멀리하며, 다만 선악에 의하여 내고 들이며, 곱고 미움에 따라 벼슬을 주고 빼앗지 아니할 것"을 주장하고 있다.

그의 정치 견해는 물론 어디까지나 9세기 초의 문란한 현실에서 국가의 질서와 제도를 강화한다. 또 백성들의 안정을 위하여 그가 내보인 견해는 진보적이고 건전하며, 비평 태도가 대담하고 깊이 있는 측면이 있다.

# 빛나는 전사 박강

박강朴强은 영해부[1] 사람인데 그의 선조들은 대대로 이 고을의 아전으로 일을 보아 왔다. 영해는 바로 옛날 덕원 도호부이다.

신축년(공민왕 10년, 1361)에 홍건적이 우리 나라에 쳐들어와 수도 개경을 함락시키자 공민왕은 안동으로 피난을 가서 군사를 파견하여 개경을 되찾게 하였다. 이때 박강이 처음으로 군사 모집에 응하여 총병관 정세운鄭世雲의 막하에서 복무하게 되었다.

바로 적과 접전이 벌어지자 놈들이 성안에 보루를 쌓고서 항거하기 때문에 여러 군사가 더 공격해 나갈 수 없었다. 이때 공격 대오에 있던 박강은 말에서 내려 어떤 집으로 달려가 대문짝을 얻어 메고 나와 그것으로 사다리를 만들어 놓고 성루에 기어 올라가 칼을 빼어 들고 원수들에게 달려들며 크게 호령하였다. 보루에 올라 있던 적들이 그를 보자 모두 겁에 질려 밑으로 내리뛰다가 저희끼리 서로 밟고 밟혀 죽었다. 박강은 그들을 뒤쫓아 내려가서 수십 놈의 머리를

---

1) 영해부寧海府는 경상북도 영덕군 영덕읍 북쪽에 있던 옛 고을이다.

닥치는 대로 베었다. 이렇게 되자 여러 군사들이 그의 뒤를 따라 성문을 열어젖히고 달려 들어가 적의 괴수 사류의 목을 베었다.

이리하여 싸움에서 크게 승리하였다. 총병관이 그의 용맹을 장하게 여겨 직품을 크게 올려 그를 표창하려고 중랑장[2] 벼슬에 천거하기 위해 문부에 기록해 두었으나, 세 원수元帥가 총병관을 죽이고 말았기 때문에, 천거한 대로 되지 못하고 겨우 산원[3] 벼슬을 얻었다.

계묘년(1363)에 원수 박춘朴椿을 따라 이성[4]으로 부임하였는데 두 차례나 압록강을 건너서 적정을 정찰하여 공을 세웠으므로 그 공로로 별장[5]이 되었다. 그 무렵에 반역자인 최유[6]가 서자 출신의 왕족으로 일찍이 중이었던 자를 받들어 왕을 삼아 가지고 우리 나라 땅으로 쳐들어와서 수주[7]를 함락시켰다. 그래 여러 장수들이 적을 물리치기 위하여 싸웠는데, 이때 박강이 선봉장이 되어 적을 압록강까지 쫓아가며 치고 돌아왔다. 이 공로로 그는 또다시 낭장[8]으로 벼슬이 올랐다.

을사년(1365)에 임금은 박강이 용맹스럽고 힘세다는 이야기를 듣고 또 옛날 그의 아버지[9]가 자기를 충실히 섬긴 공로를 생각하여 친히 불렀다. 하여 대궐을 숙위하고 있던 군사 가운데 힘센 자더러 그

2) 중랑장中郞將은 고려 때 군직으로, 정오품 벼슬이다.
3) 산원散員은 고려 때 군직으로, 정팔품 벼슬이다.
4) 이성泥城은 평안북도 창성군에 있는 지명.
5) 별장別將은 고려 때 군직으로, 정칠품 벼슬이다.
6) 최유崔濡는 고려 중엽에 몽고 세력을 믿고 고려에 반역을 한 자.
7) 수주隨州는 평안북도 정주군 남쪽에 있었던 옛 고을이다.
8) 낭장郞將은 고려 때 군직으로, 정육품 벼슬이다.
9) 박강의 아버지는 박천부. 일찍이 공민왕을 충실히 섬겼다.

와 힘내기를 하게 하였는데 숙위하는 군사가 졌다. 이를 보던 임금이 매우 기뻐하여 상으로 쌀을 주고 곧 중랑장 벼슬을 직접 내려 왕궁을 숙위하는 일을 맡아보게 하였다.

정미년(1367)에 왜적이 서강[10]을 침범하자 나라에서는 나진 등을 보내어 바다에서 그들을 쫓아가 잡게 하였는데, 이때 박강도 이에 함께 가게 되었다. 임금은 그에게 철갑 투구와 활, 칼 따위를 주어 보냈다. 박강의 부대는 왜적들과 맞다들어 싸워 번번이 이겼다.

신해년(1371) 겨울에 원수 이희필을 도와 울라산[11]을 치러 갈 때도 임금은 또다시 그에게 말을 주어 보냈다. 이때 박강은 성을 공격할 제 누구보다 앞장서서 성루에 뛰어올라 적의 괴수를 붙잡았다. 크게 이기고 돌아오자 그는 사재시 소감[12] 벼슬을 제수받았고 그 뒤 다시 여러 차례 벼슬이 올라 예의사 총랑[13]이 되었다가 후에 벼슬에서 물러나 고향에 돌아와 지냈다.

또한 병인년(우왕 12년, 1386)에 나라에서는 원수 육려陸麗를 파견하여 영해를 방어하게 하였는데, 이때에도 박강은 그를 따라 나가 경주 송라촌에서 왜적과 대적하여 싸웠다. 이 전투에서 박강은 칼을 휘두르며 적진에 뛰어들어 왜적 대여섯 명의 목을 베었다. 육려가 조정에 그의 공적을 보고하였더니 나라에서는 그에게 중현 서운관 정[14] 벼슬을 더 보태 주었다.

---

10) 서강西江은 한강 하류, 서울 서쪽 부분을 이른다.
11) 울라산鬱羅山은 어느 곳을 말하는지 자세하지 않다.
12) 사재시司宰寺 소감은 사재시의 감監 다음가는 벼슬. 사재시는 국가의 어업, 교량, 강하천 등의 행정 관리 사업을 맡아보던 관청이고, 소감은 종사품 벼슬이다.
13) 예의사禮儀司 총랑摠郎은 예조 시랑과 같다. 정사품 벼슬.
14) 중현中顯은 중현대부의 약칭으로 고려 때 문관의 위계 중 종삼품의 위계. 서운관 정書雲

무진년(1388) 시월에 그가 오산도[15] 병선 도영령이 되었을 때 일이다. 왜적의 함대가 갑자기 쳐들어 와서 우리 전함들을 둘러싸고 곧 영해 지역을 침범하려는 기세를 보였는데, 적은 수가 많고 우리는 병력이 적은지라 인심이 흉흉하였다. 이때 박강은 화살 하나로 단번에 적의 괴수를 쏘아 죽이고 잇따라 너덧 놈을 거꾸러뜨렸다. 이렇게 되자 적들은 포위망을 풀고 달아나 다시는 감히 공격해 오지 못하였다. 이 고을이 지금까지 편안히 잠잘 수 있게 된 것은 모두 박강의 힘이다.

기사년(공양왕 원년. 1389) 겨울에 내[16]가 영해에서 유배살이를 하면서 처음으로 박강을 알게 되었는데, 그는 날마다 나한테 찾아왔다. 그는 몸가짐이 공순하고 말이 적으며 글도 대강은 알고 있어서 내가 하는 강론을 듣기 좋아하여 좀처럼 돌아가려 하지 않곤 하였다. 나는 처음에 그를 다만 공손하고 온후한 사람으로만 생각하여 중히 여겼을 뿐 진작 무슨 다른 능력이 있는 줄은 알지 못하였다.

그러던 터에 지난날 판사 벼슬을 지낸 백진白瑨 공이 이 고을 사람으로 젊었을 적에 어사대에서 일하면서 일찍이 총병관의 참좌가 되어 문부를 장악하고 박강과 더불어 몸소 대문짝을 메다가 적의 보루를 돌파하였다는 사연을 알았다.

그 뒤 나는 그의 이야기를 듣고 나서야 박강이 특별히 용맹하고 빛나는 공로를 가지고 있으면서도 그것을 자랑하지 않고 있다는 것

---

觀正은 당시 천문, 관측, 관계 사업을 맡아보던 서운관의 종삼품 벼슬이며, 서운관의 우두머리인 판사 다음가는 벼슬이다.

15) 오산도五山島는 어느 곳을 말하는지 정확하지 않다.

16) 글쓴이 권근權近이다.

을 알게 되어, 더욱 그를 소중히 여겼다. 그때 박강의 나이는 이미 쉰아홉이었으나 여전히 근력이 조금도 쇠하지 아니하였고 기골이 장대하여 수염은 쩍 벌어졌고 신관이 좋아 보였으며 술을 한 잔도 마시지 못하였다.

마을 사람들이 그를 놀려 대며 하는 말이,

"용모로 보아서는 몇 말 술도 단번에 마심 직한데 한 방울도 입에 대지 못한다."

하였다. 대체로 장대하고 힘쓰는 사람들은 술을 많이 마시는 것이 보통인데 박강이 술을 그렇게 마시지 아니함은 또한 가상한 일이다.

아아! 장하다. 신축년의 난리에는 누구보다도 먼저 성루에 뛰어올라 적에게서 수도를 되찾는 싸움에 참가하였고, 계묘년의 싸움에서는 선봉장이 되어 나라의 사특한 무리들을 규찰하여 물리쳤으니 그 공로가 실로 크지 아니할까!

병란이 있은 뒤로 충의 있는 열사들이 나라의 위태로움을 보고는 자기 목숨을 바치고, 적을 공격할 때 팔뚝을 뽐내며 먼저 외치면서 적진으로 뛰어 들어가고, 번쩍이는 칼날을 무릅쓰고 강한 적수를 꺼꾸러뜨리며, 뛰어난 인재를 얻어 적을 제압하여 특출한 공적을 세우는 일이 적지 않다. 그러나 위로는 천거하는 사람이 없고 아래로는 행적을 기록하여 세상에 전하고저 하는 벗이 없으니, 운수가 기박하여 기다릴 것이 없고 또 사적이 사라져 버려 후세에 전하는 것도 없어, 마침내는 항간에서 죽어 초목과 같이 썩어 없어지는 사람이 그 얼마랴! 매우 애달픈 일이로다. 그러기에 여기에 박강을 위하여 전기를 쓴다.

—《양촌집陽村集》

▌박강은 권근權近이 쓴 이 전기에서 알 수 있듯이 14세기 후반 우리 나라가 북쪽과 남쪽에서 외적의 계속되는 침략을 받고 있던 때에 자기 모든 것을 다 바쳐 나라를 지키는 데 빛나는 공훈을 세운 인민 출신의 애국자였다.

이 당시 우리 나라는 고려 말기로, 고려 봉건 통치 지배 계급들의 오랜 시일에 걸친 부패 타락한 정치와 제도의 문란, 백성들에 대한 가혹한 착취와 국력이 쇠약해진 틈을 타서 덤벼드는 외적의 침략 등으로 하여 계급 모순과 민족 모순이 극도로 첨예한 정황에 놓여 있었고, 백성들은 도탄에 빠져 허덕이고 있던 시기였다.

특히 이 시기 13세기 중엽부터 반세기 넘도록 집요하게 계속된 왜구들의 침입과 1359년부터 1362년까지 감행된 홍건적의 침략은 고려 사람들의 생활과 나라의 발전에 커다란 위험과 불안을 조성하였으며 이들을 물리치기 위한 투쟁은 온 겨레가 나선 전 인민적 투쟁을 요구하였다.

온 겨레가 나선 이 투쟁에는 박강과 같이 적을 물리치기 위한 전투에서 가장 앞장서서 헌신적인 투쟁을 하고도 공로와 이름이 초목처럼 썩어 없어져 우리 시대까지 전해지지 못한 무명 유명의 애국 인민들이 수없이 많았다.

오직 이러한 우리 인민들의 희생과 영웅적인 투쟁에 의해서 당시 우리 나라는 침략자들에게서 굳건히 지켜질 수 있었고 자기 역사를 계속 자랑스럽게 발전시켜 나갈 수가 있었던 것이다. 이 전기의 주인공 박강은 그러한 애국적 인민의 한 사람이다.

박강은 1361년 말부터 1362년 정월에 걸쳐 당시 고려의 수도 개경을 점령한 홍건적을 포위 섬멸 격퇴하고 개경을 되찾는 싸움에서 누구보다도 용감하게 싸웠으며, 돌격대 노릇을 빛나게 해냈다. 또한 왜적들과 거듭되는 전투에서 항상 희생하고 헌신했으며, 적의 수가 아무리 많을 때에도 당황하지 않고 적을 쓸어눕혀 전투의 승패를 유리하게 바꾸곤 하였다.

그러나 그는 그것을 결코 남에게 자랑하고 뽐내거나 그를 내세워 높은 벼슬자리를 탐내는 행동은 한 번도 하지 않았다. 그는 참으로 고결하고 높은 인품을 가졌다.

이 전기 작품은 14세기 후반기의 역사적 현실과 우리 인민들의 애국 투쟁을 연구하는 데뿐만 아니라 이 시기 이숭인, 정도전, 정이오 등의 '배 열부전', '정침전', '열부 최 씨전' 등 다른 전기 작품들과 더불어 14세기 애국적 전기 작품들의 창작 발전 정형을 연구하는 데도 의의를 가진다.

　작가 권근(1352~1409)은 14세기 후반부터 15세기 초까지 활동한 학자이자 문학가였다. 문집으로 《양촌집》 41권을 남겨 놓았고 전기 작품으로 '박강전' 외에 '우인 효자 군만전優人孝子君萬傳', '유생 배상겸전儒生裴尙謙傳' 들을 썼다.

# 예산은자전

은자[1]의 이름은 하계夏屆요, 혹은 하체下逮라고도 하는데, 성은 창괴蒼槐이다. 세상에서 용백국 사람이라고 한다. 본래 그의 성은 두 글자 성이 아니었으나 은자의 대에 와서 우리 나라 음이 느린 까닭으로 하여 그 이름까지 바뀌었다.

은자는 어려서부터 온갖 사물의 이치를 잘 아는 것 같았으나, 배우게 되면서 한 가지 일에 집착을 못하고 겨우 그 뜻이나 알면 하던 일을 끝까지 마치지 못한 채 마는 버릇이 있었다. 이는 책을 두루 읽기만 하고 연구하지 않는 성미에서였다.

자라서 장년이 되자 새삼스레 느낀 바가 있어 한번 이름을 떨쳐볼 궁리를 하였으나, 세상에서 알아주는 사람이 없었다. 게다가 성질이 까다로워 권세 부리는 벼슬아치들에게 아첨하기를 싫어하고, 술을 좋아하여 몇 잔 마신 다음에는 남의 옳고 그른 점을 평하기를 무척 즐겨 하였다.

---

1) 은자隱者는 글쓴이 최해 자신을 가리킨다.

그는 귀로 들은 이야기를 감추어 둘 줄 모르고 들은 대로 함부로 말하기 때문에 사람들에게 사랑받지 못하였다. 따라서 천거를 받았다가도 인차 배척당하곤 하였다. 그래 친한 벗들이 애석하게 여겨 성질을 고치라고 권고도 하고 나무라기도 하였으나, 은자는 받아들이려고 하지 않았다.

중년에 이르러서는 은자도 자기 잘못을 많이 뉘우쳤으나, 그때는 이미 세상 사람들이 그를 옳지 못한 사람으로 대하였으므로 끝내 인심을 얻어 등용되어 쓰이지를 못하였다. 그리고 은자도 역시 다시는 세상에서 출세하기를 바라지 않았다. 일찍이 스스로 말하기를,

"내가 일찍이 친근하게 사귀어 왕래한 사람들은 모두 착한 사람이었으나 그들 중에는 나를 알아주지 않는 사람들이 많았다. 세상 사람의 인심을 얻기란 실로 어려운 일이다. 사람의 마음을 사지 못하는 것은 바로 나의 단점이 되는 터이나 또한 장점으로 되기도 한다."

하였다.

만년에 사자산[2] 갑사岬寺의 중을 따라가서 밭을 빌려 갈고 동산을 가꾸면서 살았다. 그는 그 동산의 이름을 '취족원取足園'이라 하였고 자기 호를 '예산농은'[3]이라고 하였다.

—《동문선》

---

2) 개성 남쪽에 사자산獅子山이 있는데 최해는 만년에 여기서 살았다.
3) 예산농은猊山農隱은 사자산에 사는 농사짓는 늙은이라는 뜻이다.

▌'예산은자전'은 14세기에 활동한 대표적인 문학자 최해(崔瀣, 1287~1340)가 자신의 경력과 생활에 대하여 쓴 자서전적 전기 작품이다.

이 작품은 저자가 말년에 썼다. 여기에는 작자 자신이 보낸 일생의 특징적인 행장을 이야기하고 있을 뿐만 아니라 일생을 불우하게 보내다가 나중에는 절의 땅을 빌려 농사를 지으며 살아가는 말년의 생활 형편과 심경도 이야기하고 있다.

고려 때 쓰인 자서전적 전기 작품들로 현재 우리에게 남은 대표적인 것들로는 12세기 후반기에서 13세기 전반기에 활동한 이규보(1168~1241)의 '백운 거사전'과 여기에 번역 소개한 '예산은자전'이 유명하다.

작가 최해는 당시 걸출한 문인 학자들이었던 이제현(1287~1367), 안축(安軸, 1287~1348) 들과 한 해에 난 동갑들이었으며, 이곡(1298~1351)까지 합해서 이 시기 선진 애국 문학의 중추를 이루던 작가였다.

그는 당대 봉건 통치 계급들의 옳지 않은 행동과 부패 타락한 생활을 보고는 참지 못하는 강의한 성격의 소유자였다. 때문에 일생 동안 배척과 시기를 받아 몹시 가난하고 불우한 처지에서 살다가 죽었다.

《고려사》에 실린 그의 전기를 보면 심지어 그가 죽었을 때 장례를 치를 밑천조차 없어서 동무들이 모두 얼마씩을 내어서야 치를 수 있었다고 한다. 그러나 그는 우리 문학 발전과 우리 문학 유산을 정리 계승하는 사업에서는 커다란 업적을 남겼다. 그는 시문 창작집으로 《졸고천백拙藁千百》두 권을 남겼으며, 자기 시대까지 우리 나라 문인들의 작품을 체계적으로 수집 정리한 문학 작품 선집 《동인지문東人之文》 25권을 남겨 놓았다.

'예산은자전'은 고려 말 전기 문학의 발전을 연구하는 데 의의가 있을 뿐 아니라 작가의 생애와 사상을 연구하는 데도 귀중한 자료이다.

# 열부 최 씨전

　열부의 성은 최씨요, 이름은 아무개인데, 전라도 영광군 사람으로 진주에 옮겨 가 산 지가 어느 때부터인지 알 수 없다. 최 씨는 도염서 승[1] 최인우의 딸로 진주 호장 정만鄭滿의 안해가 되어 자녀 넷을 낳았는데, 하나는 아직 포대기에서 벗어나지 못하고 있었다.

　기미년(우왕 5년, 1379) 8월에 왜적이 진주성을 함락하자 온 지방 사람들이 모두 피난해 버리고 감히 적을 막아 내는 사람이 없었다. 당시 정만은 마침 아전으로 서울에 가 복무하느라 없었는데, 왜적들이 최 씨네 사는 마을로 달려들었다. 이때 열부의 나이는 서른셋이었으며 모습도 아름다웠다.

　부인은 사태가 급해지자 여러 아이들을 업고 이끌고 산속으로 들어가 피하였으나, 이튿날 적들이 곳곳으로 흩어져 노략질을 하다가 최 씨를 발견하고 칼을 빼어 들고 달려들었다. 열부는 나무를 안고 항거하며 적을 꾸짖어 외치기를,

---

1) 도염서 승都染署丞은 고려 때 왕궁의 염색과 관련된 일을 맡아보던 정구품의 벼슬.

"이놈들, 죽여라! 너희 놈들에게 굴복을 하고 더럽게 사느니 차라리 깨끗이 죽는 것이 낫다."

하고 질책하는 말을 입에서 그치지 아니하였다. 왜적들은 칼을 빼어 그의 몸을 찔렀다. 이리하여 열부는 그만 나무 아래에 쓰러져 죽었다. 그러자 왜적들은 열 살 난 그의 딸과 여덟 살잡이 아들을 잡아 가지고 물러갔다. 오직 여섯 살 난 습褶이 어머니의 주검 곁에 남았다. 젖먹이 아이는 아직 어머니의 가슴에 매달려 어미의 젖을 빨다가 피가 입으로 쏟아 들어 죽고 말았다.

피난을 갔던 그의 집 종들이 다시 돌아와서야 열부의 시체를 거두어 임시로 매장하고 정만이 돌아오기를 기다렸다. 기사년(공양왕 원년, 1389)에 도 관찰사 장하가 그 사실을 조정에 보고하여 그 가문에 열녀문을 세워 표창하고 아들 습에게는 부역을 면제해 주었다.

필자는 이렇게 생각한다. 사람의 마음이 극도에 달하면 어떠한 세상의 변괴라도 그 마음을 빼앗을 수 없다. 이와 같은 환난에 맞닥뜨리면 비록 절조 있는 장부라도 사생을 결단하기 어렵거늘 하물며 한낱 부인에 있어서랴. 그러나 최 열부는 왜적의 잔인함을 모르지 않았으나 적에게 몸을 더럽히지 않겠다는 의로운 마음이 용솟음쳐 목숨보다 그것이 더 중하게 생각되어 이러한 과감한 행동과 장렬한 죽음을 할 수 있었던 것이다.

지금의 강성[2] 땅은 바로 열부가 죽음으로 정절을 지켜 목숨을 바친 곳이다. 이곳은 산빛도 애달프고 구름도 슬픈 듯 드리워 있으며 흐르는 물소리마저도 흐느껴 우는 듯하여, 지금도 이곳을 지나는 길

---

2) 강성江城은 경상남도 진주 고을에 속해 있던 지방이다.

손들의 옷깃을 여미게 한다고 하니, 아아, 얼마나 장렬하고 깨끗한 절개인가.

—《동문선》


▌'열부 최 씨전'은 역사적으로 자랑찬 전통을 가지고 있는 우리 인민들의 열렬하고 숭고한 애국 사상과 14세기 우리 나라가 처해 있던 어려운 환경에서 왜구들을 반대하는 우리 인민들의 과감한 투쟁을 이해하는 데 귀중한 의의를 가지는 전기 작품이다.

특히 이 작품은 주인공 최 씨의 감동적인 사적을 통하여 기나긴 우리 나라 역사에서 우리 여성들이 발휘하고 키워 온 고상하고 열렬한 애국 사상과 불굴의 용감성, 아름답고 굳세고 깨끗한 정신 도덕적 풍모 등을 아주 훌륭한 귀감으로 보여 주고 있다.

14세기에 우리 나라는 매우 어려운 형편에 처해 있었다. 나라 안으로는 대토지 소유 제도가 전례 없이 확장되고, 백성들에 대한 지배 계급들의 착취와 억압이 더욱 혹독하였다. 또한 밖으로는 외적들의 침입이 매우 잦아 당시 우리 인민들은 원나라 침략 세력을 쫓아내기 위해 굳센 투쟁을 펼쳤다. 한편 1359~1361년간 북쪽에서 밀려들었던 홍건적을 격퇴하기 위한 투쟁, 14세기 중엽부터 약 반세기 동안 집요하게 계속된 악착스러운 왜구들을 물리치기 위해 끊임없이 어려운 싸움을 해야 했다.

최 씨는 어린 네 아이의 어머니로 왜구들이 진주성에 쳐들어오자 적의 마수를 피하려고 하였으나 형편이 부득이하게 되자 맨손 맨주먹으로 마지막까지 용감히 싸우다가 고상한 품성을 깨끗이 간직하고 희생되었다.

이 전기 작품에는 침략자들, 당시 일본 해적들의 잔인한 면모도 여실하게 그려져 있다. 당시 말할 수 없이 어려운 나라 안팎의 관계에서도 우리 나라가 역사를 영예롭게 간수해 올 수 있었던 것은 최 씨처럼 유명 무명의 수많은 인민들이 헌신하고 희생하여서였다. 침략자들 앞에 우리 인민들은 항상 의지가 굳세고 과감하였으며 한 번도 굴복한 일이 없었다.

작자 정이오鄭以吾는 14세기 후반기에서 15세기 초까지 활동한 애국적인 문인이었으며 사실주의 경향의 대표 시인이었다. 그는 고려 공민왕(1351~1374) 때 과거에 급제하여 조선 초까지 살았으며, 벼슬은 대제학, 찬성사 등을 지냈고, 시문집으로는 《교은집 郊隱集》일곱 권을 남겼다.

고려 때에는 김부식의 《삼국사기》열전 이후에도 적지 않은 역대 문인들에 의하여 계속 전기 창작이 왕성한 상태에서 발전하였는데 그중에는 인민 전기 작품들도 적지 않다. 그중에서도 '열부 최 씨전' 같은 작품은 특히 사상 예술성이 높은 대표적인 것이다.

# 배 열부전

　열부의 성은 배씨요, 이름은 아무개인데, 경산[1] 사람이요, 아버지는 전 진사인 배중선이다. 나이가 차자 선비 이동교李東郊에게 시집갔는데, 집안 살림살이를 알뜰히 하였다.

　경신년(우왕 6년, 1380) 7월 왜적이 경산으로 쳐들어오자 온 지방이 소란하였으나 쉽사리 적을 막아 내는 사람이 없었다. 이때 배 씨의 남편 이동교는 합포[2] 군영에 싸우러 가 있었다.

　말 탄 왜적들이 부인이 살고 있는 마을로 달려들자, 부인은 젖먹이를 안고 내달았다. 그러나 왜적이 뒤를 따라오는 바람에 부인은 쫓겨 강가에 이르렀으나 마침 강물이 불어서 도저히 건너갈 수가 없었다. 이를 안 부인은 젖먹이를 강둑 위에 내려놓고 강물로 뛰어들었다. 왜적이 화살을 메운 활을 잔뜩 겨눠 쥐고 소리쳤다.

　"돌아 나오면 살려 주마! 그렇지 않으면 죽인다."

---

1) 경산京山은 지금의 경상북도 성주.
2) 합포合浦는 경상남도 마산 가까이에 있던 포구 이름이다.

그러나 부인은 뒤를 돌아다보고 적들을 꾸짖어 말하였다.

"이놈들아, 왜 나를 빨리 죽이지 않느냐! 내 어찌 너희 같은 원수 놈들에게 욕을 볼 것이냐!"

이에 왜적이 활을 쏘아 부인의 어깨를 맞혔고 다시 쏘아 또 맞으니, 부인은 마침내 강물 속에 쓰러지고 말았다. 왜적이 물러가자 집안사람들은 그의 시체를 찾아서 장사를 지냈다. 체복사[3] 조준이 그 사실을 듣고 나라에 고하여 나라에서는 부인이 살던 마을에 부인의 정문을 세워 주었다.

도은자[4]는 말한다. 세상 사람들이 항상 말하기를 신하가 되어서는 신하의 도리를 다하고, 자식이 되어서는 자식의 도리를 다하고, 안해가 되어서는 안해의 도리를 다해야 한다고 한다. 그러나 아주 어려운 일에 맞닥뜨렸을 때에 이를 정말로 그대로 실천하는 사람은 매우 드물다. 그런데 배 씨는 한낱 부인으로 목숨을 지푸라기같이 여기고 적들을 서릿발같이 꾸짖었으니 그의 말과 행동은 옛 충신열사라도 따르지 못할 것이다. 내가 일찍이 남쪽 지방을 두루 다닐 때 소야강[5]을 건넌 적이 있는데, 곧 배 열부가 절개를 지켜 죽은 곳이었다. 그때 보니 강의 물줄기는 마치 흐느껴 우는 듯하였고 주위의 수풀은 술렁거려 그곳을 지나는 사람이 머리카락이 쭈뼛 곤두서게 하였다. 아아! 참으로 장렬한 일이로다.

— 《도은집陶隱集》

---

3) 체복사體覆使는 체찰사體察使와 같다. 나라에 난리가 났을 때 임금을 대신하여 지방에 나아가 그곳의 일반 군무를 총찰하였다.
4) 도은자陶隱子는 글쓴이 이숭인의 호.
5) 소야강所耶江은 경상북도 성주 동쪽을 흐르는 강 이름이다.

▌ 이숭인李崇仁의 '배 열부전'은 정이오의 '열부 최 씨전'과 함께 고려 말에 쓰인 애국적 인민 전기 작품이다.

열부 배 씨도 최 씨와 같이 맨손으로 침략자 왜구들을 반대하여 끝까지 굴하지 않고 싸웠으며 우리 나라 여성의 굳건함과 애국심을 유감없이 발휘하였다. 그는 강에서 빗발치는 화살을 맞아 쓰러져 죽는 한이 있어도 조국의 영예는 조금도 더럽히려 하지 않았으며 끝까지 굴하지 않고 싸우다 죽었다.

작자 이숭인(1347~1392)은 고려 말에 활동한 문인으로 그의 작품 중에는 이러한 애국적 성격이 강한 작품들이 많다.

이 작품은 '열부 최 씨전'과 함께 13, 14세기 인민 전기 작품들의 발전 정형을 연구하고, 고려 말 왜구와 싸우던 우리 인민들의 용감하고 굳센 성격을 이해하는 데 중요한 가치가 있다.

# 죽기를 두려워하지 않은 정침

정침鄭沈은 나주 사람이다. 자기 고을에서 벼슬을 해 호장[1]이 되었는데 말타기와 활쏘기를 잘하였고 집안의 생업은 돌보지 아니하였다.

고려 공민왕 20년(1371) 봄에 그는 전라도 안렴사[2]의 명령에 따라 제주도 산천에 제사 지낼 제물을 받들고 바다를 건너다가 왜적의 큰 떼거리와 맞닥뜨렸다. 이때 이편은 수가 적고 적들은 떼거리가 많은지라 배에 탄 사람들은 모두 어쩔 줄을 몰라 장차 왜적들을 맞아 투항할 것을 의논하였다. 그러나 정침은 그 논의가 부당하다고 주장하면서 왜구와 싸울 것을 결심하고 적을 맞받아 활을 쏘니 적들이 그 화살에 맞아 쓰러졌다. 그리하여 적들이 감히 이편으로 대들지 못하였다. 그러나 얼마 지나지 않아 배 안에는 화살이 다 떨어졌다.

정침은 이제는 일이 틀어진 것을 알고 의관을 갖춘 다음 단정히

---

1) 고을 아전의 우두머리.
2) 안렴사按廉使는 관찰사와 같다. 도의 장관이다.

앉아 있었다. 배 안에 올라온 적들은 이것을 보자 놀라 관리가 탔다고 서로 숙덕거리며 경계할 뿐 그를 감히 해치지는 못하였다. 그러나 정침은 스스로 물에 몸을 던져 죽고 말았다.

고향 사람들은 모두 정침이 죽었다는 소식을 듣고 그의 불행한 죽음을 안타까이 여겼으나 그중에는 그가 스스로 목숨을 버린 것을 어리석은 탓이었다고 하는 자도 있었다. 정 선생[3]은 이 이야기를 듣고 슬피 여겨 이에 전을 짓는다.

아, 슬프다! 죽고 사는 것은 진실로 큰일이다. 그러나 사람이 때로 죽음을 지푸라기와 같이 여김은 무슨 까닭일까? 의리와 명예를 위함이다. 명예와 의리를 귀중히 여기는 선비들이 이를 보전키 위하여 마땅히 죽어야 할 일을 당하였을 때, 비록 끓는 가마솥이 앞에 놓여 있고 칼날과 톱이 뒤에 있어도, 또 화살과 돌이 위에서 쏟아지고 서릿발 같은 칼날이 밑에서 찔러도 부닥치기를 사양치 않고 그것을 피하지 않는 것은 의리를 중히 여기고 죽음을 가벼이 여기기 때문이 아니겠는가.

과연 글 잘하는 선비가 있어 이러한 사실을 기록하여 역사에 엮어 후세에 남겨서 사람의 마음을 움직이게 한다면, 그 사람은 비록 죽었으나 그 영특한 명성과 의로운 절개는 길이 죽지 않을 것이다. 무릇 명예를 소중히 아는 선비는 차라리 일신의 죽음을 달게 생각하고 뉘우치지 않는다. 이제 정침이 죽은 것을 나라에서 알지 못하고 또 글 잘하는 사람이 기록에 남겨 후세에 전하지 않으면, 정침의 충성과 절의가 물결과 함께 흘러가 버리고 말 것이니 슬픈 일이 아니랴.

---

3) 지은이 정도전 자신을 말한다.

자로[4]와 같은 어진 이도 군자답게 죽는다는 것이 사람들에게 매우 어려운 일이라고 하였거늘, 정침은 한낱 시골 고을의 아전으로 적에게 항복하는 것이 사람으로 하지 못할 옳지 못한 일이라는 것을 알고 위급한 순간에서도 정당한 태도를 잃지 않고 의복을 갖추고 다가오는 죽음을 맞이하였다. 적들이 그의 거동을 보고 전율하여 감히 침범치 못하였으니, 그의 충성과 장한 기개가 흉악한 무리들의 간악한 마음을 꺾어 굴복시켰던 탓인 것이다. 정침은 도적이 감히 자기를 제멋대로 해치지 못하는 것을 보자 스스로 결심하고 깊은 바닷물에 뛰어들어 자결함으로써, 털끝만치도 자기 몸을 더럽히지 아니하고 조용히 절의를 지켜 강개한 마음을 품고 자기를 희생했으니, 아무리 도의를 숭상한 옛사람이라 할지라도 그에게는 미치지 못할 것이다.

그의 이 아름다운 행실은 모두가 다 깨끗한 천성에서 나온 것이니, 이름만 좋아하며 무슨 일을 하는 척하는 선비 따위들과는 도저히 견줄 수 없다. 충성과 의리의 강렬함이 이와 같았건만 세상에서 아는 이가 없고, 비록 그 사실을 아는 한 고향 사람들조차 그의 죽음을 어리석은 것으로 여기며 애석하게만 생각하니, 참으로 슬픈 일이 아니랴.

사람들이 진실로 죽을 자리에서 마땅히 죽는 대의가 없다면 사람의 인륜 도덕이 없어진 지 이미 오래였을 것이다. 적들이 항복하라고 위협할 때에 충신이 죽지 않는다면 무엇으로 그 의를 다 지킬 것이며, 사납게 핍박하려 할 때에 열녀가 죽지 않는다면 무엇으로 그

---

4) 기원전 6세기 무렵 중국 춘추 시대의 인물로, 공자의 수제자였다.

절개를 보전할 것인가? 사람이 죽음만으로 바른길을 어기지 않을 수 있는 어려움을 당하였을 때에 어찌 구차히 삶을 바라랴.

지금으로 말하면 왜적이 침입하여 작폐를 시작한 지 어언 삼십 년이 된다. 당시 많은 사람들이 적에게 잡혀갔는데, 비겁한 자들 중에는 종이 되는 것을 사양치 않은 자도 있고, 심한 자는 길잡이 노릇까지 하였다. 이러한 자들의 행실은 개나 돼지만도 못하건만 그것을 부끄러워할 줄 모르는 것은 바로 죽기를 두려워한 탓이다.

그런데 정침의 죽음은 어떠한가? 사람이란 평상시에는 남이 한 옳은 일을 듣고는 스스로 흥분도 하고 격려도 되어 만분의 하나라도 본받기를 생각하나, 일단 정작 어떤 일을 당하고 보면 비겁해지고 두려움에 사로잡히며 이해관계에 정신이 팔리게 된다. 하찮은 목숨 때문에 의리를 저버리는 자들이 모두 그러한 자들이다. 사태가 이러하거늘 어찌 정침의 죽음을 의로운 일이라 하지 않고 도리어 어리석다고 할 수 있으랴. 하물며 그 죽음을 어찌 헛되게 여겨 후세에 전하지 아니하랴.

아! 바른 일을 하고도 환란을 당하여 이름이 전하지 못할 뿐만 아니라 도리어 세상 사람들의 비웃음을 받는 일이 어찌 여기에 쓴 정침 한 사람의 경우에 그치랴. 그러므로 그의 전기를 쓴다.

—《삼봉집三峯集》

▌ 정도전鄭道傳이 쓴 '정침전'은 고려 말, 곧 14세기 중엽 이후 약 반세기 동안 우리나라 연해 일대와 해안 지대는 물론 때로는 국내 깊이까지 집요하게 달려들어 갖은 악랄한 해적 행위를 일삼던 왜구들과 투쟁한 사실을 반영하고 있는 영웅 전기 작품이다.

주인공 정침은 보잘것없는 아전으로 공무를 띠고 제주도로 가다가 망망한 바다에서 무장한 왜구들의 힘겨운 대집단과 맞다들자 조금도 동요하지 않고 끝까지 용감하게 싸우다가 고귀한 생애를 마친다.

그의 행동은 용감하고 애국적이며 적 앞에서 항복이나 타협은 도저히 생각할 수 없는 치욕으로 여기는 데서 이루어진 것이다. 때문에 그는 죽을지언정 왜적들 앞에 무릎 꿇고 더럽게 살 것을 원치 않는다. 이것은 언제나 우리 백성이 지녀 온 고상한 애국정신의 슬기로운 풍모다.

정도전은 이와 같은 그의 고상하고 열렬하고 감동적인 투쟁 사적에 깊은 충격을 받았던 것이며, 이러한 전기를 써서 후세에 길이 전하는 것을 자기의 신성한 의무라고 생각하였다.

이러한 동기에서 나온 이 전기 작품은 구성상 일정한 특색을 가지고 있는데 그것은 전기 작가의 평론 부분이, 대상으로 하고 있는 전기 작품의 주인공에 대한 전기 서술 부분보다 퍽 많은 자리를 차지하고 있다는 사실이다.

전기 작품에는 전통적으로 보통 해당 인물의 전기를 쓰고는 끝에 필자의 견해를 서술하는 것이 고려 이전 전기 창작에서 관례였다. 김부식의 작품들에서도 그것을 볼 수 있다. 그러나 이 '정침전'에는 분량과 위치가 주객을 전도하여 평론 부분이 압도적인 자리를 차지하고 있으며, 따라서 마치 얼른 보면 작자가 사회 정치적 견해를 이야기하기 위하여 정침의 생애를 첫머리에 편의로 이용한 듯도 하다.

그러나 이것은 어디까지나 전기 작품이지 정론 작품은 아니다. 고려 때 전기 창작의 전반적 정형과 구성의 다양성을 연구하는 데 참고가 될 수 있는 작품이라고 생각한다.

정도전의 작품들은 《삼봉집》 열네 권에 망라되어 오늘에 전하고 있다.

# 부록

《전기설화집》에 관하여―장권표

# 《전기설화집》에 관하여

장권표

이 책은 14세기 이전에 창작된 설화들과 전기 작품들을 골라 묶은 작품집이다.

오랜 역사와 찬란한 문화 전통을 가지고 있는 우리 인민은 먼 옛날부터 민족 발전의 길을 개척하고 새 생활을 창조하기 위한 투쟁을 줄기차게 벌여 왔으며 자기들의 생활과 사상 감정을 반영한 문학과 예술을 훌륭히 창조하고 발전시켜 왔다.

설화와 전기는 발전된 문화생활을 해 온 우리 민족이 남긴 귀중한 문화유산이다.

이 작품집에 실린 설화와 전기들은 《삼국사기》, 《삼국유사》를 기본으로 하면서 《고려사》, 《동국여지승람》, 《역옹패설》, 《오산설림》, 《동문선》, 《도은집》, 《양촌집》, 《삼봉집》 같은 민족 고전들에서 뽑은 것들이다.

설화는 서사적 인민 창작의 구전 문학을 통틀어 이르는 개념으로, 인민들이 창조 전승한 이야기를 말한다. 전통적으로 우리 인민이 창조하고 발전시켜 온 설화에는 신화, 전설, 민화, 동화, 우화 등의 이야기 형태들이 있다.

설화는 원시 사회에 기원을 두고 오늘날에 이르는 기나긴 역사 시기에 걸쳐 창조되고 발전하여 풍부해졌다. 원시 문화에 뿌리를 두고 우리 민족의 역사와 더불어 창조되어 온 설화는 일정한 시대적 특성을 가지며 내용과 형식이 매우 다양하고 풍부하다.

원시 사회와 고대 사회에서는 신화와 신화적 특성이 강한 전설이 많이 창조

되었으며, 중세기에는 전설과 민화 형태의 이야기들이 많이 창조되었다. 이것은 세계에 대한 인간의 인식이 심화되고 미적 의식이 커지는 데 따라 점차 설화는 인민들 자신의 생활과 사상 감정을 사실적으로 반영하는 예술적 허구에 의한 이야기로 발전해 왔다는 것을 말해 주고 있다.

이 책에는 고조선, 부여, 고구려, 백제, 신라, 가야국, 고려 등 14세기 이전 고대와 중세기 초에 창작된 다양한 설화 형태의 작품들을 엮었다.

우리 나라 고대 설화는 신화적 형상이 매우 풍부하다. 고대 신화는 고대 국가와 초기 봉건 국가의 건국 설화의 형태로 전해지고 있다.

우리 나라에서는 기원전 8~7세기 이전에 고조선의 출현으로 첫 노예 소유자 국가가 세워지고 뒤따라 부여국, 진국辰國 등이 세워지고 기원전 1세기를 전후하여 그 지반 위에서 고구려, 백제, 신라 그리고 가야국이 세워졌다.

우리 나라의 옛 동족들이 세운 이 계급 국가들은 각각 자기 국가의 출현과 첫 시조를 신비화한 건국 설화와 전설을 가지고 있다. 고조선의 '단군 신화', 부여의 '해모수 신화', 고구려의 '주몽 전설', 신라의 '박혁거세와 알영', 가야국의 '수로 설화' 가 그것이다.

우리 문학사에서 건국 설화로 불리고 있는 이 설화들은 계급 사회 이전 원시 씨족과 종족 집단이 창조한 신화들이 구전되어 오는 과정에 계급 국가의 출현과 결합하여 자기 시대의 현실을 반영한 이야기로 변형되고 윤색되었다. 그러므로 건국 설화들은 그 자체가 신화이거나 신화적 형상이 매우 풍부한 이야기가 특징이다.

고조선의 '단군 신화' 에서 환웅은 하늘 신으로 지상에 내려와 곰을 여인으로 만들고 그와 혼인하여 고조선의 시조인 단군을 낳으며, 부여의 '해모수 신화' 에서는 하늘 신 해모수가 지상에서 바다 신 하백의 딸 유화와 혼인하여 고구려의 시조 주몽을 낳는다. 주몽은 유화의 겨드랑이에서 나온 알에서 태어난다. 마찬가지로 '박혁거세와 알영' 에서 신라의 시조인 혁거세는 하늘에서 내려온 천마가 준 알에서 태어나며, 가야국의 '수로 설화' 에서 수로 역시 알에서 태어난다. 독특한 건국 설화인 제주도의 '탐라국 전설' 에서는 이 섬의 주인으로 되는 세을나가 땅에서 솟아 나왔다.

고대 건국 설화에서 보여 주는 건국 시조의 신비한 출생담은, 인간 세계를 신이 창조하였으며, 인간의 기원을 곰이나 새 들로 보아 조상신으로 숭배하던 원시 씨족과 종족의 신앙 관념에서 나온 표상의 창조물이라는 것을 알 수 있다.

건국 설화에는 인간의 기원과 국가의 기원, 인간의 출생을 신화적으로 해석하고 설명하는 창세기적 특성과 함께, 자연을 정복하려는 원시 씨족과 종족 집단의 바람을 반영한 기적적인 형상들이 창조되고 있다.

고조선의 '단군 신화'에서 하늘 신 환웅은 바람 신, 비 신, 구름 신을 거느리고 인간 세계를 다스리며, '해모수 신화'에서는 해모수가 오룡거를 타고 하늘과 땅, 바다를 자유로이 오르내린다. 고구려 '주몽 전설'에서 고기와 자라들이 떠올라 다리를 놓아 주는 형상, '왕자 호동'에서 적이 나타나기만 하면 저절로 울리는 북과 나팔에 대한 형상, 신라의 '만파식적'에서 피리를 불면 바람이 자고 파도가 자고 재앙이 없어지는 기적적인 형상들은 자연을 정복하려는 고대 인민들의 바람을 펼쳐 보인 신화적 환상의 창조물이었다.

건국 설화를 비롯하여 고대 설화들이 보여 주고 있는 이러한 신화적 형상은 우리 민족의 오랜 역사를 보여 주며, 우리 민족 설화는 매우 풍부한 신화적 지반 위에서 발전하였다는 것을 보여 주고 있다.

중세기 우리 민족의 역사는 반침략 반봉건 투쟁 역사였다. 설화에는 이러한 역사적 사실에 기초하여 고구려 인민들을 비롯한 세 나라 인민들이 벌인 반침략 투쟁과 견결한 애국정신을 보여 주는 설화들이 창작되었다.

이 작품집에 실려 있는 '주몽 전설', '을지문덕', '온달', '을두지'와 같은 작품들은 고구려 사람들의 무예를 중히 여기는 씩씩한 기풍과 용맹, 슬기, 굳센 반침략 애국정신을 반영하고 있다.

이 밖에도 이 작품집에는 봉건 통치계급의 부패와 악정을 폭로하는 이야기들, 행복을 바라는 인민들의 낭만적 지향을 구현한 이야기 등 다양한 형태의 설화들이 실려 있다.

기나긴 역사를 가지고 있는 우리 인민들은 일찍부터 다양한 형태의 설화들을 창조하였으며 매우 높은 수준에서 발전시켜 왔다.

고대 신화인 '단군 신화'와 '해모수 신화', '주몽 전설'의 웅장한 설화적 구성과 자유분방한 형상, 고구려 인민들 속에서 전해진 '견우직녀 전설', '토끼와 거북 이야기', 그리고 이웃 나라에 널리 알려진 '방이 설화'에서 보여 주고 있는 설화의 다양한 형태와 수법들, '온달', '도미', '설 씨의 딸' 등 실화 성격의 이야기들이 이를 잘 말해 주고 있다.

'견우직녀 전설'은 하늘 세계를 무대로 설정하고 환상과 의인화 수법으로 현실 세계에서 체험하는 인간의 사랑과 이별에 대한 서사시를 펼쳐 보이고 있으며, '토끼와 거북 이야기'는 짧은 우화 형식으로 자기 이익을 위해서라면 남의 목숨을 물거품처럼 여기는 지배 계급의 약탈적 성격을 폭로하면서 심각한 생활의 교훈을 주고 있다.

'방이 설화'는 과장과 환상의 수법으로 악한 행위를 일삼는 부자 동생과 가난하나 선량한 형을 대조적으로 보여 주면서 악한 동생이 망하고 선한 형이 잘살게 되는 형상을 창조함으로써 선한 것에 대한 긍정과 행복에 대한 소원을 동화로 보여 주고 있다. 그리고 적지 않은 설화 작품들이 자기 시대의 사회 역사적 사변들과 생활을 바탕으로 하여 사실주의적 수법으로 실화적, 민화적 형태의 이야기로 창조되었다.

우리는 이러한 주제 사상적 내용을 가진 다양한 형태의 이야기를 통하여 신화나 전설뿐만 아니라 민화, 동화, 우화 등 예술적 허구에 의한 의식적인 설화의 창조 역사가 매우 오래되었다는 것을 알 수 있다.

우리 나라에서 고대 설화 문학의 발전은 문학의 발생과 발전을 위한 전제로 되었으며 또한 무진장한 원천으로 되었다.

보통 문학 발전의 역사는 인민의 구전 문학에서 시작되며, 문자를 수단으로 하는 개인 창작은 구전 문학의 전통에 기초하고 있다. 우리 나라에서 개인 창작 산문 문학의 발생과 발전은 설화의 발전을 떼어 놓고 생각할 수 없다. 설화는 산문 문학의 발생 발전의 전 과정의 원천으로 되었으며, 특히 소설은 구전 설화에 바탕을 둠으로써 높은 사상 예술성을 달성할 수 있었다.

우리 나라의 고전 소설을 대표하고 있는, 18세기에 창작된 국문 소설은 설화에 바탕을 두고 있다. '심청전' '흥부전', '토끼전' 들은 이 작품집에 실려 있는 '효녀 지은', '방이 형제와 금방망이', '토끼와 거북 이야기' 등의 고대 설화에 연원하고 있으며, '춘향전', '장화홍련전', '장끼전' 들도 인민들 사이에서 구전되어 온 민간 설화에 바탕을 두고 있다. 이것은 춘향, 심청, 흥부 등 고전 소설의 주인공들이 예술적 전형으로 완성될 수 있었던 것은 바로 우리 인민들이 창조한 설화를 밑바탕으로 했기 때문이라는 것을 보여 주고 있다.

설화는 이와 같이 우리 문학의 시초로 서사문학의 발생과 발전을 위한 전제로, 원천으로 되었다.

이 작품집의 마지막 편에는 14세기 이전에 활동한 인물들의 전기가 실려 있다. 전기란 서사문학으로 어떤 인물의 생애와 활동을 그의 생활 과정을 따라 이야기 형식으로 쓴 글을 말한다. 우리 나라에서 전기 문학은 세 나라 시기 예술적 산문의 중요한 형태로 창작되었다.

고대 연대기에서 발생한 전기 문학은 7∼9세기경에는 획기적인 발전을 이룩하였다. 이 시기 대표적인 전기 문학 작가는 김대문金大問, 김장청金長淸, 최치원과 같은 문인들이 알려져 있다.

8세기에 활동한 김대문은 《화랑세기花郎世記》,《고승전高僧傳》,《계림잡전鷄林雜傳》 등을 썼으며, 9세기 말에 산 최치원도 전기문학 작품을 적지 않게 내놓았다. 그러나 이 시기 원전들은 그대로 남아 전하는 것이 없다. 다만 옛날책의 기록을 보고 이름과 내용, 그것이 후기 전기 문학 발전에 커다란 영향을 미쳤다는 것을 알게 된다.

현재 전하는 14세기 이전의 역사책들에서 가장 체계 있고 풍부하게 쓰여진 전기 문학 작품을 싣고 있는 책은 김부식의 《삼국사기》이다.

이 작품집에는 《삼국사기》〈열전〉에서 선택한 전기 작품들을 기본으로 하여 실었다.

이 전기 작품 가운데서 인민 전기는 사상적으로 문학적으로 가장 의의 있는 작품이다. 이 작품집에서 전기 형태로 싣고 있는 '온달과 평강 공주', '신의를 지킨 도미 부부', '설 씨의 딸'은 우리 인민들 속에서 설화로 널리 알려진 작품이다. 《삼국사기》 저자는 이 작품들을 개별 인물에 대한 전기로 〈열전〉에 싣고 있으나 내용을 보면 어떤 개별 인물의 경력이나 활동을 사실대로 기록한 개인의 전기가 아니라 그 시기 인민들의 생활과 사상, 감정, 지향과 이상이 구현되고 인민들이 창조한 설화였다는 것을 알 수 있다. 바로 저자는 인민들이 창조한 설화에 기초하여 특성을 잘 살려서 우수한 전기 작품으로 완성할 수 있었던 것이다.

인민 전기에는 이 밖에 '열부 최 씨전', '배 열부전' 등이 있는데 이 작품들은 고려 때 외래 침략자들에게 굴하지 않고 애국주의 절개를 지킨 여성들을 찬양하고 있다.

이 작품집의 전기에서 가장 많은 수를 차지하는 것은 정치, 군사 활동가들의 전기이다. 이 전기 작품들은 출신과 성격, 벼슬 등을 간단히 지적하고 그의 활동을 그들이 이름을 날린 구체적인 역사적 사건들과 사실들의 관계 속에서 서술한 내용이 기본을 이루고 있다.

고구려의 '을지문덕', '명림답부', '밀우와 유유' 등 애국 인물에 관한 전기들은 언제나 외적과 싸움에서 슬기롭고 용감하였던 고구려 사람들의 굳센 반침략 애국정신을 잘 보여 주고 있다.

정치 군사 활동가들의 전기에는 백제의 '계백', 신라의 '관창' 등 삼국 간의 역사적 사변들을 반영하고 있다. 7세기 신라의 봉건 통치배들은 겨레의 운명에 대해서는 아랑곳하지 않고 저들의 계급 이익과 영토 확장의 야망을 실현하려고 미쳐 날뛰면서 외세를 끌어들여 백제와 고구려에 대한 침략 전쟁을 벌이는 범죄 행위를 저질렀던 것이다. 백제 장군 계백 전기는 외래 침략자들과 연합한 신라를 반대하여 싸운 백제 사람들의 힘찬 반침략 애국주의 정신을 표현하고 있다.

이 밖에도 정치, 군사 활동가들의 전기에는 왕의 그릇된 정치를 반대하여 싸운 고구려의 재상 창조리, 외적의 침입을 반대하여 싸운 석우로, 홍건적의 침략을 반대하여 싸운 고려의 박강을 비롯하여 반침략, 반봉건 투쟁의 역사를 인식하는 데서 참고로 되는 전기들이 있다. 당시 군사, 정치 활동가들의 전기는 다양반 계급 출신에 대한 전기였던 만큼 그들의 애국적 활동은 '충군' 사상에 기초하고 있으며, 따라서 그를 계급적 관점에서 보아야 할 것이다.

다음으로 이 작품집의 전기에는 학자, 예술가 들의 전기가 있다. 여기에는 우리 나라 고대 문학과 예술에서 이름을 남긴 음악가 백결, 미술가 솔거, 서예가 김생 등 예술가들과 시와 문장으로 이름을 남긴 강수, 설총, 최치원, 예산은자 등 인물들에 대한 전기를 실었다.

학자, 예술가 들의 전기는 인물들의 출신과 집안 내력, 생활 처지 등을 간단히 지적하고, 그의 창작과 관련된 일화를 생동하게 서술하고 있어 그들의 창작 활동과 재능을 볼 수 있게 한다.

고대 설화와 전기는 우리 나라 문학의 유구성, 그 발생 발전의 특성을 연구하는 데서 그리고 당대의 역사적 현실을 인식하는 데 귀중한 자료이다.

원문

# 古朝鮮

古記云 昔有桓因(謂帝釋也)庶子桓雄 數意天下 貪求人世 父知子意 下視三危太伯 可以弘益人間 乃授天符印三箇 遣往理之 雄率徒三千 降於太伯山頂(卽太伯 今妙香山)神壇樹下 謂之神市 是謂桓雄天王也 將風伯雨師雲師 而主穀主命主病主刑主善惡 凡主人間三百六十餘事 在世理化

時有一熊一虎 同穴而居 常祈于神雄 願化爲人 時神遺靈艾一炷 蒜二十枚曰 爾輩食之 不見日光百日 便得人形 熊虎得而食之 忌三七日 熊得女身 虎不能忌而不得人身 熊女者無與爲婚 故每於壇樹下 呪願有孕 雄乃假化而婚之 孕生子號曰壇君王儉 以唐堯卽位 五十年庚寅(唐堯卽位元年戊辰 則五十年丁巳 非庚寅也 疑其未實) 都平壤城(今西京) 始稱朝鮮 又移都於白岳山阿斯達 又名弓(一作方)忽山 又今彌達 御國一千五百年 (中略) 壇君乃移於藏唐京 後還隱於阿斯達爲山神 壽一千九百八歲 (古朝鮮 三國遺事 卷1)


# 解慕漱

本記云 扶余王解夫婁老無子 祭山川求嗣 所御馬至鯤淵 見大石流淚 王怪之 使人轉其石 有小兒金色蛙形 王曰 此天錫我令胤乎 乃收養之 名曰金蛙 立爲太子其相阿蘭弗曰 日者天降我曰 將使吾子孫 立國於此 汝其避之 東海之濱有地 號迦葉原 土宜五穀 可都也 阿蘭弗勸王移都 號東扶余 於舊都 解慕漱爲天帝子來都

漢神雀三年壬戌歲 天帝遣太子 降遊扶余王古都 號解慕漱 從天而下 乘五龍車從者百餘人 皆騎白鵠 彩雲浮於上 音樂動雲中 止熊心山 經十餘日始下 首戴烏羽之冠 腰帶 龍光之劍 朝則聽事 暮卽升天 世謂之天王郎

城北有靑河 河伯三女美 長曰柳花 次曰萱花 季曰葦花 自靑河出遊熊心淵上神姿艶麗 雜佩鏘洋 與漢皐無異 王因出獵見 目送頗留意 王謂左右曰 得而爲妃可有後胤 其女見王卽入水 左右曰 大王何不作宮殿 俟女入室 當戶遮之 王以爲然 以馬鞭畫地 銅室俄成壯觀 於室中 設三席 置樽酒 其女各坐其席 相勸飮酒大

醉云云 王侯三女大醉急出 遮女等驚走 長女柳花 爲王所止 河伯大怒 遣使告曰
汝是何人 留我女乎 王報云 我是天帝之子 今欲與河伯結婚 河伯又使告曰 汝若
天帝之子 於我有求昏者 當使媒云云 今輒留我女 何其失禮

　　王慚之 將往見河伯 不能入室 欲放其女 女旣與王定情 不肯離去 乃勸王曰 如
有五龍車 可到河伯之國 王指天而告 俄而五龍車從空而下 王與女乘車 風雲忽起
至其宮 河伯備禮迎之 坐定謂曰 婚姻之道 天下之通規 何爲失禮 辱我門庭云云
河伯曰 王是天帝之子 有何神異 王曰 唯在所試 於是 河伯於庭前水 化爲鯉 隨
浪而游 王化爲獺而捕 河伯又化爲鹿而走 王化爲豺逐之 河伯化爲雉 王化爲鷹
擊之 河伯以爲誠是天帝之子 以禮成婚 恐王無將女之心 張樂置酒 勸王大醉 與
女入於小革輿中 載以龍車 欲令升天 其車未出水 王卽酒醒 取女黃金釵刺革輿
從孔獨出升天 河伯大怒其女曰 汝不從我訓 終辱我門 令左右絞挽女口 其唇吻長
三尺 唯與奴婢二人 貶於優渤水中 優渤澤名 今在太伯山南 漁師强力扶鄒告曰
近有盜梁中魚而將去者 未知何獸也 王乃使漁師以網引之 其綱破裂 更造鐵綱引
之 始得一女 坐石而出 其女唇長不能言 令三截其唇乃言 王知天帝子妃 以別室
置之 (東明王篇註 東國李相國集)


# 高朱蒙

　　其女懷中日曜 因以有娠 神雀四年癸亥歲夏四月 生朱蒙 啼聲甚偉 骨表英奇
初生左腋生一卵 大如五升許 王怪之曰 人生鳥卵 可爲不祥 使人置之馬牧 群馬
不踐 棄於深山 百獸皆護 雲陰之日 卵上恒有日光 王取卵送母養之 卵終乃開得
一男 生未經月 言語竝實 謂母曰 群蠅噆目 不能睡 母爲我作弓矢 其母以葦作弓
矢與之 自射紡車上蠅 發矢卽中 扶余謂善射曰朱蒙 年至長大 才能竝備

　　金蛙有子七人 常共朱蒙遊獵 王子及從者四十餘人 唯獲一鹿 朱蒙射鹿至多 王
子妬之 乃執朱蒙縛樹 奪鹿而去 朱蒙拔樹而去 太子帶素 言於王曰 朱蒙者 神勇
之士 瞻視非常 若不早圖 必有後患 王使朱蒙牧馬 欲試其意 朱蒙內自懷恨 謂母
曰 我是天帝之孫 爲人牧馬 生不如死 欲往南土造國家 母在不敢自專 其母曰 此

吾之所以日夜腐心也 吾聞士之涉長途者 須憑駿足 吾能擇馬矣 遂往馬牧 卽以長
鞭亂捶 群馬皆驚走 一騂馬跳過二丈之欄 朱蒙知馬駿逸 潛以針捶馬舌根 其馬舌
痛 不食水草 甚瘦悴 王巡行馬牧 見群馬悉肥 大喜 仍以瘦錫朱蒙 朱蒙得之 拔
其針加餧云

　暗結三賢友 烏伊摩離陜父等三人 南行至淹㴲 欲渡無舟 恐追兵奄及 迺以策指
天 慨然嘆曰 我天帝之孫 河伯之甥 今避難至此 皇天后土 憐我孤子 速致舟橋
言訖 以弓打水 魚鼈浮出成橋 朱蒙乃得渡 良久追兵至河 魚鼈橋卽滅 已上橋者
皆沒死

　朱蒙臨別 不忍睽違 其母曰 汝勿以一母爲念 乃裹五穀種以送之 朱蒙自切生別
之心 忘其麥子 朱蒙息大樹之下 有雙鳩來集 朱蒙曰 應是神母使送麥子 乃引弓
射之 一矢俱擧 開喉得麥子 以水噴鳩 更蘇而飛去云云 形勝開王都 山川鬱嵂崒
王自坐茀蕝之上 略定君臣之位 沸流王松讓出獵 見王容貌非常 引而與坐曰 僻在
海隅 未曾得見君子 今日邂逅 何其幸乎 君是何人 從何而至 王曰 寡人天帝之孫
西國之王也 敢問君王繼誰之後 讓曰 予是仙人之後 累世爲王 今地方至小 不可
分爲兩王 君造國日淺 爲我附庸可乎 王曰 寡人繼天之後 今主非神之冑 强號爲
王 若不歸我 天必殛之 松讓以王累稱天孫 內自懷疑 欲試其才 乃曰 願與王射矣
以畫鹿寘百步內射之 其矢不入鹿臍 猶如倒手 王使人以玉指環 懸於百步之外 射
之 破如瓦解 松讓大驚云云 王曰 以國業新造 未有鼓角威儀 沸流使者往來 我不
能以王禮迎送 所以輕我也 從臣扶芬奴進曰 臣爲大王取沸流鼓角 王曰 他國藏物
汝何取乎 對曰 此天之與物 何爲不取乎 夫大王困於扶余 誰謂大王能至於此 今
大王奮身於萬死之危 揚名於遼左 此天帝命而爲之 何事不成 於是扶芬奴等三人
往沸流取鼓而來 沸流王遣使告曰云云 王恐來觀鼓角 色暗如故 松讓不敢爭而去
松讓欲以立都先後爲附庸 王造宮室 以朽木爲柱 故如千歲 松讓來見 竟不敢爭立
都先後

　西狩獲白鹿 倒懸於蟹原 呪曰 天若不雨而漂沒沸流王都者 我固不汝放矣 欲免
斯難 汝能訴天 其鹿哀鳴 聲徹于天 霖雨七日 漂沒松讓都 王以葦索橫流 乘鴨馬
百姓皆執其索 朱蒙以鞭畫水 水卽減 六月松讓擧國來降云云 七月玄雲起鶻嶺 人
不見其山 唯聞數千人聲 以起土功 王曰 天爲我築城 七日雲霧自散 城郭宮臺自
然成 王拜皇天就居 在位十九年 升天不下莅 秋九月王升天不下 時年四十 太子

以所遺玉鞭 葬於龍山云云 (東明王篇註 東國李相國集)


## 類利王


類利少有奇節云云 少以彈雀爲業 見一婦戴水盆 彈破之 其女怒而詈曰 無父之兒 彈破我盆 類利大慙 以泥丸彈之 塞盆孔如故 歸家問母曰 我父是誰 母以類利年少 戲之曰 汝無定父 類利泣曰 人無定父 將何面目見人乎 遂欲自刎 母大驚止之曰 前言戲耳 汝是天帝孫 河伯甥 怨爲扶餘之臣 逃往南土 始造國家 汝往見之乎 對曰 父爲人君 子爲人臣 吾雖不才 豈不愧乎 母曰 汝父去時遺言 吾有藏物七嶺七谷石上之松 能得此者 乃吾之子也

類利自往山谷 搜求不得 疲倦而還 類利聞堂柱有悲聲 其柱乃石上之松 木體有七稜 類利自解之曰 七嶺七谷者 七稜也 石上松者 柱也 起而就視之 柱上有孔 得毁劍一片 大喜

前漢鴻嘉四年夏四月 奔高句麗 以劍一片 奉之於王 王出所有毁劍一片合之 血出連爲一劍 王謂類利曰 汝實我子 有何神聖乎 類利應聲 擧身聳空 乘牖中日 示其神聖之異 王大悅 立爲太子 (東明王篇註 東國李相國集)


## 溫祚王


百濟始祖溫祚王 其父鄒牟 或云朱蒙 自北扶餘逃難 至卒本扶餘 扶餘王無子只有三女子 見朱蒙 知非常人 以第二女妻之 未幾扶餘王薨 朱蒙嗣位 生二子 長曰沸流 次曰溫祚(或云 朱蒙到卒本 娶越郡女 生二子) 及朱蒙在北扶餘所生 子來爲太子 沸流溫祚 恐爲太子所不容 遂與烏干馬黎等十臣南行 百姓從之者多 遂至漢山 登負兒嶽 望可居之地 沸流欲居於海濱 十臣諫曰 惟此河南之地 北帶漢水 東據高岳 南望沃澤 西阻大海 其天險地利 難得之勢 作都於斯 不亦宜乎 沸流不聽

分其民 歸彌鄒忽以居之 溫祚都河南慰禮城 以十臣爲輔翼 國號十濟 是前漢成帝
鴻嘉三年也 沸流以彌鄒 土濕水鹹 不得安居 歸見慰禮 都邑鼎定 人民安泰 遂慙
悔而死 其臣民皆歸於慰禮 後以來時百姓樂從 改號百濟 其世系與高句麗 同出扶
餘 故以扶餘爲氏

(一云 始祖沸流王 其父優台 北扶餘王解扶婁庶孫 母召西奴 卒本人延陁勃之女 始
歸于優台 生子二人 長曰沸流 次曰溫祚 優台死 寡居于卒本 後失蒙不容於扶餘 以前
漢建昭二年春二月 南奔 至卒本 立都號高句麗 娶召西奴爲妃 其於開基創業 頗有內
助 故朱蒙寵接之特厚 待沸流等如己子 及朱蒙在扶餘所生 禮氏子孺留來 立之爲太子
以至嗣位焉 於是 沸流謂弟溫祚曰 始大王避扶餘之難 逃歸至此 我母氏傾家財 助成
邦業 其勤勞多矣 及大王厭世 國家屬於孺留 吾等徒在此 鬱鬱如疣贅 不如奉母氏 南
游卜地 別立國都 遂與弟率黨類 渡浿帶二水 至彌鄒忽以居之 北史及隋書皆云 東明
之後 有仇台 篤於仁信 初立國于帶方故地 漢遼東太守公孫度以女妻之 遂爲東夷強國
未知孰是) (始祖溫祚王 三國史記 卷23)


# 赫居世王


前漢地節元年壬子 (古本云 建武元年 又云 建元三年等 皆誤) 三月朔 六部祖各
率子弟 俱會於閼川岸上 議曰 我輩上無君主臨理蒸民 民皆放逸 自從所欲 盍覓
有德人 爲之君主 立邦設都乎 於是乘高南望 楊山下蘿井傍 異氣如電光垂 地有
一白馬跪拜之狀 尋撿之 有一紫卵(一云 靑大卵) 馬見人長嘶上天 剖其卵得童男
形儀端美 驚異之 浴於東泉 (東泉寺 在詞腦野北) 身生光彩 鳥獸率舞 天地振動
日月淸明 因名赫居世王 (蓋鄕言也 或作弗矩內王 言光明理世也 說者云 是西述聖母
之所誕也 故中華人讚仙桃聖母 有娠賢肇邦之語是也 乃至鷄龍現瑞産閼英 又焉知非西
述聖母之所現耶) 位號曰居瑟邯 (或作居西干 初開口之時 自稱云 閼智居西干一起 因
其言稱之 自後爲王者之尊稱) 時人爭賀曰 今天子已降 宜覓有德女君配之

是日沙梁里閼英井(一作娥利英井) 邊有鷄龍現而左脇誕生童女 (一云 龍現死而剖
其腹得之) 姿容殊麗 然而脣似鷄觜 將浴於月城北川 其觜撥落 因名其川曰撥川

營宮室於南山西麓(今昌林寺)奉養二聖兒 男以卵生 卵如瓠鄉人以瓠爲朴 故因姓朴 女以所出井名名之 二聖年至十三歲以五鳳元年甲子 男立爲王 仍以女爲后 國號徐羅伐 又徐伐 (今俗訓京字云徐伐 以此故也) 或云斯羅 又斯盧 初王生於雞井 故或云雞林國以其雞龍現瑞也 一說脫解王時得金閼智 而雞鳴 於林中 乃改國號爲雞林 後世遂定新羅之號 (新羅始祖 赫居世王 三國遺事 卷1)

## 脫解王

脫解齒叱今(一作吐解尼師今) 南解王時(古本云 壬寅年至者 謬矣 近則後於弩禮卽位之初 無爭讓之事 前則在於赫居之世 故知壬寅非也) 駕洛國海中有船來泊 其國首露王 與臣民鼓譟而迎 將欲留之 而船乃飛走 至於雞林東下西知村阿珍浦(今有上西知下西知村名) 時浦邊有一嫗 名阿珍義先 乃赫居王之海尺之母 望之謂曰 此海中元無石巖 何因鵲集而鳴 拏船尋之 鵲集一船上 船中有一櫃子 長二十尺廣十三尺 曳其船 置於一樹林下 而未知凶乎吉乎 向天而誓爾 俄而乃開見 有端正男子并七寶奴婢滿載其中 供給七日 迺言曰 我本龍城國人(亦云正明國 或云琓夏國琓夏或作花厦國 龍城在倭東北一千里) 我國嘗有二十八龍王 從人胎而生 自五歲六歲繼登王位 教萬民修正性命 而有八品姓骨然無揀擇 皆登大位 時我父王含達婆娉積女國王女爲妃 久無子胤 禱祀求息 七年後 産一大卵 於是大王會問群臣 人而生卵 古今未有 殆非吉祥 乃造櫃置我 并七寶奴婢載於船中 浮海而祝曰 任到有緣之地 立國成家 便有赤龍 護船而至此矣 言訖 其童子曳杖率二奴 登吐含山上 作石塚 留七日 望城中可居之地 見一峰如三日月 勢可久之地 乃下尋之 卽瓠公宅也 乃設詭計 潛埋礪炭於其側 詰朝至門云 此是吾祖代家屋 瓠公云否爭訟不決 乃告于官 官曰 以何驗是汝家 童曰 我本冶匠作出鄰鄉 而人取居之 請掘地撿看 從之 果得礪炭 乃取而居焉 時南解王知脫解是智人 以長公主妻之 是爲阿尼夫人
　一日吐解登東岳 廻程次 令白衣索水飲之 白衣汲水中路先嘗而進其角盃貼於口不解因而嘖之 白衣誓曰 爾後若近遙不敢先嘗 然後乃解 自此白衣讋服不敢欺罔今東岳中有一井 俗云遙乃井是也 及弩禮王崩 以光武帝中元二年丁巳六月 乃登

王位 以昔是吾家取他人家故 因姓昔氏 或云 因鵲開櫃 故去鳥字 姓昔氏 解櫃脫
卵而生故因名脫解 (第四脫解王 三國遺事 卷1)


## 金閼智

永平三年庚申(一云 中元六年 誤矣 中之盡二年而已)八月四日 瓠公夜行月城西里
見大光明於始林 (一作 鳩林) 有紫雲從天垂地 雲中有黃金櫃 掛於樹枝 光自櫃出
亦有白雞鳴於樹下 以狀聞於王 駕幸其林 開櫃有童男 臥而卽起 如赫居世之故事
故因其言 以閼智名之 閼智 卽鄉言 小兒之稱也 抱載還闕 鳥獸相隨 喜躍蹌蹌
王擇吉日 冊立太子 後讓於婆娑不卽王位 因金櫃而出乃姓金氏 (中略) 新羅金氏
自閼智始 (金閼智 三國遺事 卷1)


## 駕洛國記 1

開闢之後 此地未有邦國之號 亦無君臣之稱 越有我刀干 汝刀干彼刀干五刀干
留水干留天干神天干五天干神鬼干等 九干者 是酋長 領總百姓 凡一百戶 七萬五
千人 多以自都山野 鑿井而飮 耕田而食 屬後漢世祖光武帝建武十八年壬寅三月
禊浴之日 所居北龜旨(是峯巒之稱 苦十朋伏之狀 故云也) 有殊常聲氣呼喚 衆庶二
三百人集會於此 有如人音 隱其形而發其音曰 此有人否 九干等云 吾徒在 又曰
吾所在爲何 對云 龜旨也 又曰 皇天所以命我者 御是處 惟新家邦 爲君后爲茲故
降矣 儞等須掘峯頂撮土

歌之云 龜何龜何 首其現也 若不現也 燔灼而喫也 以之踏舞 則是迎大王 歡喜
踴躍之也 九干等如其言 咸忻而歌舞 未幾仰而觀之 唯紫繩自天垂而着地 尋繩之
下 乃見紅幅裹金合子 開而視之 有黃金卵六圓如日者 衆人悉皆驚喜 俱伸百拜 尋
還裹著 抱持而歸我刀家 寘榻上 其衆各散 過浹辰 翌日平明 衆庶復相聚集開合

而六卵化爲童子 容貌甚偉 仍坐於床 衆庶拜賀 盡恭敬止 日日而大 踰十餘晨昏 身長九尺 則殷之天乙 顔如龍焉 則漢之高祖 眉之八彩則有唐之高 眼之重瞳則有 虞之舜 其於月望日即位也 始現故諱首露 或云首陵(首陵 是崩後諡也) 國稱大駕洛 又稱伽倻國 卽六伽倻之一也 餘五人 各歸爲五伽倻主 (駕洛國記 三國遺事 卷2)

## 駕洛國記 2

忽有琓夏圓含達王之夫人姙娠 彌月生卵 化爲人 名曰脫解 從海而來 身長三尺 頭圍一尺 悅焉詣闕 語於王云 我欲奪王之位故來耳 王答曰 天命我俾卽于位 將 令安中國而綏下民 不敢違天之命 以與之位 又不敢以吾國吾民 付囑於汝 解云 若爾可爭其術 王曰 可也

俄頃之間 解化爲鷹 王化爲鷲 又解化爲雀 王化爲鸇 于此際也 寸陰未移 解還 本身 王亦復然 解乃伏膺曰 僕也適於角術之場 鷹之於鷲 雀之於鸇 獲免焉 此盖 聖人惡殺之仁而然乎 僕之與王 爭位良難 便拜辭而出 到鄰郊外渡頭 將中朝來泊 之水道而行 王竊恐滯留謀亂 急發舟師五百艘而追之 解奔入雞林地界 舟師盡還 (駕洛國記 三國遺事 卷2)

## 駕洛國記 3

屬建武二十四年戊申七月二十七日 九干等朝謁之次 獻言曰 大王降靈已來 好 仇未得 請臣等所有處女絶好者 選入宮闈 俾爲伉儷 王曰 朕降於玆 天命也 配朕 而作后 亦天之命 卿等無慮 遂命留天干押輕舟 持駿馬 到望山島立待 申命神鬼 干就乘岾 (望山島 京南島 嶼也 乘岾 輦下國也) 忽自海之西南隅 掛緋帆 張茜旗 而指乎北

留天等先擧火於島上 則競渡下陸 爭奔而來 神鬼望之 走入闕奏之 上聞欣欣

尋遣九干等 整蘭橈 揚桂楫而迎之 旋欲陪入內 王后乃曰 我與爾等素昧平生 焉
敢輕忽相隨而去 留天等返達后之語 王然之 率有司動蹕 從闕下西南六十步許地
山邊設幔殿祇候 王后於山外別浦津頭 維舟登陸 憩於高嶠 解所著綾袴爲贄 遺于
山靈也 其他侍從媵臣二員 名曰申輔趙匡 其妻二人 號慕貞慕良 或臧獲幷計二十
餘口 所齎錦繡綾羅 衣裳疋段 金銀珠玉 瓊玖服玩器 不可勝記 王后漸近行在 上
出迎之 同入帷宮 媵臣已下衆人 就階下而見之卽退 上命有司 引媵臣夫妻曰 人
各以一房安置 已下臧獲各一房五六人安置 給之以蘭液蕙醑 寢之以文茵彩薦 至
於衣服疋段寶貨之類 多以軍夫遴集而護之

於是王與后共在御國寢 從容語王曰 妾是阿踰陀國公主也 姓許名黃玉 年二八
矣 在本國時 今年五月中 父王與皇后顧妾而語曰 爺孃一昨夢中 同見皇天上帝謂
曰 駕洛國元君首露者 天所降而俾御大寶 乃神乃聖 惟其人乎 且以新莅家邦 未
定匹偶 卿等須遣公主而配之 言訖升天 形開之後 上帝之言 其猶在耳 爾於此而
忽辭親向彼乎往矣 妾也浮海遐尋於蒸棗 移天夐赴於蟠桃 蟪首敢叨龍顔是近 王
答曰 朕生而頗聖 先知公主自遠而屆 下臣有納妃之請 不敢從焉 今也淑質自臻
眇躬多幸 遂以合歡 兩過淸宵一經白晝 於是遂還來船 篙工楫師共十有五人 各賜
粮粳米十碩 布三十疋 令歸本國 八月一日迴鑾 與后同輦 媵臣夫妻齊鑣竝駕 其
漢肆雜物 咸使乘載 徐徐入闕 時銅壺欲午 王后爰處中宮 勅賜媵臣夫妻 私屬 空
閑二室分入 餘外從者以賓館一坐二十餘間 酌定人數 區別安置 日給豐羨 其所載
珍物 藏於內庫 以爲王后四時之費 (駕洛國記 三國遺事 卷2)


## 駕洛國記 4


於是乎理國齊家 愛民如子 其教不肅而威 其政不嚴而理 況與王后而居也 比如
天之有地 日之有月 陽之有陰 其功也塗山翼夏 唐媛興姚 頻年有夢得熊羆之兆
誕生太子居登公 靈帝中平六年己巳三月一日后崩 壽一百五十七 國人如嘆坤崩
葬於龜旨東北塢
遂欲志子愛下民之惠 因號初來下纜渡頭村曰主浦村 解綾袴高岡曰綾峴 茜旗行

入海涯曰旗出邊 勝臣泉府卿申輔 宗正監趙匡等到國三十年後 各産二女焉 夫與
婦踰一二年而皆挽信也 其餘臧獲之輩 自來七八年間 未有玆子生 唯抱懷土之悲
皆首丘而 沒所舍賓館闃其無人 元君乃每歌鰥枕 悲嘆良多 隔二五歲 以獻帝建安
四年己卯三月二十三日而殂落 壽一百五十八歲矣 國中之人若亡天只 悲慟甚於后
崩之日 遂於闕之艮方平地 造立殯宮 高一丈 周三百步而葬之 號首陵王廟也 (駕
洛國記 三國遺事 卷2)


## 耽羅國

耽羅縣 在全羅道南海中 其古記云 太初無人物 三神人從地聳出(其主山北麓 有
穴曰毛興 是其地也) 長曰良乙那 次曰高乙那 三曰夫乙那 三人遊獵荒僻皮衣肉食
一日見紫泥封藏木函 浮至于東海濱 就而開之 函內又有石函 有一紅帶紫衣使
者 隨來開石函 出現靑衣處女三 及諸駒犢五穀種 乃曰 我是日本國使也 吾王生
此三女云 西海中嶽 降神子三人 將欲開國而無配匹 於是命臣 侍三人以來爾 宜
作配 以成大業 使者忽乘雲而去 三人以年次 分娶之 就泉甘土肥處 射矢卜地 良
乙那所居曰第一都 高乙那所居曰第二都 夫乙那所居曰第三都 始播五穀且牧駒犢
日就富庶
至十五代孫 高厚高淸昆弟三人 造舟渡海至于耽津 蓋新羅盛時也 于時客星見于
南方 太史奏曰 異國人來朝之象也 遂朝新羅王嘉之 稱長子曰星主(以其動星象也)
二子曰王子(王令淸出胯下 愛如己子 故名之) 季子曰都內 邑號曰耽羅 蓋以來時初泊
耽津故也 各賜寶蓋衣帶而遣之 自此子孫藩盛 敬事國家 (地理志 高麗史 卷57)


## 後百濟 甄萱 1

古記云 昔一富人居光州北村 有一女子 姿容端正 謂父曰 每有一紫衣男 到寢

交婚 父謂曰 汝以長絲貫針刺其衣 從之 至明尋絲於北墻下 針刺於大蚯蚓之腰
後因姙生一男 年十五 自稱甄萱 至景福元年壬子稱王 立都於完山郡 理四十三年
以淸泰二年乙未 萱之三子簒逆 萱投太祖 子神劒卽位 天福元年丙申 與高麗兵會
戰於一善郡 百濟敗績國亡云 (後百濟甄萱 三國遺事 卷2)


## 後百濟 甄萱 2

初萱生孺褓時 父耕于野 母餉之 以兒置于林下 虎來乳之 鄕黨聞者異焉 及壯
體貌雄奇 氣倜儻不凡 從軍入王京 赴西南海防戍 枕戈待敵 其氣恒爲士卒先 以
勞爲裨將 唐昭宗景福元年 是新羅眞聖王在位六年 嬖竪在側 竊弄王權 綱紀紊弛
加之以飢饉 百姓流移 群盜蜂起 於是萱竊有叛心 嘯聚徒侶 行擊京西南州縣 所
至響應 旬月之間 衆至五千 遂襲武珍州自王 猶不敢公然稱王 自署爲新羅西南都
統行全州刺史兼御史中承上桂國漢南郡開國公

龍紀元年己酉也 一云景福元年壬子 是時北原賊良吉雄强 弓裔自投爲麾下 萱
聞之 遙授良吉職爲裨將 萱西巡至完山州 州民迎勢 喜得人心 謂左右曰 百濟開
國六百餘年 唐高宗以新羅之請 遣將軍蘇定方 以船兵十三萬越海 新羅金庾信卷
土曆黃山 與唐兵合攻百濟滅之 予今敢不立都 以雪宿憤乎 遂自稱後百濟王 設官
分職 是唐光化三年 新羅孝恭王四年也 (後百濟甄萱 三國遺事 卷2)


## 高麗之先

高麗之先 史闕未詳 太祖實錄 卽位二年 追王三代祖考 冊上始祖尊諡曰元德大
王 妣爲貞和王后 懿祖爲景康大王 妣爲元昌王后 世祖爲威武大王 妣爲威肅王后
金寬毅 編年通錄云 有名虎景者 自號聖骨將軍 自白頭山 遊歷至扶蘇山左谷
娶妻家焉 富而無子 善射以獵爲事 一日與同里九人 捕鷹平那山會日暮 就宿巖竇

有虎富寶口大吼 十人相謂曰 虎欲唱我輩 試投冠 攬者當之 遂皆投之 虎攬虎景冠 虎景出欲與虎鬪 虎忽不見 而寶崩 九人皆不得出 虎景還告平那郡 來葬九人先祀山神 其神見曰 予以寡婦 主此山幸遇聖骨將軍 欲與爲夫婦 共理神政 請封爲此山大王 言訖與虎景 俱隱不見 郡人因封虎景爲大王 立祠祭之 以九人同亡改山名曰九龍

虎景不忘舊妻 夜常如夢來合 生子曰康忠 康忠體貌端嚴 多才藝 娶西江永安村富人女 名具置義 居五冠山摩訶岬 時新羅監干八元善風水 到扶蘇郡 郡在扶蘇山北見山形勝而童告康忠曰 若移郡山南植松 使不露巖石 則統合三韓者出矣 於是康忠與郡人 徙居山南 栽松遍嶽 因改名松嶽郡 遂爲郡上沙粲 且以摩訶岬第 爲永業之地 往來焉 家累千金 生二子 季曰損乎述 改名寶育

寶育性慈惠 出家入智異山修道 還居平那山北岬 又徙摩訶岬 嘗夢登鵠嶺 向南便旋溺溢 三韓山川 變成銀海 明日以語 其弟伊帝建 伊帝建曰 汝必生支 天之柱以其女德周妻之 遂爲居士 仍於摩訶岬構木菴 有新羅術士 見之曰 居此必大唐天子 來作壻矣 後生二女 季曰辰義 美而多才智 辰義 美而多才智 年甫笄 其姊夢登五冠山頂 而旋流溢天下 覺與辰義說辰義曰 請以綾裙買之姊許之辰義令更說夢攬而懷之者三 旣而身動若有 得心 頗自負 (中略) 春涉海到浿江西浦 方潮退 江渚泥淖 從官取舟中錢布之 乃登岸 後名其浦爲錢浦

辰義 (中略) 生男曰作帝建 (中略) 作帝建 幼而聰睿神勇 (中略) 及長 才兼六藝書射尤絶妙 年十六 母與以父所遺弓矢 作帝建大悅射之 百發百中 世謂神弓 於是欲覲父 寄商船 行至海中 雲霧晦暝 舟不行三日 舟中人卜曰 宜吉高麗人 (閔漬 編年 或云 新羅金良貞 奉使入唐 因寄其觥 良貞夢白頭翁曰 留高麗人 可得順風)作帝建 執弓矢 自投海 下有巖石 立其上 霧開風利 船吉如飛 俄有一老翁拜曰我是西海龍王 每日晡有老狐作熾盛光如來像 從空而下 羅列日月星辰 於雲霧間吹螺擊鼓 奏樂而來 坐此巖 讀瞳腫經 則我頭痛甚 聞郎君善射 願除吾害 作帝建許諾 (閔漬 編年 或云 作帝建於巖邊 見有一徑 從其行一里許 又有一巖 巖上復一殿 門戶洞開 中有金字寫經處 就視之 筆點猶濕 四顧無人 作帝建就其坐 操筆寫經 有女忽來前立 作帝建謂是觀音現身 驚起下坐 方將拜禮 忽不見 還就坐寫經 良久其女復見而言 我是龍女 累載寫經 今猶未就 幸郎君善寫 又能善射 欲留君 助吾功德 又欲除吾家難 其難則待七日可知) 及期聞空中樂聲 果有從西北來者 作帝建疑是眞佛 不

敢射 翁復來曰 正是老狐願勿復疑 作帝建撫弓撚箭候而射之 應弦而墜 果老狐也
翁大喜迎入宮謝曰 賴郞君吾患已除 欲報大德 將西入唐 (中略) 富有七寶 東還奉
母乎 曰吾所欲者 王東土也 翁曰 王東土 待君之子孫三建必矣 其他惟命 作帝建
聞其言 知時命未至 猶豫未及答 坐後有一老嫗戲曰 何不娶我女而去 作帝建乃悟
請之 翁以長女鬒旻義妻之 作帝建齎七寶 將還 龍女曰 父有楊杖與豚 勝七寶 盍
請之 作帝建 請還七寶 願得楊杖與豚 翁曰 此二物 吾之神通 然君有請 敢不從
乃加與豚 於是乘漆船 載七寶與豚泛海倏到岸 卽昌陵窟前江岸也 白州正朝相昕
等聞曰 作帝建娶西海龍女來 實大慶也 率開貞鹽白 四州江華喬桐 河陰三縣人
爲築永安城 營宮室

龍女初來 卽往開州東北山麓 以銀盂掘地 取水用之 今開城大井是也 居一年
豚不入牢 乃語豚曰 若此地 不可居 吾將隨汝所之 詰朝 豚至松嶽南麓而臥 遂營
新第 卽康忠舊居也 往來永安城 而居者三十餘年 龍女嘗於嶽新第 寢室窓外鑿井
從井中往還西海龍宮 卽廣明寺東上房 北井也 常與作帝建約曰 吾返龍宮時 愼勿
見 否則不復來 一日作帝建 密伺之 龍女與少女入井 俱化爲黃龍 興五色雲 異之
不敢言 龍女還怒曰 夫婦之道 守信爲貴 今旣背約 我不能居 此遂與少女復化龍
入井不復還 作帝建晚居俗離山長岬寺 常讀釋典而卒 後追尊爲懿祖景康大王 龍
女爲元昌王后

元昌生四男 長曰龍建 後改隆 字文明 是爲世祖 貌魁偉美鬚髯 器度宏大 有幷
吞三韓之志 嘗夢見一美人 約爲室家 後自松嶽 往永安城 道遇一女惟肖 遂與爲
婚 不知所從來 故世號夢夫人 或云以其爲三韓之母 遂姓韓氏 是爲威肅王后

世祖居松嶽舊第有年 又欲創新第於其南 卽延慶宮奉元殿基也 時桐裏山祖師道
詵 (中略) 得一行地理法而還 登白頭山 至鵠嶺 見世祖新構第曰 種穄之地 何種
麻耶 言訖而去 夫人聞而以告 世祖倒屣追之 及見如舊識 遂與登鵠嶺 究山水之
脈 上觀天文 下察時數曰 此地脉 自壬方白頭山水母木幹 來落馬頭明堂 君又水
命 宜從水之大數 作宇六六爲三十六區 則符應天地之大數 明年必生聖子 宜名曰
王建 因作實封題 其外云 謹奉書百拜獻書 于未來統合三韓之主 大原君子足下
時唐僖宗 乾符三年四月也 世祖從其言 築室以居 是月 威肅有娠生太祖 (怪說辨
證 東史綱目 附錄 上卷下)

# 箜篌引

崔豹古今注 箜篌引 朝鮮津卒霍里子高妻麗玉所作也 子高晨起 刺船而櫂 有一白首狂夫 被髮提壺 亂流而渡 其妻隨呼止之 不及 遂墮河水死 於是援箜篌而鼓之 作公無渡河之歌 聲甚悽愴 曲終自投河而死 霍里子高還以其聲語妻麗玉 玉傷之 及引箜篌而寫其聲 聞者莫不墮淚飮泣焉

麗玉以其聲傳鄰女麗容 名曰箜篌引焉 按朝鮮津 卽今大同江也 而李白公無渡河 黃河西來決崑崙 咆哮萬里觸龍門 雖曰詩人之語 使事失實 不可法也 (五山說林)


# 黃鳥歌

瑠璃明王三年冬十月 王妃松氏薨 王更娶二女以繼室 一曰禾姬 鶻川人之女也 一曰雉姬 漢人之女也 二女爭寵 不相和 王於凉谷 造東西二宮 各置之 後王田於箕山 七日不返 二女爭鬪 禾姬罵雉姬曰 汝漢家婢妾 何無禮之甚乎 雉姬慙恨亡歸 王聞之 策馬追之 雉姬怒不還 王嘗息樹下 見黃鳥飛集 乃感而歌曰 翩翩黃鳥 雌雄相依 念我之獨 誰其與歸 (高句麗本紀 三國史記 卷13)


# 龜兔之說

春秋恨之 欲請高句麗兵以報百濟之怨 (中略) 旣入彼境 (中略) 或告麗王曰 新羅使者 非庸人也 今來 殆欲觀我形勢也 王其圖之 俾無後患 王欲橫問 因其難對而辱之 謂曰 麻木峴與竹嶺 本我國地 若不我還 則不得歸 春秋答曰 國家土地 非臣子所專 臣不敢聞命 王怒囚之 欲戮未果 春秋以靑布三百疋 密贈王之寵臣先道解 道解以饌貝來相飮 酒酣戲語曰

子亦嘗聞龜兔之說乎 昔東海龍女病心 醫言 得兔肝合藥 則可療也 然海中無兔

不奈之何 有一龜 白龍王言 吾能得之 遂登陸見兎 言海中有一島 淸泉白石 茂林
佳菓 寒暑不能到 鷹隼不能侵 爾若得至 可以安居無患 因負兎背上 游行二三里
許 龜顧謂兎曰 今龍女被病 須兎肝爲藥 故不憚勞 負爾來耳 兎曰 噫吾神明之後
能出五藏 洗而納之 日者小覺心煩 遂出肝心洗之 暫置巖石之底 聞爾甘言 徑來
肝尙在彼 何不廻歸取肝 則汝得所求 吾雖無肝尙活 豈不兩相宜哉 龜信之而還
纔上岸 兎脫入草中 謂龜曰 愚哉汝也 豈有無肝而生者乎 龜憫默而退 春秋聞其
言 喩其意 移書於王曰 二嶺本大國地 令臣歸國 請吾王還之 (中略) 王迺悅焉
(中略) 厚禮而歸之 (金庾信上 三國史記 卷41)


# 武王

　　第三十武王名璋 母寡居 築室於京師南池邊 池龍交通而生 小名薯童 器量難測
常掘薯蕷賣爲活業 國人因以爲名 聞新羅眞平王第三公主善花(一作善化) 美艶無
雙 剃髮來京師 以薯蕷餉閭里群童 郡童親附之 乃作謠 誘群童而唱之云 善化公
主主隱 他密只嫁良置古 薯童房乙夜矣卵乙抱遺去如

　　童謠滿京 達於宮禁 百官極諫 竄流公主於遠方 將行 王后以純金一斗贈行 公
主將至竄所 薯童出拜途中 將欲侍衛而行 公主雖不識其從來 偶爾信悅 因此隨行
潛通焉 然後知薯童名 乃信童謠之驗 同至百濟 出母后所贈金 將謀計活 薯童大
笑曰 此何物也 主曰 此是黃金 可致百年之富 薯童曰 吾自小掘薯之地 委積如泥
土 主聞大驚曰 此是天下至寶 君今知金之所在 則此寶輸送父母宮殿何如 薯童曰
可 於是聚金 積如丘陵 詣龍華山師子寺知命法師所 問輸金之計 師曰 吾以神力
可輸 將金來矣 主作書 幷金置於師子前 師以神力 一夜輸置新羅宮中 眞平王異
其神變 尊敬尤甚 常馳書問安否 薯童由此得人心 卽王位 一日王與夫人 欲幸師
子寺 至龍華山下大池邊 彌勒三尊出現池中 留駕致敬 夫人謂王曰 須創大伽藍於
此地 固所願也 王許之 詣知命所問塡池事 以神力一夜頹山塡池爲平地 乃法像彌
勒三會 殿塔廊廡 各三所創之 額曰彌勒寺(國史云 王興寺) 眞平王遣百工助之 至
今存其寺(三國史云 是法王之子 而此傳之獨女之子 未詳) (武王 三國遺事 卷2)

# 延烏郞 細烏女

第八阿達羅王卽位四年丁酉 東海濱有延烏郞 細烏女 夫婦而居 一日延烏歸海
採藻 忽有一巖(一云一魚) 負歸日本 國人見之曰 此非常人也 乃立爲王 (按日本帝
記 前後無新羅人爲王者 此乃邊邑小王而非眞王也) 細烏怪夫不來 歸尋之 見夫脫鞋
亦上其巖 巖亦負歸如前 其國人驚訝 奏獻於王 夫婦相會 立爲貴妃

是時新羅日月無光 日者奏云 日月之精 降在我國 今去日本 故致斯怪 王遣使
求二人 延烏曰 我到此國 天使然也 今何歸乎 雖然朕之妃有所織細綃 以此祭天
可矣 仍賜其綃 使人來奏 依其言而祭之 然後日月如舊 藏其綃於御庫爲國寶 名
其庫爲貴妃庫 祭天所名迎日縣 又都祈野 (延烏郞細烏女 三國遺事 卷1)


# 桃花女 鼻荊郞

第二十五舍輪王 諡眞智大王 姓金氏 妃起烏公之女 知刀夫人 太建八年丙申卽
位(古本云 十一年己亥 誤矣) 御國四年 政亂荒婬 國人廢之

前此沙梁部之庶女 姿容艶美 時號桃花娘 王聞而召致宮中 欲幸之 女曰 女之
所守 不事二夫 有夫而適他 雖萬乘之威 終不奪也 王曰 殺之何 女曰 寧斬于市
有願靡他 王戲曰 無夫則可乎 曰可 王放而遣之 是年王見廢而崩 後三年其夫亦
死 浹旬忽夜中 王如平昔 來於女房曰 汝昔有諾 今無汝夫可乎 女不輕諾 告於父
母 父母曰 君王之敎 何以避之 以其女入於房 留御七日 常有五色雲覆屋 香氣滿
室 七日後忽然無蹤 女因而有娠 月滿將産 天地振動 産得一男 名曰鼻荊

眞平大王聞其殊異 收養宮中 年至十五 授差執事 每夜逃去遠遊 王使勇士五十
人守之 每飛過月城 西去荒川岸上(在京城西) 率鬼衆遊 勇士伏林中窺伺 鬼衆聞
諸寺曉鍾各散 郞亦歸矣 軍士以事來奏 王召鼻荊曰 汝領鬼遊 信乎 郞曰然 王曰
然則汝使鬼衆 成橋於神元寺北渠(一作 神衆寺 誤 一云 荒川東深渠) 荊奉勅 使其
徒鍊石 成大橋於一夜 故名鬼橋 王又問 鬼衆之中 有出現人間 輔朝政者乎 曰有
吉達者 可輔國政 王曰 與來 翌日荊與俱見 賜爵執事 果忠直無雙 時角干林宗無

子 王勅爲嗣子 林宗命吉達 創樓門於興輪寺南 每夜去宿其門上 故名吉達門 一日吉達變狐而遁去 荊使鬼捉而殺之 故其衆聞鼻荊之名 怖畏而走

時人作詞曰 聖帝魂生子 鼻荊郎室亭 飛馳諸鬼衆 此處莫留停 鄉俗帖此詞以辟鬼 (桃花女鼻荊郎 三國遺事 卷1)


## 車得公

王一日召庶弟車得公曰 汝爲冢宰 均理百官 平章四海 公曰 陛下若以小臣爲宰則臣願潛行國內 示民間徭役之勞逸 租賦之輕重 官吏之清濁 然後就職 王聽之公著緇衣 把琵琶爲居士形 出京師 經由阿瑟羅州(今溟州) 牛首州(今春州) 北原京(今忠州) 至於武珍州(今海陽) 巡行里閈 州吏安吉見是異人 邀致其家 盡情供億至夜安吉喚妻妾三人曰 今玆侍宿客居士者 終身偕老 二妻曰 寧不並居 何以於人同宿 其一妻曰 公若許終身並居 則承命矣 從之 詰旦居士欲辭行時曰 僕京師人也 吾家在皇龍皇聖二寺之間 吾名端午也(俗謂端午爲車衣) 主人若到京師 尋訪吾家幸矣 遂行到京師 居冢宰

國之制 每以外州之吏一人 上守京中諸曹(注 今之其人也) 安吉當次上守至京師問兩寺之間 端午居士之家 人莫知者 安吉久立道左 有一老翁經過 聞其言 良久佇思曰 二寺間一家 殆大內也 端午者 乃車得令公也 潛行外郡時 殆汝有緣契乎安吉陳其實 老人曰 汝去宮城之西歸正門 待宮女出入者告之 安吉從之 告武珍州安吉進於門矣 公聞而走出 携手入宮 喚出公之妃 與安吉共宴 具饌至五十味 聞於上 以星浮山(一作星損乎山) 下爲武珍州上守燒木田 禁人樵採 人不敢近 內外欽義之 山下有田三十畝 下種三石 此田稔歲 武珍州亦稔 否則亦否云 (文武王法敏 三國遺事 卷2)

# 水路夫人

聖德王代 純貞公赴江陵太守(今溟州) 行次海汀晝饍 傍有石嶂 如屛臨海 高千丈 上有躑躅花盛開 公之夫人水路見之 謂左右曰 折花獻者其誰 從者曰 非人跡所到 皆辭不能 傍有老翁牽牸牛而過者 聞夫人言折其花 亦作歌詞獻之 其翁不知何許人也

便行二日程 又有臨海亭 晝饍次 海龍忽攬夫人入海 公顚倒躄地 計無所出 又有一老人告曰 故人有言 衆口鑠金 今海中傍生 何不畏衆口乎 宜進界內民 作歌唱之 以杖打岸 則可見夫人矣 公從之 龍奉夫人出海獻之 公問夫人海中事 曰七寶宮殿 所饍甘滑香潔 非人間煙火 此夫人衣襲異香 非世所聞 水路姿容絶代 每經過深山大澤 屢被神物掠攬

衆人唱海歌詞曰 龜乎龜乎出水路 掠人婦女罪何極 汝若傍逆不出獻 入網捕掠燔之喫 老人獻花歌曰 紫布嵓乎邊希 執音乎手母牛放敎遣 吾肹不喩慚肹伊賜等花肹折叱可獻乎理音如 (水路夫人 三國遺事 卷2)


# 金現感虎

新羅俗 每當仲春 初八至十五日 都人士女 競遶興輪寺之殿塔爲福會 元聖王代 有郎君金現者 夜深獨遶不息 有一處女 念佛隨遶 相感而目送之 遶畢 引入屛處通焉 女將還 現從之 女辭拒而强隨 行至西山之麓 入一茅店 有老嫗問女曰 附率者何人 女陳其情 嫗曰 雖好事不如無也 然遂事不可諫也 且藏於密 恐汝弟兄之惡也 把郎而匿之奧 小選有三虎咆哮而至 作人語曰 家有腥膻之氣 療飢何幸 嫗與女叱曰 爾鼻之爽乎 何言之狂也

時有天唱 爾輩嗜害物命尤多 宜誅一以徵惡 三獸聞之 皆有憂色 女謂曰 三兄若能遠避而自懲 我能代受其罰 皆喜俛首妥尾而遁去 女入謂郎曰 始吾恥君子之辱臨弊族 故辭禁爾 今旣無隱 敢布腹心 且賤妾之於郎君 雖曰非類 得陪一夕之歡 義重結褵之好 三兄之惡 天旣厭之 一家之殃 予欲當之 與其死於等閑人之手

曷若伏於郎君刃下 以報之德乎 妾以明日入市爲害劇 則國人無如我何 大王必募
以重爵而捉我矣 君其無怖 追我乎城北林中 吾將待之 現曰 人交人 彝倫之道 異
類而交 蓋非常也 既得從容 固多天幸 何可忍賣於伉儷之死 僥倖一世之爵祿乎
女曰 郎君無有此言 今妾之壽夭 蓋天命也 亦吾願也 郎君之慶也 予族之福也 國
人之喜也 一死而五利備 其可違乎 但爲妾創寺 講眞詮 資勝報 則郎君之惠莫大
焉 遂相泣而別

次日果有猛虎入城中 剽甚無敢當 元聖王聞之 申令曰 戡虎者爵二級 現詣闕奏
曰 小臣能之 乃先賜爵以激之 現持短兵 入林中 虎變爲娘子 熙怡而笑曰 昨夜共
郎君繾綣之事 惟君無忽 今日被爪傷者 皆塗興輪寺醬 聆其寺之螺鉢聲則可治 乃
取現所佩刀 自頸而仆 乃虎也 現出林而託曰 今玆虎易搏矣 匿其由不洩 但依諭
而治之 其瘡皆效 今俗亦用其方 現既登庸 創寺於西川邊 號虎願寺 常講梵網經
以導虎之冥遊 亦報其殺身成己之恩 現臨卒 深感前事之異 乃筆成傳 俗始聞知
因名論虎林 稱于今 (金現感虎 三國遺事 卷2)


# 處容郎 望海寺


第四十九憲康大王之代 自京師至於海內 比屋連墻 無一草屋 笙歌不絕道路 風
雨調於四時 於是大王遊開雲浦(在鶴城西南今蔚州) 王將還駕 晝歇於汀邊 忽雲霧
冥曀 迷失道路 怪問左右 日官奏云 此東海龍所變也 宜行勝事以解之 於是勅有
司 爲龍 刱佛寺近境 施令已出 雲開霧散 因名開雲浦 東海龍喜 乃率七子現於駕
前 讚德獻舞奏樂 其一子隨駕入京 輔佐王政 名曰處容 王以美女妻之 欲留其意
又賜級干職 其妻甚美 疫神欽慕之 變爲人 夜至其家 竊與之宿 處容自外至其家
見寢有二人 乃唱歌作舞而退

歌曰 東京明期月良 夜入伊游行如可 入良沙寢矣見昆 脚烏伊四是良羅 二肹隱
吾下於叱古 二肹隱誰支下焉古 本矣吾下是如馬於隱 奪叱良乙何如爲理古

時神現形 跪於前曰 吾羨公之妻 今犯之矣 公不見怒 感而美之 誓今已後 見畫
公之形容 不入其門矣 因此國人門帖處容之形 以僻邪進慶 王旣還 乃卜靈鷲山東

麓勝地置寺 曰望海寺 亦名新房寺 乃爲龍而置也 (處容郎望海寺 三國遺事 卷2)


## 御舞祥審 玉刀鈐

又幸鮑石亭 南山神現舞於御前 左右不見 王獨見之 有人現舞於前 王自作舞
以像示之 神之名或曰祥審 故至今國人傳此舞 曰御舞祥審 或曰御舞山神 或云
旣神出舞 審象其貌 命工摹刻 以示後代 故云象審 或云霜髥舞 此乃以其形稱之
又幸於金剛嶺時 北岳神呈舞 名玉刀鈐 又同禮殿宴時 地神出舞 名地伯級干

語法集云 于時山神獻舞 唱歌云 智理多都波 都波等者 蓋言以智理國者 知而
多逃 都邑將破云謂也 乃地神山神知國將亡 故作舞以警之 國人不悟 謂爲現瑞
耽樂滋甚 故國終亡 (處容郎望海寺 三國遺事 卷2)


## 旁㐋

新羅國 有第一貴族金哥 其遠祖 名旁㐋 有弟一人 甚有家財 其兄旁㐋 困分居
乞衣食 國人有與其隙地一畝 乃求蠶穀種於弟 蒸而與之 不知也 至蠶時 有一
蠶生焉 日長寸餘 居旬大如牛 食數樹葉不足 其弟知之 伺間殺其蠶 經日四方百
里內 蠶飛集其家 國人謂之巨蠶 意其蠶之王也 四郤共緤之分供 穀唯一莖植焉
其穗長尺餘 旁㐋常守之 忽爲鳥所折啣去 旁㐋逐之 上山五六里 鳥入一石罅 日
沒徑黑 旁㐋因止石側 至夜半月明 見群小兒 赤衣共戲 一小兒云 爾要何物 一曰
要酒 小兒露一金錐子擊石 酒及樽悉具 一曰要食 又擊之餠餌羹炙 羅於石上 良
久飮食而散 以金錐揷於石罅 旁㐋大喜 取其錐而還 所欲隨擊而辨 因是富侔國力
常以珠璣贍其弟

弟方始悔 其前所欺蠶穀事 仍謂旁㐋 試以蠶穀欺我 我或如兄 得金錐也 旁㐋
知其愚 論之 不及 乃如其言 弟蠶之 止得一蠶如常蠶 穀種之 復一莖植焉 將熟

亦爲鳥所啣 其弟大悅 隨之入山 至鳥入處 遇群鬼 怒曰 是竊予金錐者 乃執之
謂曰 爾欲爲我 築糠(一作搗)三版乎 欲爾鼻長一丈乎 其弟請築糠三版 三日饑因
不成 求衷於鬼 乃拔其鼻 鼻如象而歸 國人怪而聚觀之 慚恚而卒 其後子孫 戲擊
錐 求狼糞 因雷震 錐失所在 (酉陽雜俎 續集 卷1)


## 于勒

羅古記云 加耶國嘉實王 見唐之樂器而造之 王以謂諸國方言各異聲音 豈可一
哉 乃命樂師省熱縣人于勒 造十二曲 後于勒以其國將亂 攜樂器投新羅眞興王 王
受之 安置國原 乃遣大奈麻注知階古大舍萬德傳其業 三人旣傳十一曲 相謂曰 此
繁且淫 不可以爲雅正 遂約爲五曲 于勒始聞焉而怒 及聽其五種之音 流淚歎曰
樂而不流 哀而不悲 可謂正也 爾其奏之王前 王聞之大悅 諫臣獻議 加耶亡國之
音 不足取也 王曰 加耶王淫亂自滅 樂何罪乎 蓋聖人制樂 緣人情以爲撙節 國之
理亂不由音調 遂行之以爲大樂 (雜志 三國史記 卷32)

伽倻國嘉悉王 樂師于勒 參中國秦箏而製琴 號伽倻琴 縣北三里 有地名 琴谷
世傳 勒率工人肄琴之地 或云 此琴出於金海之伽倻國 但金海伽倻 世代無稱嘉悉
王者 恐出於此爲是 (高靈縣 東國輿地勝覽 卷29)


## 徐神逸

國初 徐神逸 郊居 有鹿帶箭奔投神逸 拔其箭而匿之 獵者 至不見而返 夢一神
人謝曰 鹿吾子也 賴君不死 當今君之子孫 世爲宰輔 神逸年八十 生子曰弼 弼生
熙 熙生訥 果相繼爲太師內史令 配享廟庭 (櫟翁稗說 前集2)

# 朴世通

近世 通海縣 有巨物如龜 乘潮入浦 潮落而不得去 民將屠之 縣令朴世通禁之 作大索兩舟曳放海中 夢老父拜於前曰 吾兒遊不擇日 幾不免鼎鑊 公幸活之 陰德大矣 公與子孫 必三世爲宰相 世通及子洪茂 俱登宥密 孫瑊以上將軍致仕 快快作詩曰 龜乎龜乎 莫眈睡 三世宰相虛語耳

是夕 龜夢之曰 君溺於酒色 自減其福 非予敢忘德也 然將有一喜姑需焉 數日果落致仕爲僕射 (櫟翁稗說 前集2)


# 兄弟投金

孔巖津 一名北浦 在縣北一里 有巖立水中有寶 因以爲名

高麗恭愍王時 有民兄弟偕行 弟得黃金二錠 以其一與兄 至津同舟而濟 弟忽投金於水 兄怪而問之 答曰 吾平日愛兄篤 今而分金 忽萌忌兄之心 此乃不祥之物 不若投諸江而忘之 兄曰 汝之言誠是矣 亦投金於水 時同舟者 皆愚民 故無有問其姓名邑里云 (陽川縣 東國輿地勝覽 卷10)


# 長巖曲

舒川浦營 在郡南二十六里

高麗時稱長巖鎭 平章事杜英哲 嘗流是浦 與一老人相善 及召還 老人戒其苟進 英哲許諾 後位至平章事 果又陷罪貶過焉 老人作歌以譏之 樂府有長巖曲 李齊賢作詩解之曰 拘拘有雀爾奚爲 觸著網羅黃口兒 眼孔元來在何許 可憐觸網雀兒癡 (舒川郡 東國輿地勝覽 卷19)

# 溟州曲

世傳 書生遊學至溟州 見一良家女 美姿色 頗知書 生每以詩挑之 女曰 婦人不
妄從人 待生擢第 父母有命 則事可諧矣 生卽歸京師 習學業 女家將納婿 女平日
臨池養魚 魚聞警咳聲 必來就食 女食魚謂曰 吾養汝久 宜知我意 將帛書投之 有
一大魚 跳躍含書 悠然而逝 生在京師

一日爲父母具饌 市魚而歸 剝之得帛書 驚異卽持帛書及父書 徑詣女家 婿已及
門矣 生以書示女家 遂歌此曲 父母異之曰 此精誠所感 非人力所能爲也 遣其婿
而納生焉 (樂志 高麗史 卷71)


# 調信

昔新羅爲京師時 有世達寺(今興教寺也)之莊舍 在溟州㮈李郡 (按地理志 溟州無
㮈李郡 唯有㮈城郡本㮈生郡 今寧越 又牛首州領縣有㮈靈郡 本㮈已郡 今剛州 牛首州
今春州 今言㮈李郡 未知孰是) 本寺遣僧調信爲知莊 信到莊上 悅太守金昕公之女
惑之深 屢就洛山大悲前 潛祈得幸

方數年間 其女已有配矣 又往堂前怨大悲之不遂己 哀泣至日暮 情思倦憊 俄成
假寢 忽夢金氏娘容豫入門 粲然啓齒而謂曰 兒早識上人於半面 心乎愛矣 未嘗暫
忘 迫於父母之命 强從人矣 今願爲同穴之友 故來爾 信乃顯喜 同歸鄕里 計活四
十餘霜 有兒息五 家從四壁 藜藿不給 遂乃落魄扶携 糊其口於四方 如是十年 周
流草野 懸鶉百結 亦不掩體 適過溟州蟹縣嶺 大兒十五歲者 忽餒死痛哭 收瘞於
道 從率餘口 到羽曲縣(今羽縣也) 結茅於路傍而舍 夫婦老且病 飢不能興 十歲
女兒巡乞 乃爲里獒所噬號痛臥於前 父母爲之歔欷 泣下數行 婦乃口澀拭涕 倉卒
而語曰 予之始遇君也 色美年芳 衣袴稠鮮 一味之甘 得與子分之 數尺之煖 得與
子共之 出處五十年 情鍾莫逆 恩愛綢繆 可謂厚緣 自比年來 衰病歲益深 飢寒日
益迫 傍舍壺漿 人不容乞 千門之恥 重似丘山 兒寒兒飢 未遑計補 何暇有愛悅夫

婦之心哉 紅顏巧笑 草上之露 約束芝蘭 柳絮飄風 君有我而爲累 我爲君而足憂 細思昔日之歡 適爲憂患所階 君乎予乎 奚至此極 與其衆鳥之同餧 焉知隻鸞之有 鏡 寒棄炎附 情所不堪 然而行止非人 離合有數 請從此辭 信聞之大喜 各分二兒 將行 女曰 我向桑梓 君其南矣 方分手進途而形開

殘燈翳吐 夜色將闌 乃旦鬢髮盡白 惘惘然殊無人世意 已厭勞生 如飫百年辛苦 貪染之心 洒然氷釋 於是慚對聖容 懺滌無已 歸撥蟹峴 所理兒塚 乃石彌勒也 灌 洗奉安于鄰寺 還京師 免莊任 傾私財 創淨土寺 懃修白業 後莫知所終 (調信 三 國遺事 卷3)


## 憬興遇聖


神文王代 大德憬興 姓水氏 熊川州人也 年十八出家 游刃三藏 望重一時 開耀 元年 文武王將昇遐 顧命於神文曰 憬興法師可爲國師 不忘朕命 神文卽位 曲爲 國老 住三郎寺 忽寢疾彌月 有一尼來謁候之 以華嚴經中善友原病之說爲言曰 今 師之疾 憂勞所致 喜笑可治 乃作十一樣面貌 各作俳諧之舞 巉巖戌削 變態不可 勝言 皆可脫頤 師之病不覺泗然 尼遂出門 乃入南巷寺(寺在三郎寺南)而隱 所將 杖子 在幀畫十一面圓通像前

一日將入王宮 從者先備於東門之外 鞍騎甚都 靴笠斯陳 行路爲之辟易 一居士 (一云沙門) 形儀疎率 手杖背筐 來憩于下馬臺上 視筐中乾魚也 從者呵之曰 爾着 緇 奚負觸物耶 憎曰 與其挾生肉於兩股間 背負三市之枯魚 有何所嫌 言訖起去 興方出門 聞其言 使人追之 至南山文殊寺之門外 抛筐而隱 杖在文殊像前 枯魚 乃松皮也 使來告 興聞之嘆曰 大聖來戒我騎畜爾 終身不復騎 興之德馨遺味 備 載釋玄本所撰三郎寺碑 (憬興遇聖 三國遺事 卷5)

# 大城孝二世父母

车梁里(一作 浮雲村)之貧女 慶祖有兒 頭大頂平如城 因名大城 家窶不能生育 因役傭於貨殖福安家 其家俵田數畝 以備衣食之資 時有開士漸開 欲設六輪會於 興輪寺 勸化至福安家 施布五十疋 開咒願曰 檀越好布施 天神常護持 施一得萬 倍 安樂壽命長 大城聞之 跳踉而入 謂其母曰 予聽門僧誦倡 云施一得萬倍 念我 定無宿善 今玆困匱矣 今又不施 來世益艱 施我傭布於法會 以圖後報何如 母曰 善 乃施田於開 未幾城物故 是日夜 國宰金文亮家 有天唱云 车梁里大城兒 今託 汝家 家人震驚 使檢车梁里 城果亡

其日與唱同時 有娠生兒 左手握不發 七日乃開 有金簡子彫大城二字 又以名之 迎其母於第中兼養之 既壯好游獵 一日登吐含山 捕一熊 宿山下村 夢熊變爲鬼 訟曰 汝何殺我 我還啖汝 城怖懅請容赦 鬼曰 能爲我創佛寺乎 城誓之曰喏 既覺 汗流被蓐 自後禁原野 爲熊創長壽寺於其捕地 因而情有所感 悲願增篤 乃爲現生 二親 創佛國寺 爲前世爺孃創石佛寺 請神琳 表訓二聖師各住焉 茂張像設 且酬 鞠養之勞 以一身孝二世父母 古亦罕聞 善施之驗 可不信乎 將彫石佛也 欲鍊一 大石爲龕蓋 石忽三裂 憤恚而假寐 夜中天神來降 畢造而還

城方枕起 走跋南嶺爇木 以供天神 故名其地爲香嶺 其佛國寺雲梯石塔 彫鏤石 木之功 東都諸刹未有加也 古鄉傳所載如上 而寺中有記云 景德王代 大相大城以 天寶十年辛卯始創佛國寺 歷惠恭世 以大曆九年甲寅十二月二日大城卒 國家乃畢 成之 初請瑜伽大德降魔住此寺 繼之至于今 與古傳不同 未詳孰是 (大城孝二世父 母 三國遺事 卷5)

# 善律還生

望德寺僧善律 施錢欲成六百般若 功未周 忽被陰府所追 至冥司 問曰 汝在人 間作何業 律曰 貧道暮年欲成大品經 功就而來 司曰 汝之壽錄雖盡 勝願未終 宜復人間 畢成寶典 乃放還 途中有一女子 哭泣拜前曰 我亦南閻州新羅人 坐父

母隂取金剛寺水田一畝 被冥府追檢 久受重苦 今師若還古里 告我父母 速還厥田 姜之在世 胡麻油埋於床下 幷藏緻密布於寢褥間 願師取吾油點佛燈 貨其布爲經幅 則黃泉亦恩 庶幾脫我苦惱矣 律曰 汝家何在 曰沙梁部久遠寺西南里也 律聞之 方行乃蘇

　　時律死已十日 葬于南山東麓 在塚中呼三日 牧童聞之 來告於本寺 寺僧歸發塚出之 具說前事 又訪女家 女死隔十五年 油布宛然 律依其諭作冥福 女來魂報云 賴師之恩 亡已離苦得脫矣 時人聞之 莫不驚感 助成寶典 其經秩今在東都僧司藏中 每年春秋 披轉禳災焉 (善律還生 三國遺事 卷5)

## 自熱鼎

　　四年冬十二月 王出師 伐扶餘 次沸流水上 望見水涯 若有女人舁鼎遊戲 就見之 只有鼎 使之炊 不待火自熱 因得作食 飽一軍 忽有一壯夫曰 是鼎吾家物也 我妹失之 王今得之 請負以從 遂賜姓負鼎氏 抵利勿林宿 夜聞金聲

　　向明 使人尋之 得金璽兵物等 曰天賜也 拜受之 (大武神王 三國史記 卷14)

## 乙豆智

　　大武神王 十年春正月 拜乙豆智 爲左輔 松屋句爲右輔

　　十一年秋七月 漢遼東太守將兵來伐 王會群臣 問戰守之計 右輔松屋句曰 臣聞恃德者昌 恃力者亡 今中國荒儉 盜賊蜂起 而兵出無名 此非君臣定策 必是邊將規利 擅侵吾邦 逆天違人 師必無功 憑險出奇 破之必矣 左輔乙豆智曰 小敵之强 大敵之禽也 臣度大王之兵 孰與漢兵之多 可以謀伐 不可力勝

　　王曰 謀伐若何 對曰 今漢兵遠鬪 其鋒不可當也 大王閉城自固 待其師老 出而擊之可也 王然之 入尉那巖城 固守數旬 漢兵圍不解 王以力盡兵疲 謂豆智曰 勢

不能守 爲之奈何 豆智曰 漢人謂我巖石之地 無水泉 是以長圍 以待吾人之困 宜取池中鯉魚 包以水草 兼旨酒若干 致犒漢軍 王從之 貽書曰 寡人愚昧 獲罪於上國 致令將軍 帥百萬之軍 暴露弊境 無以將厚意 輒用薄物 致供於左右

於是 漢將謂 城內有水 不可猝拔 乃報曰 我皇帝不以臣駑 下令出師 問大王之罪 及境踰旬 未得要領 今聞來旨 言順且恭 敢不藉口以報皇帝 遂引退 (大武神王 三國史記 卷14)


## 王子 好童

王子好童 遊於沃沮 樂浪王崔理 出行因見之 問曰 觀君顏色 非常人 豈非北國神王之子乎 遂同歸 以女妻之 後好童還國 潛遣人 告崔氏女曰 若能入而國武庫 割破鼓角 則我以禮迎 不然則否

先是 樂浪有鼓角 若有敵兵則自鳴 故令破之 於是崔女將利刀 潛入庫中 割鼓面角口 以報好童 好童勸王 襲樂浪 崔理以鼓角不鳴 不備 我兵掩至城下 然後知鼓角皆破 遂殺女子 出降 (或云 欲滅樂浪 遂請婚 娶其女 爲子妻 後使歸本國 壞其兵物) (大武神王 三國史記 卷14)


## 太子馬迹

近仇首王(一云諱須) 近肖古王之子

先是 高句麗國岡王斯由 親來侵 近肖古王遣太子拒之 至半乞壤 將戰 高句麗人斯紀本百濟人 誤傷國馬蹄 懼罪奔於彼 至是還來 告太子曰 彼師雖多 皆備數疑兵而已 其驍勇唯赤旗 若先破之 其餘不攻自潰 太子從之 進擊 大敗之 追奔逐北 至於水谷城之西北 將軍莫古解諫曰 嘗聞道家之言 知足不辱 知止不殆 今所得多矣 何必求多 太子善之 止焉 乃積石爲表 登其上 顧左右曰 今日之後 疇克

再至於此乎

其地有巖石 罅若馬蹄者 他人至今 呼爲太子馬迹 (百濟本紀2 三國史記 卷24)


# 竹葉軍

第十三未鄒尼叱今(一作未祖 又未古)金閼智七世孫 (中略) 在位二十三年而崩 陵
在興輪寺東

第十四儒理王代 伊西國人來攻金城 我大擧防禦 久不能抗 忽有異兵來助 皆珥
竹葉 與我軍幷力擊賊破之 軍退後不知所歸 但見竹葉積於未鄒陵前 乃知先王陰
隲有功 因呼竹現陵 (未鄒王竹葉軍 三國遺事 卷1)


# 朴提上

第十七那密王卽位三十六年庚寅 倭王遣使來朝曰 寡君聞大王之神聖 使臣等以
告百濟之罪於大王也 願大王譴一王子 表誠心於寡君也 於是王使第三子美海 (一
作未叱喜)以聘於倭 美海年十歲 言辭動止猶未備具 故以內臣朴娑覽 爲副使而遣
之 倭王留而不送三十年 至訥祇王卽位三年己未 句麗長壽王遣使來朝云 寡君聞
大王之弟寶海 秀智才藝 願與相親 特遣小臣懇請 王聞之幸甚 因此和通命 其弟
寶海 遣於句麗 以內臣金武謁爲輔而送之 長壽王又留而不送

至十年乙丑 王召集群臣及國中豪俠 親賜御宴 進酒三行 衆樂初作 王垂涕而謂
群臣曰 昔我聖考 誠心民事 故使愛子東聘於倭 不見而崩 又朕卽位已來 鄰兵甚
熾 戰爭不息 句麗獨有結親之言 朕信其言 以其親弟聘於句麗 句麗亦留而不送
朕雖處富貴 而未嘗一日 暫忘而不哭 若得見二弟 共謝於先主之廟 則能報恩於國
人 誰能成其謀策 時百官成奏曰 此事固非易也 必有智勇方可 臣等以爲歃羅郡太
守堤上 可也 於是王召問焉 堤上再拜對曰 臣聞主憂臣辱 主辱臣死 若論難易而

後行 謂之不忠 圖死生而後動 謂之無勇 臣雖不肖 願受命行矣 王甚嘉之 分觴而飲 握手而別 堤上簾前受命 徑趨北海之路 變服入句麗 進於寶海所 共謀逸期 先以五月十五日 歸泊於高城水口而待 期日將至 寶海稱病 數日不朝 乃夜中逃出 行到高城海濱 王知之 使數十人追之 至高城而及之 然寶海在句麗 常施恩於左右 故其軍士憫傷之 皆拔箭鏃而射之 逐免而歸 王旣見寶海 益思美海 一欣一悲 垂淚而謂左右曰 如一身有一臂一面一眼 雖得一而亡一 何敢不痛乎

時堤上聞此言 再拜辭朝而騎馬 不入家而行 直至於栗浦之濱 其妻聞之 走馬追至栗浦 見其夫已在船上矣 妻呼之切懇 堤上但搖手而不駐 行至倭國 詐言曰 雞林王以不罪殺我父兄 故逃來至此矣 倭王信之 賜室家而安之 時堤上常陪美海 遊海濱逐捕魚鳥 以其所獲 每獻於倭王 王甚喜之而無疑焉 適曉霧濛晦 堤上曰 可行矣 美海曰 然則偕行 堤上曰 臣若行 恐倭人覺而追之 願臣留而止其追也 美海曰 今我與汝如父兄焉 何得棄汝而獨歸 堤上曰 臣能救公之命而慰大王之情則足矣 何願生乎 取酒獻美海 時雞林人康仇麗在倭國 以其人從而送之 堤上入美海房 至於明旦 左右欲入見之 堤上出止之曰 昨日馳走於捕獵 病甚未起 及乎日昃 左右怪之而更問焉 對曰 美海行已久矣 左右奔告於王 王使騎兵逐之 不及 於是囚堤上問曰 汝何竊遣汝國王子耶 對曰 臣是雞林之臣 非倭國之臣 今欲成吾君之志耳 何敢言於君乎 倭王怒曰 今汝已爲我臣 而言雞林之臣 則必具五刑 若言倭國之臣者 必賞重祿 對曰 寧爲雞林之犬狖 不爲倭國之臣子 寧受雞林之箠楚 不受倭國之爵祿 王怒 命屠剝堤上脚下之皮 刈蒹葭使趨其上(今 蒹葭上有血痕 俗云 堤上之血) 更問曰 汝何國臣乎 曰雞林之臣也 又使立於熱鐵上 問何國之臣乎 曰雞林之臣 倭王知不可屈 燒殺於木島中

美海渡海而來 使康仇麗先告於國中 王驚喜 命百官迎於屈歇驛 王與親弟寶海迎於南郊 入闕設宴 大赦國內 冊其妻 爲國大夫人 以其女子爲美海公夫人 (中略)

初堤上之發去也 夫人聞之追不及 及至望德寺門南沙上 放臥長號 因名其沙曰長沙 親戚二人 扶腋將還 夫人舒脚坐不起 名其地曰伐知旨 久後夫人不勝其慕 率三娘子上鵄述嶺 望倭國痛哭而終 仍爲鵄述神母 今祠堂存焉 (奈勿王金堤上 三國遺事 卷1)

# 溫達

溫達 高句麗平岡王時人也 容貌龍鍾可笑 中心則晬然 家甚貧 常乞食以養母
破衫弊履 往來於市井間 時人目之爲愚溫達 平岡王少女兒好啼 王戲曰 汝常啼聒
我耳 長必不得爲士大夫妻 當歸之愚溫達 王每言之 及女年二八 欲下嫁於上部高
氏 公主對曰 大王常語 汝必爲溫達之婦 今何故改前言乎 匹夫猶不欲食言 況至
尊乎 故曰王者無戲言 今大王之命 謬矣 妾不敢祇承 王怒曰 汝不從我敎 則固不
得爲吾女也 安用同居 宜從汝所適矣

於是 公主以寶釧數十枚繫肘後 出宮獨行 路遇一人 問溫達之家 乃行至其家
見盲老母 近前拜 問其子所在 老母對曰 吾子貧且陋 非貴人之所可近 今聞子之
臭 芬馥異常 接子之手 柔滑如綿 必天下之貴人也 因誰之侜 以至於此乎 惟我息
不忍饑 取楡皮於山林 久而未還 公主出行 至山下 見溫達負楡皮而來 公主與之
言懷 溫達悖然曰 此非幼女子所宜行 必非人也 狐鬼也 勿迫我也 遂行不顧 公主
獨歸 宿柴門下 明朝更入 與母子備言之 溫達依違未決 其母曰 吾息至陋 不足爲
貴人匹 吾家至寠 固不宜貴人居 公主對曰 古人言 一斗粟 猶可舂 一尺布 可縫
則苟爲同心 何必富貴然後 可共乎 乃賣金釧 買得田宅奴婢牛馬器物 資用完具
初買馬 公主語溫達曰 愼勿買市人馬 須擇國馬病瘦而見放者 而侯換之 溫達如其
言 公主養飼甚勤 馬日肥且壯

高句麗常以春三月三日 會獵樂浪之丘 以所獲猪鹿 祭天及山川神 至其日 王出
獵 群臣及五部兵士皆從 於是溫達以所養之馬隨行 其馳騁常在前 所獲亦多 他無
若者 王召來 問姓名 驚且異之

時後周武帝出師伐遼東 王領軍逆戰於拜山之野 溫達爲先鋒 疾鬪斬數十餘級
諸軍乘勝 奮擊大克 及論功 無不以溫達爲第一 王嘉歎之曰 是吾女壻也 備禮迎
之 賜爵爲大兄 由此 寵榮尤渥 威權日盛 及陽岡王卽位 溫達奏曰 惟新羅割我漢
北之地爲郡縣 百姓痛恨 未嘗忘父母之國 願大王不以愚不肖 授之以兵 一往必還
吾地 王許焉 臨行誓曰 鷄立峴 竹嶺已西 不歸於我 則不返也 遂行 與羅軍戰於
阿旦城之下 爲流矢所中 路而死 欲葬 柩不肯動 公主來撫棺曰 死生決矣 於乎歸
矣 遂擧而窆 大王聞之悲慟 (溫達 三國史記 卷45)

# 善德王知幾三事

第二十七德曼(一作萬) 諡善德女大王 姓金代 父眞平王 以貞觀六年壬辰卽位
御國十六年 凡知幾有三事 初唐太宗送畫牧丹三色紅紫白 以其實三升 王見畫花
曰 此花定無香 仍命種於庭 待其開落 果如其言

二 於靈廟寺玉門池 冬月衆蛙集鳴三四日 國人怪之 問於王 王急命角干閼川 弼
呑等 鍊精兵二千人 速去西郊 問女根谷 必有賊兵 掩取殺之 二角干旣受命 各率
千人 問西郊 富山下果有女根谷 百濟兵五百人 來藏於彼 並取殺之 百濟將軍杇召
者 藏於南山嶺石上 又圍而射之 殪 又有後兵一千二百人來 亦擊而殺之 一無孑遺

三 王無恙時 謂群臣曰 朕死於某年某月某日 葬我於忉利天中 群臣罔知其處 奏
云何所 王曰 狼山南也 至其月日王果崩 群臣葬於狼山之陽 後十餘年文武大王創
四天王寺於王墳之下 佛經云 四天王天之上有忉利天 乃知大王之靈聖也 當時群
臣啓於王曰 何知花蛙二事之然乎 王曰 畫花而無蝶 知其無香 斯乃唐帝欺寡人之
無耦也 蛙有怒形 兵士之像 玉門者 女根也 女爲陰也 其色白 白西方也 故知兵
在西方 男根入於女根 則必死矣 以是知其易捉 於是群臣皆服其聖智 (善德王知幾
三事 三國遺事 卷1)


# 皇龍寺 九層塔

新羅第二十七善德王卽位五年 貞觀十年丙申 慈藏法師西學 乃於五臺感文殊授
法(詳見本傳) 文殊又云 汝國王是天竺刹利種王 預受佛記 故別有因緣 不同東夷
共工之族 然以山川崎嶮 故人性麤悖 多信邪見 而時或天神降禍 然有多聞比丘
在於國中 是以君臣安泰 萬庶和平矣 言已不現 藏知是大聖變化 泣血而退 經由
中國太和池邊 忽有神人出問 胡爲至此 藏答曰 求菩提故 神人禮拜 又問 汝國有
何留難 藏曰 我國北連靺鞨 南接倭人 麗濟二國 迭犯封陲 鄰寇縱橫 是爲民梗
神人云 今汝國以女爲王 有德而無威 故鄰國謀之 宜速歸本國 藏問 歸鄉 將何爲

利益乎 神曰 皇龍寺護法龍 是吾長子 受梵王之命 來護是寺 歸本國 成九層塔於寺中 都國降伏 九韓來貢 王祚永安矣 建塔之後 設八關會 赦罪人 則外賊不能爲害 更爲我於京畿南岸置一精廬 共資予福予 亦報之德矣 言已遂奉玉而獻之 忽隱不現(寺中記云 於終南山圓香禪師處 受建塔因由)

貞觀十七年癸卯十六日 將唐帝所賜 經像袈裟幣帛而還國 以建塔之事 聞於上善德王議於群臣 群臣曰 請工匠於百濟 然後方可 乃以寶帛請於百濟 匠名阿非知 受命而來 經營木石 伊干龍春(一作龍樹) 幹蠱 率小匠二百人 初立刹柱之日 匠夢本國百濟滅亡之狀 匠乃心疑停手 忽大地震動 晦冥之中 有一老僧一壯士 自金殿門出 乃之其柱 僧與壯士皆隱不現 匠於是改悔 畢成其塔 刹柱記云 鐵盤已上高四十二尺 已下一百八十三尺 慈藏以五臺所授舍利百粒 分安於柱中 并通度寺戒壇 及大和寺塔 以副池龍之請 (大和寺 在阿曲縣南 今蔚州 亦藏師所創也) 樹塔之後 天地開泰 三韓爲一 豈非塔之靈蔭乎 後高麗王將謀伐羅 乃曰 新羅有三寶 不可犯也 何謂也 皇龍丈六 並九層塔 與眞平王天賜玉帶 遂寢其謀 (皇龍寺九層塔 三國遺事 卷3)


萬波息笛 1


第三十一神文大王 諱政明 金氏 開耀元年辛巳七月七日卽位 爲聖考文武大王創感恩寺於東海邊 (寺中記云 文武王欲鎭倭兵 故始創此寺 未畢而崩 爲海龍 其子神文立 開耀二年畢排 金堂砌下東向開一穴 乃龍之入寺旋繞之備 蓋遺詔之藏骨處 名大王巖 寺名感恩寺 後見龍現形處 名利見臺) 明年壬午五月朔(一本云 天授元年 誤矣) 海官波珍喰朴夙淸奏曰 東海中有小山 浮來向感恩寺 隨波往來 王異之 命日官金春質(一作春日)占之 曰聖考今爲海龍 鎭護三韓 抑又金公庾信 乃三十三天之一子 今降爲大臣 二聖同德 欲出守城之寶 若陛下行幸海邊 必得無價大寶 王喜 以其月七日 駕幸利見臺 望其山 遣使審之 山勢如龜頭 上有一竿竹 晝爲二 夜合一 (一云 山亦晝夜開合如竹) 使來奏之 王御感恩寺宿 明日午時 竹合爲一 天地震動 風雨晦暗七日 至其月十六日風霽波平

王泛海入其山 有龍奉黑玉帶來獻 迎接共坐 問曰 此山與竹或判或合 如何 龍曰 比如一手拍之無聲 二手拍則則有聲 此竹之爲物 合之然後有聲 聖王以聲理天下之瑞也 王取此竹 作笛吹之 天下和平 今王考爲海中大龍 庾信復爲天神 二聖同心 出此無價大寶 令我獻之 王驚喜 以五色錦彩金玉酬賽之 勅使斫竹出海時 山與龍忽隱不現 王宿感恩寺 十七日 到祗林寺西溪邊 留駕晝饍 太子理恭(卽孝昭大王)守闕 聞此事 走馬來賀 徐察奏曰 此玉帶諸窠皆眞龍也 王曰 汝何知之 太子曰 摘一窠沈水示之 乃摘左邊第二窠沈溪 卽成龍上天 其地成淵 因號龍淵

駕還 以其竹作笛 藏於月城天尊庫 吹此笛則兵退病愈 旱雨雨晴 風定波平 號萬波息笛 稱爲國寶 至孝昭大王代 天授四年癸巳 因夫禮郞生還之異 更封號曰萬萬波波息笛 詳見彼傳 (萬波息笛 三國遺事 卷2)


## 萬波息笛 2


雞林之岳曰金剛嶺 山之陽有柏栗寺 寺有大悲之像一軀 不知作始 而靈異頗著 或云 是中國之神匠塑衆生寺像時幷造也 諺云 此大聖曾上忉利天 還來入法堂時所履石上脚迹 至今不刓 或云 救夫禮郞還來時之所視迹也

天授三年壬辰九月七日 孝昭王奉大玄薩湌之子夫禮郞爲國仙 珠履千徒 親安常尤甚 天授四年(長壽二年) 癸巳暮春之月 領徒遊金蘭 到北溟之境 被狄賊所掠而去 門客皆失措而還 獨安常追迹之 是三月十一日也 大王聞之 驚駭不勝曰 先君得神笛 傳于朕躬 今與玄琴藏在內庫 因何國仙忽爲賊俘 爲之奈何(琴笛事 具載別傳) 時有瑞雲覆天尊庫 王又震懼使檢之 庫內失琴笛二寶 乃曰 朕何不予 昨失國仙 又亡琴笛 乃囚司庫吏金貞高等五人 四月 暮於國曰 得琴笛者 賞之一歲租

五月十五日 郞二親就柏栗寺大悲像前 禳祈累夕 忽香卓上得琴笛二寶 而郞常二人來到於像後 二親顧喜 問其所由來 郞曰 予自被掠 爲彼國大都仇羅家之牧子 放牧於大鳥羅尼野(一本作都仇家奴 牧於大磨之野) 忽有一僧 容儀端正 手携琴笛來慰曰 憶桑梓乎 予不覺跪于前曰 眷戀君親 何論其極 僧曰 然則宜從我來 遂率至海壖 又與安常會 乃批笛爲兩分 與二人各乘一隻 自來其琴 泛泛歸來 俄然至此

矣 於是具事馳聞 王大驚使迎郞 隨琴笛入內 施鑄金銀五器二副各重五十兩 摩衲
袈裟五領 大綃三千疋 田一萬頃納於寺 用答慈庥焉 大赦國內 賜人爵三級 復民
租三年 主寺僧移住奉聖 封郞爲大角干(羅之冢宰爵名) 父大玄阿湌爲太大角干 母
龍寶夫人爲沙梁部鏡井宮主 安常師爲大統 司庫五人皆免 賜爵各五級

六月十二日 有彗星孛于東方 十七日 又孛于西方 日官奏曰 不封爵於琴笛之瑞
於是冊號神笛爲萬萬波波息 彗乃滅 後多靈異 文煩不載 (柏栗寺 三國遺事 卷3)


## 萬波息笛 3

王之考大角干孝讓 傳祖宗萬波息笛 乃傳於王 王得之 故厚荷天恩 其德遠輝
貞元二年丙寅十月十一日 日本王文慶(按日本帝紀 第五十五主文德王 疑是也 餘無
文慶 或本云 是王太子) 擧兵欲伐新羅 聞新羅有萬波息笛退兵 以金五十兩 遣使請
其笛 王謂使曰 朕聞上世眞平王代有之耳 今不知所在 明年七月七日 更遣使 以
金一千兩請之曰 寡人願得見神物而還之矣 王亦辭以前對以銀三千 兩賜其使 還
金而不受 八月使還 藏其笛於內黃殿 (元聖大王 三國遺事 卷2)


## 元聖大王

伊湌金周元 初爲上宰 王爲角干 居二宰 夢脫幞頭 著素笠 把十二絃琴 入於天
官寺井中 覺而使人占之 曰脫幞頭者 失職之兆 把琴者 著枷之兆 入井入獄之兆
王聞之甚患 杜門不出 于時阿湌餘三(或本餘山) 來通謁

王辭以疾不出 再通曰 願得一見 王諾之 阿湌曰 公所忌何事 王具說占夢之由
阿湌興拜曰 此乃吉祥之夢 公若登大位而不遺我 則爲公解之 王乃辟禁左右而請
解之曰 脫幞頭者 人無居上也 著素笠者 冕旒之兆也 把十二絃琴者 十二孫傳世
之兆也 入天宮井 入宮禁之瑞也 王曰 上有周元 何居上位 阿湌曰 請密祀北川神

可矣 從之 未幾宣德王崩 國人欲奉周元爲王 將迎入宮 家在川北 忽川漲不得渡
王先入宮卽位 上宰之徒衆 皆來附之 拜賀新登之主 是爲元聖大王諱敬信 金氏
蓋厚夢之應也

周元退居溟州 王旣登極 時餘山已卒矣 召其子孫賜爵 (元聖大王 三國遺事 卷2)


## 護國龍

王卽位十一年乙亥 唐使來京 留一朔而還 後一日 有二女 進內庭 奏曰 妾等乃
東池靑池(靑池 卽東泉寺之泉也 寺記云 泉 乃東海龍往來聽法之地 寺 乃眞平王所造
五百聖衆 五層塔 幷納田民焉) 二龍之妻也 唐使 將河西國二人而來 呪我夫二龍及
芬皇寺井等三龍 變爲小魚 筒貯而歸 願陛下勅二人 留我夫等護國龍也

王追至河陽館 親賜享宴 勅河西人曰 爾輩何得取我三龍至此 若不以實告 必加
極刑 於是出三魚獻之 使放於三處 各湧水丈餘 喜躍而逝 唐人服王之明聖 (元聖
大王 三國遺事 卷2)


## 居陁知

此王代阿飡良貝 王之季子也 奉使於唐 聞百濟海賊梗於津島 選弓士五十人隨
之 船次鵠島(鄕云 骨大島) 風濤大作 信宿浹旬 公患之 使人卜之 曰島有神池 祭
之可矣 於是具奠於池上 池水湧高丈餘 夜夢有老人謂公曰 善射一人 留此島中
可得便風 公覺而以事諮於左右曰 留誰可矣 衆人曰 宜以木簡五十片 書我輩名
沈水而鬮之 公從之

軍士有居陁知者 名沈水中 乃留其人 便風忽起 船進無滯 居陁愁立島嶼 忽有
老人 從池而出 謂曰 我是西海若 每一沙彌 日出之時 從天而降 誦陁羅尼 三繞
此池 我之夫婦子皆浮水上 沙彌取吾子孫肝腸 食之盡矣 唯存吾夫婦與一女爾

來朝又必來 請君射之 居陁曰 弓矢之事 吾所長也 聞命矣 老人謝之而沒 居陁隱
伏而待 明日扶桑旣暾 沙彌果來 誦呪如前 欲取老龍肝 時居陁射之中 沙彌卽變
老狐 墜地而斃 於是老人出而謝曰 受公之賜 全我性命 請以女子妻之 居陁曰 見
賜不遺 固所願也 老人以其女 變作一枝花 納之懷中 仍命二龍 捧居陁趁及使船
仍護其船 入於唐境 唐人見新羅船有二龍負之 具事上聞 帝曰 新羅之使 必非常
人 賜宴坐於郡臣之上 厚以金帛遺之 旣還國 居陁出花枝 變女同居焉 (眞聖女大
王居陁知 三國遺事 卷2)


## 九龍淵

九龍淵 在州北八里 淵南有土城基 周六百尺 諺傳 哈丹指丹兄弟 一居淵上土
城 一居州城內 靜州戶長金裕幹 欲以計逐之 詐言 我國於某夜 欲殲爾等 至其夜
於山上多設炬火以示之 哈丹等以爲信然 遂擧城渡江而逃 然江上無所渡舟楫 裕
幹心異之 諦視之於江北近邊 沈鐵牛立之 又以鐵鑼着南岸巖石間 連亘於牛背 作
浮橋以渡矣 裕幹卽令破橋 俾不復渡
永樂戊午築州城 時令善泅者 取鑼鐵爲城門鑼鑰 其鐵牛則淪沒淵沙 無復尋矣
(義州牧 東國與地勝覽 卷53)


## 都彌

都彌 百濟人也 雖編戶小民 而頗知義理 其妻美麗 亦有節行 爲時人所稱 蓋婁
王聞之 召都彌與語曰 凡婦人之德 雖以貞潔爲先 若在幽昏無人之處 誘之以巧言
則能不動心者 鮮矣乎 對曰 人之情 不可測也 而若臣之妻者 雖死無貳者也 王欲
試之 留都彌以事 使一近臣 假王衣服馬從 夜抵其家 使人先報王來 謂其婦曰 我
久聞爾好 與都彌博得之 來日入爾爲宮人 自此後爾身吾所有也 遂將亂之 婦曰

國王無妄語 吾敢不順 請大王先入室 吾更衣乃進 退而雜餙一婢子薦之

王後知見欺 大怒 誣都彌以罪 矐其兩眸子 使人牽出之 置小船泛之河上 遂引其婦 强欲淫之 婦曰 今良人已失 單獨一身 不能自持 況爲王御 豈敢相違 今以月經 渾身汚穢 請俟他日薰浴而後來 王信而許之 婦便逃至江口 不能渡 呼天慟哭 忽見孤舟隨波而至 乘至泉城島 遇其夫未死 掘草根以喫 遂與同舟 至高句麗蒜山之下 麗人哀之 丐之衣食 遂苟活 終於羈旅 (都彌 三國史記 卷48)


## 薛氏女

薛氏女 栗里民家女子也 雖寒門單族 而顏色端正 志行脩整 見者無不歆艶 而不敢犯 眞平王時 其父年老 番當防秋於正谷 女以父衰病 不忍遠別 又恨女身不得侍行 徒自愁悶 沙梁部少年嘉實 雖貧且窶 而其養志貞男子也 嘗悅美薛氏 而不敢言 聞薛氏憂父老而從軍 遂請薛氏曰 僕雖一懦夫而嘗以志氣自許 願以不肖之身 代嚴君之役 薛氏甚喜 入告於父 父引見曰 聞公欲代老人之行 不勝喜懼 思所以報之 若公不以愚陋見棄 願薦幼女子 以奉箕箒 嘉實再拜曰 非敢望也 是所願焉 於是 嘉實退而請期 薛氏曰 婚姻人之大倫 不可以倉猝 妾旣以心許 有死無易 願君赴防 交代而歸 然後卜日成禮 未晚也 乃取鏡分半 各執一片 云此所以爲信 後日當合之 嘉實有一馬 謂薛氏曰 此天下良馬 後必有用 今我徒行 無人爲養 請留之 以爲用耳 遂辭而行

會國有故 不使人交代 淹六年未還 父謂女曰 始以三年爲期 今旣踰矣 可歸于他族矣 薛氏曰 向以安親 故强與嘉實約 嘉實信之 故從軍累年 飢寒辛苦 況迫賊境 手不釋兵 如近虎口 恒恐見啗 而棄信食言 豈人情乎 終不敢從父之命 請無復言 其父老且耄 以其女壯而無伉儷 欲强嫁之 潛約婚於里人 旣定日引其人 薛氏固拒 密圖遁去而未果 至廐見嘉實所留馬 太息流淚 於是嘉實代來 形骸枯槁 衣裳藍縷 室人不知 謂爲別人 嘉實直前 以破鏡投之 薛氏得之呼泣 父及室人失喜 遂約異日相會 與之偕老 (薛氏女 三國史記 卷48)

## 孝女 知恩

孝女知恩 韓岐部百姓連權女子也 性至孝 少喪父 獨養其母 年三十二 猶不從
人 定省不離左右 而無以爲養 或傭作或行乞 得食以飼之 日久不勝困憊 就富家
請賣身爲婢 得米十餘石 窮日行役於其家 暮則作食歸養之 如是三四日 其母謂女
子曰 向食麤而甘 今則食雖好 味不如昔 而肝心若以刀刃刺之者 是何意耶 女子
以實告之 母曰 以我故使爾爲婢 不如死之速也 乃放聲大哭 女子亦哭 哀感行路
　時孝宗郎出遊 見之 歸請父母 輸家粟百石及衣物予之 又償買主以從良 郎徒幾
千人 各出粟一石爲贈 大王聞之 亦賜租五百石 家一區 復除征役 以粟多恐有剽
竊者 命所司差兵番守 標榜其里曰 孝養坊 仍奉表歸美於唐室 孝宗 時第三宰相
舒發翰仁慶子 少名化達 王謂雖當幼齒便見老成 卽以其兄憲康王之女 妻之 (孝
女知恩 三國史記 卷48)


## 衆美亭

先是 清寧齋南麓 構丁字閣 扁曰衆美亭 亭之南澗 築土石貯水 岸上作茅亭 鳧
雁蘆葦 宛如江湖之狀 泛舟其中 令小僮棹歌漁唱 以恣遊觀之樂
　初作亭 役卒私賷糧 一卒貧甚 不能自給 役徒共分飯一匙食之 一日 其妻具食
來餉 且曰 宜召所親共之 卒曰 家貧何以備辦 將私於人而得之乎 豈竊人所有乎
妻曰 貌醜 誰與私 性拙 安能盜 但剪髮買來耳 因示其首 卒嗚咽不能食 聞者悲
之 (毅宗2 高麗史 卷18)


## 蓋鹵王

蓋鹵王(或云 近蓋婁)二十一年秋九月 麗王巨璉帥兵三萬 來圍王都漢城 王閉城

門 不能出戰 麗人分兵爲四道夾攻 又乘風縱火 焚燒城門 人心危懼 或有欲出降者 王窘不知所圖 領數十騎 出門西走 麗人追而害之

先是 高句麗長壽王 陰謀百濟 求可以間諜於彼者 時浮屠道琳應募曰 愚僧旣不能知道 思有以報國恩 願大王不以臣不肖 指使之 期不辱命 王悅 密使諜百濟 於是 道琳佯逃罪 奔入百濟 時百濟王近蓋婁好博弈 道琳詣王門告曰 臣少而學碁 頗入妙 願有聞於左右 王召入對碁 果國手也 遂尊之爲上客 甚親昵之 恨相見之晚 道琳一日侍坐 從容曰 臣異國人也 上不我疎外 恩私甚渥 而惟一技之是效 未嘗有分毫之益 今願獻一言 不知上意如何耳 王曰 第言之 若有利於國 此所望於師也 道琳曰 大王之國 四方皆山丘河海 是天設之險 非人爲之形也 是以 四鄰之國 莫敢有覰心 但願奉事之不暇 則王當以崇高之勢 富有之業 竦人之視聽 而城郭不葺 宮室不修 先王之骸骨 權攢於露地 百姓之屋廬 屢壞於河流 臣竊爲大王不取也 王曰 諾 吾將爲之 於是盡發國人 烝土築城 卽於其內作宮室樓閣臺樹 無不壯麗 又取大石於郁里河 作槨以葬父骨 緣河樹堰 自蛇城之東 至崇山之北 是以 倉庾虛竭 人民窮困 邦之阽杌 甚於累卵

於是 道琳逃還以告之 長壽王喜將伐之 乃授兵於帥臣 近蓋婁聞之 謂子文周曰 予愚而不明 信用姦人之言 以至於此 民殘而兵弱 雖有危事 誰肯爲我力戰 吾當死於社稷 汝在此俱死 無益也 盍避難以續國系焉 文周乃與木劦滿致祖彌桀取(木劦祖彌 皆複姓 隋書以木劦爲二姓 未知孰是) 南行焉 至是高句麗對盧齊于再曾桀婁古爾萬年(再曾古爾 皆複姓)等帥兵來攻北城 七日而拔之 移攻南城 城中危恐 王出逃 麗將桀婁等 見王下馬拜 已向王面三唾之 乃數其罪 縛送於阿且城下戕之 (蓋鹵王 三國史記 권25)


## 百濟圓月輪 新羅如新月


百濟末王義慈 乃武王之元子也 (中略) 以貞觀十五年辛丑卽位 耽婬酒色 政荒國危 佐平(百濟爵名)成忠極諫不聽 囚於獄中 瘦困濱死 書曰 忠臣死不忘君 願一言而死 臣嘗觀時變 必有兵革之事 凡用兵 審擇其地 處上流而迎敵 可以保全 若

異國兵來 陸路不使過炭峴(一云 沈峴 百濟要害之地) 水軍不使入伎伐浦 (卽長嚴又
孫梁 一作只火浦 又白江) 據其險隘以禦之 然後可也 王不省

顯慶四年己未 百濟烏會寺(亦云 烏合寺) 有大赤馬 晝夜六時 遶寺行道 二月
衆狐入義慈宮中 一白狐坐佐平書案上 四月 太子宮雌雞與小雀交婚 五月 泗沘
(扶餘江名) 岸大魚出死 長三丈 人食之者皆死 九月 宮中槐樹鳴如人哭 夜鬼哭宮
南路上 五年庚申春二月 王都井水血色 西海邊小魚出死 百姓食之不盡 泗沘水血
色 四月 蝦蟇數萬集於樹上 王都市人無故驚走 如有捕捉 驚仆死者百餘 亡失財
物者無數 六月 王興寺僧皆見如船楫隨大水入寺門 有大犬如野鹿 自西至泗沘岸
向王宮吠之 俄不知所之 城中群犬集於路上 或吠或哭 移時而散 有一鬼入宮中
大呼曰 百濟亡百濟亡 卽入地 王怪之 使人掘地 深三尺許 有一龜 其背有丈 百
濟圓月輪 新羅如新月 問之巫者 云圓月輪者 滿也 滿則虧 如新月者 未滿也 未
滿則漸盈 王怒殺之 或曰 圓月輪盛也 如新月者微也 意者國家盛而新羅寢微乎
王喜 (太宗春秋公 三國遺事 卷1)


# 景文大王


王之寢殿 每日暮無數衆蛇俱集 宮人驚怖 將驅遣之 王曰 寡人若無蛇 不得安
寢 宜無禁 每寢吐舌滿胸鋪之

乃登位 王耳忽長如驢耳 王后及宮人皆未知 唯幞頭匠一人知之 然生平不向人
說 其人將死 入道林寺竹林中無人處 向竹唱云 吾君耳如驢耳 其後風吹 則竹聲
云 吾君耳如驢耳 王惡之 乃伐竹 而植山茱萸 風吹 則但聲云 吾君耳長 (道林寺
舊在入都林邊) (景文大王 三國遺事 卷2)

## 眞聖女大王

第五十一眞聖女王 臨朝有年 乳母鳧好夫人 與其夫魏弘匝干等三四寵臣 擅權撓政 盜賊蜂起 國人患之 乃作陁羅尼隱語 書投路上 王與權臣等得之 謂曰 此非王居仁 誰作此文 乃囚居仁於獄 居仁作詩訴于天 天乃震其獄 因以免之

詩曰 燕丹泣血虹穿日 鄒衍含悲夏落霜 今我失途還似舊 皇天何事不垂祥 陁羅尼曰 南無亡國刹尼那帝 判尼判尼蘇判尼 于于三阿干 鳧伊娑婆訶 說者云 刹尼那帝者 言女主也 判尼判尼蘇判尼者 言二蘇判也 蘇判爵名 于于三阿干也 鳧伊者 言鳧好也 (眞聖女大王居陁知 三國遺事 卷2)

## 景明王

第五十四景明王代 貞明五年戊寅 四天王寺壁畵狗鳴 說經三日禳之 太半日又鳴 七年庚辰二月 皇龍寺塔影 倒立於今毛舍知家庭中一朔 又十月 四天王寺五方神 弓弦皆絶 壁畵狗出走庭中 還入壁中 (景明王 三國遺事 卷2)

## 七佛寺

七佛寺 在北城外 諺傳 隋兵陳于江上 欲渡無舟 忽有七僧到江邊 六僧褰裳而涉 隋人見之 謂水淺 揮兵爭渡而溺 屍滿于川 水爲之不流 因建寺爲名 列置七石以象七僧 (安州牧 東國輿地勝覽 卷52)

## 龍堰城

道士等行鎭國內有名山川 古平壤城勢新月城也 道士等呪勅南河龍 加築爲滿月城 因名龍堰城 作讖曰 龍堰堵 且云千年寶藏堵 或鑿破靈石 (俗云 都帝嚴 亦云朝天石 蓋昔聖帝騎此石朝上帝故也) 蓋金又奏築長城東北西南 時男役女耕 役至十六年乃畢 (寶藏奉老晉德移庵 三國遺事 卷3)


## 墮死巖

百濟古記云 扶餘城北角有大嚴 下臨江水 相傳云 義慈王與諸後宮 知其未免相謂曰 寧自盡 不死於他人手 相率至此 投江而死 故俗云墮死巖 斯乃俚諺之訛也 但宮人之墮死 義慈卒於唐 唐史有明文 (太宗春秋公 三國遺事 卷1)


## 南夫餘

虎巖寺 有政事嚴 國家將議宰相 則書當選者名 或三四 函封置嚴上 須臾取看名上有印跡者爲相 故名之 泗沘河邊 有一嚴 蘇定方嘗坐此上 釣魚龍而出 故嚴上有龍跪之跡 因名龍巖

又郡中有三山 曰日山吳山浮山 國家全盛之時 各有神人居其上 飛相往來 朝夕不絕 泗沘崖 又有一石 可坐十餘人 百濟王欲幸王興寺禮佛 先於此石望拜佛 其石自煖 因名堗石 (南夫餘前百濟北夫餘 三國遺事 卷2)

## 會蘇曲

儒理尼師今 九年春 改六部之名 仍賜姓 (中略) 王旣定六部 中分爲二 使王女
二人 各率部內女子 分朋造黨 自秋七月旣望 每日早集大部之庭績麻 乙夜而罷
至八月十五日 考其功之多小 負者置酒食 以謝勝者 於是歌舞百戲皆作 謂之嘉俳
　是時 負家一女子 起舞嘆曰 會蘇會蘇 其音哀雅 後人因其聲而作歌 名會蘇曲
(新羅本紀 三國史記 卷1)


## 射琴匣

　第二十一毘處王(一作 炤智王)卽位十年戊辰 幸於天泉亭 時有烏與鼠來鳴 鼠作
人語云 此烏去處尋之 (或云 神德王欲行香興輪寺 路見衆鼠含尾 怪之而還占之 明日
先鳴烏尋之云云 此說非也) 王命騎士追之 南至避村 (今壞避寺村 在南山東麓) 兩猪
相鬪 留連見之 忽失烏所在 徘徊路傍 時有老翁 自池中出奉書 外面題云 開見二
人死 不開一人死 使來獻之 王曰 與其二人死 莫若不開 但一人死耳
　日官奏云 二人者庶民也 一人者王也 王然之開見 書中云 射琴匣 王入宮見琴
匣射之 乃內殿焚修僧與宮主潛通而所奸也 二人伏誅 自爾國俗每正月上亥上子上
午等日 忌愼百事 不敢動作 以十五日爲烏忌之日 以糯飯祭之 至今行之 俚言怛
忉 言悲愁而禁忌百事也 命其池曰書出池 (射琴匣 三國遺事 卷1)


## 月明里

　明常居四天王寺 善吹笛 嘗月夜吹過門前大路 月馭爲之停輪 因名其路曰月明
里 師亦以是著名 (月明師兜率歌 三國遺事 卷5)

# 望夫石

望夫石 在縣北十里 縣人爲行商 久不至 其妻登山石 以望之 恐其夫夜行犯害 托泥水之汚 以作歌 名其曲曰井邑 世傳登岾望夫石 足跡猶在 (井邑縣 東國輿地勝覽 卷34)


# 金官城婆娑石塔

金官虎溪寺婆娑石塔者 昔此邑爲金官國時 世祖首露王之妃 許皇后名黃玉 以東漢建武二十四年戊申 自西城阿踰陁國所載來 初公主承二親之命 泛海將指東 阻波神之怒 不克而還 白父王 父王命 載茲塔 乃獲利渉 來泊南涯 有緋帆茜旗珠玉之美 今云主浦 初解綾袴於岡上處曰 綾峴 茜旗初入海涯曰 旗出邊 (金官城婆娑石塔 三國遺事 卷3)


# 招賢臺

招賢臺 在府東七里 小山也 俗傳 駕洛國居登王 招七點山呂始仙人 呂始乘舟 抱琴而來 相與歡戲 因以爲名 王所坐蓮花石與棋局石 至今存焉 (金海都護府 東國輿地勝覽 卷32)


# 朴淵

朴淵 在天磨聖居兩山之間 狀若石甕 窺之正黑 有盤石湧出中心 曰島巖 水赴

絶壁 怒瀑下垂 可十丈 宛如白虹映空 飛雪洒矼 霆奔電激聲震天地諺傳 昔有朴進士者 吹笛淵上 龍女感之 引以爲夫 故名朴淵 李奎報詩曰 龍娘感笛嫁先生 百載同歡適性情者是也

其母來哭 墜死下潭 遂名姑姆潭 淵上有神祠 遇旱禱雨輒 應高麗文宗 嘗遊此登島巖上 忽風雨暴作 石震動 文宗驚怖 時李靈幹扈從 作書數龍之罪 投于淵 龍卽出其脊 乃杖之 淵水爲之盡赤 淵上兩崖有石佛 東曰坦坦朴朴 西曰努盼夫得 (牛峯縣 東國輿地勝覽 卷42)


# 百結先生

百結先生 不知何許人 居狼山下 家極貧 衣百結若懸鶉 時人號爲東里百結先生 嘗慕榮啓期之爲人 以琴自隨 凡喜怒悲歡不平之事 皆以琴宣之 歲將暮 鄰里春粟 其妻聞杵聲曰 人皆有粟春之 我獨無焉 何以卒歲 先生仰天嘆曰 夫死生有命 富貴在天 其來也不可拒 其往也不可追 汝何傷乎 吾爲汝作杵聲以慰之 乃鼓琴作杵聲 世傳之 名爲碓樂 (百結先生 三國史記 卷48)


# 率居

率居 新羅人 所出微 故不記其族系 生而善畫 嘗於皇龍寺壁畫老松 體幹鱗皴 枝葉盤屈 烏鳶燕雀 往往望之飛入 及到 蹭蹬而落

歲久色暗 寺僧以丹靑補之 鳥雀不復至 又慶州芬皇寺觀音菩薩 晉州斷俗寺維摩像 皆其筆蹟 世傳爲神畫 (率居 三國史記 卷48)

# 强首

强首 中原京 沙梁人也 父昔諦奈麻 其母夢見人有角 而姙身及生 頭後有高骨 昔諦以兒就當時所謂賢者 問曰 此兒頭骨如此 何也 答曰 吾聞之伏羲虎形 女媧 蛇身 神農牛頭 皐陶馬口 則聖賢同類 而其相 亦有不凡者 又觀兒首有黶子 於相 法 面黶無好 頭黶無惡 則此必奇物乎 父還謂其妻曰 爾子非常兒也 好養育之 當 作將來之國士也 及壯 自知讀書 通曉義理 父欲觀其志 問曰 爾學佛乎 學儒乎 對曰 愚聞之 佛世外敎也 愚人間人 安用學佛爲 願學儒者之道 父曰 從爾所好 遂就師讀孝經曲禮爾雅文選 所聞雖淺近 而所得愈高遠 魁然爲一時之傑 遂入仕 歷官 爲時聞人

强首嘗與釜谷冶家之女野合 情好頗篤 及年二十歲 父母媒邑中之女有容行者 將妻之 强首辭不可以再娶 父怒曰 爾有時名 國人無不知 而以微者爲偶 不亦可 恥乎 强首再拜曰 貧且賤非所羞也 學道而不行之 誠所羞也 嘗聞古人之言曰 糟 糠之妻 不下堂 貧賤之交 不可忘 則賤妾所不忍棄者也

及太宗大王卽位 唐使者至 傳詔書 其中有難讀處 王召問之 在王前一見說釋無 疑滯 王驚喜恨相見之晚 問其姓名 對曰 臣本任那加良人 名字頭 王曰 見卿頭骨 可稱强首先生 使製廻謝唐皇帝詔書表 文工而意盡 王益奇之 不稱名 言任生而已 强首未嘗謀生 家貧怡如也 王命有司 歲賜新城租一百石 文武王曰 强首文章自任 能以書翰致意於中國及麗 濟二邦 故能結好成功 我先王請兵於唐 以平麗濟者 雖 曰武功 亦由文章之助焉 則强首之功 豈可忽也 授位沙湌 增俸歲租二百石

至神文大王時卒 葬事官供其贈 贈衣物匹段尤多 家人無所私 皆歸之佛事 其妻 乏於食 欲還鄕里 大臣聞之 請王賜租百石 妻辭曰 妾 賤者也 衣食從夫 受國恩 多矣 今旣獨矣 豈敢再辱厚賜乎 遂不受而歸 新羅古記曰 文章 則强首 帝文 守 眞 良圖 風訓 骨番 帝文已下事逸 不得立傳 (强首 三國史記 卷46)

# 薛聰

　　薛聰 字聰智 祖談捺奈麻 父元曉 初爲桑門 淹該佛書 旣而返本 自號小性居士 聰性明銳 生知道術 以方言讀九經 訓導後生 至今學者宗之 又能屬文 而世無傳者 但今南地 或有聰所製碑銘 文字缺落不可讀 竟不知其何如也

　　神文大王 以仲夏之月 處高明之室 顧謂聰曰 今日 宿雨初歇 薰風微涼 雖有珍饌哀音 不如高談善謔 以舒伊鬱 吾子必有異聞 蓋爲我陳之 聰曰 唯 臣聞昔花王之始來也 植之以香園 護之以翠幕 當三春而發艶 凌百花而獨出 於是自邇及遐 艶艶之靈 夭夭之英 無不奔走上謁 唯恐不及 忽有一佳人 朱顔玉齒 鮮粧靚服 伶俜而來 綽約而前 曰 妾履雪白之沙汀 對鏡淸之海 而沐春雨以去垢 袂淸風而自適 其名曰薔薇 聞王之令德 期薦枕於香帷 王其容我乎 又有一丈夫 布衣韋帶 戴白持杖 龍鍾而步 傴僂而來曰 僕在京城之外 居大道之旁 下臨蒼茫之野景 上倚嵯峨之山色 其名曰白頭翁 竊謂左右供給雖足 膏粱以充腸 茶酒以淸神 巾衍儲藏 須有良藥以補氣 惡石以蠲毒 故曰 雖有絲麻 無棄菅蒯 凡百君子 無不代匱 不識王亦有意乎 或曰 二者之來 何取何捨 花王曰 丈夫之言 亦有道理 而佳人難得 將如之何 丈夫進而言曰 吾謂王聰明識理義 故來焉耳 今則非也 凡爲君者 鮮不親近邪佞 疎遠正直 是以孟軻不遇以終身 馮唐郎潛而皓首 自古如此 吾其奈何 花王曰 吾過矣 吾過矣 於是王愁然作色曰 子之寓言誠有深志 請書之 以爲王者之戒 遂擢聰以高秩

　　世傳 日本國眞人 贈新羅使薛判官詩序云 嘗覽元曉居士所著金剛三昧論 深恨不見其人 聞新羅國使薛 卽是居士之抱孫 雖不見其祖 而喜遇其孫 乃作詩贈之 其詩至今存焉 但不知其子孫名字耳 至我顯宗在位十三歲 乾興元年壬戌 追贈爲弘儒侯 或云 薛聰嘗入唐學 未知然不

　　崔承祐 以唐昭宗龍紀二年入唐 至景福二年 侍郎楊涉下及第 有四六五卷 自序爲餬本集 後爲甄萱作檄書 移我太祖 崔彦撝 年十八入唐遊學 禮部侍郎薛廷珪下及第 第四十二還國 爲執事侍郎瑞書院學士 及太祖開國 入朝 仕至翰林院太學士平章事 卒謚文英 金大問 本新羅貴門子弟 聖德王三年 爲漢山州都督 作傳記若干卷 其高僧傳 花郎世記 樂本 漢山記猶存 朴仁範 元傑 巨仁 金雲卿 金垂訓輩

雖僅有文字傳者 而史失行事 不得立傳 (薛聰 三國史記 卷46)


# 金生

金生 父母微 不知其世系 生於景雲二年 自幼能書 平生不攻他藝 年踰八十 猶
操筆不休 隷書行草皆入神 至今往往有眞蹟 學者傳寶之 崇寧中 學士洪灌隨進奉
使入宋 館於汴京 時翰林待詔楊球李革 奉帝勅至館 書圖簇 洪灌以金生行章一卷
示之 二人大駭日 不圖今日得見 王右軍手書 洪灌日 非是 此乃新羅人金生所書
也 二人笑日 天下除右軍 焉有妙筆如此哉 洪灌屢言之 終不信

又有姚克一者 仕至侍中兼侍書學士 筆力遒勁 得歐陽率更法 雖不及生 亦奇品
也 (金生 三國史記 卷48)


# 崔致遠

崔致遠 字孤雲(或云 海雲) 王京沙梁部人也 史傳泯滅 不知其世系 致遠少 精
敏好學 至年十二 將隨海舶入唐求學 其父謂日 十年不第 卽非吾子也 行矣勉之
致遠至唐 追師學問無怠

乾符元年甲午 禮部侍郎裵瓚下 一擧及第 調授宣州漂水縣尉 考績爲承務郎侍
御史內供奉 賜紫金魚袋 時黃巢叛 高騈爲諸道行營兵馬都統以討之 辟致遠爲從
事 以委書記之任 其表狀書啓傳之至今 及年二十八歲 有歸寧之志 僖宗知之 光
啓元年 使將詔書來聘 留爲侍讀兼翰林學士守兵部侍郎知瑞書監事 致遠自以西學
多所得 及來將行己志 而衰季多疑忌 不能容 出爲大山郡太守 (中略)

時致遠爲富城郡太守 祇召爲賀正使 以比歲饑荒 因之盜賊交午 道梗不果行 其
後致遠 亦嘗奉使如唐 但不知其歲月耳 故其文集有上太師侍中狀云 (中略)

致遠自西事大唐 東歸故國 皆遭亂世 屯邅蹇連 動輒得咎 自傷不遇 無復仕進

意 逍遙自放 山林之下 江海之濱 營臺榭植松竹 枕藉書史 嘯詠風月 若慶州南山

剛州氷山 陜州淸涼寺 智異山雙溪寺 合浦縣別墅 此皆遊焉之所 最後 帶家隱伽

耶山海印寺 與母兄浮圖賢俊及定玄師 結爲道友棲遲偃仰 以終老焉 始西遊時 與

江東詩人羅隱相知 隱負才自高 不輕許可人 示致遠所製歌詩五軸

又與同年顧雲友善 將歸 顧雲以詩送別 略曰 我聞海上三金鼇 金鼇頭戴山 高

高山之上兮 珠宮貝闕黃金殿 山之下兮 千里萬里之洪濤 傍邊一點雞林碧 鼇山孕

秀生奇特 十二乘船渡海來 文章感動中華國 十八橫行戰詞苑 一箭射破金門策

新唐書藝文志云 崔致遠四六集一卷 桂苑筆耕二十卷 注云 崔致遠高麗人 賓貢

及第爲高騈從事 其名聞上國如此 又有文集三十卷 行於世

初我太祖作興 致遠知非常人 必受命開國 因致書問有雞林黃葉 鵠嶺靑松之句

其門人等至國初來朝 仕至達官者非一 顯宗在位 爲致遠密贊祖業 功不可忘 下教

贈內史令 至十四歲太平十二年癸亥二月 贈諡文昌侯 (崔致遠 三國史記 卷46)


# 明臨答夫

明臨答夫 高句麗人也 新大王時 爲國相 漢玄菟郡太守耿臨 發大兵欲攻我 王

問群臣戰守孰便 衆議曰 漢兵恃衆輕我 若不出戰 彼以我爲怯 數來 且我國山險

而路隘 此所謂一夫當關 萬夫莫當者也 漢兵雖衆 無如我何 請出師禦之 答夫曰

不然 漢國大民衆 今以强兵遠鬪 其鋒不可當也 而又兵衆者宜戰 兵少者宜守 兵

家之常也 今漢人 千里轉糧 不能持久 若我深溝高壘 淸野以待之 彼必不過旬月

饑困而歸 我以勁卒迫之 可以得志 王然之 嬰城固守

漢人攻之不克士卒飢餓引還 答夫帥師數千騎追之 戰於坐原 漢軍大敗 匹馬不

反 王大悅 賜答夫坐原及質山 爲食邑 十五年秋九月卒 年百十三歲 王自臨慟 罷

朝七日 以禮葬於質山 置守墓二十家 (明臨答夫 三國史記 卷45)

# 勿稽子

勿稽子 奈解尼師今時人也 家世平微 爲人偶儻 少有壯志 時八浦上國同謀伐阿
羅國 阿羅使來 請救 尼師今使王孫捺音 率近郡及六部軍往救 遂敗八國兵 是役
也 勿稽子有大功 以見憎於王孫 故不記其功 或謂勿稽子曰 子之功莫大而不見錄
怨乎 曰 何怨之有 或曰 盍聞之於王 勿稽子曰 矜功求名 志士所不爲也 但當勵
志 以待後時而已 後三年 骨浦柒浦古史浦三國人 來攻竭火城 王率兵出救 大敗
三國之師 勿稽子斬獲數十餘級 及其論功 又無所得

乃語其婦曰 嘗聞爲臣之道 見危則致命 臨難則忘身 前日浦上竭火之役 可謂危
且難矣 而不能以致命忘身 聞於人 將何面目以出市朝乎 遂被髮携琴 入師彘山不
返 (勿稽子 三國史記 卷48)


# 昔于老

昔于老 奈解尼師今之子(或云 角干水老之子也) 助賁王二年七月 以伊飡爲大將
軍 出討甘文國 破之 以其地爲郡縣 四年七月 倭人來侵 于老逆戰於沙道 乘風縱
火 焚賊戰艦 賊溺死且盡 十五年正月 進爲舒弗邯兼知兵馬事 十六年 高句麗侵
北邊 出擊之 不克 退保馬頭柵 至夜 士卒寒苦 于老躬行勞問 手燒薪燜 暖熱之
群心感喜 如夾纊 沾解王在位 沙梁伐國舊屬我 忽背而歸百濟 于老將兵往討滅之

七年癸酉 倭國使臣 葛那古在館 于老主之 與客戲言 早晚以汝王爲鹽奴 王妃
爲爨婦 倭王聞之怒 遣將軍于道朱君 討我 大王出居于柚村 于老曰 今玆之患 由
吾言之不愼 我其當之 遂抵倭軍 謂曰 前日之言 戲之耳 豈意興師至於此耶 倭人
不答 執之 積柴置其上 燒殺之乃去 于老子 幼弱不能步 人抱以騎而歸 後爲訖解
尼師今 味鄒王時 倭國大臣來聘 于老妻請於國王 私饗倭使臣 及其泥醉 使壯士
曳下庭焚之 以報前怨 倭人忿 來攻金城 不克引歸

論曰 于老爲當時大臣 掌軍國事 戰必克 雖不克 亦不敗 則其謀策必有過人者

然以一言之悖 以自取死 又令兩國交兵 其妻能報怨 亦變而非正也 若不爾者 其
功業 亦可錄也 (石于老 三國史記 卷48)


## 密友 紐由

密友紐由者 並高句麗人也 東川王二十年 魏幽州刺史毌丘儉 將兵來侵 陷丸都
城 王出奔 將軍王頎追之 王欲奔南沃沮 至于竹嶺 軍士奔散殆盡 唯東部密友 獨
在側 謂王曰 今追兵甚迫 勢不可脫 臣請決死而禦之 王可遁矣 遂募死士 與之赴
敵力戰 王僅得脫而去 依山谷 聚散卒自衛 謂曰 若有能取密友者 厚賞之 下部劉
屋句前對曰 臣試往焉 遂於戰地 見密友伏地 乃負而至 王枕之以股 久而乃蘇

王間行轉輾 至南沃沮 魏軍追不止 王計窮勢屈 不知所爲 東部人紐由進曰 勢
甚危迫 不可徒死 臣有愚計 請以飮食往犒魏軍 因伺隙 刺殺彼將 若臣計得成 則
王可奮擊決勝 王曰 諾 紐由入魏軍 詐降曰 寡君獲罪於大國 逃至海濱 措躬無地
矣 將以請降於陣前 歸死司寇 先遣小臣 致不腆之物 爲從者羞 魏將聞之 將受其
降 紐由隱刀食器 進前拔刀 刺魏將胸 與之俱死 魏軍遂亂

王分軍爲三道 急擊之 魏軍擾亂 不能陳 遂自樂浪而退 王復國論功 以密友紐
由爲第一 賜密友巨谷青木谷 賜屋句鴨綠豆訥河原 以爲食邑 追贈紐由爲九使者
又以其子多優爲大使者 (密友紐由 三國史記 卷45)


## 倉助利

倉助利 高句麗人也 烽上王時 爲國相 時慕容廆爲邊患 王謂群臣曰 慕容氏兵
强 屢犯我疆場 爲之奈何 倉助利對曰 北部大兄高奴子 賢且勇 大王若欲禦寇安
民 非高奴子 無可用者 王以爲新城太守 慕容廆不復來 九年秋八月 王發國內丁
男年十五已上 修理宮室 民乏於食 困於役 因之以流亡 倉助利諫曰 天災荐至 年

穀不登 黎民失所 壯者流離四方 老幼轉乎溝壑 此誠畏天憂民 恐懼修省之時也

大王曾是不思 驅飢餓之人 困木石之役 甚乖爲民父母之意 而況比鄰有强梗之敵 若乘吾弊以來 其如社稷生民何 願大王熟計之 王慍曰 君者 百姓之所瞻望也 宮室不壯麗 無以示威重 今相國 蓋欲謗寡人 以干百姓之譽也 助利曰 君不恤民 非仁也 臣不諫君 非忠也 臣旣承乏國相 不敢不言 豈敢干譽乎 王笑曰 國相欲爲百姓死耶 冀無後言 助利知王之不悛 退與群臣謀廢之 王知不免 自縊 (倉助利 三國史記 卷49)

# 斯多含

斯多含 系出眞骨 奈密王七世孫也 父仇梨知級飡 本高門華冑 風標淸秀 志氣方正 時人請奉爲花郎 不得已爲之 其徒無慮一千人 盡得其歡心 眞興王命伊飡異斯夫 襲加羅(一作加耶)國 時斯多含十五六 請從軍 王以幼少不許 其請勤而志確 遂命爲貴幢裨將 其徒從之者亦衆 及抵其國界 請於元帥 領麾下兵 先入旃檀梁 (旃檀梁 城門名 加羅語 謂門爲梁云) 其國人 不意兵猝至 驚動不能禦 大兵乘之 遂滅其國 洎師還 王策功 賜加羅人口三百 受已皆放 無一留者 又賜田 固辭 王强之 請賜闕川不毛之地而已

含始與武官郎 約爲死友 及武官病卒 哭之慟甚 七日亦卒 時年十七歲 (斯多含 三國史記 卷44)

# 金后稷

金后稷 智證王之曾孫 事眞平大王爲伊飡 轉兵部令 大王頗好田獵 后稷諫曰 古之王者 必一日萬機 深思遠慮 左右正士 容受直諫 孳孳矻矻 不敢逸豫 然後德政醇美 國家可保 今殿下日與狂夫獵士 放鷹犬 逐雉兔 奔馳山野 不能自止 老子

日 馳騁田獵 令人心狂 書曰 內作色荒 外作禽荒 有一于此 未或不亡 由是觀之 內則蕩心 外則亡國 不可不省也 殿下其念之 王不從 又切諫 不見聽

後后稷疾病 將死 謂其三子曰 吾爲人臣 不能匡救君惡 恐大王遊娛不已 以至於亡敗 是吾所憂也 雖死 必思有以悟君 須瘞吾骨於大王遊畋之路側 子等皆從之 他日 王出行 半路有遠聲 若曰莫去 王顧問 聲何從來 從者告云 彼后稷伊飱之墓也 遂陳后稷臨死之言 大王潸然流涕曰 夫子忠諫 死而不忘 其愛我也深矣 若終不改 其何顏於幽明之間耶 遂終身不復獵 (金后稷 三國史記 卷45)

# 實兮

實兮 大舍純德之子也 性剛直 不可屈以非義 眞平王時爲上舍人 時下舍人珍堤 其爲人便佞 爲王所嬖 雖與實兮同寮 臨事互相是非 實兮守正不苟且 珍堤嫉恨 屢讒於王曰 實兮無智慧 多膽氣 急於喜怒 雖大王之言 非其意則憤不能已 若不懲艾 其將爲亂 盍黜退之 待其屈服而後用之 非晚也 王然之 謫官冷林

或謂實兮曰 君自祖考 以忠誠公材 聞於時 今爲佞臣之讒毀 遠宦於竹嶺之外 荒僻之地 不亦痛乎 何不直言自辨 實兮答曰 昔屈原孤直 爲楚擯黜 李斯盡忠 爲秦極刑 故知佞臣惑主 忠士被斥 古亦然也 何足悲乎 遂不言而往 作長歌見意 (實兮 三國史記 卷48)

# 乙支文德

乙支文德 未祥其世系 資沈鷙有智數 兼解屬文 隋大業中 煬帝下詔征高句麗 於是左翊衛大將軍宇文述 出扶餘道 右翊衛大將軍于仲文 出樂浪道 與九軍至鴨淥水 文德受王命 詣其營詐降 實欲觀其虛實 述與仲文 先奉密旨 若遇王及文德來 則執之 仲文等 將留之 尙書右丞劉士龍 爲慰撫使 固止之 遂聽文德歸 深悔

之 遣人紿文德曰 更欲有議 可復來 文德不顧 遂濟鴨淥而歸 述與仲文 旣失文德
內不自安 述以粮盡欲還 仲文謂以精銳追文德 可以有功 述止之 仲文怒曰 將軍
仗十萬兵 不能破小賊 何顔以見帝 述等不得已而從之 度鴨淥水追之 文德見隋軍
士有饑色 欲疲之 每戰輒北 述等一日之中 七戰皆捷 旣恃驟勝 又逼群議 遂進東
濟薩水 去平壤城三十里 因山爲營

文德遺仲文詩曰 神策究天文 妙算窮地理 戰勝功旣高 知足願云止 仲文答書諭
之 文德又遣使詐降 請於述曰 若旋師者 當奉王朝行在所 述見士卒疲弊 不可復
戰 又平壤城險固 難以猝拔 遂因其詐而還 爲方陣而行 文德出軍 四面鈔擊之 述
等且戰且行 至薩水 軍半濟 文德進軍 擊其後軍 殺右屯衛將軍辛世雄 於是諸軍
俱潰 不可禁止 九軍將士奔還 一日一夜 至鴨淥水 行四百五十里 初度遼 九軍三
十萬五千人 及還至遼東城 唯二千七百人

論曰 煬帝遼東之役 出師之盛 前古未之有也 高句麗一偏方小國 而能拒之 不
唯自保而已 滅其軍幾盡者 文德一人之力也 傳曰 不有君子 其能國乎 信哉 (乙
支文德 三國史記 卷44)


## 階伯

階伯 百濟人 仕爲達率 唐顯慶五年庚申 高宗以蘇定方爲神丘道大摠管 率師濟
海 與新羅伐百濟 階伯爲將軍 簡死士五千人拒之曰 以一國之人 當唐羅之大兵
國之存亡 未可知也 恐吾妻孥 沒爲奴婢 與其生辱 不如死快 遂盡殺之 至黃山之
野 設三營 遇新羅兵將戰 誓衆曰 昔句踐以五千人 破吳七十萬衆 今之日 宜各奮
勵決勝 以報國恩 遂鏖戰 無不以一當千 羅兵乃却 如是進退 至四合 力屈以死
(階伯 三國史記 卷47)

# 官昌

官昌(一云 官狀) 新羅將軍品日之子 儀表都雅 少而爲花郎 善與人交 年十六
能騎馬彎弓 大監某薦之太宗大王

至唐顯慶五年庚申 王出師 與唐將軍侵百濟 以官昌爲副將 至黃山之野 兩兵相
對 父品日謂曰 爾雖幼年 有志氣 今日 是立功名取富貴之時 其可無勇乎 官昌曰
唯 卽上馬橫槍 直擣敵陣 馳殺數人 而彼衆我寡 爲賊所虜 生致百濟元帥階伯前
階伯俾脫胄 愛其少且勇 不忍加害 乃嘆曰 新羅多奇士 少年尙如此 況壯士乎 乃
許生還 官昌曰 向吾入賊中 不能斬將搴旗 深所恨也 再入必能成功 以手掬井水
飲訖 再突賊陣疾鬪 階伯擒斬首 繫馬鞍送之 品日執其首 袖拭血曰 吾兒面目如
生 能死於王事 無所悔矣 三軍見之 慷慨有立志 鼓噪進擊 百濟大敗

大王贈位級湌 以禮葬之 賵其家唐絹三十匹 二十升布三十匹·穀一百石 (官昌
三國史記 卷47)


# 張保皐

張保皐(羅記 作弓福) 鄭年(年 或作連) 皆新羅人 但不知鄉邑父祖 皆善鬪戰 年
復能沒海底 行五十里不噎 角其勇壯 保皐差不及也 年以兄呼保皐 保皐以齒 年
以藝 常齟齬不相下 二人如唐 爲武寧軍小將 騎而用槍 無能敵者 後保皐還國 謁
大王曰 遍中國 以吾人爲奴婢 願得鎭淸海 使賊不得掠人西去 淸海新羅海路之要
今謂之莞島 大王與保皐萬人 此後海上無鬻鄉人者

保皐旣貴 年去職饑寒 在泗之漣水縣 一日 言於戍將馮元規曰 我欲東歸 乞食
於張保皐 元規曰 若與保皐所負如何 奈何去取死其手 年曰 饑寒死 不如兵死快
況死故鄉耶 遂去謁保皐 飲之極歡 飲未卒 聞王弒國亂無主 保皐分兵五千人與年
持年手泣曰 非子不能平禍難 年入國 誅叛者立王 王召保皐爲相 以年代守淸海
(此與新羅傳記頗異 以杜牧立傳 故兩存之) (張保皐 三國史記 卷44)

# 祿眞

祿眞 姓與字 未詳 父秀奉一吉湌 祿眞二十三歲始仕 屢經內外官 至憲德大王十年戊戌 爲執事侍郎 十四年 國王無嗣子 以母弟秀宗 爲儲貳 入月池宮 時忠恭角干爲上大等 坐政事堂 注擬內外官 退公感疾召國醫診脈曰 病在心臟 須服龍齒湯 遂告暇三七日 杜門不見賓客

於是 祿眞造而請見 門者拒焉 祿眞曰 下官非不知相公移疾謝客 須獻一言於左右 以開鬱悒之慮 故此來耳 若不見 則不敢退也 門者再三復之 於是引見 祿眞進曰 伏聞寶體不調 得非早朝晩罷 蒙犯風露 以傷榮衛之和 失支體之安乎 曰 未至是也 但昏昏嘿嘿 精神不快耳 祿眞曰 然則公之病 不須藥石 不須針砭 可以至言高論 一攻而破之也 公將聞之乎 曰 吾子不我遐遺 惠然光臨 願聽玉音 洗我胸臆

祿眞曰 彼梓人之爲室也 材大者爲梁柱 小者爲榱 榱偃者植者 各安所施 然後大廈成焉 古者 賢宰相之爲政也 又何異焉 才巨者 置之高位 小者授之薄任 內則六官百執事 外則方伯連率郡守縣令 朝無闕位 位無非人 上下定矣 賢不肖分矣然後王政成焉 今則不然 徇私而滅公 爲人而擇官 愛之則雖不材 擬送於雲霄 憎之則雖有能 圖陷於溝壑 取捨混其心 是非亂其志 則不獨國事溷濁 而爲之者 亦勞且病矣 若其當官淸白 莅事恪恭 杜貨賂之門 遠請托之累 黜陟只以幽明 予奪不以愛憎 如衡焉 不可枉以輕重 如繩焉 不可欺以曲直 如是則刑政允穆 國家和平 雖曰開孫弘之閣 置曹參之酒 與朋友故舊 談笑自樂可也 又何必區區於服餌之間 徒自費日廢事爲哉

角干於是謝遣醫官 命駕朝王室 王曰 謂卿剋日服藥 何以來朝 答曰 臣聞祿眞之言 同於藥石 豈止飮龍齒湯而已哉 因爲王一一陳之 王曰 寡人爲君 卿爲相 而有人直言如此 何喜如焉 不可使儲君不知 宜往月池宮 儲君聞之 入賀曰 嘗聞君明則臣直 此亦國家之美事也 後 熊川州都督憲昌反叛 王擧兵討之 祿眞從事有功王授位大阿湌 辭不受 (祿眞 三國史記 卷45)

# 司宰少監朴强傳

朴强 寧海府人也 世爲本府吏 寧海卽古德原都護府 (中略)

至正辛丑 紅賊陷京城 玄陵幸安東 遣軍收復 强始應募 從總兵官鄭世雲 及將
戰賊於城中 築寨拒守 諸軍不得進 强乃下馬 入一屋 得板扉 擔以進 爲梯而上
拔劍大呼 賊登寨者 皆懼而墮 自相踐躪 强隨而下 亂斫數十級 諸軍繼進 開門入
斬賊魁沙劉 由是大捷 摠兵官壯之 欲超資以賞 擬以中郞 置簿而記旣 而三元帥
殺摠兵官 由是不得如所擬 乃罷散員

歲癸卯 從元帥朴椿 赴泥城 二渡江偵伺 以勞除別將 于時叛臣崔濡 立支庶嘗
爲僧者爲王 侵疆陷隨州 諸將拒却 强爲先鋒 追奔至鴨綠江而還 又陞郞將 乙巳
上聞强勇力 且念其父負曳之勞 召見之 令衛士有力者 相抵 衛士連跌 上大悅 賜
稟米俄授中郞將 命充宿衛 丁未 倭犯西江 遣羅進等 泛海追捕 與强俱 上賜鐵甲
弓劍 遇倭屢捷 洪武辛亥冬 佐元帥李希泌 往攻鬱羅山 上又賜馬以遣 攻城先登
獲其渠帥 旣還 拜司宰少監 累遷禮儀摠郞 厭後退于鄉 丙寅 國家遣元帥陸麗鎭
寧海 强又從之 與倭戰於雞林松蘿村 奮劍斬五六級 陸公申報于朝 加中顯書雲正
戊辰十月爲五山島兵船都營領 倭艦奄至 圍我船 將侵寧海城 彼衆我寡 人心洶懼
强一箭射中賊魁 連中四五級 賊卽解圍去 不敢復來 一郡迄今奠枕 强之力也

己巳冬 予謫寧海 始知强 日來謁予 禮恭言寡 粗知書 聞予講說 亹亹樂聽 不
能去 予以爲謹厚者而重之 未嘗知有異能也 前判事白公璿 亦居是邑 少仕柏堂
嘗爲摠兵官參佐 掌文簿 引强與俱 親自擔扉 拔寨者也 具爲予語之 然後知强勇
且有功而不伐 益可重也 時强年已五十九 膂力不小衰 軀幹魁奇 鬚髯輒張 性不
能飮酒 鄉人戲曰 觀其貌 若可飮數斗 而其口不能吸一滴 大抵壯有力者 多使酒
强不飮又可尙也

嗚呼 辛丑之難 能先登 克復都城 癸卯之役 爲先鋒 斜�迷王愍其功 不旣大矣乎
自兵興以來 忠義之士見危授命 奮臂先呼 冒白刃摧堅鋒 得雋制敵 以立異效 上
無薦拔之知 下無紀述之友 數奇不侯 事泯不傳 卒死閭巷 草木同腐 幾何人哉 是
可哀也已 故於强爲立傳云 (司宰少監朴强傳 陽村集 卷21)

# 猊山隱者傳

隱者名夏屆 或稱下逮 蒼槐其氏也 世爲龍伯國人 本非覆姓 至隱者 因夷音之緩 併其名而易之

隱者方孩提 已似識天理 及就學 不滯於一隅 纔得旨歸 便無卒業 其汎而不究也 稍壯 慨然有志於功名 而世莫之許也 是其性不善於伺候 而又好酒 數爵而後喜說人善惡 凡從耳而入者 口不解藏 故不爲人所愛重 輒擧輒斥而去 雖親友惜其欲改 或勸或責 不能納 中年頗自悔 然人已待以非可 牢寵未果用 而隱者亦不復有意於斯世矣 嘗自言 吾所嘗往來者 皆善人 而其所不與者多 欲得衆尤難矣 此其所短 迺其所以爲長也

晚從師子岬寺僧 借田而耕開園曰取足 自號猊山農隱 (猊山隱者傳 東文選 卷100)


# 烈婦崔氏傳

烈婦 姓崔名某 全羅道靈光郡人 移居晉州 蓋不知自何世也 都染署丞仁祐之女 晉州戶長鄭滿之妻 生子女四人 其一未脫襁褓中 歲己未八月 倭賊陷晉州 闔境奔竄 無敢禦者 時滿因吏役如京 賊攔入崔氏居里 烈婦年方三十三 且有姿色 抱負携持其子女 走避山中 明日賊四出驅掠 見烈婦 露刃以驅 烈婦抱木而拒之 罵賊曰 等死爾 汚賊以生 無寧死義 罵不絕口 賊推刃洞貫 遂斃於木下 賊虜十歲女八歲子以退 獨習年方六歲 在死側 小兒猶飲乳 血淋漓入口 亦斃焉 其家奴散而復完 將屍草殯 以待滿還 及己巳歲 都觀察使張夏 上其事 旌表門閭 免子習鄉役云

史臣曰 夫人心之極 世變之不能奪 遭世如此 雖烈丈夫 決死生猶難 況一婦人乎 非不知賊之殘忍 以不汚賊之義 激於衷而重於生也 今江城死節之地也 山哀雲慘 水聲嗚咽 今過者豎髮起立 嗚呼烈哉 (烈婦崔氏傳 東文選 卷101)

# 裴烈婦傳

烈婦 姓裴氏名某 京山人 父前進士中善 旣笄歸士族李東郊 善治內事 歲庚申秋七月 倭賊逼京山 闔境援攘 無敢禦者 時東郊赴合浦帥幕未還 賊騎突入烈婦所居里 烈婦抱乳子走 賊追之及江 江水方漲 烈婦度不能脫 置乳子岸上 走入江 賊持滿注矢擬之曰 而來免而死 烈婦顧見賊罵曰 何不速殺我 我豈汚賊者耶 賊發矢中肩 再發再中 遂歿於江中 賊退 家人求得其屍 葬之 體覆使趙公浚 上其事 旌表里門云

陶隱子曰 人有恒言曰 爲臣盡臣道 爲子盡子道 爲婦盡婦道 至於臨大難 鮮克踐之 裴一婦人 而其視死如歸 罵賊之言 雖古忠烈士 蔑以加焉 余嘗南遊 過所耶江 酒烈婦死節之地 灘水悲鳴 林木蕭瑟 令人毛髮竪起 嗚呼 烈哉 (裴烈婦傳 陶隱集 卷5)


# 鄭沈傳

鄭沈 羅州人也 仕州爲戶長 善騎射 不事家人生産 洪武四年春 以全羅道按廉使命 奉濟州山川祝幣 航海而去 與倭賊相遇 衆寡不敵 舟中皆懼 議將迎降 沈獨以爲不可 決意與戰射賊應弦而斃 賊不能逼 及矢竭 沈知事不濟 具袍笏正坐 賊驚謂曰 官人也 相戒莫敢害 沈自投水以死 (中略) 其鄕人皆惜其死之不幸 而愚其果於自死也

鄭先生聞而悲之 爲之作傳 且曰嗟乎 死生固大矣 然人往往有視死如歸者 爲義與名也 彼自重之士 當其義之可以死也 雖湯鑊在前 刀鋸在後 矢石注於上 白刃交於下 觸之而下辭 蹈之而不避 豈非義爲重 死爲輕歟 果有能言之士 述之於後 著在簡編 其英聲義烈 照耀人耳目 聳動人心志 其人雖死 有不死者存焉 故好名之士 甘心一死 而不以爲悔 今夫沈之死也 國家不得知 又無能言之士 爲之記述以垂於後 則沈之忠義 與水波而俱逝矣 吁可悲也

且以子路之賢 結纓之事 人以爲難 沈一鄕曲吏耳 而知降賊之不義 雖在急迫之時 能不失其正 具盛服待死賊人見之 凜然莫敢犯 則其忠壯之氣 有以折服頑凶之心矣 賊旣不能害勇於自裁 投之不測之淵 無一毫汚染 從容就義 慷慨殺身 雖古人不及也 此皆出於天質之美 又非好名之士 有所爲而爲者比也 忠義之烈如此 而世無知者 雖在鄕黨 不過惜其死之愚耳 嗚呼 誠使人無死 則人道滅久矣 當寇敵脅降之時 忠臣非死 何以全其義 當强暴侵逼之時 烈女非死 何以保其節 人遭難處之事 能不失其正者 幸有一死焉耳

以今言之 倭寇作患 將三十年于玆 族姓士女 多被虜掠 甘爲僕妾而不辭 甚者爲之行諜指道 視其所爲 曾狗彘之不若 而不以爲愧 無他 畏死故也 其視沈之死爲如何哉 且在平居之時 聞人行義 常自激昂策勵 思效其萬一 至於一朝 親履其變 畏怵恐懼 奪於利害 傆生負義者皆是 沈不知其死之爲義 而以爲愚乎 況其死泯滅而不傳乎 嗚呼操行之難 而名姓翳然又爲時俗所侮笑者 豈獨沈哉 此傳所以作也 (鄭沈傳 三峰集 卷4)

## 옮긴이 리상호 외

리상호는 1950년대에 《삼국유사》를 국역하는 일을 마쳤다. 같은 때 《열하일기》도 우리 말로 옮겼다. 고전을 쉬운 우리 말로 옮기면서, 토박이말을 살려 쓰고 운율감이 배어 있게 하여 우리 고전이 국역 문학으로 새로 태어나게 하였다.

《삼국유사》 말고 다른 책에서 뽑은 글은 사회과학원 고전연구실 학자들이 우리 말로 옮겼을 것으로 짐작한다.

겨레고전문학선집 17

# 거북아 거북아 수로를 내놓아라

2006년 7월 25일 1판 1쇄 펴냄 | 2016년 12월 15일 1판 3쇄 펴냄 | **글쓴이** 일연, 김부식 외 | **옮긴이** 리상호 외 | **편집부** 김성재, 남우희, 하선영 | **감수** 정출헌 | **디자인** 비마인bemine | **영업·홍보** 백봉현, 송추향, 안명선, 양병희, 이옥한, 정영지, 조병범, 조서연, 최민용 | **경영 지원** 임혜정, 전범준, 한선희 | **제작** 심준엽 | **인쇄** 천일문화사 | **제본** 경일제책
**펴낸이** 윤구병 | **펴낸곳** (주)도서출판 보리 | **출판 등록** 1991년 8월 6일 제 9-279호 | **주소** (10881) 경기도 파주시 직지길 492 | **전화** 영업 (031) 955-3535 편집 (031) 950-9588 | **전송** (031) 955-3533 | **누리집** www.boribook.com | **전자 우편** bori@boribook.com

ISBN 89-8428-239-1 04810
　　　89-8428-185-9 04810(세트)

이 책의 국립중앙도서관 출판시도서목록(CIP)은 e-CIP 홈페이지 (http://www.nl.go.kr/cip.php)에서 볼 수 있습니다. (CIP 제어 번호: CIP2006001300)

이 책은 한국문화예술위원회의 문예진흥기금 지원을 받았습니다.